dtv

W0052632

Ausgeschieden

Freie Universität Berlin
Arbeitsschwerpunkt
Hauptstadt Berlin
Garystraße 55, 14195 Berlin
Postadresse: Ihnestraße 22
Tel. 838 2757/2078 FAX 838 21 08

9. 01. 12

Ein Bauer schießt sich eine Kugel in den Kopf, weil er einem Spekulanten aufgesessen ist. Ein Barbier avanciert zum Zeitungskönig. Ein Portierjunge macht Karriere als Radrennfahrer und Revueheld. Einen chinesischen Revolutionär rettet eine kostbare Vase vor dem Geheimdienst. Und Clara Imhuelsen, die eigentlich nur zu Besuch nach Berlin kommt, sorgt für einen Skandal in der Gesellschaft am Kurfürstendamm. Schicksale, die eng verknüpft sind mit der wechselvollen Geschichte dieses den Pariser Champs-Elysées nachempfundenen und inzwischen über hundert Jahre alten Boulevards, den Bismarck als sein zivilstes Werk liebte und den Thomas Wolfe das »größte Caféhaus Europas« genannt hat. »Sieben Jahre lang hat der in Berlin geborene Dieter Hildebrandt die Geschichte des Ku'damms recherchiert«, schreibt der ›Stern‹. »Aufgeschrieben mit Herz und Berliner Witz, kam eine Mischung aus literarischer Fiktion und journalistischer Reportage heraus – voll spannender, gefühlvoller, tragischer und hinreißend pikanter Episoden.«

Dieter Hildebrandt, am 1. Juli 1932 in Berlin geboren, lebt heute als freier Journalist und Schriftsteller in seiner Geburtstadt. Er hat u. a. eine Monographie über Ödön von Horváth und literarische Arbeiten über Voltaire veröffentlicht, 1979 ›Lessing – Biographie einer Emanzipation‹.

Dieter Hildebrandt

Die Leute vom Kurfürstendamm

Roman einer Straße

Deutscher Taschenbuch Verlag

Von Dieter Hildebrandt
ist im Deutschen Taschenbuch Verlag erschienen:
Berliner Enzyklopädie (12224)

Ungekürzte Ausgabe
Juni 1997
Deutscher Taschenbuch Verlag GmbH & Co. KG,
München
© 1982 Carl Hanser Verlag, München · Wien
Umschlagkonzept: Balk & Brumshagen
Umschlagfoto: © Landesbildstelle, Berlin
Gesetzt aus der Bembo 9/11,5
Gesamtherstellung: C. H. Beck'sche Buchdruckerei,
Nördlingen
Gedruckt auf säurefreiem, chlorfrei gebleichtem Papier
Printed in Germany · ISBN 3-423-08389-1

Übrigens, wenn mir die Berliner ein Denkmal setzen wollen, so wünsche ich es mir nur am Kurfürstendamm. Von der Politik und der Geschichte als meinem eigenen Werk will ich nicht reden; da waren andere Einflüsse im Spiel. Aber das eine kann ich wohl für mich in Anspruch nehmen: Ich habe den Berlinern Luft verschafft. Den Kurfürstendamm und die Villenkolonie Grunewald, die damit zusammenhängt, habe ich ganz allein durchgekämpft... Ich kann wohl sagen, daß mir in dieser Sache mehr Schwierigkeiten gemacht worden sind, als es durch sämtliche Diplomaten Europas je geschehen ist.

Bismarck, 1896

Für meine Mutter

I

Die Vision

Was Bismarck am Vormittag des 18. Januar 1871 im Spiegelsaal
von Versailles erlebt, warum er am liebsten eine Bombe sein
möchte und dem Hofprediger Rogge an den Leib gehen. Warum
der König von Preußen nicht Deutscher Kaiser werden will und
der Kronprinz beinah dem Kaiserwahnsinn verfällt. Von geheimen
Kurieren, heimlichen Augenzeugen und der Gefahr eines französischen Überraschungscoups. Weshalb Bismarck den Spitznamen
PLENIPO hat, und warum es eigentlich ein Kosename ist. Erinnerung an einen Sturz in den Klippen von Biarritz und an die große
gefährliche Woge, die zur Geschichtswelle wird und den Kanzler
trägt bis hin zur Reichsgründung. Wie der eben proklamierte
Kaiser seinen Bismarck übergeht und diesem angst wird vor dem
eigenen Werk. Zu guter Letzt: Was PLENIPO auf die Idee bringt,
die Champs-Elysées in Berlin nachzubauen. Und was es heißt,
wenn *mit* der Dummheit Götter selbst vergebens kämpfen.
Eine Vision vom Kurfürstendamm.

Jetzt eine Bombe sein und platzen!

In dies alles hineinplatzen! Sie auseinanderfetzen, in alle Winde sprengen! Plenipo, Plenipo. Du kannst es, auch das. Hast das Küken utbrödt, kannst ihm auch den Hals umdrehen. Ist ja dein Werk, vollend es durch Zerstörung. Sie werden es doch kaputtkriegen, also tu's gleich.

Plenipo, Plenipo.

Mein Werk, wer sagt das? Dies sollte mein Werk sein: Dieser eilig hingepappte Mummenschanz, dieses loddrige Theater? Hasard will ich gespielt haben, aber nicht Schmiere. Mein Lebenswerk sollte es sein, und jetzt ist es Vorstadtbühne. Französischer Samt für das Deutsche Reich! Samt vom Krämer in Versailles! Diesen Schloßverwalter lob ich mir (das heißt, man sollte ihn füsilieren lassen), zeigt den Herren Hofmarschällen leere Hände, schickt sie doch einfach zum *magazin*, und da gehen sie hin, bitten um etwas Samt, nein um Mengen, wie man sie für eine geschichtliche Stunde braucht: Rouge bien sure, ça veut dire pourpre, heimsen es ein mit Stolz, deutsche Dekorationsseelen, beglückt, velourswonnig, hängen sie auf, hämmern es an, drapieren es in Falten, und jeder im Saal weiß jetzt: Ihr Mottenpulver haben die Franzosen noch nicht verschossen.

Hier stehe ich, und kann nicht anders. Hier stehst du, und hättest doch anders können.

Mein Gott, und wie hübsch sich deine Diener wieder eingerichtet haben! Schnell bei der Hand waren sie mit ihrem Altar, den der Purpur umgibt, und gegen die heidnischen Götter auf den Pfeilern daneben ist auch ein Kraut gewachsen, gewaltige Kübel mit Blattgrün, Metzgerpalmen. Die Schar der Dunkelmänner davor, die Schwarzaffen mit den Käsegesichtern, Geistlichkeit en gros. Auch wieder so eine Kinderei von Ihm, zu glauben, daß es die Meute macht. Denkt sich auch die Frömmigkeit ganz militärisch: gesammelt zum Sturmangriff auf Beelzebub. Den Rettig nehm ich aus, der wollte zurück ins Lazarett nach Orleans, die Sterbenden hätten ihn nötiger, Gott müsse bei den Elenden sein, nicht auf der Seite des Triumphs, aber der König, wie nun schon alle Wochen: Der Elendeste sei doch er, kein größeres Opfer des Krieges als er selbst. Schlimm ist nicht, daß er's sagt, schlimm ist, daß er's glaubt. Rettig also da, die übrigen Divisions- und Lazarettpfarrer, und mittendrin unser allgegenwärtiger Rogge, der trägt doch tatsächlich das Eiserne Kreuz, das sie ihm heute morgen rasch noch zugesteckt. Gehört ja auch allerlei Bravour dazu, sich auf alles seinen frommen Reim zu machen, Geburtstage, Ordensfeste, epochale Vermählungen, Schlachtfelder, aber dies: Noch nie dagewesen, selbst für den Hof- und Garnisonsprediger etwas Unerhörtes, das lernt man nicht im Seminar, nicht auf der Hohen Schule, das steht nicht in der Predigtlehre: Reichsgründung und Kaiserproklamation!

Rogge, verdien es dir gut, das Eiserne Erster.

Und natürlich die Musikanten, wie immer in vorderster Front, wenn es keine gibt. Herr Goldschmidt emsig bewegt, doch so, daß es noch keine Musik setzt. Spielleute und Sänger von den Königsgrenadieren, ein bißchen was Buntes dazu, nicht mal mehr Roon kennt jetzt alle die Uniformen. Die holde Kunst eine immerwährende Etappe, Musiker stehen meist trocken, geradezu barbarisch, sie mit ihren Flöten ins Feuer zu schicken. Und schön werden sie singen, das ist gewiß, es wird kein Auge trocken bleiben, die Kehle der Flaschenhals des deutschen Gemüts, recht so, laßt Männerchöre um mich sein.

Aber was ist eure Kunst gegen die des Herrn von Werner, seht ihn, den Meister der Verewigung, ein Virtuose in Öl,

Karriere in ganz großem Rahmen, eilig und geheimnisvoll hat man ihn herreisen lassen, daß er uns diesen Vormittag ausmale in majestätischen Farben und daß sein Pinsel uns alle auf die Nachwelt rette. Ach, traut seinen Augen nicht, er sieht vor lauter Skizzenblättern gar nicht mehr hin, und gar keinen Blick hat er für das, was dies wirklich ist: Eine im Dornröschenschlaf erstarrte Schlacht. Gebändigte Rachsucht, besänftigte Rivalität, weggelobte Ansprüche, leise zerbrochene Lanzen, Hospital für verletzte Eitelkeiten, Eroberung von Ehrenworten. Werner, porträtier die Stiefel nicht und Uniformen, die Fahnen und Standarten nicht, mal mir die Schönheit der Depeschen und Telegramme, zeichne die Gesichter der gehetzten Feldjäger und geheimen Kuriere, entwirf ein Panorama der Überredungskunst, einen Jahrmarkt der Verführbarkeit. Zähl du die Leute nicht, skizzier einen Balanceakt. Halte den Seiltänzer fest, ehe er stürzt.

Du mußt das Gesicht wahren, Plenipo, wahr das Gesicht wenigstens für die Mannschaften, die auch bis ins Allerheiligste durften und nicht bloß zum Dienst verurteilt sind im Saal der Garden oder im Salon der Königin oder gar auf den Treppen, für die tapferen Männer von den Vorposten, jeder ein Held!, kommen wenigstens mal einen Tag aus dem Dreck raus, herbeigejagt wie für eine kippende Schlacht, angeprescht wie der rettende Entsatz bei Königgrätz, übernächtigt, rote Augen, sollen sie denn Paris stürmen? Nein, Spalier stehen in Versailles, aus der Winterkälte in den Pomp, nicht wahr, den Spiegelsaal hättet ihr euch auch anders gedacht, nicht so stockfleckig, nicht so elend grau, so abgewetzt trisetimplig, alles kalte Pracht, die Kamine nur sparsam geschichtet, sonst fängt am Ende die ganze Versammlung Feuer. Habt eure Eisernen Kreuze anders verdient als der Pfaffe, aber wenn's nach mir geht, werden nicht mehr viel zu verdienen sein.

Und jetzt besieht sich der Oberzeremonienmeister selbst sein Werk, strahlt wohlgefällig über seine Draperien und das Gebinde der Fahnen, kindische Freude am ganzen Leib, was hätte er nicht alles noch angestellt, wenn man ihn losgelassen hätte. Ein Generalfeldmarschall der? Der dümmste und eitelste Mensch unter der Sonne, aber leider der Kronprinz. Keine Entente je mit dem, aber er stirbt ja ohnehin vorher am Kaiserwahnsinn, mag sein noch heute, der ganze Körper in Ekstase, wie gut, daß hier im Schloß gleich das Lazarett ist. Lampenfieber und Selbstgefälligkeit, eine schreckliche Mixtur, soll er doch zu seinen englischen Weibern gehen und überschnappen.

Und wenn der König nun gar nicht kommt? Bleibt einfach weg? Läßt uns hier stehen? Zieh deine Uhr nicht, mach deine Ungeduld nicht publik, deinen Unmut, Unwillen, Zorn. Hab's in den Knochen, wie spät es ist, austräumend früh, bettbehaglich früh, gliederträge früh, die Zeit, da ein richtiger Tag beginnt: Mittag. Aber für heute ist's spät, Erwartung schon Warten geworden, Minuten, die Fratzen bekommen. Wenn er wirklich nicht kommt? Wenn er wirklich keinen Schritt tun kann ohne dich, nicht mal die paar von der Präfektur bis ins Schloß? Wenn die ganze Szene vergebens war, gestern, Gespenstersitzung, Séance, Beschwörungsritual, alles umsonst? Wenn er wieder das Kind ist, Greisenbébé, das seinen Brei nicht essen will?

Suppenkaspar. Er will nicht und will nicht. Wer seine Suppe zuerst gegessen hat, wird Kaiser. Aber er will durchaus nicht Kaiser werden. Der König von Preußen will nicht Deutscher Kaiser werden. Für einen Allerweltstitel Preußen verloren geben! König von Preußen, das hat Klang, aber Deutscher Kaiser: ein besserer Charaktermajor. Sagt er, jammert er, weint er. Schleinitz händeringend, was soll er mehr tun, der Kronprinz: Bismarck, das haben Sie uns eingebrockt, der König jämmerlich: Warum denn nicht Kaiser der Deutschen, Kaiser von Deutschland? Ich, zum tausendsten Male: Weil dann keiner mehr dabliebe, Sie zum Kaiser zu machen, die Fürsten, Ihre Freunde, alle weg, und rauften sich, vor den Toren von Paris, wieder um Deutschland. Dann die Szene Shakespeare, Lear am Ende, gebrochene Majestät, heulender Hohenzoller, Jammer: Wenn nicht Kaiser von Deutschland, dann auch nicht mehr König von Preußen, er hat genug, schon lange hat er genug, er will überhaupt nicht mehr, nie, nichts, er dankt ab und wirft sich ins Fauteuil wie für alle Zeiten. Ich kenne das: Entweder er dankt Gott, oder er dankt ab. Also muß er Gott danken, er hat einen so gewaltigen Bedarf an Gott wie nicht einmal Johanna, für ihn müßte man Gott wahrlich erfinden, wenn es ihn nicht gäbe. Gott, der ihn von Sieg zu Sieg geführt, nicht nur in diesem Krieg, nein, seit zehn Jahren schon, nicht nur in den Kämpfen gegen die Feinde draußen, auch gegen den demokratischen Pöbel im Lande, gegen die Virchow und Lassalle, Gott, der ihn, den eigentlich Friedfertigen und Bedenkenvollen, mit Fortüne regelrecht züchtige, der ihn zu einem Hiob des Erfolgs mache, ob dieser Gott nicht wohl ein wenig mit dem Kopf schüttele über so eitle und nichtige, jawohl nichtige, Titularfragen? Und Schleinitz jetzt nicht mehr die Hände, sondern mit Worten ringend, der Kronprinz: Graf, setzen Sie meinem verehrten Vater nicht so zu; der König: Bismarck, Sie lästern Gott!

Erschreckte Stille danach.

Nun ist es mein Spiel. Schleinitz entsetzt: Majestät, ich bitte doch! Ich: Mein König, Sie haben jetzt keinen Kanzler mehr, der Kronprinz: Sind Sie von Sinnen?, Schleinitz: Aber es ist doch alles arrangiert, der Kronprinz: Papa, mäßigen Sie sich, rufen Sie den Vorwurf zurück! Ich: Man lasse mich gütigst gehen, der König: Nie, nie, der Kronprinz: Nicht jetzt, und Schleinitz: O nein! Der König, gefaßter: Kanzler, ich befehle Ihnen! Ich schon an der Tür. Der Kronprinz: Um Himmels willen, Bismarck! Der König: Sie sollen Ihren Willen haben, Graf. Erschöpft, verstört, nicht überzeugt. Der Kronprinz im Hinausgehen: Sie machen sich viele Feinde.

Ich, schon auf der Treppe: Nur Schafe kennen keine Animosität.

Plenipo, Plenipo. Zwing ihn herbei jetzt, laß ihn sich ermannen, laß ihn diesen allerletzten Weg allein gehen, nur wenige Schritte noch, auch die abgezirkelt, kein Wort, das nicht festgelegt, selbst über den Hochruf hat es drei Stunden Zank gegeben.

Die Säbel rumoren ledern, die Füße scharren, wie wenn sie's nicht dürfen, die Köpfe der Offiziere beginnen zu wandern, verrenkt euch die Köpfe nicht nach diesem Deckengemälde, es könnte euch lüstern machen. Und untersteht euch, den Satz zu lesen, diese Girlande aus Ironie, lang lang ist's her: LE ROI GOUVERNE PAR LUI-MÊME. Der König regiert aus eigener Kraft. Dieser nun nicht. Dieser gewiß nicht. Dieser, der doch einmal der Kartätschenprinz war, hat einen frommen Horror vor der Geschichte, die er machen könnte. Er braucht seine ganze Kraft fürs Erschrecken, und zum Regieren die meine. Daß ich für ihn regieren muß, darf, kann – sonst bliebe ich ja keinen Tag im Amt; aber daß ich auch ihn regieren muß, immer wieder und jeden Augenblick, das macht das Geschäft so schwer. LE ROI GOUVERNE PAR MOI-MÊME. Und auch: MOI JE GOUVERNE MÊME LE ROI. Aber den König beherrschen heißt leider immer auch: sich selbst beherrschen. Und keine Bombe sein, sondern eine Hebamme bei einer schweren Geburt.

Er muß jetzt kommen.

Geraune von der Zimmerflucht.

Jemand bringt eine Fahne mit zertrümmertem Schaft, quer durch den Saal, postiert sich auf der Empore. Das sieht nach einer Seiner Launen aus.

Rufe vom Eingang her.

Er kommt.

Der König kommt.

Der König ist gekommen.

Ich habe seine Nerven behalten.

Jetzt jauchzet der Chor mit Recht und singt, lobsinget dem Herrn und rühmet ihn herzlich, und alsbald singt der Saal, sing mit, Plenipo, es fördert die Zirkulation, ein

Morgenritt ist's nicht, aber besser als nichts, und sie denken sicher, die Braven, daß bald Frieden wird. Sei Lob und Ehr' dem höchsten Gut... Sie drängen noch immer, haben noch keinen sicheren Stand, Geltungsdrang in letzter Sekunde, gruppieren sich mühsam und störrisch, sind es wirklich so viele, die ich unter einen Hut gebracht? Still, Kinder, nun vertragt euch! Helm ab zum Gebet. Der Kopf des Königs tief gesenkt. Frömmigkeit, Scheu, Anfechtung, oder will er mich bloß nicht sehen?

Und Rogge jetzt ganz allein gegen uns, gegen den König und die Fürsten, gegen die Soldaten und Offiziere, wie ihm die Versuchung von den Lippen leckt, lang und labrig, eine Predigt von Ewigkeit zu Ewigkeit, von Fettnapf zu Fettnapf, und alles durch die Nase. DIE KÖNIGSWÜRDE, DIE AN DIESEM TAG DEREINST GEGRÜNDET WURDE, DU HAST SIE ZU EINER KÖNIGSMACHT WERDEN LASSEN, DIE IN DER GESCHICHTE IHRESGLEICHEN SUCHT. Weiß er denn nicht, wie erbärmlich es zuging 1701 in Königsberg, wieviel Kotau dabei war, wie Friedrich sich erniedrigen mußte, um erhoben zu werden, Schacher ohne Gewinn, Intrige ohne Konzept, ein historischer Waschtag, so viele Hände wuschen jeweils eine andere. Königswürde! Man kann es ja nennen wie man will, aber zynischer nicht.

O hört, nun predigt er sogar den Ruin, er wagt einen Blick um sich AN DIESEM ORTE, DER ES UNS IN ERSCHÜTTERN-DER WEISE ZURUFT, DASS ALLE IRDISCHE MACHT UND HERR-LICHKEIT DER ZEIT UND DARUM DER VERGÄNGLICHKEIT ANGE-HÖRT. Ach, es sieht nur wie ein verwegenes Wort aus, Majestät mögen bitte nicht die Braue runzeln, gemeint ist natürlich die Vergänglichkeit à la française, die Hinfällig-keit, mit der Gott Frankreich geschlagen hat, ein Land, das zunichte werden muß vor ihm, für niemanden ist Gottes Zorn da als für die Franzosen, und gegen niemanden kann sich ja sein Flammenschwert richten als gegen die, DIE IN EITLER HOFFART DIESE HALLE DEREINST ZU EINEM GÖTZEN-TEMPEL DER IRDISCHEN MAJESTÄT GEMACHT. Aber wo sind sie heute? Eine schreckliche protestantische Gewißheit überkommt den Herrn Rogge, sein Blick geht vorsichtshalber zur Decke, damit niemand sich angesprochen fühlt: Sie sind verschwunden mit aller ihrer eitlen Pracht und in ihrer Torheit zunichte geworden, und er schickt den Revolutionspöbel gleich nach, es ist ein bißchen schwierig, Monarchie und Guillotine gleichermaßen zu verdammen, also tut er's mit einem Glissando: Und die nach ihnen emporgetragen von den Wogen der Revolutionen, in der Gunst des Volkes, in der Stimmenzahl der Massen ihre Stütze gesucht haben, auch sie sind zuschanden geworden. Mit unauslöschlichen Zügen hat des Herrn Hand an diese Wände mit allen ihren Erinnerungen an vergangene Herrlichkeit sein *mene tekel upharsin* geschrieben... Nein, die krasseste Blöße gibt er sich nicht, ganz pflichtgemäß läßt er es auch uns eine Warnung sein vor aller Selbstüberhebung und Gottvergessenheit, vor allem Rühmen und Pochen auf irdische Majestät. Aber was tut er denn als pochen, jedes Wort ein Pochen, jeder Blick, jede Geste. Man sollte den Kerl abkommandieren ins Depeschenbüro, Demut lernen und Kürze.

Ehre sei dem Ewigen Könige endlich auch bei dem Werke, das uns hier vor Seinem Angesicht versammelt hat. Aha, jetzt geht er daran, Himmel und Erde zu koppeln, Versailles und Elysium, Strategie und Vorsehung, die himmlischen Heerscharen als Garderegiment Preußens. In dem Werke, das sich heute in dieser Stunde und an dieser Stätte vor unsern Augen vollziehen soll, sehen wir das Ziel erreicht, auf das Gottes Vorsehung uns hingewiesen hat! Aber nein, die 170 Jahre seit Königsberg sind ihm nicht Zeit genug, Gott hat ja schon viel länger seine deutsche Hand im Spiel, Rogge weiß es, der Schlaumeier, im Handumdrehn ist das Deutsche Reich wieder auferstanden in alter Herrlichkeit, ja in einer Macht und Grösse, die es vielleicht nie zuvor besessen hat. Sicher kommt er gleich noch mit dem Kyffhäuser. Nein, er holt sich einen Apostel heran: HERR, WIE UNBEGREIFLICH SIND DEINE GERICHTE, WIE UNERFORSCHLICH SIND DEINE WEGE!

Pfaffe, man sollte dich auspeitschen. Man sollte dich in eine Zelle sperren, bis du nur noch ein Gebet stammeln kannst: Gott, ich will nicht mehr unerforschlich nennen, was ich nur nicht weiß. Gott, ich will dich nicht mehr mit Dingen belästigen, die der Kanzler schon erledigt hat. Gott, ich will nicht mehr deine Gerichte nennen, was das Geschick Bismarcks ist. Siehst du, Rogge, und wenn du so gebetet hast bei Wasser und Brot, auf den Knien wie ein Katholik, auf den Knien vor Schwäche, dann könnte ich dir etwas von deiner geliebten Unbegreiflichkeit wegblasen: Unerforschliche Wege – die gibt es nicht. Wenn wir Glück haben, bleiben sie eine Weile unerforscht. Das Geheimnis: Geld und gute Worte. Aber gut müssen sie sein. Da ist also dieser Hohenzoller, der nicht Kaiser werden will, und da ist dieser Bayer, der nicht will, daß der Hohenzoller Kaiser wird. Und Ihr lieber Gott, Rogge, der würde da gar keine Wege sehen, der würde sich vielleicht um die hungernden Pariser kümmern und daß sie nicht an den Katzen krepieren, die sie jetzt als Sonntagsbraten fressen. Aber würde Gott sich den Holnstein kommen lassen, den Roßoberen, wie die Bayern ihren Oberstallmeister nennen, und sagen: Nun probier ich's gerade, jetzt muß der, der nicht will, den andern, der auch nicht will, zu dem überreden, was beide nicht wollen. Jetzt muß der Ludwig dem Wilhelm einen Brief schreiben, er soll doch bitte Kaiser werden. Ob Ihr Gott dazu Lust hätte, Rogge?

Meiner nicht, solche Sachen muß ich schon selbst tun.

Holnstein ist ein Widerling, also gerad der rechte Mann. Der König von Bayern liegt die Hälfte des Jahres auf dem Rücken, sitzt Tage allein im Theater und läßt sich vorspielen, sonst weiß niemand, wo er steckt. Aber zufällig gibt er was auf zwei Menschen in der Welt, der eine ist Wagner, versteht sich, aber der andere bin ich. Und mich wird er jetzt kennenlernen, ganz von nahem, ganz von innen. Tief ins Herz soll er mir sehen, bis dorthin, wo es bayrisch ist. Denn eigentlich bin ich, Bismarck, ein Lehnsmann Bayerns, über Jahrhunderte hinweg. Ja, so lange ist es her, daß ein Vorfahr, wenn auch nur mütterlicherseits, mit einem Landsitz im Bayrischen belehnt worden, also ist es die Bitte eines bayrischen Vasallen an seinen bayrischen König: Fordern Sie Ihren Onkel auf, Kaiser zu werden: Dann ist er zwar Kaiser, aber Sie, Majestät, haben ihn doch dazu gemacht, und alle Welt wird es honorieren, und irgendeine diskrete Kasse auch. Und der Kaisertitel wäre nichts anderes, als das von Ihnen hochgewölbte Tor, durch das auch Sie ins Reich einziehen können, jedes andere wäre zu niedrig, entendu? Und hier gleich ein Vorschlag, wie die Bitte zu formulieren wäre, Seine Majestät müßten sich nur noch der Mühe unterziehen, den Brief noch einmal abzuschreiben...

Der König in Schwangau, im Märchenschloß, im Bett, ungnädig vor Zahnschmerz, das Gesicht mit Tüchern umwickelt, seine Eitelkeit läßt keine Audienzen heran, schon gar nichts will er von diesen Preußen hören, von diesem barbarischen Krieg, diesem Bismarck, der nicht einmal komponieren kann, aber wie sagt einer, daß er nichts hören will, wenn er vor Weh den Mund nicht aufbekommt. Und Holnstein sitzt schon neben ihm am Bett, verschwörerisch, mit Rütli-Miene, spricht von Triumph, spricht vom Kaiser als dem größten Geschäft, das Bayern je gemacht hat, vom friedlichsten Sieg der Geschichte, von einem Fest der Künste, neue Schlösser, jedes Alpental eine Baustelle, und alles zu haben für wenige Zeilen Reinschrift. Und man ist fünfundzwanzig, hat Zahnweh und ekelt sich vor dem Schweißgeruch der Macht und sehnt sich nach den unendlichen Melodien und dem Rausch der Wagnerschen Harmonien. O du mein holder Abendstern... Noch in der Nacht wirft sich Holnstein mit seiner Briefbeute auf den Zug, zurück nach Versailles.

... UND BETEN AN VOR DER HERRLICHKEIT DIESER WUNDERBAREN FÜHRUNGEN! Da steht er ja immer noch, dieser unselige Rogge, dieser Tartüff, mit seinen wunderbaren Führungen, daß er doch die Mundfäule bekäme von seinen Wörtern, Eiterblasen, Gaumenpusteln, fast jeder im Saal weiß es besser, keine Rede davon, nur seine, DASS DU UNSERN KÖNIG GEWÜRDIGT HAST, DIE DEUTSCHEN STÄMME AUS ALLER ZERSTREUUNG UND ENTFREMDUNG WIEDER ZU SAMMELN UND ZU EINIGEN, DASS DU IHN ZUM SCHUTZ- UND SCHIRMHERRN UNSERES GESAMTEN DEUTSCHEN VATERLANDES BERUFEN HAST. Wie hat der König reagiert, als er Ludwigs Brief, als er meine Zeilen las? Außer sich vor Unwillen und wie geknickt! Sag, Rogge, ist das Glaube, wenn man alle Scham verliert? Ist das Anrufung Gottes, wenn man die Wahrheit höhnt? ALLMÄCHTIGER, BARMHERZIGER GOTT, HERR DER HEERSCHAREN! ZIEHE FERNER IN GNADEN AUS MIT DEN DEUTSCHEN HEEREN UND SEGNE IHRE WAFFEN ZUR VÖLLIGEN ÜBERWINDUNG DES FEINDES.

Halt, aufhören, Schluß jetzt, basta, man muß den Rogge festnehmen, er ist ein Saboteur, ein französischer Agent, er will uns hier alle mattsetzen, totreden, die Zeit, die er uns stiehlt, arbeitet für die Franzosen, es ist eine bezahlte Infamie. Wenn jetzt der Ausfall käme, fast zweihunderttausend Mann Richtung Versailles, ein Kinderspiel selbst für Trochu, die Wachen und Vorposten schnell überrannt, überrumpelt, die halbleeren Kommandostellen im Handstreich genommen, die Kehlen der Feldjäger und Befehlsgänger auf Messers Schneide, und wir alle hier in der Falle, Majestäten und Prinzen, der Generalfeldmarschall und alle Kommandierenden Generäle, Bataillonsführer, Offiziere, Generalstab und du selbst, der Krieg findet im Saale statt, das geeinte Deutschland mit einem Coup gefangengesetzt – da kann Roon, der heute krank ist, auch nicht mehr viel retten. Rogge, was hat man dir bezahlt, daß du uns hier hinhältst, solche Predigt in Permanenz ist Verrat, der Mann muß vor ein Kriegsgericht. Wenn er nicht sofort ein Ende macht, mach ich ein Ende, übergebe ihn mit blankem Degen der Wache, diesen Teufel Trochus!

Hilf, dass wir alle lebendige Glieder Deines Reiches werden und Dir dienen in Heiligkeit und Gerechtigkeit, wie es Dir gefällig ist, Amen!

Rogge, dein Glück.

Nun danket alle Gott, ja, das wollen wir freudig tun, da nun auch dieser Kelch geleert ist. Gott strafe uns für unsere Sünden mit allem, nur mit seinen Predigern nicht. Nie wieder, Plenipo, läßt du dir solche Ohnmacht gefallen, solch Stillehalten; nie wieder ein Text, den du nicht gesehen, redigiert, zusammengestrichen hast. Brechreiz vor Zorn, Bitterkeit im Mund, es ist zum Kotzen, aber jetzt noch nicht, nachher wirst du dich herrlich erbrechen. Schluck alles jetzt, schluck auch die eigene Galle.

Was ist das jetzt? Tür, die sich sachte auftut, stikum, angelängstlich? Komm näher, mein Junge, keine Angst, der Kanzler frißt dich nicht, komm raus aus deinem Versteck, wir haben uns hier schließlich alle eingeschlichen. Blessiert? aber doch wohl nicht schlimm? Siehst wie ein Türke aus mit deinem Kopfverband. Sind furchtbar mit euch umgegangen, die Kriegsherrn, unmögliche Attacken, mörderische Befehle, und ihr immer drauflos mit eurem elenden Todesmut, geliebte Dummköpfe, macht die Siege zu Niederlagen. Sagt mir doch einer, stolz: Hätten wir die Position der Franzosen gehabt, keen Deubel hätte die gekrigt, ich wundre mir alleene daß *wir* se gekrigt haben. Junge, ich wundre mir schon lange alleene, immerzu alleene, nur noch alleene. Hör zu, habe ja selber zwei, werde die Nacht nicht vergessen als die Nachricht kam, keiner wollte sie mir sagen, aber dann doch: Herbert schwer verwundet, Bill tot...

Wie der Krieg auf einmal ganz klein wird, deutsche Einigkeit ade, adieu französische Arroganz, kein Norddeutscher Bund mehr und kein europäisches Jonglieren, ganz klein der Krieg, ein einziger stechender Schmerz, der Rock zu eng, die Brust erdrückt, jagendes Herz, der Krieg nur noch dieser Schmerz und diese das Hirn überschwemmende Angst: Meine Kinder, Herbert, Bill! Sofort aufs Pferd,

Keudell: aber doch nicht mitten in der Nacht? – los im Galopp, wohin? erst einmal das Pferd spüren, Röschen komm, Bewegung, vorwärts, nichts glauben, nichts akzeptieren, den Schmerz wegreiten, die Angst, das schreiende Gewissen. Du hast sie ins Feuer geschickt, du allein, du opferst deine Söhne, gibst sie preis mit deinen mörderischen Federstrichen. Du hattest diesen Krieg in der Hand, und du hast diese Hand an deine Söhne gelegt. Du mußt es hören, jetzt, in dieser Nacht, in dieser Wirrnis, auf diesem Acker bei Metz, du hast diesen Krieg herbeiredigiert, kalten Blutes, du hast das Telegramm aus Ems verwandelt, du hast eine bloß abwehrende Hand zu einer Ohrfeige geführt, der König war ja nur des französischen Gesandten müde, aber du läßt es scheinen, als habe er ganz Frankreich satt. Dein Krieg allein, und nun kostet er dich deine Söhne.

Wer sagt das? Das lasse ich mir von niemandem sagen, nicht einmal von mir selbst. Gewissen – eine permanente Insubordination. Akzeptier nicht, so wird es nicht wahr sein, nichts wird wahr sein, solange du nicht willst, so lange du die Kraft hast, nicht zu wollen, daß es wahr ist. Finde die Jungen, ehe der Glaube dahin ist, du mußt nur den Willen haben und die Kraft... Häuser im Morgengraun, ein Gehöft, lauter Verwundete, Herbert? Herbert? Und da liegt Herbert, wie sonst sieht er aus, nur daß er liegt, die Lende durchschossen, aber wohl glatt, und die schwarze Holzuhr zertrümmert von einem Streifschuß, das hätte schlimmer kommen können. Aber Bill! Bill gefallen? Da steht er lachend, lachend leibhaftig, verschmiert und lebendig, so einer geht doch nicht tot, nicht mit diesen Kinderbacken und Witzaugen, nein, nur das alte Schlachtenlied: Sein Pferd unter ihm erschossen, er selbst kopfüber in den Schlamm, aber dick und fett und heil, und während man ihn mir noch totsagt, sucht er schon seinen Bruder, holt sich ein neues Pferd, magre Mähre, wird hoffentlich nicht immer vorneweg sein. Den Herbert schaff ich nach Haus; wer weiß, ob mir so ein Ritt noch einmal gelingt: daß beide leben. – Werd dich nachher besuchen, mein kleiner Türke, vielleicht wissen deine Eltern noch nicht, wie keck du auf den Beinen bist.

Jetzt große Rochade im Saal, Gescharre, Geschiebe, Bewegung, der Altar hat seine Schuldigkeit getan, jetzt will das Podest am Ende der Galerie benutzt sein, das Bretterpodium der Hofmarschälle, der frisch gezimmerte Hautpas, auf dem schon die Fahnenträger postiert sind. Ob er sie alle aushält, die deutschen Herrschaften, die Baden, Sachsen, Oldenburg, die Sachsen-Coburg, Sachsen-Meiningen, Sachsen-Altenburg, die Schaumburg-Lippe und Schwarzenburg-Rudolstadt, die Mecklenburg-Schwerin und Mecklenburg-Strelitz, die Bayern, die Württemberg, die Hessen, die Wied, Putbus, Lynar, Pleß, Reuß und auch noch den Herzog von Schleswig-Holstein-Sonderburg-Augustenburg, aber der fällt ja nicht mehr ins Gewicht.

Mein Platz hier unten, aber wenigstens keine Tuchfühlung.

Geraune im Saal, jetzt verstummend. Doch keine Stille. Schwer ächzt das Holz und will nicht aufhören zu ächzen. Ja, meine Herren, das hätte man vielleicht mal probieren sollen, jetzt haben wir das aufsässigste Knarren mitten im feierlichsten Moment. Politische Bühne – so was will befestigt sein. Der Blick des Königs, irritiert, jetzt geht er auf mich: Bismarck, welch eine Ranküne. Aber niemand kann dem Knarren Einhalt gebieten, außer der König, indem er beginnt. Und er beginnt, es ist ja nur ein Gruß: DURCHLAUCHTIGSTE FÜRSTEN UND BUNDESGENOSSEN! IN GEMEINSCHAFT MIT DER GESAMTHEIT DER DEUTSCHEN FÜRSTEN UND FREIEN STÄDTE HABEN SIE SICH DER VON DES KÖNIGS VON BAYERN MAJESTÄT AN MICH GERICHTETEN AUFFORDERUNG ANGESCHLOSSEN, MIT WIEDERHERSTELLUNG DES DEUTSCHEN REICHES DIE DEUTSCHE KAISERWÜRDE FÜR MICH UND MEINE NACHFOLGER AN DER KRONE PREUSSENS ZU ÜBERNEHMEN...

Kathy, Catty, geliebte Katharina, komm, sieh dir dies

Schauspiel an. Wir gründen ein Reich, und kaum einer will es, außer denen, die nicht dabei sind, der schlaue Bamberger und seine Nationalliberalen. Wir gründen das Deutsche Reich vor den Toren von Paris. Wir gründen es in einem Saal, der erst vor achtzig Jahren von der Revolution leergefegt worden ist. Plenipo. Wenn ich's je war, so heute. Bevollmächtigt, voller Macht. Plenipotentiaire.

Plenipo, Plenipo!

Weißt du, was hier vor sich geht? Dein Sprung, dein Fall, dein Sturz damals in Biarritz – nichts anderes auch hier. Du weißt, Katharina, unser August, frische Hitze, Wind vom Meer, der Duft von Weite, der schwere Tobak der Gebüsche, die Haut prickelnd von Salz und Sonne, armes entzündliches plötzliches Blut, wie bleibe ich von deinem Mund weg, Orlow angestrengt leichthin beherrscht, und da lachst du, springst auf, stellst dich in diesen wollüstigen Wind, ein Schadow, der dich modelliert, alabastern unter dem leichten Kleid: Dich jetzt nicht umarmen, wie soll ich dann je wieder Arme haben, dich jetzt nicht spüren, wie kann ich noch ein Körper sein? Und du gehst davon, leicht, brisk, wippig, ja spürst du denn die Spannung nicht, kletterst kinderwitzig auf die Mauer über dem Maquis, und plötzlich begreife ich deinen riskanten Gang, das verwegene Schwanken, die Sehnsucht im Balancieren: Du wirst fallen, willst fallen, dich fallen lassen, da bin ich auf den Beinen, dir nach, panisch sicher, Tritte aus dem Traum, bin bei dir im Moment, aber um ein Nu zu spät, kein Halten mehr für dich, für mich, für uns, Schwanken, Schwindel, da unten kein Abgrund, aber tiefes Gebüsch, du fällst, wir fallen, nein, nun ist es kein Fallen, sondern ein Sprung, wir beide springen, fliegen, schweben der Erde entgegen, in meinen Armen du, dein Retter, mitstürzend, ich.

Taumel.

Bewildertheit.

Bin ich nur geflohen, vor dir, vor dem Skandal, vor der Liebe in die Macht, vor der unpraktischen Leidenschaft in die menschenmögliche? Hab mich das oft gefragt, dein Olivenzweig in der Tabaksdose ein getrockneter Zweifel, aber nein: Geflohen bin ich nicht, nur hinausgeschwommen. Da ist diese Welle herangerollt, Riesenwoge über allen andern, haushoher Wasserwall weit im Meer, und es hat keine Wahl gegeben: Du mußt ihr entgegenschwimmen, weit draußen jenseits der Seile, gegen dein Herz, gegen die Ängste, gegen den immer nur rettenden Verstand, gegen die Sucht nach den Ufern und gegen die Lust, den Blick zum Land zu wenden, immer tiefer hinaus und einsamer hinaus, auch Neptun wagte sich nicht mehr zu dir, dieser Welle entgegen von fernher, grau und drohend, dieser Wand entgegenschwimmend, die sich monströs zu türmen beginnt vor dir, wenig voraus, bannend nah, und fürchterlich über dich hinwegschlagen wird in Sekunden und für alle Zeit, jetzt, jetzt, jetzt – und da weicht die Wand auf, lehnt sich für einen Moment zurück, gemächlicher Abhang der düsteren Woge, gutmütig in all ihrem Inferno von grauem Wasser hält sie dir einen Atemzug aus und inne und still und hebt dich mit gigantischer Ruhe empor, Sänfte aus See, läßt dich aufsitzen und trägt dich, nimmt dich nun mit, hoch, groß, herausgehoben, erhaben... und gehört nun dir im Triumph, jetzt bist du ihr über, kühner Schwimmer auf der Woge, sie führt dich, nein du führst sie jetzt hin an den Strand, wo sie sich schäumend erschöpft, und dem Gischt entkommst du mit dem Gefühl eines Gottes, umjauchzt von den Leuten an Land, Madame Lafleur vom Leuchtturm ist da und die Bademeister Gustave und Edmond, sie jubeln dir zu, lassen dich hochleben, aber nein: Sie schreien dich an! Kanaille, schreien sie. Du bist eine berühmte Kanaille, Madame kreischt: Wie konnte ich mein Kind nur Othon nennen, und jetzt packen sie dich, Gustave und Edmond wollen dich zurückzerren ins Meer, dich ertränken, hinunter in den Wirbel aus Wasser, Madame immer weiter: Mon pauvre Othon...

Was ist, wo bin ich?

Wie war das, da waren doch Worte, auf deutsch? Da hat jemand gesprochen, mich gerufen, aber nicht Gustave und Edmond und die Lafleur. Kanzler? Da ist doch ein Echo von Sinn? Warst du nicht Kanzler? Wolltest du nicht Kanzler sein? Hat da nicht eben jemand den Kanzler verlangt? MEINEN KANZLER AUFFORDERE.

Mein Gott, Versailles, dies ist Versailles, nicht Biarritz, der Spiegelsaal und kein Strand, wir machen ja einen Kaiser! ZU DEREN VERLESUNG ICH MEINEN KANZLER AUFFORDERE. Die Proklamation! Die Proklamation lesen, sonst gibt es keinen Kaiser. Die Proklamation, wo? In den Schäften, im Rock, im Ärmel? Sei nicht kindisch, du hast sie in der Hand, stell dich in Position und proklamier endlich. Ach Kathy, welch ein Wechsel, liebste Nichte, kleine Fürstin, wir brauchen hier dringend eine Proklamation.

AN DAS DEUTSCHE VOLK! WIR WILHELM, VON GOTTES GNADEN KÖNIG VON PREUSSEN, NACHDEM DIE DEUTSCHEN FÜRSTEN UND FREIEN STÄDTE DEN EINMÜTIGEN RUF AN UNS GERICHTET HABEN, MIT HERSTELLUNG DES DEUTSCHEN REICHES DIE SEIT MEHR DENN SECHZIG JAHREN RUHENDE DEUTSCHE KAISERWÜRDE ZU ERNEUERN UND NACHDEM IN DER VERFASSUNG DES DEUTSCHEN BUNDES...

Geh, Kathy, das ist nichts für dich, geh ans Klavier, arbeite in Beethoven nach deiner Art und hör hier nicht hin. DASS ES DER DEUTSCHEN NATION GEGEBEN SEIN WERDE, UNTER DEM WAHRZEICHEN IHRER ALTEN HERRLICHKEIT DAS VATERLAND EINER SEGENSREICHEN ZUKUNFT ENTGEGENZU-FÜHREN... Nein, Kathy, spiel mir den Leiermann und sing mir dazu, die traurige Geschichte, Winter wie hier, grau, trist, trübe, will die starren Finger sehn, die nackten Füße auf dem Eis, den kleinen Münzteller, der immer leer bleibt. DEN FRIEDEN ZU WAHREN, DIE UNABHÄNGIGKEIT DEUTSCH-LANDS, GESTÜTZT AUF DIE GEEINTE KRAFT SEINES VOLKES, ZU VERTEIDIGEN...

Kathy, Catty, Kathsch, wie mir auf einmal alles vertraut ist, ein Lied für mich, damals schon, du schlimme Prophetin: Ja, keiner mag ihn hören, keiner sieht ihn an. Und die Hunde knurren um den alten Mann. Nur noch knurrende Hunde um mich, knurrende Hunde seit zehn Jahren, von den Hohenzollern bis zu den Sozialisten, von den englischen Weibern bis zu den Katholiken, von den Generalen bis zu den Arbeitern, selbst meine Konservativen haben zu knurren angefangen, das Knurren mein Lebensgeräusch, und ich barfuß auf dem Eis...

Innerhalb der Grenzen zu geniessen, welche dem Vaterlande die seit Jahrhunderten entbehrte Sicherung gegen erneute Angriffe Frankreichs gewähren. Und er läßt es gehen alles, wie es will. Dreht, und seine Leier steht ihm nimmer still. Wunderlicher Alter... Du wirst es nicht verstehen, Katharina, wir machen einen Fehler, aber wir müssen einen Fehler machen, und ich mache ihn mit, mache ihn sogar vor, ich lasse alles gehen wie es will. Kriege gewinnen, das ist keine Kunst mit diesem Moltke und diesen Männern, aber Frieden, den Frieden gewinnen wie nach Königgrätz – wie soll das diesmal gelingen? Die Opfer verlangen Vergeltung, doch was kann der Vergeltung folgen als die bitterste Revanche? Paradoxie, daß wir Elsaß und Lothringen brauchen, um uns vor einem neuen Krieg zu schützen, den es vielleicht nicht gäbe, wenn wir verwegen genug wären, Elsaß und Lothringen nicht zu nehmen. Aber gibt es eine Großmut vor diesem Frankreich, das nicht zu fassen ist? Der französische Kaiser besiegt, da spaziert er leichthin weg von seinen Truppen und ab nach Kassel, Paris umzingelt, da hat auch die neue Regierung hier kaum noch was zu sagen, sondern alles die Nationalversammlung, die auf einmal in Bordeaux ist, eine füchsische Nation, und am Ende kriegen wir es noch mit den Kommunisten zu tun, jeder Tag vor Paris bringt dort die Revolution näher, aber dennoch: Hinter allem immer Frankreich, das große stolze Frankreich, und wehe uns Siegern.

Schon dieses Versailles werden sie uns nicht verzeihen, diese Einquartierung zum Zweck des nationalen Kopfhoch, sie werden uns die Parkettschäden gründlich bezahlen lassen, nicht nur die. Adieu, Katharina, bin am Ende jetzt, will die letzten Sätze laut sagen, daß man sie auch in Europa verstehen kann, wenn man will: ALLZEIT MEHRER DES DEUTSCHEN REICHES ZU SEIN, NICHT AN KRIEGERISCHEN EROBERUNGEN, SONDERN AN GÜTERN UND GABEN DES FRIEDENS AUF DEM GEBIET NATIONALER WOHLFAHRT, FREIHEIT UND GESITTUNG.

Bewegung im Saal, Gescharre und Emotion, jetzt rasch noch der kalte Schauer des Hochrufs, ein Verwandtschaftsgruß ohne Preußen und Deutschland, der Großherzog von Baden wird ihn gewiß durch herzlichen Elan akzeptabel machen. SEINE KAISERLICHE UND KÖNIGLICHE MAJESTÄT, KAISER WILHELM, LEBE HOCH! HOCH! HOCH! Der König, der nun Kaiser ist, einen Moment wie erstarrt, gelähmt, vereist, da bricht der Chor der Hochrufe über ihn herein, belebt ihn, erfrischt ihn sichtlich, der Kronprinz vor ihm auf die Knie, ekelhafte Komödie, der Kaiser nun die Stufen hinab, auf dich zu, Plenipo, laß dir den Dank gefallen mit guter Miene, ein Händedruck unter sehr verschiedenen Männern. Aber was? Ist dies wahr? auch nur möglich? Der allerhöchste Herr wendet sich ab, übersieht, übergeht mich, die ausgestreckte Hand weiterreichend an den nächstbesten, daß alle es sehen: Der Kaiser schneidet seinen Kanzler.

Jetzt *sei* eine Bombe, Plenipo, explodier, daß alles in Trümmer geht, der Ruin hat begonnen, dies war das Zeichen. Mit der Dummheit kämpfen Götter selbst vergebens, sagt Schiller, aber die Leute verstehen es immer falsch. Er meint ja nicht *gegen* die Dummheit, sondern mit ihr im Bunde: da kämpft man ohne Aussicht. Wenn schon die Götter – wie vergebens ich.

Das Reich? Ich glaube nicht mehr daran, seit dieser Stunde nicht mehr, seit diesem Samthandel nicht mehr, seit diesem unsäglichen Rogge nicht mehr, seit diesem Händedruck, der unterblieb. Der Kaiser? Der Deutsche Kaiser, der Kaiser von Deutschland, der Kaiser der Deutschen? Eigentlich ist er nichts weiter als mein Kaiser, ein armer törichter Hohenzoller, der mit der Vorsehung Unzucht treibt. Die deutsche Einheit? Was soll uns diese Einheit, wenn der Krieg aus ist? Die Einheit ist eine Schlachtordnung und vielleicht noch eine Matinee wie diese. Das Deutsche Volk? Welch eine Chimäre, gequälte Hilfskonstruktion, rhetorische Fata Morgana, Bluff, der nicht standhält. Was bleibt, wenn der Schein zerstoben ist? Was bleibt von den Reichen, wenn sie besiegt, von den Städten, wenn sie zerstört, von den Kaisern, wenn sie verloren sind? Nichts bleibt. Nichts?

Plenipo, du weißt es besser, nimm sie an, die schmale Wahrheit. Was bleibt den Parisern, wenn wir ihnen die Häuser zerschießen (was wir nicht wollen), wenn sie selbst alle ihre Alleebäume abgeholzt haben: Es bleiben ihnen doch die Avenuen, die Boulevards, die freien Fluchten. Du hast jetzt das Reich, die Einheit, und einen Kaiser, der schmollt. Aber tu noch ein kleines Werk: Bau eine Straße. Schenk den Berlinern eine Ahnung von Paris: einen großen Weg ins Grüne. Schaff ihnen Luft. Paris muß nicht besetzt werden, aber reite du selbst noch einmal hinein, über die Avenue du Bois, die elysäischen Felder, diese Königinnen unter den Straßen, und nimm Maß. Und bring es heim als Souvenir.

Plenipo, sieh an deine große Arbeit und mach dich an die kleine. Der Weg in die Zukunft? Gib dich mit einem Weg ins Freie zufrieden. Bau diese Straße noch, und dann tritt ab. Welche Straße? Eine Sieges-Avenue? Eine Kaiser-Allee? Eine Straße des deutschen Volkes? Wie wäre es, wenn man diesem König, der nicht Kaiser sein mag, mit etwas bleibender Ranküne käme: Wie wäre es mit dem alten Feldweg KURFÜRSTENDAMM?

Plenipo, du bist wirklich eine berühmte Kanaille.

II
Die Goldgrube

Ein Kapitel, in dem erzählt wird, wie der Goldrausch und der Terrain-Taumel Berlins auch den Tischlermeister Fritz Kaschke erfaßt und er mit seiner Familie im Sommer 1872 einen Ausflug an den Kurfürstendamm macht. Von der höchst miserablen Beschaffenheit desselben, von Tränen unter heiterem Himmel und wie ein erfahrener Ehemann sie trocknet. Von der Möglichkeit, große Sprünge zu machen, von einer fast unmerklichen Schicksalskurve und dem guten Instinkt der vereinten Familie Kaschke. Worin aber auch berichtet wird vom Bauern Wilhelm Wittchow, seinem übermütigen Sommer, dem waghalsigen Herbst, von der leider viel zu schönen Elsa und einer Wiese am Halensee, die keine Million bringt, sondern nur Kummer und Elend. Von einem Polterabend, bei dem allerlei in Scherben geht. Von einem Schuß um Mitternacht, und warum er uns nicht sonderlich trifft. – Wo die Rede sein wird von Louis, dem Kellner, und dem größten Trinkgeld, das es je in Berlin gegeben hat. Warum es so abenteuerliche Folgen zeitigt und wie Louis sich den Kurfürstendamm erträumt als Avenue des Appetits. Nebst der Lektion, daß Aktien Kinder sind und guter Pflege bedürfen. – Wo endlich erinnert wird an die 99 Tage des Kaisers Friedrich III., an seine schreckliche Krankheit, an den Sommer, in dem halb Berlin röchelt, und an das Drama des Arztes Theodor Wolfenden, der sich dem Kurfürstendamm in den Weg stellt.

Fritz Kaschkes leichte Schicksalskurve

»Hier?«, sagte Frau Kaschke.

»Hier!«, sagte Herr Kaschke.

»Aber hier ist doch reine nichts«, sagte Frau Kaschke.

»Eben«, sagte Herr Kaschke. »Das ist ja der Clou. Reine nichts, so fängt es immer an, sogar die Bibel. Und die Erde war wüst und leer. Na und? Isse noch leer? Isse noch wüst? Kiek dir doch Berlin an, kiek dir doch Kaisers an, kiek dir doch Kaschkes an, Martha!«

»Aber hier ist doch kein Berlin, hier ist doch ewig kein Berlin. Hier ist doch Acker, hier ist ja nur Land, hier sieht's ja aus wie Lunow, und ich wollte kein Land mehr, kein' Heuschnupfen, kein' Stallgeruch, keine Mücken und Bremsen und keine Disteln.«

Mit ihren hochgeschnürten schwarzen Stiefeln trat sie eine nieder und betrachtete wohlgefällig die geknickte Pflanze.

»Na Martha, nu versündje dir man nicht an de Natur. Det is schließlich alles Schöpfung.«

»Ich weiß, und Fritze Kaschke ist der Herr der Schöpfung persönlich. Also wie du dich verändert hast!«

»Schau dir das an, Martha«, sagte er, und breitete die Arme aus wie ein Kapellmeister, der gleich ein Fortissimo braucht.

»Der Hafer steht schlecht. Mieser Boden. Ich will dir sagen, was das ist: Steppe, Wüste, Tundra...«

»Eine Goldgrube, Martha, du siehst eine Goldgrube vor dir. Soweit dein Auge reicht: pures Gold.«

»Soweit mein Verstand reicht: Fritz, du bist übergeschnappt.«

Kaschke nahm es lässig. »Und was das beste ist: ein Teil

dieses Goldes wird mir gehören.« Nach einer kleinen Weile: »Uns, Kaschkes.«

»Papa, gibt's hier wirklich Gold? Wie in Amerika?« Der elfjährige Emil Kaschke, sommersprossig und dazu hochrot vor Unternehmungslust, wartete die Antwort nicht ab, rannte vom Weg hinunter aufs Feld, bückte sich, nahm Erde in die Hand und ließ sie durch die Finger rieseln. So hatte er es bei Gerstäcker gelesen.

Seine Mutter sah es mit Entrüstung. »Fritze, mach mir den Jungen nicht auch noch konfuse. Es ist Sonntagvormittag, da redet man nicht so gottloses Zeug, wir hätten sollen in die Kirche gehen. Emil, komm her, sofort kommst du her, der gute Anzug!«

»Ich seh kein Gold«, rief Emil und fügte sachverständig hinzu: »Man muß es erst waschen. Ich nehm was mit nach Hause.«

»Untersteh dich!«, schrie seine Mutter.

»Nee, Junge, das laß mal, so ein Gold ist hier nicht drin. Kriegst 'n Groschen zur Feier des Tages. Und beten, Martha, könn' wir auch unter Gottes freiem Himmel, das ist dem lieben Gott genauso gefällig wie die Sophijen-Kirche.«

»Wehe du tust das. Dem Mammon nachlaufen und auch noch beten. Fritze, mir wird ganz anders. Du bist doch kein Quistorp, kein Carstenn oder wie diese Millionäre alle heißen. Du bist doch ein ehrlicher Mensch, Fritze, du mit deine Vertikows und dein Parkett. Und meinetwegen fängste auch wieder mit den Särgen an.«

»Da hast du recht, Martha, Quistorpn bin ich nicht und keen Carstenn, und ein Eisenbahnkönig wie Strousberg bin ich auch nicht. Aber Fritze Kaschke bin ich, und klein fang ich an, und klein haben die auch alle mal angefangen, und was die können, warum sollt ich das nicht auch können? Seh mal, Martha, es ist ja nichts Unrechtes dabei, nur ein bißchen Courage, und beede Ohren weit auf...«

»Mach mal lieber die Augen auf, und sieh dir dies olle

Feld an, und den Haber, der dich sticht, und denn sag noch mal Goldgrube, und denn lach mal tüchtig, und denn biste wieder gesund.«

Kaschke blieb bei Laune, ja, die Tirade seiner Frau schien ihn noch mehr zu animieren. Er breitete die große Decke aus am Wegrand, holte den Korb mit dem Proviant, entkorkte, »zur Feier des Tages«, eine Flasche Rotwein, und goß seiner Frau und sich ein Glas davon ein. Sie wies ihres zurück: »Jetzt spielste schon den großen Mann. Trinkst am hellichten Tage.« Er tat es unverstört.

»Martha, nu horch mal zu. Ich bin gesund. Sehr gesund. Und wenn Düppel nicht gewesen wäre, richtig gesund. Und ich habe gearbeitet, und nicht knapp. Aber Arbeit ist immer nur so vor sich hin, und dann kannste keine großen Sprünge machen. Und dies ist eine Zeit für Sprünge. Und Sprünge, die kannste nicht arbeiten, heute mal 'n bißken, morgen mal 'n bißken, Sprünge mußte machen. Sprünge mußte springen.«

»Aber das wichtigste beim Springen«, sagte Frau Kaschke, »ist, daß du dir nicht die Knochen brichst.«

»Ich spring ja rauf. Nicht runter. Martha, wir springen doch man bloß nach oben.«

»Als ob man das so genau wissen könnte, Fritz! Und der Acker hier sieht mir wirklich nicht wie 'n Sprung nach oben aus. Wenn du uns doch wenigstens in die ›Flora‹ würdest einkaufen. Das ist was Solides, da sind Fürstlichkeiten dabei, und richtige Aktien geben sie aus, und man käme mal in andere Kreise. Stell dir vor, unter Palmen wandeln wie in Italien, und denn grüßt du die Leute, Schön' guten Morgen Herr Bankier Hackel, guten Morgen, Graf Putbus...«

»Der ist auch dabei? Dann ist die Sache schon faul. Den nennen sie nicht umsonst Graf Kaputtbus. Nein danke, Frau Kaschke. Und denn zankste dich mit den Grafen und Baronen, welches Blatt von welcher Palme dir gehört...«

»Palmen haben keine Blätter, Fritz.«

»Na siehste, nicht mal das. Und denn, Martha, dein

Palmenhaus, woraus wird denn das? Ganz aus Glas. Eine riesige Halle aus Glas. Und du stickst doch so gerne Stichwörter: Glück und Glas.«

»Aber die Palmen müssen doch Licht haben.«

»Soll'n sie, Martha, soll'n sie immer haben, und die Charlottenburger sollen ihr Palmenhaus haben, und der Herr Hofgartendirektor Jülicke persönlich soll die Bäume begießen, daß sie bis in den Himmel wachsen, aber nicht für Kaschke sein Geld.« Zum Zeichen, daß dies in Sachen des Flora-Projekts sein letztes Wort war, trank er einen kräftigen Schluck Wein und stopfte sich eine Scheibe der mitgebrachten Wurst in den Mund. Er kaute mit volleren Backen, als er sie eigentlich hatte.

Aber Frau Kaschke ließ nicht locker.

»Ja, Fritz, du gehst mit deinem Geld besonders klug um. Du willst es in einen Acker graben, wo kein Mensch mehr weiß, ist es noch Wilmersdorf oder Schmargendorf oder schon Teltow oder warum nicht gar Sibirien, und nun denkst du, daß dein Geld hier Junge kriegt, oder wie? Sag, Fritz, du willst uns doch hier nicht ein Haus in die Wildnis bauen? Du möchtest mich nicht etwa in diese Einsamkeit verbannen? Ich muß doch hier nicht wohnen? Fritze, sag, willst du mich aussetzen? Hier, wo nie ein Mensch hinkommt?«

»Aber Martha«, sagte Kaschke, »hier sind schon vor dreihundert Jahren die Kurfürsten langgeritten.«

»Die waren aber bestimmt froh, wenn sie hier durch waren und in ihrem Jagdschloß. Und die Kurfürstinnen, die mußten ja wohl nicht mit. Aber Martha Kaschke, die muß auf den Acker.«

»Papa, baust du uns hier eine Bude?«, fragte Emil in diesem Augenblick.

Die Ungerührtheit dieser Erkundigung gab seiner Mutter den Rest. Frau Kaschke, eine Erscheinung von anmutiger Korpulenz, mit einer mütterlichen Hüfte und einem energischen Busen, wankte ein paar Schritte, die das Ausmaß ihrer

Verzweiflung räumlich begreifbar machen sollten, beiseite, ließ sich, wie mit letzter Kraft, auf einem Feldstein nieder, und fing, so gesichert, zu schüttern und zu schluchzen an, gab sich einem Jammer hin, der in großen Tränen ausfloß und die bebende Suche nach einem Taschentuch erforderlich machte, mit kleinen, dicken, rosa Fingern vollführt, nach einem Taschentuch, das, als es endlich zum Vorschein kam, nichts weiter war als eine Winzigkeit aus Spitze und nun, da es in höchster Not auseinandergefaltet wurde, so aussah, als sollten die Katarakte der Erschütterung von einem Sieb aufgefangen werden. Für ein Häuflein Elend war Frau Kaschke zu stattlich, aber sie war in ihrer zuckenden Massivität ein rührender Anblick, und Herr Kaschke war gerührt. Er ging mit sanfter Eile auf seine Frau zu, zückte seinerseits eine Tischdecke von Schnupftuch und hielt ihr das vor die wasserblinden Augen. »Aber Liebe«, sagte er weich, und mit einem Blick auf den Boden überlegte er, ob ein Kniefall, zumindest ein Niederknien, sich machen ließe.

Die Extravaganz blieb ihm erspart, denn nun, da seine Frau ihn so nah bei sich hatte, fuhr sie ihn an: »Heiratsschwindler, Lügner. Mich so zu hintergehen. Meine armen Eltern. Die Stadt, du hast mir die Stadt versprochen, Leute, Bälle, Promenaden, Tiergarten, und jetzt dies: Mama, Mama, schau dir dies an.«

Die Fassung, die Kaschke bei diesem Ausbruch bewahrte (Mutter und Sohn weinten nun zweistimmig), hatte Tradition. Die leichte Lähmung seiner Gesichtszüge war ihm schon geläufig, und das Schweigen spannte er auf wie einen altgedienten Regenschirm. In den zwölf Jahren seiner Ehe hatte er sich mit solchen Szenen vertraut machen müssen, vor allem mit der Grundszene, in der seine Frau immer wieder die Braut war, die zarte, etwas elegische Gestalt, ein Mädchen, das sich fortsehnte aus der Enge eines Dorfschulhauses, das von einem Retter oder gar Ritter träumte, der sie mitnähme in sein Reich, und dabei dachte sie an Stadt, an

Berlin und Unter den Linden. Und immer tat sie, überjammert, so, als wäre dies alles eben erst gewesen, ihr erster Tanz in einem Gartenlokal an der Oder, die Lebhaftigkeit ihrer Frage: Sie sind wirklich aus Berlin?, und der eilige Kuß, mit dem sie sein Ja belohnte. Aber kein Berlin konnte je ihrem Traum von Berlin entsprechen, keine Stadt jenem Zauberreich des Komforts, das sie in Gedanken bewohnte, schon gar nicht das schmale Haus in der Spreestraße im Zentrum, das Kaschke von seinem Onkel geerbt hatte, das enge Quartier eines kleinen Handwerkers, ein zwischen andere seinesgleichen eingepreßtes Gebäude, dessen größter und hellster Raum die Tischlerwerkstatt im Erdgeschoß war. So hatte es die erste ihrer großen Szenen gleich beim Einzug gegeben, und auch damals wie jetzt hatte es mit dem ungläubig-entsetzten Ausruf »Hier?« und mit seiner Bekräftigung »Hier!« begonnen. Ihre geradezu herzliche Enttäuschung war um so krasser, als sie keinen Schritt aus dem Hause tun konnte, ohne der wirklich großen Welt zu begegnen, den höfischen Dimensionen, dem Luxus der Fürsten und der Reichen: Da war, nur um zwei Ecken entfernt, das kolossale Schloß, da waren die Palais des Kronprinzen und der Prinzessinnen, da waren die Villen der Bankiers und der Botschaften, und es war alles so schmerzhaft nah, so zum Hineingehen nah, und doch so unerreichbar, nicht zu betreten, nie. In Lunow war sie ja was gewesen, die Tochter des Lehrers, fast eine Dorfprinzessin, Martha auf der Erbse, wie sie sich nicht ungern hänseln ließ, aber hier in Berlin war sie ein Nichts, Frau Kaschke, und als sie ihren Mann zum erstenmal in der Kluft des Tischlers sah, bekam sie einen Weinkrampf und, da Kaschke sie erst erschreckt, dann zärtlich, dann leidenschaftlich zu trösten versuchte, nach gebührender Zeit ein Kind, unseren Emil.

Und als der Junge da und die Entbindung insofern an ihr spurlos vorübergegangen war, als sie den Umriß der letzten Schwangerschaftswochen annähernd beibehielt, brachte sie ihren Mann, immer unter Anrufung ihrer Mutter und seiner falschen Versprechungen, mit der neuen Redefigur des kleinen Erdenbürgers, der Platz brauche, dazu, die Werkstatt aus dem Haus zu nehmen, das sonst zum Wohnen zu eng sei, und sie richtete, wo vorher Hobelbank und Drechslergeräte gestanden hatten, ein Wohnzimmer ein, das sie ihren Salon und Herr Kaschke ungestraft »unsern kleinen Orient« nannte. Daß Martha Kaschke ihren Mann nun tagsüber aus dem Hause hatte, tat nicht nur ihr gut, die nach und nach alle Stuben mit Teppichen und Palmen und seltsamen Lampenschirmen ausstaffierte, sondern auch ihm an seinem neuen Arbeitsplatz in der Mauerstraße. Denn der Schuppen dort, weg vom Familienleben, erhöhte nicht nur seine Energie und verlängerte seine Arbeitszeit, weil Störungen ausgeschlossen waren, er beflügelte auch seine Unternehmungslust, ja, es gab immer häufiger Momente, in denen er das Gefühl hatte, er gebiete nunmehr über eine kleine Fabrik.

Aber 1864, beim Krieg gegen Dänemark, wurde er gezogen und glaubte alles verloren: sich, das Geschäft, die Kundschaft und die seligen, wenn auch seltenen Momente über dem voll gewölbten Leib seiner Frau. Und in der Tat erwischte es ihn schon nach wenigen Tagen, vor Düppel, nicht einmal im Gefecht, sondern bei unzeitigen Schanzarbeiten. Dafür wurde er auch nicht tödlich getroffen, beileibe nicht, aber schmerzhaft und kurios im Gesäß: Er hatte sich gerade nach einem Balken gebückt. Die Schreie während der Operation – dann war der Krieg für ihn aus, und er war rechtzeitig in Berlin zurück, um am Geschäft mit den Särgen teilzunehmen, die oft, von den Eltern vermißter Krieger, aus bloßer Pietät gekauft und leer in die Erde gesenkt wurden.

Das Sarggeschäft wurde zwei Jahre später noch einmal erweitert: Nach Königgrätz konnte Kaschke zeitweilig acht Gesellen beschäftigen, von denen er aber nur drei entlassen mußte, als der Krieg gegen Österreich zu seinem überraschend schnellen Ende kam. Es war, als ob inmitten aller Trauer doch auch immer Bewunderung übrigblieb für die

eichene Gediegenheit und das dekorative Schnitzwerk der
Kaschkeschen Produktion, deren beruhigende Schwere acht
Träger erforderlich machte, und selbst die gingen gestaucht.
Aber auch noch die leichteren Fichten- oder Rüsternsärge
waren nie ohne irgendein liebevolles Detail wie einen Lor-
beerkranz oder eine betende Hand oder gar ein Reliefporträt
des Gefallenen. Und zunehmend konnte das kleine Unternehmen Kaschke, denn das war es nun, auch den zivilen
Tod bedienen. Der Neid blieb nicht aus, und er blieb nicht
stumm. Von gehässigen Erwachsenen mit Spottversen versorgt, riefen die Gören dem Meister Kaschke oder seinen
Leuten oder gar Frau Kaschke auf der Straße nach:

> Deine allerletzte Ruhe
> In nem Sarg von Kaschke tue.

Oder:

> Bist du einst ne schöne Leiche,
> hüllt der Kaschke dir in Eiche.

Und als Gipfel der Frechheit:

> Fritze Kaschke hat ne prima Firma:
> An seine Särge traun sich nicht mal Würmer.

Während Kaschke selbst solche Sprüche eher erheitert aufnahm, als Zeichen wachsenden Erfolgs, und während ihn
ein Stichwort wie »Firma« höchstens beflügelte, litt seine
Frau sehr unter dem Gespött, und die Entscheidung mußte
fallen, als Emil, inzwischen fünf Jahre alt, eines Tages
heimkam und fragte: »Was heißt denn Sarg-Mumie? Die
Kinder sagen, wir sind Sarg-Mumien.« Fritz Kaschke war
damals vor die Wahl gestellt worden, entweder Abschied
von den Särgen oder Abschied von seiner Frau zu nehmen –
schließlich gebe es ja noch andere Dinge aus Holz –, und so
sehr er im ersten Zorn den zweiten Abschied erwog – denn
ihre unsinnige Forderung bedeute den glatten Ruin und sie

könne dann binnen weniger Wochen mit all ihrem Firlefanz einpacken –, so war er doch gewitzt genug, um ihr Gezeter für den hysterischen Ausdruck einer ganz vernünftigen Überlegung wenn nicht zu halten, so doch zu nehmen.

Denn eines war Kaschke klar geworden, inmitten seiner Trauerarbeit: Es gab viele Tote in Berlin, Selbstmörder und Diphteritisfälle und all so was mitgerechnet. Doch jede Beerdigung zeigte, daß die Überlebenden allemal in der Mehrzahl sind und daß sie vom Friedhof heimgehen mit rasch trocknenden Tränen und mit dem Gefühl, ihre Tage nun doppelt zu genießen, sich etwas zu gönnen, so lange das Lämpchen noch glühte. Oder so ähnlich.

Und wenn Fritz Kaschke sonst bei den großen Kuchenschlachten oder Besäufnissen nach einer Bestattung – denn manchmal konnte er sich nicht davor drücken – meist gequält dabeigesessen hatte und im Gedanken an die verlorene Arbeitszeit, so machte er jetzt, nicht von heute auf morgen, aber immer mehr, eine sehr viel aufgewecktere Miene zum Trauerspiel, denn immer deutlicher zeigten sich ihm die Hinterbliebenen als Kundschaft. Trostreich und begütigend begann er das neue Leben auszumalen, das man dem Verstorbenen schuldig sei. Er fing den Elan auf, den Beerdigungen zeitigen, und er gab ihm die Richtung: Weg mit altem Plunder, und keine Scheu vor neuem repräsentativen Meublement: Er schwärmte von Vertikows mit kunstvoll gedrechseltem Säulenwerk, von Blumensäulen aus Mahagony, und er baute ganze Büffettburgen, zunächst in der Phantasie, dann auf dem Papier und zuletzt in der sich immer mehr erweiternden Tischlerei.

Und dann kam der Sieg gegen Frankreich, und es kamen die Krieger heim, und nicht Särge wurden mehr gebraucht im Sommer 1871, sondern Spaliere und Tribünen und Sitzplätze für den großen Enthusiasmus, und wiederum war Fritz Kaschke dabei, und von seinen Holzgerüsten aus jubelten die Berliner den Siegern zu.

Der Mann war gemacht.

Und an diesem Juni-Sonntag des Jahres 1872 hatte Kaschke seine Familie zu einer Landpartie eingeladen. Es war ein blausilberner Himmel, der sich über der Unternehmung wölbte, über dem frischen Grün der Wiesen, der Roggen- und Haferfelder, über den Bäumen und Büschen im Hopfenbruch. Die Sonne schob allmählich den frühen Dunst weg, Hitze mit einem Hauch Wind kam auf, dem Frau Kaschke wie grüßend zufächelte. Sie hatten sich den Landauer eines Kunden gemietet, der bei Kaschke in der Kreide stand, und es war Ehrensache, daß kein Kutscher auf dem Bock saß, sondern Fritz Kaschke selbst. Sie waren durch den Tiergarten gefahren, hatten die Fasanerie-Allee hinter sich gelassen, den Knick am Gartenufer genommen, waren dann am südlichen Rand des Zoologischen Gartens vorbeigefahren, wo schon Pflaster lag, und sodann auf ein beträchtliches Abenteuer losgesteuert: Eine Fahrt über den alten Kurfürstendamm, einen Knüppelweg, der so holprig war, daß das Gefährt wippte und schlingerte und die Karosserie zu knirschen begann. Das war nicht bloß federndes Auf und Ab oder gleichmäßiges Pendeln zur Seite; es gab ruckartige Kippeleien und beängstigende Schräglagen; und manchmal ein solches Stakkato von Stößen, daß man mehr schwebte als saß.

Als schon die Bäume der Wilmersdorfer Landstraße in Sicht kamen, hatte Kaschke Halt gemacht, dem Pferd den Futtereimer umgehängt, und gesagt, nun sei es Zeit für eine richtig gemütliche Rast. Dann hatte er tief eingeatmet, und mit dem Ausatmen zugleich die Eröffnung begonnen, daß er hier irgendwo Land kaufen wolle, Terrain, Bauland für die Zukunft, und dann hatte Frau Kaschke ihre Fassungslosigkeit in den Ausruf »Hier?« gerettet, der schon zu hören gewesen ist, und in den Tränenstrom, der immer noch andauert, der nun aber getrocknet werden soll. Denn Fritz Kaschke muß diesem Jammer ein Ende machen. Er kann es ja, er muß ihr nur alles richtig erklären, auch wenn er sein Ehrenwort gegeben hat, zu niemandem davon zu sprechen. Schließlich bleibt es ja in der Familie.

»Martha, hör mir mal zu. Es geht um folgendes: Der Freiherr von Heckenstett...« Er wußte, wenn es mit einem Freiherrn anfing, hatte er ihre Aufmerksamkeit gewonnen und sie schon halb auf seiner Seite.

Das Weinen ebbt nun auch schon zum Schluchzen ab.

»Niemand«, sagt Kaschke, »soll hier wohnen, ist doch klar. Wir sind ja Stadtmenschen, Ehrensache. Aber so viele Leute wollen heute ins Grüne, und wenn uns ein bißchen von dem Grünzeug gehört, dann kann es nicht schaden. Da fällt vielleicht ein neues Haus mitten in Berlin für uns ab, Villa oder Palais.«

Nun kommt noch einmal ein großes, pfützenähnliches Geschluchz, und dann: »Was ist mit dem Baron von Hekkenstett?«

Und jetzt erzählt Fritz Kaschke sein Geheimnis.

Denn er hatte einen Wink bekommen, eine Information als a conto für eine größere Parkettarbeit, die er dem verarmten Freiherrn von Heckenstett ausgeführt hatte, einem Mann, der seine meiste Kraft darauf verwendete, die Haltung und Miene eines alten Geschlechts trotz widriger Umstände zu wahren, und den Rest seiner Zeit und Energie, um als Weinhändler sich zu betätigen, als Vertreter für Spitzenlagen gewissermaßen. Heckenstett bediente sich seines Namens, seiner Beziehungen, und nichts in Berlin zwischen dem ältesten Adel und dem neuesten Reichtum war ihm fremd. Aber durch seine mannigfaltigen Besuche war er nicht nur ein Ratgeber in Sachen Wein, sondern auch eine Art von zivilem Geheimkurier, den Eingeweihte den wandelnden Wolf nannten, nicht nach dem Tier, sondern nach Wolffs Telegraphenbüro. Heckenstett war aber alles andere als eine Klatschtante, sondern er hielt mit seinen Nachrichten haus, ja, er hatte einen guten Sinn dafür, wo ein Wort, das er gehört hatte, überhaupt erst zur Information wurde. Er hatte ein Gespür für den Aufstieg der Nichtigkeit zur Begebenheit, und er wußte, daß solch ein Aufstieg sich nicht überall und allezeit vollzieht. Nicht jeder kann jede Nachricht gebrauchen, so wie nicht jeder jeden Wein verträgt. Und so, wie Heckenstett nie auf die Idee gekommen wäre, einem seiner Kunden, der partout Mosel trank, einen ›Hock‹ aufzureden, wie er seinen neureichen Kunden nie etwas anzubieten wagte, das nicht zu den erlesensten französischen Crus gehörte, denn ausländisch und teuer mußte es sein – das Etikett ersetzte die Etikette –, so wußte er zu dosieren, was man ihm zugetragen hatte. Manchmal pokerte er ein wenig mit seinen, wie er es nannte, Dossiers, aber kaum einmal verkaufte er dieselbe Sache mehr als zweimal. Nur in der Art, wie er sie verkaufte, auf diplomatischem Wege, versuchte er sich dafür zu entschädigen, daß er sie überhaupt zu verkaufen gezwungen war.

»Halten Sie Strousberg?«, fragte er Kaschke, als dieser erwartete, Heckenstett werde ihm den Betrag von achthundert Talern, der seit einem halben Jahr fällig war, endlich zahlen.

»Strousberg, Sie meinen Aktien?«

»Wer kann Strousberg sagen und etwas anderes meinen, guter Meister Kaschke.«

»Na, viel ist es nicht, ein paar Stücke Berlin-Görlitzer, und so allerlei an der Rechten Oder-Ufer-Bahn.«

»Keine Rumänen?«

»Das neue Projekt? Sie meinen, da soll ich?«

»Im Gegenteil. Da wäre ich Ihr Freund nicht, wenn ich das meinte.«

»Steht es so schlimm?«

»Nicht so schlimm, nur nicht so gut. Balkan bleibt Balkan. Und irgendwas braut sich auch in Berlin zusammen. Nicht so wie damals der Krawall mitten im Krieg, als er seine Zinsen nicht zahlte und die Leute ihm sein Palais stürmen wollten. Natürlich ist er viel zu reich für eine Pleite. Wer erst einmal in der Wilhelmstraße wohnt, ist so gut wie an der Regierung.«

»Immerhin zahlt er siebeneinhalb.«

»Wenn er zahlt, ja. Kurz, ich weiß was Besseres für Sie, Kaschke. Ganz ohne Risiko. Exorbitanter Gewinn. In zwanzig Jahren sind Sie Millionär!«

»Eigentlich, Herr Baron, wäre ich ja schon mit meinen achthundert Talern ganz glücklich, mal so gesagt. Aber wenn Sie nun partout ein'n Millionär aus mir machen wollen, ooch jut. Doch warum, fragt sich Kaschke, machen sich Herr Baron von Heckenstett nicht selbst das Vergnügen. Ich meine, wo es doch ohne Risiko ist.«

Heckenstett zeigte eine kurze Ungnädigkeit. Er wandte sich ab, wie man sich von einem ungezogenen Kind abwendet, aus pädagogischen Gründen. Dann: »Wir sind ein altes Geschlecht, Kaschke. Wir haben unsere Ahnen gezählt, nie das Geld, das hatten wir nicht nötig. Und als wir es nötig hatten, gab es nichts mehr zu zählen. Millionär sein? Das widert mich an. Was soll ich mit einer Million? Damit komme ich nicht einmal so weit wie mit meinen Schulden. Aber Sie – für Sie wäre das doch was.«

»Was soll ich tun, Herr Baron?«

»Sie kaufen Terrain«, bestimmte Heckenstett.

»Was kaufe ich?«

»Land. Grund und Boden.«

Kaschke brach in einen Lachärger aus. »Na, das ist ja mal was ganz Neues, Herr Baron. Seit zehn Jahren spricht ganz Berlin von Landkauf, jeder Bengel kennt den Rutenpreis von Wilmersdorf bis Schmargendorf auswendig, jeder hat jedem schon mal ein Stück Gegend verkauft, und nun, wo es zu spät ist, stellen Sie sich hin und sagen mir, ich solle Land kaufen.«

»Bravo, Kaschke, so kenn ich meinen Mann. Immer solide. Kein Spekulantentum. Der Hobrecht mit seinem Bebauungsplan hat Berlin ruiniert, das ist wahr. Die Stadt ist eine Irrenanstalt. Aber Sie, Kaschke, haben einen kühlen Kopf, und deswegen habe ich etwas für Sie, ein erstklassiges Dossier. Sehr geheim.«

»Na denn man tau«, sagte Kaschke knapp. Nicht, weil er

noch neugierig war, sondern weil er nun von der Sache genug hatte.

»Wilmowski«, sagte Heckenstett; vielmehr blies er den Namen in den Raum wie eine Pusteblume.

Kaschke schien die Schönheit des Vorgangs nicht zu begreifen. »Sagt mir nichts«, knurrte er.

»Sehen Sie, Kaschke, das ist so ein Punkt, den ihr... ihr Menschen aus dem Volk noch lernen müßt: daß euch Namen was sagen. Namen sind die Geheimsprache der, Pardon, guten Gesellschaft. Man muß Namen kennen, Namen nennen, und selber einen haben. Manche machen sich auch einen wie dieser Goethe, also das ist wie mit der Million, plebejisch. Aber im Ernst: Sie haben nie von dem Geheimen Kabinettsrat von Wilmowski gehört?«

»Mir schwant da was. Der erledigt den Schreibkram für unsern Kaiser, oder?«

»Schreibkram, Kaschke, Sie reden ja wie ein Revoluzzer! Kabinettsrat von Wilmowski ist gewissermaßen der intimste Ratgeber Seiner Majestät.«

»Und was ist nun mit ihm?«

»Er führt ein großes Haus, viele Einladungen, Gäste, das heißt gute Weine, gute Weine heißt: er gehört zu meinen Kunden, wir sind nicht gerade eng bekannt, er tätigt die Einkäufe auch nicht selbst, ein Mann, der seine Zeit dem Kaiser zu widmen hat, aber seinen Sekretär kenn ich gut, ein früherer..., wir hatten mal dieselbe Dame, das verbindet. Und beim letzten Geschäftsbesuch, Dienstag, spür ich: Dikke Luft im Palais, mein Freund ein bißchen kurzangebunden, nervös, aber dann doch aufgeschlossen, also es bricht förmlich aus ihm heraus: Wilmowski sei außer sich, Bismarck traktiere ihn wie einen Schuljungen, mit einer bloßen Marotte mache er ihm das Leben schwer, er komme überhaupt nicht mehr zu den wichtigen Geschäften, müsse sich nur noch um Bismarcks Reitweg kümmern, nachdem der nun nicht mehr Kriege anzetteln, Europa an der Nase herumführen und die Generalität zur Weißglut treiben könne, habe er sich einen neuen Kriegsschauplatz gewählt, die Berliner Stadtplanung. Er wolle partout einen Weg hinaus zum Grunewald, breit wie die Champs-Elysées, bringe alle Pläne durcheinander, im Polizeipräsidium raufe man sich die Haare, die Tiergartenverwaltung habe jahrelang umsonst gearbeitet, und Hobrecht habe schon gedroht, sich zu erschießen oder die Sahara zu parzellieren. Nur der Kaiser sei von geradezu wachsweicher Willigkeit, sage immer nur: Wenn mein Kanzler es so will, dann wollen wir es so machen... Verstehen Sie, was das heißt, Kaschke?«

»Daß der Kaiser nicht gegen Bismarck ankommt. Aber das weiß doch jedes Kind.«

»Kaschke, Mann Gottes, ich rede mit Ihnen nicht über Politik, ich rede mit Ihnen über Geschäfte. Über Ihre Geschäfte.«

»Herr Baron, Sie müssen mich verwechseln.«

»Kaschke, man sollte Sie adeln, bei dem Mangel an Unternehmungsgeist. Verstehen Sie doch: Fürst Bismarck bringt die ganze Berliner Planung durcheinander, selbst den sturen Hobrecht, und wenn was durcheinander ist, entsteht doch eine neue Situation, und eine neue Situation ist das, was Sie brauchen.«

»Für eine neue Situation kann ich mir nichts kaufen.«

»Nein, aber *in* einer neuen Situation können Sie sich Land kaufen. Land an einer Straße, die der eigensinnige Bismarck will. Und der will eben nicht nur so einen kleinen Trippelpfad, der will was Großes, eine Prachtallee. Und wer da zu den Adjazenten gehört, der hat für sein Leben ausgesorgt.«

Und nun halten wir den Atem an: Wie wird es mit Kaschkes weitergehen? Wie wird ihre Landpartie enden? Um den Familienfrieden ist uns nicht weiter bang, denn schon hat eine nicht nur besänftigte, sondern durchaus zustimmende Martha Kaschke wieder im Wagen Platz genommen, sie hat, vor dem Aufbruch, sogar einen Schluck Wein mitgetrunken, auf das gemeinsame Wohl, es herrscht zwischen dem Paare eine zärtliche Interesseninnigkeit, und Emil hat sich sogar aus dem Butterbrotpapier eine Tüte drehen dürfen, in die er Erde eingesammelt hat, um sie zu Hause zu waschen und auf Gold zu prüfen. Es war vor allem das geheimnis-volle Wort Adjazent, das Frau Martha beschwichtigt und begütigt hat, weil es dem Aszendenten so ähnlich ist, und der, das weiß man ja, bedeutet meist etwas Gutes.

Unsere Spannung besteht in der Frage, ob wir Kaschkes in den nächsten fünf Minuten aus den Augen verlieren, ob sie aus unserer Geschichte auswandern auf Nimmerwiedersehen, ob wir sie links liegen lassen müssen, oder ob sie uns die Treue halten und wir ihnen. Denn daß wir weiter mit ihnen rechnen können, setzt jetzt bei Herrn Kaschke mehr als nur den Entschluß voraus, in den nächsten Tagen Nägel mit Köpfen zu machen, sondern eine ganze Menge wacher Bedachtsamkeit und Instinkt in den folgenden Momenten. Denn: die Information, die Kaschke von Heckenstett erhalten hat, enthielt einen Haken. Sie war nicht falsch, aber ungenau, und zwar so ungenau, daß sie für das Vorhaben von Kaschke nicht nur falsch, sondern geradezu katastrophal sein muß, wenn er in diesen nächsten Minuten nicht aufpaßt. Nicht nur würde seine Spekulation nicht aufgehen, sondern auch unsere nicht mit Kaschkes, und dabei haben wir doch schon einiges investiert.

Es ist nämlich so, daß der Feldweg, also dieser elende Kurfür-stendamm, der bisher strikt geradeaus geführt hat, in eine leichte Biegung übergeht, einen sanften aber weiten Bogen nach Südwe-sten hin, in eine langgezogene Krümmung, die so allmählich vonstatten geht, daß Kaschke gar nicht nötig hat, den linken Zügel anzuziehen, die aber so stetig sich hinwindet, daß der Weg zuletzt fast senkrecht zu seiner vorherigen Richtung verläuft. Und wenn er dann, nach etwa einem Kilometer dieser Kometenbahn, die andere Richtung erreicht hat, mündet er in spitzem Winkel in die Chaussee nach Wilmersdorf. Hier hält Kaschke noch einmal an und erklärt seiner Frau, daß alles, was sie jetzt sehe, außerhalb des Bebauungsplanes liege. Hier, am Ende des Kurfürstendamms warte die größte Chance, die höchste Rendite, der tollste Gewinn, die goldenste Zukunft. Noch drei Minuten, Kaschke, mach die Augen auf.

Es ist aber Emil, der ruft, auf den Weg zurückblickend: »Kiek mal, Papa, wir sind ja ne Kurve gefahren, hab ich gar nicht gemerkt.«

»Ja«, sagt sein Vater, »das ist wie mit der Erde, da merkt man auch nicht, daß sie rund ist«, und er lacht über seinen gelungenen Vergleich.

Freu dich nicht zu früh, Kaschke, das Stichwort ist gefallen, du mußt es nur bemerken, es ist für dich bestimmt, und wenn nicht bald der Groschen fällt, ist an eine Million nicht zu denken.

»So, Martha, jetzt hat die Schaukelei ein Ende, jetzt gib Vatern mal noch einen ordentlichen Schluck aus der Pulle.« Er trinkt, stolz, zufrieden, mit sich, mit ihr, mit der Welt, mit dem Tag. Als Martha Kaschke die Flasche verkorkt, sagt sie: »Du, Fritze, das gefällt mir nicht.«

Was sie denn nun schon wieder habe? Gar nichts, aber das letzte Ende Weg komme ihr komisch vor, und ausgerechnet hier wolle er kaufen?

»Wieso komisch. Was 'n hier komisch? Klar doch hier, die andern Preise, mehr zum Zoo, kann man doch nicht bezahlen.«

»Aber Fritze...«

»Ja?!«

Wenn das doch nun eine so große Ausflugsallee werden solle wie in Paris, so eine richtige Prachtstraße wie die Champs-Elysées, so ein echter Boulevard, die gingen aber immer geradeaus. Schnurgerade. Kerzengerade. Pfeilgerade. Sie wolle ihn ja nicht schon wieder verärgern, aber solche Straßen machten ihrer Meinung nach einfach keine Kurven.

Noch eine Minute, Kaschke.

Fritz Kaschke hält den Wagen an, aber nicht, um auszusteigen, sondern um in Ruhe einen Blick zurück zu tun. Er stellt sich sogar aufrecht hin, wegen der besseren Übersicht. Wie eine Kometenbahn führt der Kurfürstendamm in die Stadt hinein, das ist wahr, Kaschke steht am Ende des

Schweifs. Er nimmt den Hut ab, fährt sich durch die Haare, reibt sich den Hals.

»Da ist was dran«, sagt er, »da ist ganz entschieden was dran.« Er setzt sich. »Martha, laß uns nach Hause fahren, mir ist nach einem Lineal. Ich glaube, der Bismarck will schnurstracks Richtung Halensee. Und *da* müssen wir kaufen, nicht hier.«

Fritz Kaschke hat begriffen. Die Kurve hätte ihn ins Abseits geführt.

Jetzt aber hat Fritz Kaschke das Zeug zu einem richtigen Kurfürstendamm-Millionär.

Wir werden ihn also wiedersehen.

Wilhelm Wittchows wilder Sommer

So einen Sommer hatte Wilhelm Wittchow nie erlebt. Der Roggen hatte schon besser gestanden, das erste Heu war reichlicher gewesen, die Kartoffeln wurden im Kraut zu früh gelb, ein junges Fohlen war neulich auf der Koppel so unglücklich in einen Graben galoppiert, daß er es hatte erschießen müssen. Aber sonst war es eine große Zeit, und Wittchow ertappte sich immer öfter bei dem Gedanken, so wie ihm müsse auch einem König oder jetzt dem Kaiser zumute sein, zu dem alle Welt ins Haus kommt, und dauernd hat er Unterhaltung.

Es hatte damit begonnen, daß er immer öfter in der Feldarbeit unterbrochen wurde, daß Leute am Ackerrand auf ihn warteten, oder über die Wiese auf ihn zugehüpft kamen, oder daß sie bei Feierabend, meist in einer Kutsche, am Hoftor auf ihn warteten. Zuerst war er zornig gewesen über die Störungen, hatte die allerersten weggeschimpft. Nicht von ungefähr nannten sie ihn im Dorf den wilden

Willem. Dann hatte er sich mit schweigsamer Knurrigkeit begnügt, mit grunzendem Grimm, und einmal, als ein besonders lackierter Affe ihm in den Weg trat, hatte er auch ausgespuckt oder, wie die Leute sagten, den sogar angespuckt. Ein anderer hatte die Stirn gehabt, ihm beim Heuwenden eine Visitenkarte in die Hand zu drücken, und Wittchow hatte sie, ohne ein Wort, zerrissen und dem Mann hinten in den Hemdkragen gestopft.

Aber stur sein strengt an, und eines Tages war es Wilhelm Wittchow zuviel. Der erste Mann, mit dem er ein paar Worte wechselte, war auch vor Metz gewesen, wenn auch nur kurz und also kein richtiger Belagerer. Aber von nun an war Wittchow neugierig, was das für Leute wären, die zu ihm kamen, und er ließ sie nicht nur reden, er fragte sie aus. Daß sie seine große Weide hinten beim Halensee kaufen wollten, hatte er von Anfang an begriffen, aber da er fest entschlossen war, sie nicht zu verkaufen, fand er, es könne nicht schaden, wenn er sich etwas unterhalten ließ. Er bestellte sie jetzt nach Feierabend und ließ sie immer wieder kommen.

Und sie kamen immer wieder. War er sonst im Sommer nach dem langen Tage entweder direkt oder auf dem Umweg über den Gasthof und eine Partie Doppelkopf ins Bett gefallen, so hatte er jetzt, sooft er wollte, Besuch und ließ sich die Weltgeschichte gesagt sein. Berlin, so berichteten sie alle, war im Begriff zu explodieren, die Stadt wußte nicht mehr wohin mit sich und ihren Bewohnern, jetzt waren es schon fast eine Million! Wittchow konnte sich eine so große Zahl Lebender nicht vorstellen, er half sich mit Toten: So viele Menschen wie im Siebenjährigen Krieg und in der Völkerschlacht bei Leipzig und bei Sedan gefallen waren – das war eine Million.

Und so viele Menschen lebten jetzt in Berlin, und Berlin war nicht weit ab, kam immer näher, er mußte aufpassen, daß er nicht eines Morgens aufwachte, und um ihn her war Berlin. Er läge in seinem Bett, riebe sich die Augen, und eine Million Menschen starrten ihn an. Er lachte, aber es war gar nicht zum Lachen. Bloß nie so aufwachen! Man redete von Bauern da drüben in Schöneberg, die schon ihr Land verkauft hatten und die nun angeblich gar nicht mehr wußten, wohin mit ihrem Geld. Beim Doppelkopf gab es immer neue Geschichten, welche waren bestimmt erfunden, aber welche waren auch passiert. Ein paar von den Schöneberger Bauern hatten sich riesige Häuser gebaut, und als sie fertig waren, hielten sie es nicht aus darin, mußten sie halb verschenken und froh sein, wenn sie irgendwo noch wieder ein kleines Anwesen fanden, wo sie ackern konnten. Andere hatten sich Aktien gekauft, wunderhübsch gedruckte Scheine, und diese Leute zitterten nun andauernd um den Wert ihres Geldes, daß sie schon den Tatterich hatten. Und die meisten gaben ihr Geld dafür aus, um sich ein »von« zu kaufen, um die Töchter adlig zu verheiraten. Aber die meisten wußten nicht, wohin mit ihrem Geld, oder sie wurden vor lauter Zinsberechnung ganz gelb und geizig.

Seine Besucher erzählten ihm nicht nur von der Million Berliner, sie berichteten auch von den fünf Milliarden Goldfranken, die Frankreich an Deutschland zahlen müsse nach dem verlorenen Krieg. »Ja, gibt es denn soviel Geld überhaupt?«, fragte er, »und wo bleibt es?« Darauf gab jeder eine andere Antwort. Der Jude zum Beispiel sagte, das Geld wäre eine Katastrophe, für ganz Deutschland, dann hätte man auch gleich den Krieg verlieren können. Das meiste hätten ja zwar die hohen Herrschaften eingesackt, die Junker und die Generäle, aber ein bißchen was sei doch unters Volk gekommen, sogar an die Invaliden habe man gedacht, fünfzehn Taler monatlich, da könnten sie sich wenigstens besaufen. Aber jeder täte nun, als hätte er die Milliarden persönlich bekommen. Ihm selbst könne es ja recht sein, seinem Geschäft könne nichts Besseres passieren, als wenn alle über ihre Verhältnisse lebten, aber es sei schlimm mitanzusehen: Not kenne man ja, aber nun: lauter geplatzte Illusionen, oder solche, die noch platzen würden. Wittchow wußte

nicht, ob der Jude ein Jude war, er nannte ihn so, weil er
Pfandleiher war und immer so gekleidet, als ob er von einer
Beerdigung komme, aber als er ihn einmal, seine Doppel-
kopf-Runde hatte das ausgedacht, zum Freitagabend bestellte, war Herr Seidel pünktlich da, als wüßte er nichts davon,
daß man den Sabbat heiligen müsse. Vielleicht getauft? gab
jemand am Stammtisch zu bedenken, Wittchow winkte ab
und dachte weiter: der Jude, und er dachte auch: Ich verkaufe nicht, und an Juden schon gar nicht.

Da war doch der junge Gottheimer ein anderer Kerl, der
hängte sein Jackett über den Stuhl und krempelte sich die
Ärmel hoch an den warmen Abenden, und einmal brachte
er auch eine Flasche Kümmel mit, das war anständig.
Gottheimer war der Sohn eines einfachen Leinewebers,
aber er steckte voller Ideen und Unternehmungsgeist, und
vor ein paar Monaten hatte er den Sprung nach Berlin
gewagt, um seine Ware direkt und billiger verkaufen zu
können. Aber er war nicht blind gekommen, er hatte sich an
Straßenecken gestellt (etwa mit einem Block in der Hand?)
und die Leute gezählt, die da vorbeikamen, und als er
schließlich wußte, wo es die meisten Passanten gab, mietete
er dort ein Geschäft. Und das lief ja offenbar gut, sonst säße
er nicht da und wollte Land kaufen. Helle, dieser Gottheimer. Der war auch nicht so miesmacherisch gegen das
französische Geld. Er sagte, das sei ja man bloß, weil der
Krieg so viel gekostet habe, das ganze deutsche Volk habe
schließlich seine Sparbüchsen geleert für die Kriegsanleihen,
und jetzt eben ausgleichende Gerechtigkeit, Schadenersatz,
ob die Franzosen es etwa anders gemacht hätten, als Sieger?
Das war, fand Wittchow, eine gute Frage und einen Kümmel wert. Er goß zwei Glas ein und prostete dem andern zu,
aber hinterher merkte er, daß der gar nicht mitgetrunken
hatte. Einer, der nicht trank? Gottheimer würde die Wiese
auch nicht kriegen, der war ja noch nicht trocken hinter den
Ohren. Niemand würde sie kriegen. Klar.

Herr Krause trank mit, weiß der Himmel, der konnte

einen Stiebel vertragen. Krause brachte zwar nichts mit, aber er ließ Bier holen aus dem Gasthof. Und einmal, beim ersten oder zweiten Besuch, vergaß er etwas: Ein Kuvert mit Fotos von badenden Mädchen, von nackten Frauen vor Spiegeln, hingekauert auf Sofas oder Bärenfellen, weiße fleischige Körper, Puddingpuppen, wie Wittchow sie nie gesehen hatte und wie sie ihn auch nichts angingen. Seine Marie hatte er nie nackt gesehen; er kannte ihre Brüste und ihren Bauch und ihre Schenkel, aber jedes nur für sich, er hatte nie das Verlangen gehabt, sie insgesamt zu sehen. Und die Mägde, nach ihrem Tod im Kindbett, nahm er sich unterderhand, hastdunichtgesehen, im Feld, wenn das Korn hoch stand, in der Scheune zwischen den Garben, oder auf dem Heuboden. Die hätten sich sehr gewundert, oder womöglich geziert, wenn er ihnen erst die Plünnen vom Leib gezogen hätte: nackt ins kratzende Heu oder in die piekende Gerste – da verging einem ja alles.

Aber immerhin: Wittchow gab die Fotos nicht zurück, er legte die meisten weit weg, doch er fing an, sich eines der Mädchen lieb zu sehen, ein Kind fast noch, mit einem nachdenklich-traurigen Gesicht, schwermütig verschränkten Armen über einer handlich kleinen Brust. Wittchow dachte irgend etwas wie Waisenkind, streicheln, gut sein, eine lüsterne Güte in ihm war geweckt.

Als Krause wiederkam, fragte ihn Wittchow, was das denn für Damen seien auf den Fotos. Krause war ganz unbefangen: Sehr respektable Frauen seien das, Miedermodelle, Maßfiguren, ja, eine Korsettfabrikation habe auch ihre rosigen Seiten, wenngleich er nicht die Korsetts selbst verfertige, sondern über ein Patent verfüge für neuartige Ösen. Als er sah, daß Wittchow ihm nicht zu folgen vermochte, blieb er allgemeiner, sprach von dem erhebenden Gefühl, im Dienste der Schönheit zu stehen, obwohl es ein kitzliger Dienst sei. Und er sprach von der Gefahr, die Deutschlands Frauen durch die französische Taille drohe. Den Krieg habe ja Frankreich verloren, aber die französische

Silhouette trete jetzt ihren Siegeszug an und die Damenwelt Berlins sei soeben dabei, sich durch zu enge Mieder umzubringen. Wir könnten noch so sehr siegen, sagte Krause, die Mode werde doch von Paris diktiert. Man könne Frankreich niederwerfen, noch und noch, in den Schneiderateliers von Berlin stehe es jeden Tag wieder auf. Die französischen Milliarden? Nur für Klunkern, Kledage und Korsetts, sein Wort drauf. Spät abends holte Wittchow sein Lieblingsfoto hervor und fragte, ob es die auch in Wirklichkeit gebe? Aber immer, aber mit Vergnügen, sagte Herr Krause. – Du wirst doch einem Korsettfabrikanten nicht die Wiese verkaufen, sagte Wilhelm Wittchow nachts zu sich selbst, und er ertappte sich dabei, daß er wie wild den Kopf schüttelte.

Nett war Herr Pausewang, ein kleiner, zierlicher Mann, den der Bauer wegen seiner Kopfbedeckung den Künstler nannte. »Was haben Sie denn da auf?« hatte er ihn beim erstenmal angefuchst, und dann ließ er sich gesagt sein, daß es ein Barett und aus Samt war und daß Herr Pausewang Hüte verachtete, weil sich jeder damit nur einen Kopf größer machen wolle. Nun wäre Herr Pausewang auch mit Hut immer noch nicht groß gewesen, aber mit der Samtmütze sah er wie ein listiger Zwerg aus. Er hatte auch einen Zwergenberuf: Er machte etwas, das für Wittchow Kinderkram war, er malte Hühner, Enten, Fasanen, Rebhühner auf Schüsseln und Teller und Terrinen, er war Federviehmaler bei der Porzellanmanufaktur in Berlin. Na, da könne Herr Pausewang ihm ja mal den Hühnerstall abmalen, sagte Wittchow, aber den Künstler ärgerte das nicht. Und er weihte den Bauern in das Schöne seiner Tätigkeit ein: Da nämlich diese Fasanen und Rebhühner sich seit gut hundert Jahren, jedenfalls solange man sie auf Porzellan male, nicht geändert hätten und nicht ändern dürften, sonst wäre man nämlich ein Pfuscher, sei er zu der Erkenntnis gekommen, daß sich auch sonst nichts geändert habe in all dieser Zeit, daß sich überhaupt nichts ändere in der Welt, und zwar Gott sei Dank. Wittchow fragte ihn nach den französischen Milliarden, das wäre doch mal was anderes. Da konnte Herr Pausewang nur lachen, da sähe man's doch gerade, wie wenig das ganze Geschrei nütze sei in der Welt. Das mit der Kriegsentschädigung sei doch nur ein Tauschgeschäft unter Bankiers, der Rothschild streiche in seinen Büchern die Milliarden aus, und der Bleichröder setze sie ein, irgendwann würde alles auch wieder andersherum kommen, dann wäre alles im Lot, also deshalb hätte man keinen Krieg führen müssen, Kriege änderten auch nichts, die am allerwenigsten. Die Art, wie Herr Pausewang die Welt ansah, imponierte Wilhelm Wittchow, ja sie beruhigte ihn und half ihm gegen das immer häufiger aufbrechende Gefühl, daß da irgendwo, Richtung Berlin, dauernd etwas vor sich gehe, von dem man keine Ahnung hatte und das einen dennoch betraf. Und trotzdem war ja auch Herr Pausewang ein Abgesandter jenes Berlin, ein Bote dieser Machenschaften, schließlich wollte auch er was: die Wiese. Wittchow stellte ihn zur Rede: Wie denn das anginge? Aber der Zwerg war auch da nicht verlegen: Er wolle ja nur diese Erbschaft, so ein lästiges Geld von einem unverhofften Verwandten, solide unterbringen, ehe sie drohe, sein eigenes Leben zu verändern. Und da er den Aktiengesellschaften nicht traue, fände er den Gedanken an ein Stück Wiesenland besonders hübsch. Übrigens könne Wittchow da immer weiter sein Heu machen, soviel sei doch wohl klar? Nett, dieser Herr Pausewang, aber doch auch ein Spinner. Einem, der die Wiese gar nicht haben wollte, würde Wittchow sie nun auch nicht verkaufen.

Da war noch jemand, dem die Halenseer Weide völlig egal war. Es war ein eleganter junger Mann, ziemlich großspurig, aber auch weibisch, immer wie aus dem Ei gepellt; ehe er sich setzte, sah er mit Mißtrauen auf das alte Sofa, das Kernstück der guten Stube. Und er saß, dachte Wittchow, wie mit spitzem Hintern. Herr Nachtweih kam nicht in eigener Sache, er war geschickt vom Berliner Eisenbahnkönig, also vielleicht dessen Kronprinz, und er

verhandelte auch mit anderen Bauern im Ort, also Wittchow solle sich nichts einbilden, seine Zeit sei knapp, und
für Abende in idyllischen Dörfern habe er keinen Sinn.
Strousberg, so erklärte er dem verwundert kapierenden
Wittchow, komme es darauf an, die Konkurrenz zu verwir-
ren, deshalb kaufe er mal hier mal dort, ganz willkürlich,
manchmal absichtlich an falscher Stelle: Jedesmal dächten
dann die Rivalen, er bereite dort ein großes Geschäft vor,
einen Bahnhof, eine Strecke, eine Reparaturwerkstatt. Und
wenn er sie alle auf die falsche Fährte gelockt habe, dann
kaufe er an anderer Stelle besonders billig ein. Der Mann sei
schlechthin ein Genie, man müßte ihn eigentlich den Napoleon der Eisenbahnen nennen, wenn nicht Napoleon eben
dieses scheußliche Waterloo erlebt hätte. Der junge Mann
trommelte nervös auf den Tisch, erhob sich und sagte
leichthin: Na, es werde schon werden, mit ihnen beiden,
nicht wahr? Und sein Land, fragte Wittchow, ob das auch
eine falsche Fährte sei? Ja, bester Wittchow, wenn man das
bei Strousberg immer so genau wüßte, wäre er wohl nie
Strousberg geworden. Ehrlich, er wisse es nicht einmal
selbst. Aber eins sei sicher: Wenn Strousberg was wolle,
dann bekomme er es auch. – Der kriegt die Wiese nie, sagte
sich Wittchow hinterher, nicht als Bahnhof, und schon gar
nicht als falsche Fährte.

Im Laufe des Sommers wurde die Wiese immer teurer,
ohne daß man es ihr ansah. Hatte ihm der erste nur achtzehn
Mark für die Quadratrute geboten, also noch nicht einmal
zwanzigtausend für das ganze Stück von sechs preußischen
Morgen, so steigerten sich die Interessenten von Woche zu
Woche gegenseitig hoch. Anfang Juli bot der Jude 25 Mark,
Ende des Monats Korsett-Krause schon 32, eine Woche
später sagte der Strousberg-Mann, 35 wäre sein letztes
Wort, zwei Tage darauf war 40 sein allerletztes, Mitte
August sagte der Porzellan-Pinsler, er biete nun 43, aber
weiter könne er nicht, wegen der Erbschaft, die sei ja nicht
aus Gummi. Der kleine Gottheimer war längst ausgeschie-

den; der hatte wohl gedacht, er kriegt die Wiese für seine Flasche Kümmel. Aber Anfang September hatte der Jude das Geschäft dringend gemacht: Er gebe fünfzig Mark, viel zu viel, aber er wolle nun endlich zu Stuhle kommen.

Aber wenn es etwas gab, das Wittchow in seinem Vorsatz bestärkte, nicht zu verkaufen, so war es die sich überbietende Kauflust selbst: Denn die immer höher werdenden Angebote bewiesen ihm ja geradezu, daß jeder Tag Zögern bares Geld war, jede Woche ein Gewinn, jeder Monat ein Stück Reichtum. Je mehr sie alle auf ihn einredeten, um so heftiger widerlegten sie sich, um so klarer wurde ihm, daß er nicht verkaufen durfte, jetzt jedenfalls noch nicht. Er hätte ja verrückt sein müssen, und verrückt war er, Wilhelm Wittchow, nicht. Vielleicht würde er eines Tages auch noch den »Abdruck« bekommen. Der »Abdruck«, davon redeten alle Bauern im Dorf, denn dann konnte man jeden Preis verlangen: das passierte, wie in Schöneberg, nämlich dann, wenn schon alle Ländereien um eine bestimmte Wiese oder ein Feld herum an einen großen Käufer vergeben waren und er auf dieses eine Terrain angewiesen war, um sich auszubreiten. Wittchow würde nicht verkaufen, aber die Idee gefiel ihm. Er begann, spaßeshalber zu überlegen, wieviel er dann wohl verlangen könnte? Hundert Mark? Hundertfünfzig? Fünfhundert? Natürlich würde er die Wiese nicht hergeben, aber beim Gedanken an fünfhundert Mark wurde ihm doch schwummrig. Und immer öfter griff er zum Bleistift und multiplizierte, und einmal rechnete er sogar aus, wieviel die Rute kosten müßte, wenn das Wiesenland eine Million bringen sollte: 925 Mark und 92 Pfennig. Das waren 66 Mark für den Quadratmeter. Das war Wahnsinn, Wittchow, paß auf.

Und dann passierte es, Mitte September, ohne alle Vorwarnung. Korsett-Krause brachte Elsa mit, das Mädchen vom Foto. Elsa war natürlich nicht nackt, als sie kam, sondern sehr bekömmlich angezogen in einem blauweißgestreiften Rock, mit dunkelblauer Jacke und einer weißen Bluse mit

Spitzen, und Wittchow hatte zwar nicht Mühe, sie wiederzuerkennen, aber die Frau vor ihm und das Mädchen mit
dem weißen Leib übereinzubringen. Wenn er das Verlangen
hatte, sie zu entkleiden, ihr das Zeug herunterzureißen, so
war das keineswegs Leidenschaft, sondern der Wunsch, sie
sich vertraut zu machen, ein richtiges Wiedersehen mit ihr
zu haben. Das geschah aber erst drei Tage später in ihrer
kleinen Wohnung am Spittelmarkt, und nach diesem
Abend, nach dieser Mitternacht war Wilhelm Wittchow,
wie er spürte, der größte, der glücklichste und der mächtig-
ste Mann der Welt. Elsa war sein, Elsa war seine Geliebte,
und Elsa, das beschloß er noch in dieser Nacht auf der
Heimfahrt, würde seine Frau werden. Nu stolzier mal nicht
so, sagte er zu sich selbst, als er merkte, daß er in den Tagen
darauf ganz anders zu gehen begann, nicht mehr mit diesen
gedehnten Schritten, die man sich in der erdweichen Furche
hinter dem Pflug angewöhnte. Er sah sich, was er nie getan
hatte, nicht einmal sonntags vor der Kirche, nicht einmal
beim Rasieren, jetzt öfter im Spiegel an, und dann fand er es
nötig, Hemden zu kaufen, Binder, und Pomade. Zum
Doppelkopf ging er nicht mehr: Er wußte, daß die Runde
sich über ihn mokierte. Und die Mägde ließ er in Ruhe,
obwohl er nie soviel Lust auf sie gehabt hatte wie jetzt.

Und Elsa? Sie lachte, wenn er ihr mit seinem Zukunfts-
ungestüm kam, und er wußte dann nicht, ob sie sich freute,
oder ob sie ihn auslachte. Aber auch wenn sie lustig war,
behielt sie immer das Gesicht auf dem Foto: mit den dunklen Brauen und dem schmollend wirkenden, aufgeworfenen
Mund, und irgendwie wirkte ihr Blick finster oder vielleicht
traurig, aber gerade das machte Wittchow ganz verrückt
vor Leidenschaft.

Eines Tages besuchte sie ihn auf dem Hof, überraschend.
Wittchow war verlegen, aber er war auch stolz. Er wagte
nicht, ihr die Schweineställe zu zeigen, aber sie wollte alles
sehen. Als er sie dann ins Haus führen wollte, wünschte sie
sich eine Spazierfahrt.

»Jetzt?«, fragte er verwundert, enttäuscht. »Es ist schon sieben. Es wird bald dunkel.«

»Zeig mir die Wiese«, sagte sie.

»Die Wiese?«

»Ich möchte sie sehen. Bitte.«

»Da ist nichts zu sehen, eine Weide, weiter nichts. Gras.«

»Trotzdem. Schließlich, ohne die Wiese wäre ich jetzt nicht hier.«

Das verstand er. Er spannte an, nahm aber nicht die kleine Chaise, die völlig verstaubt in der Remise stand, sondern den Kutschwagen. Er fuhr auch nicht mitten durchs Dorf, sondern, so gut es ging, außen rum: Er mußte sich erst an die Situation gewöhnen. Es war ein Weg von einer halben Stunde. Sie kamen am Halensee vorbei, der algengrün, wie eine Moosfläche, dalag. Dann hielt Wittchow vor einer von Büschen begrenzten Weidefläche, die sich in einer leichten Senke nach Norden hinzog.

»Die ist aber weitab vom Hof«, sagte Elsa.

Es sei ja nur fürs Heu. Zweimal im Jahr eine Woche lang, erklärte Wittchow. Das zweite Heu sei vor ein paar Wochen eingefahren worden.

»Und warum verkaufst du sie nicht?«

Warum sollte er? Er brauchte das Geld nicht. Und er wolle sie nicht verkaufen.

»Hör zu«, sagte sie, »wir werden diesen Krause nie los, wenn du sie ihm nicht verkaufst. Wenn sie mir gehörte, ich würde sie ihm schenken, nur um ihn loszusein. Ich mag ihn nicht mehr sehen, nichts mehr mit ihm zu tun haben. Und ich sage dir: er kommt immer wieder an.«

»Habt ihr... hat er dich... warst du...« Wittchow wagte nicht, zu Ende zu fragen. Dann: »Hat er die Fotos gemacht?«

»Ja«, sagte sie ruhig. »Er besteht darauf. Ich wußte aber nicht, daß er sie herumträgt.«

»Hat er mit dir...?« Wieder brach Wilhelm Wittchow scheu ab.

58

»Was denkst denn du?«, sagte Elsa nur, und Wittchow schwieg in schmerzender Ratlosigkeit.

»Wirst du sie ihm verkaufen?«

»Nee«, sagte er aus voller, fast explosiver Brust, »nee. Ich verkaufe nicht. Und der Krause kriegt sie schon gar nicht, Schmutzfink, der.«

»Und wenn ich dich darum bitte? Als deine zukünftige Frau darum bitte?«

»Elsa, du willst wirklich? Frau Wittchow? Ja, ist es denn die Möglichkeit?«

Merkwürdige Heilige, diese Männer. Der Bauer Wilhelm Wittchow, fest entschlossen, seine Weide zu halten, sie um keinen Preis den Spekulanten zu überlassen, und im Ohr noch die Bekräftigung dieses Entschlusses vor wenigen Sekunden, und im Leib noch den Zorn auf diesen Korsett-Krause, der das Land zu allerletzt, nämlich nie und nimmer, bekommen würde –, dieser Mensch ist von einem Moment zum nächsten bekehrt, in den wenigen Augenblicken der Frage: Und wenn ich dich darum bitte? Als deine zukünftige Frau darum bitte? Es ist, als wenn das Land schon gar nichts mehr mit ihm zu tun hat, diese Weide, auf der er sein Leben lang gearbeitet hat, Heu gemacht und Disteln gestochen, wo er gelernt hat, mit der Sense umzugehen und eine Fuhre meterhoch zu beladen, von der er als Junge immer dachte, dies sei Ausland, weil sie so weit weg lag vom Dorf, dieses Stück, um das die andern Bauern ihn beneideten – es war schon gar nicht mehr da für ihn, jetzt, da die Frau neben ihm saß.

»Ja, Elsa, wenn du meinst.«

Und Elsa gibt ihm einen langen, nassen Kuß. Den beendet sie nur, um »Mein Wilhelm!« zu sagen.

Wittchow kann es auch nicht überschlafen, denn Elsa bleibt über Nacht auf dem Hof. Zum erstenmal in diesem Sommer geht der Knecht, gehen die beiden Jungen und die Mägde am nächsten Tag allein aufs Feld. Wittchow kutschiert Elsa am Vormittag in die Stadt zurück.

Ende September 1872 schließt Wittchow mit Korsett-Krause ab; der kennt sich in den Formalitäten gut aus und hat alles vorbereitet. Es ist kein großes Geschäft mehr für den Bauern, denn Elsa hat darauf bestanden, daß man mit »dem« um Gottes willen nicht mehr feilschen solle. Man könnte es einen Freundschaftspreis nennen, wenn es zwischen Wittchow und Krause nun auch nur noch die Spur von Freundschaft gäbe. Vierzigtausend – fast soviel hatte Krause schon vor zwei Monaten geboten; vom Juden und vom Eisenbahnkönig Strousberg hätte er inzwischen fast sechzigtausend bekommen können. Und bei vierzigtausend hätte auch Herr Pausewang noch mithalten können, der wäre ihm jetzt der liebste gewesen. Doch abgemacht ist abgemacht. Aber auch, wie Krause bezahlt, oder beinah: nicht bezahlt, gefällt Wittchow nicht, und er muß sich mit dem Gedanken an Elsa richtig betäuben, um nicht noch in letzter Minute auszubrechen: Zwanzigtausend zahlt Krause in bar, zehntausend in Eisenbahnaktien, zehntausend in Kriegsanleihen. Als alles geregelt ist, läßt Krause nicht Bier holen aus dem Dorfkrug, sondern die zwei Flaschen Champagner, die da zur eisernen Reserve gehören.

Das Dorf hat seine Sensation: Den wilden Willem haben sie eingefangen, die Berliner. Der hat nicht nur seine Wiese verkauft, sondern auch seine Seele. Na, dann ist ihm die Seele wohl zwischen die Beine gerutscht. Nun malt bloß nicht den Teufel an die Wand. Die Elsa ist auch schon eine Sünde wert. Aber keine Erbsünde. Habt ihr die Pomade gerochen? Eigentlich ist er ein armes Schwein. Geschieht ihm aber ganz recht. Der wilde Willem, wachsweich. – Was eben so geredet wird.

Aber Wittchow war glücklich. Einen seligen Oktober lang hatte er eine zärtliche Elsa, die sich auf die Hochzeit freute, Pläne machte für das alte Haus, Einkäufe machte für die Zukunft, und sogar Geschenke machte für alle auf dem Hof. Wovon? Nun, das war ja wohl selbstverständlich, daß Wilhelm Wittchow seiner jungen Braut von dem Geld abgab, in dem er schwamm und das ihm auch ein bißchen eklig war, weil es Korsett-Geld war, wie er sich immer wieder sagen mußte. Sie brauchte ihn nicht darum zu bitten, er gab ihr zweitausend in die Hand, achttausend legte er auf ihren Namen an, und zehntausend brachte er, nur kurzfristig, auf seine eigene Bank. Er würde sie bald brauchen, er dachte an Reitpferde, an eine Villa im Westend, wenigstens zur Miete, er nahm sich, irgendwie vage, ein ganz neues Leben vor mit Elsa. Bei einem Besuch in Berlin sah er in einem Goldschmiedeladen eine Halskette mit passenden Ohrringen und einen Armreif: alles besetzt mit roten leuchtenden Steinen, mit Rubinen, wie er sich belehren ließ, und es wurde ihm ganz schwindlig, wenn er sich die roten Steine und Elsas weiße Haut zusammendachte. So kam es, daß er schon nach wenigen Tagen wieder zur Bank ging, vierzehnhundert Mark abhob, und die Juwelen kaufte. Er wartete auch nicht bis zur Hochzeit, sondern schenkte sie Elsa schon am Wochenende darauf, als sie ihren Besuch machte auf dem Hof. Jetzt, dachte er, als er ungeschickt den Verschluß zuschnappen ließ in ihrem Nacken, habe ich sie ganz für mich, angekettet, für immer. Sie sah sich im Spiegel an, starrte lange auf das Collier an ihrem Hals; aber das erste stolze Lächeln wurde wie weggejagt von einem Schreck; bleich und verkrampft und fast panisch nahm sie den Blick vom Spiegel, sagte: »Wilhelm, nimm mir das wieder ab, bitte!« Und als sie merkte, wie heftig sie ihn traf mit ihrer Reaktion, faßte sie sich eilig: »Ich bin doch keine Prinzessin, Wilhelm.«

»Doch, meine.«

»Wilhelm, ich fühl mich ganz elend, wenn du so gut zu mir bist.«

Mächtig eilig hatte es nun Wilhelm Wittchow, vor den trüben Tagen und dem langen Winter die neue Frau heimzuführen, seine beste Ernte, wie er sagte. Der Wartestand, der Erwartungszustand höhlte ihn aus, machte ihn taumelig, das mußte ein Ende haben. Am letzten Sonntag im

Oktober sollte Hochzeit sein, und der Sonnabend davor war Polterabend. Am Mittwoch vorher war Wittchow noch einmal bei Elsa in Berlin gewesen; sie war nervös, fahrig, etwas grau im Gesicht: die Aufregung. Sie sprach von den zermürbenden Anproben, den vielen letzten Erledigungen, sie wisse gar nicht, wo ihr der Kopf stehe. Meine Elsa, hatte Wittchow gesagt, und Elsa: Lieber Wilhelm.

Und dann war es soweit. Abends rückte das Dorf an, das war schon kein Polterabend mehr, das grenzte an Kriegserklärung. Man kann Teller zertöppern, daß es übermütig klingt, nach tollem: Freut-euch-des-Lebens, nach Scherbenbringen-Glück, aber man kann sie auch klirrend-feindselig zertrümmern, hinschmettern wie Granaten, zerbersten lassen wie Schrapnells. Und sie kamen nicht an mit einzelnen Tellern, Töpfen, Schüsseln, Schalen, Tassen, Tiegeln, Terrinen, Futternäpfen, sondern sie hatten einen ganzen Kastenwagen vollgeladen als Munitionslager, und sie bedienten sich mit böser Leidenschaft: die Frauen, die Kinder, ein paar alte Weiber, aber vor allem auch die Männer des Ortes, wüst und wütend betrieben sie ihr Zerstörungswerk, das war ein Bombardement gegen den wilden Wilhelm und gegen seine Stadtscheuche, und es half ihm wenig, daß er sie alle nicht nur mit Bier freihielt, sondern auch mit Kümmel, und mit Ingwer und Likör für die Frauen. Ihre Bosheit wurde nur trunkener, und ihre Trunkenheit böser. Jetzt fingen sie auch an, die Biersyphons, wenn sie leer waren, zu zerschlagen, die Gläser, wenn sie daraus getrunken hatten, in Scherben zerspritzen zu lassen, die Schnapsflaschen, nach dem letzten Tropfen, ihm vor die Füße zu werfen. Prost Willem, sagten sie, und dann knallte wieder etwas kaputt.

Aber ihre Feindseligkeit war Trost gegenüber dem Schock: Elsa war nicht gekommen. Die Braut blieb weg. Wittchow hatte gar keine Frau.

Sie jauchzten, als das allen klar wurde, vor Schadenfreude, sie waren besoffen von Hohn, und singend fielen sie über ihn her, der da allein stand, aber kaum mehr stand, sondern schwankte wie von einem furchtbaren Schlag. Sie hatten die Lieder so prompt auf den Lippen, als hätten sie schon tagelang daran herumgereimt.

> *Der Willem hat auch eine Braut.*
> *Er tat sie mächtig liehieben.*
> *Wer hat ihm bloß die Braut geklaut,*
> *Wo ist sie gebliehieben?*
> *Ja, wer da nicht hellsah,*
> *Bei der schönen Elsa,*
> *Der soll sich nicht beklagen,*
> *Dem geht's jetzt an den Kragen.*

Und gleich noch eine Strophe sangen sie:

> *Der Willem faßte sich ein Herz,*
> *Er nahm dazu Pomade.*
> *Jedoch die Elsa ist aus Erz,*
> *Ach, wie ist das schade.*
> *Der Willem wollte freien,*
> *Doch Elsa sagte: Neien.*
> *Sie läßt den lieben guten,*
> *Den wilden Willem bluten.*

Wittchow wollte nur den Gesang stumm machen, er fiel über den Vorsänger, der die Verse ablas, her, schlug ihn mit einem Hieb nieder, griff sich den nächsten, schleuderte ihn zu Boden, krallte sich an seinen Hals fest, die anderen wichen zurück, die Frauen kreischten, viele fingen in sicherer Entfernung wieder zu singen an, und dann machten sich vier Männer gleichzeitig über Wittchow her, droschen auf ihn ein, traten ihm in den Bauch, in die Hoden, trampelten auf ihm, der nun gekrümmt am Boden lag, herum, rissen ihn wieder hoch, schlugen ihm ins Gesicht, über den Schädel, rissen an den Ohren, streckten ihn noch einmal hin, und ließen erst ab, als die Frauen schreiend und gellend dazwischenfuhren: Ihr bringt ihn ja um!

Da gaben sie auch gleich Ruhe, und Minuten später hatten sie sich alle verlaufen, ein einziger Mann lag da, auf seinem eigenen Hof, ein geprügelter Hund. Mit dem Blut, das er spuckte, kam auch das Wort Rache aus seinem Mund, das Wort richtete ihn für einen Augenblick auf, dann riß ihn der Schmerz wieder auf die Erde. Rache? Soviel Rache, wie jetzt nottat?

Rache gegen sein Dorf? Sie alle, alle umbringen? Rache gegen Krause? Ihn erschießen? Rache gegen die geliebte Elsa? Ja, ja, ja. Rache gegen dies ganze Berlin, diese verfluchte Million Berliner, denn die hatten das alles angerichtet, die hatten ihn kaputtgemacht. Der Gedanke an Rache war das einzige, was gegen den Schmerz half, Wittchow kroch und schleppte sich ins Haus, Rache!, Schweiß sengte ihm das von den Fäusten zerschundene Gesicht, Rache!, die Hände faßten panisch an einen blutig-aufgeplatzten Mund, der Rache sagte, Wittchow holte die alte Flasche mit dem Gottheimerschen Kümmel aus dem Vertikow, trank gierig und viel, und dann, als die Alkoholsanftheit ihm aufs neue in den Kopf stieg, fing er zu weinen an, Rotz und Blut, und unter Tränen holte er das Gewehr, mit dem er vor vier Monaten das Fohlen erschossen hatte, sagte, jetzt lallend, Rache, stellte sich vor den Spiegel, wo er ein fremdes, gedunsenes Gesicht mit blaugeschwollenen Augen sah, ein Gesicht, mit dem er nichts zu tun haben wollte.

Rache, sagte er, dann schoß er in das Gesicht, das kein Spiegelbild war.

Das Trinkgeld

Louis war kein Kellner, Louis war ein Wunder.

Er eilte nicht herbei, er war immer schon da.

Er nahm nicht Bestellungen entgegen, er gab Genüsse zu bedenken.

Er bediente nicht, sondern sah seinen Gästen ihre Bedürfnisse an.

Er witterte sogar, wenn einem erprobten Weintrinker nach einem Glas Pilsener zumute war.

Er hatte das absolute Gespür für den richtigen Champagner-Moment.

Seine Kaffee-Auftritte hatten den Charakter von Vorahnungen.

Louis war leise, aber nicht servil, unaufdringlich, aber charaktervoll, ohne Aufhebens, aber mit Grazie.

Louis kannte sich nicht nur in Küche und Keller aus, er war auch in der Stadt zu Haus.

Er hatte (wann nur?) alle Zeitungen gelesen, kannte die wichtigsten Kurse, hatte alle diplomatischen Gäste Berlins im Kopf, und was das europäische Gleichgewicht betraf, so schien er es so deutlich vor Augen zu haben wie ein Kletterer das Tal, dem er entstiegen ist.

Louis leistete sich keine strikten Ansichten, sondern gewissermaßen nur ein politisches Kopfschütteln. Aber wenn er das in Worte faßte, mit einem »Man fragt sich, ob das klug ist?« oder »Wie kann er das nur verantworten?«, dann war immer alles gesagt.

Louis hatte keine Familie, oder eine ganz große: die Gemeinde seiner Stammgäste.

Louis kannte keine anderen Wünsche als die der anderen Leute.

Bis auf einen.

Er hatte ihn nie geäußert, aber alle seine Gäste wußten davon. Man sah ihm den an der Nasenspitze an.

Nein, anders: Man mußte diesen Wunsch geradezu stellvertretend für ihn haben:

Louis brauchte ein eigenes Lokal.

Die »Friedrichshainer« tagten alle Woche im Hotel de Russie an der Bauakademie. Es war eine Gruppe ehrwürdiger Herren, alle über sechzig, aber hier, an ihrem Stammtisch, fühlten sie sich jung, oder doch wenigstens liberal, oder doch mindestens wortmächtig, denn hier hatten sie vor fünfundzwanzig Jahren einmal eine Art Revolution gemacht, hier war die Zentrale gewesen, hier, im Hotel de Russie waren die Losungen und Kommandos ausgegeben worden an das Volk von Berlin, und draußen, in den Straßen, Unter den Linden sogar, hatte man Barrikaden gebaut, und es war geschossen worden, und die Opfer hatte man ein paar Tage später mit einem großen Trauerzug zum Friedrichshain geleitet und dort zu Grabe getragen. Daher auch der Name des kleinen Vereins.

Die Herren waren nicht reich, aber für einen guten Zweck hatten sie immer was übrig.

Manchmal sammelten sie für die Witwe eines der Märzgefallenen, wie die Toten der Berliner Revolution von 1848 hießen. Gelegentlich zahlten sie die Miete für Leute aus der Nachbarschaft, die arbeitslos geworden waren.

Es kam auch vor, daß sie einen Anwalt bestellten, wenn die himmlischen Mächte wieder einmal einen Armen hatten schuldig werden lassen.

Meist allerdings und vor allem bestand der gute Zweck in einem ausgiebigen Essen.

Noch nie aber hatte man sich so freudig und einhellig zusammengetan wie an dem Abend, als die Idee aufkam, man müsse Louis zu einem Restaurant verhelfen, ihm das Aufgeld zu einem eigenen Etablissement verschaffen. Eigentlich, hatte Glaßbrenner gesagt, sei dies mehr als eine Spende, in Wahrheit sei dies ein revolutionärer Akt. Denn was habe man gewollt, anno 48? Das Glück und den Wohlstand aller, den Reichtum und die Souveränität des Volkes. Na, mit dem Volk und den vielen habe es ja nun nicht geklappt, und darum müsse man jetzt Revolution im kleinen machen, im Einzelfall, Revolution mit Louis. Der sei ein Mann aus dem Volke, Grips im Kopf, Elan im Herzen, Schwung in den Gliedern.

In der Gestalt von Louis werde der Geist von 1848 wieder lebendig.

Es waren zwölf Herren in der Runde, und der Revolutionsfonds betrug neuntausendsiebenhundert Mark.

Louis war an gute Trinkgelder gewöhnt, aber ein so stattliches hatte er noch nie bekommen.

Er fing das Unternehmen so umsichtig an, wie er das Fleisch vorzulegen verstand: konzentriert, geschickt, ohne alle Übereilung, und dennoch so, daß es ihm rasch von der Hand ging. Er betrieb die Suche mit der gleichen Delikatesse, die er bei der Zusammenstellung eines Menus walten ließ. Denn viel schneller als die Herren begriff er, daß ja wichtiger noch als ihr Obolus ihre Gefolgschaft war und die der übrigen Gäste: Was schließlich hätte ihm das schönste Restaurant genützt, wenn die Friedrichshainer weiter im Hotel de Russie getagt hätten? Dressel hatte sich ja vor zwei Jahren sehr erfolgreich Unter den Linden etabliert, aber dem wollte und konnte er nicht in die Parade fahren. Und Borchardts Weinstube durfte er auch nicht zu nahe kommen, denn dessen Gemütlichkeit und Gediegenheit war ungefähr, was ihm selbst vorschwebte. Endlich fand er im ältesten Teil der Stadt, dicht beim Spittelmarkt, am Nikolaikirchhof, eine Gastwirtschaft in einem alten Haus, die dahinkümmerte und für einen geringen Preis zu haben war. Das größere Geld mußte in die Renovierung gesteckt werden, in die gediegenste Holztäfelung (für die ihm Fritz Kaschke einen Vorzugspreis machte), in den völligen Neubau einer Küche, die, kupfergolden glänzend, den Gästen zur Besichtigung offenstehen sollte, und nicht zuletzt in die sorgsame Herbeiführung eines Weinkellers, der die Anhänglichkeit seiner alten Kundschaft nicht zur platonischen Liebe machen sollte. Gewiß, der Vorsprung von Dressel war nicht aufzuholen, der hatte vor drei Jahren, bei Kriegsbeginn, dem Grafen Benedetti die gesamten Rotweine der Französischen Botschaft abgekauft, einen veritablen Schatz zu einem Preis unter Feinden, der noch niedriger war als der unter Brüdern – aber dafür würde er, Louis, nicht an Kostbarkeiten ersticken und seine Zecher nicht mit schweren, teuren Weinen kopfscheu machen, sondern sich ans Bekömmliche halten, an Tropfen für die, die mehr als einen tranken.

Liebenswürdig waren die Herren vom Stammtisch denn auch an der Namenssuche beteiligt, denn daran war ja nun nicht zu denken, daß Louis seinen eigenen genommen hätte: Orlinski hielt keinen Vergleich mit Kranzler oder Dressel oder Borchardt aus und war tunlichst zu vergessen, und Chez Louis, so mußte er sich nicht erst gesagt sein lassen, wäre ein idealer Name für ein Bordell, nicht aber für eine seriöse Restauration. Den »Friedrichshainern« widerfuhr eine lebhafte Debatte, eine Parteiung zwischen denen, die mehr auf französische Klänge aus waren wie »Le Trousseau« oder »La Cave« oder »Au vieux Berlin« und denen, die deutsche, besser noch altdeutsche Namen wollten, »Zur Zinne« etwa oder »Klosterstuben« oder »Im Winkel«. Man einigte sich schließlich auf etwas, das sowohl elegant klang wie auch witzig, das zwar französisch war, aber auch im deutschen gebräuchlich, einen Namen, der zwar Ansprüche stellte, aber den Lippen auch Appetit machte; »Palais du Palais« war das Wort, und wer nicht wußte, daß es sich um ein Bonmot handelte, da Palais eben auch Gaumen hieß, der mochte sich ungekränkt mit einem doppelten Palast abfinden. Louis war es zufrieden, und wenn es einen kleinen Vorbehalt gab, so hatte er ihn zur Eröffnung unternehmend genug getilgt: Da schenkte er nämlich, nach allen Reden und Glückwünschen und Trinksprüchen, einen von ihm selbst gebrauten Liqueur aus, und siehe, das Etikett verhieß: »Louis d'Or«.

Louis hatte auch im Geschäft eine glückliche Hand.

Nach einem Vierteljahr bestand er darauf, das Darlehen der Herren mit Zinsen zurückzuzahlen.

Nach einem Jahr eröffnete er zwei weitere Lokale. Die »Fuhrmannsschänke« in der Frankfurter Allee, und die »Orangerie« in Charlottenburg, gleich neben dem Palmenhaus.

Er hatte dennoch bald ein Problem: das Geld. 1874 war ein Mann mit fünfzigtausend Mark in der Tasche ein Mann mit sehr viel Geld.

Drei Jahre lang hatte Berlin mit großen Summen gerechnet, aber niemand hatte diese Gelder je zu sehen bekommen oder zu sehen verlangt. Es war ein beinah paradiesischer Zustand: Wer etwas kaufen wollte, bekam es zunächst so gut wie geschenkt. Land, Baumaterial, Häuser, er brauchte nur ein paar Unterschriften unter Restkaufhypotheken zu setzen. Selten war Papier so geduldig wie in jenen Jahren. Aber als 1873 die Wirtschaftskrise hereinbrach, gab es den großen Schrei nach Bargeld. Und keiner hatte es, niemand konnte es beschaffen. Selbst die Sparstrümpfe waren leer.

Da war Louis ein Glückspilz und ein Einzelfall. Er gründete eine Liqueur-Fabrik, denn in diesen bedrängten Tagen tranken die Leute gern ein Gläschen gegen die Zeit und gegen die Not und gegen die trüben Gedanken. Besonders der »Louis d'Or« wurde zum Trost Berlins, er klang so hübsch nach Goldwährung. Schon begannen die Temperenzler-Vereine, die sich damals gerade mobilisierten, auf Louis aufmerksam zu werden und den Namen Orlinski in ihren Versammlungen herauszuschreien.

Was immer Louis anfaßte, gelang.

Da traf es sich gut, daß er den Herrn Vagades kennenlernte.

Herr Vagades war ein Finanzmann, der nach der Börse gelegentlich auf ein Dutzend Austern und einen halben Chablis aus der Burgstraße ins »Palais« herüberzukommen pflegte, mit einem dicken Paket Zeitungen unter dem Arm und einem silbernen Bleistift, mit dem er sich Notizen machte. Durch gelegentliche Fragen, die aber mehr der Unterhaltung dienten als der Neugier entsprangen (Wie geht es denn der Weichselbahn? Was machen unsere Aplerbecker? oder Wie steht es heute um die Consolidierte Marie?), hatte sich Louis dem Herrn Vagades als ein Börsenliebhaber zu erkennen gegeben, und eines Tages kam es zu einem ersten ernsten Gespräch.

»Sie reüssieren«, sagte Herr Vagades, »Sie sind ein Lieblingskind des Erfolgs, ein Mann der Fortüne...«

Louis wehrte die Akklamation mit beiden Händen ab. Er hätte sich die Mühe sparen können, denn der Widerruf ließ nicht auf sich warten.

»Aber Sie machen etwas Entscheidendes falsch. Sie verzetteln sich. Sie verpulvern Ihre Mittel, Sie vergeuden Ihre Kraft. Vor allem: Sie wollen alles selbst machen.«

»Darauf habe ich viele Jahre gewartet.«

»Sie reden wie ein Wirt.«

»Ich bin ein Wirt«, sagte Louis. »Das heißt: eigentlich bin ich Kellner. Vielleicht erklärt das, warum ich so gern Wirt bin.«

»Ich weiß. Man weiß Bescheid über Sie. Um so größer ist die Bewunderung. Aber um so entschiedener die Erwartung, die man in Sie setzt. Es gibt eine Menge Leute in Berlin, die sich gern Ihrer glücklichen Hand bedienen würden. Auch ich...«

»Aber mir geht es gut. Ich fühle mich wohl. Das einzige ist, ich weiß nicht recht wohin mit dem Geld.«

»Gar nicht so selten, dieses Problem, in normalen Zeiten. Wenngleich heute...« Herr Vagades hatte die Angewohnheit, seine Sätze halbfertig abzubrechen. »Sehen Sie, Sie arbeiten wie ein Kaufmann in früheren Zeiten. Wenn Sie so weitermachen, gehören Ihnen in zwanzig Jahren vielleicht fünfzig Restaurants: Aber anwesend sein... doch höchstens in fünf, genaugenommen nur in einem. Das wissen Sie sogar besser als ich, aber wie gesagt, das Geld zwingt Sie, sich immer weiter... Und gerade, weil Sie ein geborener Wirt sind, sollte Ihnen das nicht gut genug sein.«

»Ich habe an Brauereiaktien gedacht«, sagte Louis.

»Das ist klug, aber unpraktisch. Zu teuer, schon seit Jahren. Sie wären ganz ohne Einfluß. Auf absehbare Zeit.«

»Und was sonst?«

»Avenue-Aktien.«

Davon habe er nie gehört.

»Das will ich meinen«, sagte Herr Vagades. »Eine taufrische Gründung, erst ein paar Wochen... Aber eine Erzmine ist nichts dagegen. Und nicht einmal eine Brauerei. Denn das hat es noch nie in der Börsengeschichte... Eine Straße als Aktiengesellschaft. Das ganz neue, das ganz große Geschäft. Sie sollten sich das gönnen.«

»Avenue? Welche Avenue denn?«

Der Kurfürstendamm. Grauenhaft, was da in den letzten Jahren gesündigt worden sei, verkauft, weiterverkauft, zerhackt, zerstückelt, querfeldein, unsichere Besitzverhältnisse, Streitereien unter den Gemeinden, herausgerissene Seiten in den Grundbüchern, übertölpelte Bauern, versetzte Grenzsteine, Bestechungsgelder, Bureau-Intrigen, Planungshinterhalte, ein Wirrwarr, nein, ein Chaos. Man erwarte jetzt jeden Tag, daß Bismarck endlich die Kabinettsordre zum Ausbau erwirke, um die er schon seit vier Jahren kämpfe, aber kein Mensch könne an Ausbau denken bei den derzeitigen Verhältnissen, da komme jeder jedem in die Quere, und die meisten hätten ohnehin kein Geld mehr, um irgendwas zu bauen. Also nötig sei eine ganz neue Schlachtordnung, Übersicht, Arrondierung, und dazu sei eben die Avenue-Aktiengesellschaft gegründet worden, mit der Beteiligung hoher Herren, Itzenplitz, Oriola, allerdings setzten sie mehr ihren Namen ein als nennenswerte Gelder, und was fehle, sei nun ein Kapitalgeber, der die Sache in Gang bringe, nein, in Schwung, denn es habe natürlich nur Sinn, wenn man in großem Stil aufkaufe und Schluß mache mit dieser Purzel- und Parzellenwirtschaft...

Da könne man dann doch auch sicher Restaurants eröffnen, fragte Louis.

»Restaurants!«, sagte Herr Vagades ekstatisch. »Mein lieber Herr Wirt! Sie gründen da einen neuen Stadtteil. Sie machen ein ganzes Viertel auf! Ein zweites Berlin! Sie werden der Vater des Berliner Westens! Und Sie fragen mich, ob Sie da ein Lokal eröffnen können! Sie können da alles eröffnen! Die ganze Straße gehört Ihnen!« Nach einer kleinen Atempause: »Und mir, und einigen anderen. Aber Ihnen, wenn Sie die Mehrheit erwerben.«

Und als Louis immer noch zögerte, begann Herr Vagades fast zärtlich von den Aktien zu sprechen, von den Spielregeln des Börsengeschäftes, das er, Louis, ja nur von außen, aus den Kursnotierungen, kenne. Aktien seien wie Kinder, übermütig, aber empfindlich, sie brauchten viel Zuspruch, Ermunterung, Ansporn, und wie Kinder könnten sie leicht ermüden und die Lust verlieren. Aber wie Kinder reagierten sie auch auf jedes Lob, seien dankbar für Geschenke, und glücklich über ein Taschengeld außer der Reihe. Ob er, Louis, Kinder habe? Louis schüttelte den Kopf.

Herr Vagades beeilte sich, wieder geschäftlich zu reden. Es gehe darum, die Basis der Gesellschaft zu verbreitern, weitere Interessenten zu gewinnen. Wenn Louis sich beteilige, könne er das zum jetzigen günstigen Kurs tun, aber man werde die Nachricht natürlich lancieren müssen, publik machen, und wenn er, Vagades, sein Geschäft verstünde, dann ziehe schon am nächsten Tag der Kurs an. Zur Sicherheit könne man die Transaktion ja in zwei Etappen abwickeln, das sei eine noch größere öffentliche Wirkung, und Louis könne sich vor der zweiten Einlage vergewissern, daß die Aktien wirklich brave Kinder seien. Und selbstverständlich erwerbe er auch das zweite Paket zum jetzigen Preis, nicht etwa, daß er das Opfer seiner eigenen Hausse werde.

Louis sagte, er wolle die Sache überdenken. Aber am nächsten Morgen wußte er gar nicht, wie er überhaupt noch hatte zögern können: Was konnte er denn verlieren? Geld, das er übrig hatte, nun gut. Aber wenn er gewann: Dann war auch an eine Brauerei zu denken. So wurde Louis Orlinski im Frühjahr 1875 Großaktionär der Avenue-Gesellschaft, Herr über den Kurfürstendamm. Der war aber immer noch ein Feldweg.

Doch das störte ihn wenig. Er begann, an die Avenue zu denken wie an ein kleines Fürstentum. Er gefiel sich darin, Straßenbesitzer zu sein. Da noch nichts im Wege stand, konnte er um so freier in seinen Visionen sein, um so kühner in seinen Vorstellungen. Als er eine Reise nach Paris machte zum Studium der Champs-Elysées (denn die sollten ja das Modell sein für Berlin), war er sogar enttäuscht: Er hatte sich Kühneres erträumt. Immerhin machte er sich Notizen, zeichnete Cafés auf, Fronten und Grundrisse, Markisenfarben, Holzarten, Stuhlmodelle. Er fütterte seine Phantasie mit Details, dann ließ er sie ausschweifen:

Ein einziges Schlaraffenland würde er aus dem Kurfürstendamm machen, ein lukullisches Paradies, das größte Restaurant Europas, Etablissements vom Zoo bis in den Grunewald, Weinstuben, Bierkeller, Destillationen, Ausflugslokale, Kaffeehäuser, Tearooms, Confiserien, Delikateßläden, Probiernischen, Frühstücksgärten, Tanzsäle, eine Gourmet-Meile, eine Weltausstellung aller Genüsse. Und vielleicht dürfte die Straße dann nicht mehr Kurfürstendamm heißen, denn das klang ja eher knapp und kniepig und nach Fehrbellin, sondern sie mußte einen Namen tragen, der sie kenntlich machte als die Hauptstraße der Schlemmer und Genießer, als eine Lockung der Leckerbissen. Wie wäre es mit Avenue des Appetits? Das war pompös und pointiert zugleich. Und für einen solchen Namen war vielleicht auch Bismarck zu gewinnen, der aß ja auch gern. Und trank.

Alles lief, wie Herr Vagades prophezeit hatte. Die Entwicklung der Avenue-Aktien vollzog sich mit beruhigender Stetigkeit. Wenn es etwas gab, das Louis irritierte, so war es eher die Rapidität des Anstiegs: Wenn Aktien Kinder waren, so hatten sie jetzt Fieber. Nach zwei Monaten schon war der Kurs auf das Doppelte angestiegen, und als es sich Anfang Juni herumsprach, daß der Kaiser seinem Kanzler endlich die Kabinettsordre für den Kurfüstendamm ausgefertigt habe, zogen die Papiere noch einmal an: Die hunderttausend Mark, die Louis eingesetzt hatte, waren nun schon dreihundertfünfzigtausend wert. Ja, manche Menschen müsse man eben zu ihrem Glück zwingen, sagte Herr Vagades manchmal, wenn er die neuesten Notierungen aus der Burgstraße mitbrachte, und ein bißchen Vorwurf klang da mit.

Übrigens ließ sich das eigentliche Grundstücksgeschäft der Gesellschaft, die Arrondierung der Terrains, die Zusammenfassung vereinzelter Stücke, nur zögernd an. Die Verwaltung hatte mit sehr viel Eigensinn und Querköpfigkeit zu tun, aber auch mit allerlei Gerissenheit. Die Leute wollten ihr Land nicht gerade verschenken an eine so florierende Gesellschaft, und viele wollten kein Geld, sondern selber Aktien, und andere wollten sich noch nicht festlegen, sondern ließen sich Optionen teuer bezahlen. So mußte man größere Summen lockermachen. So hoch die Aktien standen – die Avenue-Gesellschaft war eher knapp bei Kasse.

Denn was Louis nicht wußte: Das gesamte Kapital stammte aus einer einzigen Quelle: aus seinem eigenen Portemonnaie.

Die Dämmerung, Ende Oktober, kam so lautlos, wie wenn der berühmte Engel durch den Raum geht.

Sie kündigte sich nicht an. Sie ereignete sich durch das Ausbleiben von Ereignissen. Ein paar ganz normale Dinge passierten nicht.

Herr Vagades kam nicht mit seinen Zeitungen zum Austernfrühstück.

Der Bote der Avenue-Verwaltung mit dem Wochenbericht über den Geschäftsgang blieb aus.

Ein Abendessen der Herren von der Preußischen Akademie wurde abgesagt.

Eine Zahlung über zehn Hektoliter »Louis d'Or« wurde von einer als pünktlich geltenden Breslauer Firma nicht geleistet.

Und das Merkwürdigste war: Es fanden sich an diesem Dienstag keine Bittsteller ein, Leute, die sonst immer was von einem wollten, ein Darlehen oder wenigstens fünf

Mark, oder eine Stelle, oder Fürsprache beim Armen-
pfleger.

Louis war nicht beunruhigt.

Er war nur neugierig.

Er fand es kurios.

Es war kein Kuriosum, es war ein Kurssturz. Die Abend-
blätter brachten kurze, mutmaßende Berichte, aber der
Börsenzettel, den sie veröffentlichten, sprach für sich. Am
Freitag hatten die Avenue-Aktien noch bei 148,75 gestanden, jetzt waren sie auf 23,10 gefallen, also fast nur noch ein
Fünftel wert. Zum Stückpreis von vierzig Mark hatte Louis
sie selbst erworben. Also war fast die Hälfte seines Geldes
perdu. Oder auch: noch da. Der Ruin, dachte Louis, ist es
jedenfalls noch nicht.

Erst eine Woche später war es der Ruin. Jedenfalls dauerte
es so lange, bis Louis alles begriffen, den Zusammenhang
durchschaut und eingesehen hatte, daß auch das Falschspiel
Regeln hatte. In die aber hatte man ihn nicht eingeweiht.

Aktien waren ja Kinder.

Und einige der Herren von der Avenue-Gesellschaft hatten ihre Kinder plötzlich ausgesetzt.

Genauer gesagt: Sie hatten sie verkauft, schmuck und
stattlich wie sie waren.

Familien, die ihre Kinder verkaufen, sind unten durch.
Kinder, die verkauft werden oder auch nur auf die Straße
gesetzt, gedeihen nicht mehr, sie verwahrlosen.

Solche Kinder kümmern nur noch dahin.

Kurz, die Avenue-Aktien waren nichts mehr wert, nachdem am Freitag die fünf Gründer der Gesellschaft (zu denen
Louis nicht gehörte) ihre Anteile wie auf Verabredung
abgestoßen hatten, zu einem (allerdings rasch abbröckeln-
den) Höchstkurs. Jeder mit einem Gewinn von fünfzigtausend Mark. Da sie nichts eingelegt hatten, war schon jede
Mark ein Plus.

Aber durch die Verkäufe hatten sie die Avenue-Aktie
völlig ruiniert, und nun ruinierte die Aktie auch noch den

Rest der Geschäftstätigkeit. Alle möglichen Leute wollten nun Geld sehen, kein Mensch nahm mehr eine Aktie auch nur in die Hand. Restzahlungen für Grundstückskäufe wurden außer der Reihe präsentiert, und der alleinige Adressat für alle Forderungen war Louis.

Er versuchte zu retten, was zu retten war, vor allem seinen guten Ruf.

Er verkaufte zuerst die »Orangerie« in Charlottenburg. Dann gab er die »Fuhrmannsschänke« hinter dem Alexanderplatz ab.

Aber auch die Destillation konnte er nicht behalten. Für die letzten Fässer »Louis d'Or« hätte er beinah noch den Transport bezahlen müssen.

Louis wehrte sich drei Wochen lang gegen die Notgedrungenheit, auch das »Palais du Palais« zu opfern.

Dann waren ihm alle Mittel, sich zu wehren, ausgegangen. Die Verkaufsverhandlungen liefen über einen Herrn Nachtweih. Der neue Besitzer war ein Herr Vagades.

Die »Friedrichshainer« tagten, sobald die ruchlose Tat bekannt wurde, wieder im Hotel de Russie. Und die erste Sitzung wurde zu einem gewaltigen Zusammentreffen von rebellischem Zorn und schlechtem Gewissen. Mächtig erhob sich der alte dickliche Glaßbrenner: Seine dicken roten Hände stützten sich, unsicher, welche mehr Halt geben würde, auf den Tisch, und es ging ein Wanken durch den Mann, ein bebender Taumel, der nichts Gutes verhieß. Aber dann erleichterte sich sein Aufstützen, die bläuliche Röte in seinem Gesicht wurde zu einem weinfrohen Glühen gedämpft, und was wie apoplektische Anspannung gewirkt hatte, wurde regelrechte Rage. Aber als er zu sprechen begann, tat er es mit wurstartig gepreßter Stimme.

»Meine Herren, meine Freunde, wenn es denn niemand ausspricht, so will ich es tun. Wir waren eine Gesellschaft von Honoratioren, von Ehrenmännern, jetzt sind wir eine Räuberbande. Wir haben so oft vom freieren Leben geschwärmt – aber wir haben einen Mann aus seiner Bahn gerissen. Wir alle haben einen Menschen auf dem Gewissen. Wir haben uns zu Komplizen von Spekulanten und Betrügern machen lassen. Wir haben uns an einem Bubenstück beteiligt.«

»Na, Glaßbrenner, nu lassen Sie's mal gut sein«, rief jemand vom anderen Ende des Tisches her.

»Es ist aber nicht gut«, beharrte der Redner.

»Es wird aber nicht besser, wenn wir uns selbst anklagen.«

Wer von den »Friedrichshainern« gedacht haben mochte, der Alte werde nun Ruhe geben, hatte sich geirrt. Der fing jetzt erst an. Er wurde ganz schlank vor Heftigkeit, ganz zierlich vor Eifer. Und seine Stimme klang nicht mehr wie gepreßte Wurst, sondern spröde und hell.

»Was ist die Leistung dieses Jahrhunderts? Die Eisenbahn? Die Dampfmaschine? Der Siemens und seine Elektrizität? Die Napoleons, einer wie der andere? Der Kartätschenprinz, der jetzt Friedenskaiser ist? Die Rohrpost? Schliemanns Troja? Telegraph und das Morse-Alphabet? Ich will Ihnen meine Antwort geben: Dies ist das Jahrhundert der Straße. Nanu, werden Sie sagen, Straßen hat's doch immer gegeben, mußt es ja geben, die Menschheit wollte ja wohin. Aber das eben vorher nicht: Die Straße als Saal, als Schule, als Universität für alle. Wissen Sie noch, was mein oller Nante sagt vor Gericht, als er da seinen Lebenslauf herbeten soll: Nun überließ ick mir selbst und studierte Straße. Der Junge hat recht, und wenn mich heute einer fragt, Glaßbrenner, was hast du denn dein Leben lang so gemacht, außer Witzen natürlich, dann weiß ich genau: Ich studierte Straße, immer nur Straße, unsere Berliner Straße.

Früher die Promenade, das kann man nicht vergleichen. Da ließ man sich sehen, wenn man Zeit und Garderobe hatte und sich sehen lassen konnte, da ging man ohne Stelzen wie auf Stelzen, alles war künstlich, die Taillen, die Haare, das Lächeln, die Gespräche, die Grüße, und das künstlichste war, wenn man sich eben nicht grüßte Unter den Linden. Die da aus demselben Bett kamen, fuhren zwei- oder vierspännig aneinander vorbei, ohne einen Blick zu riskieren, und die große Leidenschaft der letzten Nacht war bei Tag wie marmoriert.

Aber so eine richtige Berliner Straße: Da wird nicht promeniert, da wird nicht schön getan, da ist man unter sich. Heimlichkeiten gibt's auch, aber die ganze Straße weiß sie, denn so eine Straße ist allwissend, der kann man nichts vormachen, die kiekt hinter alle Fassaden und in alle Zimmer und in alle Köpfe und in jedes Herz, wenn einer eins hat. Gewiß doch, so eine Straße ist neugierig, die hat hundert Augen, hundert Ohren, und tausend böse Zungen, aber wenn einer Hilfe braucht, dann hat sie auch hundert Hände, die zulangen, oder, weil wir das Leben ja kennen, doch immerhin zwei.

Und so eine Berliner Straße, die kennt auch keine Bel- etage und kein Souterrain und keine Dachkammer und kein' Hängeboden. Die liegt ja auch nicht den Häusern zu Füßen, untertänigst, die ist ihnen über, eine Zeitungshalle, ein Volkshimmel, ein Kummerfirmament, ob da nun einer sich in der Droschke vorfahren läßt oder ob er am Stock hum- pelt. So eine Straße ist eine kleine Republik, na eigentlich ist sie immerzu Revolution, indessen ohne Bastille und ohne Guillotine. «

Die Herren klatschten Beifall, obwohl das Wort Revolu- tion nicht nötig gewesen wäre. Es gab ein paar Wörter, mit denen Glaßbrenner immer noch umging, als gehörten sie zum guten Ton. Aber nun doch nicht. Denn er fuhr fort:

»Indessen, Revolution darf nicht sein. Und also darf die alte Berliner Straße auch nicht mehr sein. Jetzt müssen neue her, groß und breit, daß man nicht von einem Ufer zum andern sehen kann, daß die Menschen noch kleiner werden vor Gott und Vaterland, daß keiner keinen mehr kennt. Das sind keine Straßen mehr, das sind Kasernenhöfe. Und da draußen – das sind keine Villenkolonien, das sind Strafkolonien. Ich sage Ihnen, es steckt ein Plan dahinter: Die Straße soll nicht mehr Republik sein. Nachbarschaft: Gott bewahre? Brüderlichkeit? Mit wem denn?

Meine Freunde, man kann leider nicht nur ein Reich schmieden, sondern auch Ränke, und Ränke unterhalten länger. Man kann Menschen töten nicht nur mit Waffen, sondern auch mit einer Straße, die zu nichts führt. Man kann sie ermorden mit dem Hirngespinst einer Avenue. Man kann sie umbringen mit dem Luftschloß eines Boulevards, den es, das wollen wir nach der Erfahrung unseres Freundes Louis hoffen, nie geben wird. Brauchen wir ein künstliches Berlin, nur weil man dem lebendigen keine Luft lassen will? Ich will Ihnen sagen, was wir jetzt brauchen: unsern guten Louis, der uns die Austern in Aspik serviert.«

Diesmal riefen die Herren Bravo.

Und wer war, unmerklich, zur Stelle?

Louis, mit Austern in Aspik.

Er war eben kein Kellner, sondern ein Wunder.

Kaiser, Krebs und Katastrophe

Die Stadt fieberte vor Empörung, die Stimmung grenzte an Mobilmachung, der Feind war England. Jetzt waren die Machenschaften entdeckt, britische Agenten am preußischen Hof, und der Kaiser hatte ihr schlimmes Spiel mit dem Leben bezahlt. Wenn zwei Berliner sich in jenen Tagen des Sommers 1888 begegneten, fremde Leute, dann brauchte nur einer zu sagen: »Der Schurke, der verfluchte Scharlatan!«, und der andere nickte wutinnig und zornbeteiligt, sagte etwas wie: »Ein Segen für das deutsche Volk, daß wir ihn losgeworden sind«, oder auch: »Man hätte ihn hierbehalten und einsperren sollen!«, oder noch schlimmer: »Sie hätten ihn gleich in der Todesnacht des alten Kaisers frikassieren sollen, den Verräter!« Meist wußte dann einer das Tollste zu berichten: Im Nachthemd habe der fremde Pfuscher aus Schloß Friedrichskron zu fliehen versucht, die Garderegimenter hätten ihn mit ihren Bajonetten beinah aufgespießt, die Kaiserin habe für ihn um sein Leben bitten müssen, aber ihr eigenes Spiel war ja nun auch zu Ende.

Selbst die Zeitungen nahmen an der allgemeinen Volkswut teil, sprachen von einem politischen Agenten in der Maske des Heilkünstlers und stellten in Leitartikeln fest, »daß ein unbedeutender Arzt von radikal politischer Gesinnung es sich herausgenommen hat, den Geheimen Kabinettsrat zu spielen und bestimmend in die Geschicke der deutschen Nation eingreifen zu wollen«. Die wutschnaubende Rede war dann immer von dem englischen Arzt Sir Dr. Morell Mackenzie, der einen deutschen Kronprinzen und Kaiser binnen eines Jahres zu Tode kuriert habe, indem er allen Warnungen und Diagnosen der berühmtesten deutschen Ärzte zum Trotz behauptete, die Geschwulst am Kehlkopf des Hohen Patienten sei nicht Krebs und müsse nicht, ja solle nicht operiert werden. Und nun war die Majestät nach nur 99 Tagen gebrechlicher und röchelnder Regierung gestorben.

Sogar Poeten nahmen sich der nationalen Schmach an und klagten in jammervollen Versen:

> Der bittre Leidenskelch der deutschen Schicksalsstunde,
> Der deutschen Wissenschaft man wehrt –
> Er muß zur Neige sein geleert:
> Ein fremder Charlatan wühlt kalt in Deutschlands Wunde.

Kann sich der gerechte Zorn eines Volkes deutlicher äußern?

Was nun Mackenzie betraf, so war er außer Landes, und die englische Botschaft in Berlin ließ ihn wissen, daß es nicht ratsam sei, deutschen Boden oder gar die Hauptstadt noch einmal zu betreten (man könne nicht für seine Sicherheit garantieren). Doch hätte er sein teuflisches Werk so ganz allein, ohne jegliche Assistenz vollbringen können, ohne irgendeinen Helfer von deutscher Seite?

Natürlich war der Leibarzt Dr. Wegner über jeden Verdacht erhaben, und Professor Ernst von Bergmann mit seinem hervorragenden Assistenten Bramann standen an der Spitze derer, die gegen den Scharlatan gekämpft und in diesem Kampf unerhörte Demütigungen erlitten hatten. Auch Bardeleben, der nach Bergmanns Hinauswurf ihn ersetzen mußte, war ein Mann ohne Fehl und Tadel, ebenso Oberarzt Hugo Rochs und Stabsarzt Dr. Landgraf, und daß der Anatom Waldeyer mit seinem eindeutigen Krebsbefund für Klarheit gesorgt hatte, sicherte ihm einen Ehrenplatz in der Walhalla deutscher medizinischer Heilkunst. Sehr merkwürdig aber schien die Rolle des Herrn Virchow, der doch angeblich der berühmteste Anatom Deutschlands war. Diese Kapazität sollte zweimal bei den frühen Gewebeuntersuchungen nicht entdeckt haben, daß es eine bösartige Geschwulst, daß es Krebs war? Dieser große Geist sollte allen Ernstes ein Stück krankes Eiterfleisch, das der moribunde Kronprinz ausgehustet hatte, für ein harmloses Bröckchen Erbrochenes gehalten haben? Merkwürdig, nicht wahr? Ja, aber doch unwahrscheinlich, daß Virchow mit diesem Makkenzie Hand in Hand gearbeitet haben sollte, wenn der Pfuscher jetzt auch versuchte, alle Schuld auf ihn abzuwälzen. Wie, wenn bei Virchow etwas ganz anderes dahintersteckte? Denn der war ja nicht nur Anatom, sondern auch ein notorischer Liberaler, und bei den Liberalen wußte man nie so genau... Aber der Kaiser galt doch schließlich auch in gewissem Sinne als demokratisch, oder war das mehr in seiner Jugend? Also, den Virchow sollte man wohl lieber aus dem Spiel lassen, das ergab keinen Sinn.

Um so mehr Sinn ergab es bei Professor Theodor Wolfenden, dem Gesellschaftslöwen unter den Berliner Medizinern, einem Spezialisten für, ja für was eigentlich? Denn er kurierte ziemlich alles und jedes, tout Berlin war bei ihm Patient; wer nicht einmal eine Krankheit bei Wolfenden gehabt hatte, der zählte nicht wirklich zu den besseren Kreisen. Und da er ein großes Haus führte und intensive Feste liebte, waren seine Patienten auch häufig seine Gäste, und seine Gäste seine Patienten. Eine lange Nacht in seinem Haus in der Dorotheenstraße versorgte den Arzt für einen guten Monat mit Fällen von reklameträchtiger Heilbarkeit.

Und wer anders als Wolfenden hatte diesem Mackenzie in Berlin das Entrée verschafft? Wer anders als er hatte der Kronprinzessin das englische »Manual of Diseases of the Throat and Nose« von Mackenzie auf den Tisch praktiziert und als die »Bibel für den Rachenspezialisten« empfohlen? Und wer anders als Wolfenden hatte dem englischen Doktor Bankette gegeben und Elogen gemacht und die Presse zugeführt und ihn geradezu als Wunderheiler, als ein Genie ohne Operationsmesser ausgerufen? Sah das nicht verteufelt nach Komplizenschaft aus?

Mackenzie war weg, aber Wolfenden war da. Und die Vokabeln, die für den einen galten, erreichten vor allem den andern: Scharlatan, Schurke, Verräter an der deutschen Sache, Lola Montez von Berlin.

Der Zorn des Jahres 1888 war deshalb so volkstümlich, weil er nicht wirklich politisch, sondern psychologisch, ja geradezu physiologisch war. Denn alle Leute griffen sich auf einmal, bange und auf das Schlimmste gefaßt, an die eigene Kehle. Jeder erspürte irgendein Knötchen, Tausende hielten ihren Adamsapfel, weil sie ihn nie vorher bemerkt hatten, auf einmal für eine grauenhafte Wucherung, für Krebs im fortgeschrittenen Stadium. Es war ein Befingern im Gange, überall in der Stadt, im ganzen Land, es gab sorgenvolle Massagen vor dem Spiegel, noch nie hatten so viele Menschen vor ihren geängstigten Angehörigen den Mund aufgerissen und sie in den Hals sehen lassen, noch nie waren Berlins Wohnungen erfüllt gewesen von so entsetzlichen

Krächz- und Ächzlauten, von Erstickungsgeräuschen und Hustengemurr, und wenn der große allgemeine Zorn sich nicht wirklich lauthals vernehmen ließ, so lag es eben an dieser erschreckten verkrampften Heiserkeit, mit der die Menschen bis zur panischen Tonlosigkeit geplagt waren. Was hatte man aber auch an schaurigen Wörtern über sich ergehen lassen müssen in diesem einen Jahr, Wörtern, die sich selbst wie Kehlkopfkrebs anhörten: Laryngotomie und Knorpelresektion und Exstirpation und dann dieses entsetzliche Tracheotomie, das sagte ja wohl alles.

Und jeder unter den Tausenden, die die schreckliche Krankheit am eigenen Leibe verspürten, fühlte eben nicht nur mit dem verstorbenen Herrscher, er kam sich selbst vor wie ein vernachlässigter, verpfuschter Patient des Mr. Makkenzie. Und das hieß nichts anderes, als daß man auch ein Opfer war des feinen Modeprofessors Wolfenden aus der Dorotheenstraße.

Und Wolfenden? Der Professor hatte es immer nicht nur als Bequemlichkeit, nicht nur als gesellschaftlichen Ehrgeiz, sondern auch als eine Art geistigen Komforts empfunden, in der Nähe seines Arbeitsplatzes, der Charité, inmitten des Universitätsviertels und im Zentrum der kaiserlichen Residenz zu wohnen, im alten, im guten Berlin. Gewiß, er suchte die Nähe zum Hof, lebte gern im Bannkreis der Botschaften und Bankiers, aber er liebte auch den akademischen Betrieb, und vor allem tat ihm das tägliche Gewimmel der Studenten gut, für die er ein Gott war, die ihm aber – und die meisten waren doch fremd – wie Söhne erschienen (so simpel sind väterliche Gefühle gemischt).

Jetzt aber, binnen weniger Wochen, wurde er für diese jungen Leute der erklärte Feind. Während sie seinem Rivalen Bergmann Fackelzüge brachten und ihn hochleben ließen als den Helden der deutschen Medizin, der den Kaiser mit seinem Chirurgenmesser hätte retten können, versammelten sie sich in Scharen vor Wolfendens Haus, und die bekannten Schimpfwörter wurden nun zu Schmähchören, ohne alle Spur von Heiserkeit. Als er einmal während einer solchen Veranstaltung das Fenster zu öffnen und auf den Balkon zu treten wagte, wurden die Rufe still, aber man bewarf ihn mit Frühstücksstullen und Soleiern. Und eines Nachts flogen ihm Steine ins Fenster.

Er entschloß sich noch in jener Stunde und setzte seinen Entschluß in derselben Woche in die Tat um: Er zog aus, zog um, er zog weg aus Berlin. Er dachte irgend etwas wie Einsamkeit, Exil, Klausur, vor den Toren der Stadt, raus aus dem Rummel, fort vom Pöbel. Und er kaufte, nach nur knapper Besichtigung, ein Haus in der Fasanenstraße, das ein Regierungsrat Windmüller nach seiner Tochter benannt hatte und zu einem, wie Wolfenden schien, höchst kulanten Preis abgab. Diese »Villa Mathilda« war ein prächtiges, beinah pompöses Haus aus gelben Terrakott-Ziegeln, und es hatte alle Anlage und sämtliche Räume für große Repräsentanz. Sogar eine Kuppel war da.

Was es aber für Wolfenden so verlockend machte, ja zum beinah einzigen unter all den Angeboten, unter denen er wählen konnte: Die Position des Hauses entsprach genau seiner eigenen Situation, das Gebäude war durch die Umstände ein Außenseiter geworden wie er selbst. Die »Villa Mathilda« ragte eigenwillig und schräg hinein in das, was sich da als neue Straße, vom Zoo herkommend, anbahnte. Wie das noble, zivilere Monument einer älteren Zeit stellte sie sich der neuen Entwicklung förmlich in den Weg und schien sie abzublocken, querquadrig. Das Haus kam Wolfenden vor wie ein Haltruf gegenüber dem, was da fortschritt, den ersten Prachtstücken einer Architektur, die ausgerichtet war wie zum Appell. Häuser tauft man nicht um, und so behielt, auch nach Wolfendens Einzug, das Gebäude an der Ecke Fasanenstraße und Kurfürstendamm den Namen »Villa Mathilda«. Für sich aber sprach Wolfenden von der »Villa Trochea«. Und es war ihm klar, daß er sich keine Klausur gewählt hatte, sondern eine Kampfposition.

Freunde (denn er hatte noch viele) schrieben ihm, er habe

einen übereilten Schritt getan; und bald nach dem Umzug erreichte ihn auch ein Billett der Kaiserin Friedrich zum Zeichen ihrer Betroffenheit, daß er vor dem »Mob« gewichen sei und »in so große Ferne gerückt«. Sie wisse aber, daß Mackenzie und er die einzigen gewesen seien, die ihrem verstorbenen Gemahl wirklich geholfen hätten; sie allein hätten medizinische Einsicht und menschliche Würde vereint; sie allein hätten nicht nur die Majestät, sondern auch den leidenden Mann respektiert. Zum Zeichen ihrer Loyalität wolle sie ihm eine Tagebuch-Notiz der Kaisers selbst preisgeben, eine Notiz über jenen 12. April 1888, als man schon sein Ende nahe glaubte; deutlicher als der Patient könne wohl niemand die Situation beurteilen: »Bergmann zur Konsultation, der aber sich gleich an Sir Morell Makkenzies Stelle setzte und mit roher Gewalt einen andern Tubus hineinzwängte.« Das Billett der Kaiserin widerrief sich freilich am Ende selbst: Er dürfe keinerlei öffentlichen oder auch nur privaten Gebrauch davon machen; es sei allein zu seiner Aufrichtung gedacht.

Die Aufrichtung wirkte – doch anders als die Witwe Friedrichs III. es sich vorgestellt haben mochte. Wolfenden begann, verbissen an seiner Rehabilitation zu arbeiten. Aber während in England Mackenzie – dem der Ausschluß aus der renommierten Medizinischen Gesellschaft drohte – an einem Buch über seine Behandlung von »Frederick the Noble« arbeitete, begann Wolfenden, seine Bekannten, seine Gäste damit zu behelligen. Denn er gab nun wieder Abendgesellschaften, und es kamen wieder Leute, wenn auch nicht mehr so viele wie früher (dabei lag »früher« nur wenige Monate zurück). Auch sein Kollege von Leyden ließ sich ein, zwei Male blicken, allerdings nahm den in der Fakultät ohnehin schon niemand mehr so recht ernst: Das war ein schwacher Verbündeter. Wolfenden war früher als Gastgeber immer der geistreichste Plauderer gewesen, seine Medizineranekdoten wurden dringender erwartet als der Kaviar – doch nun machte er, peinlich genau, die Tafelrunde zu Zeugen der Stationen eines Dramas, von dem die Klügeren wünschten, es möge bald vergessen sein. Es war, als ob Wolfenden immer wieder das Gras mähte, das über die Sache wachsen wollte.

Denn je gründlicher er der Geschichte auf den Grund ging, je hartnäckiger er den Fall und seinen Part daran auseinandersetzte, desto fremder reagierten die Freunde, um so mehr Gäste blieben aus, und das wiederum erhöhte seine Heftigkeit und seine Insistenz, weil er ja wenigstens die, die nun noch kamen, überzeugen wollte. Wie entgeistert waren seine Zuhörer, als er das alte Gerücht von dem galanten Abenteuer des Verstorbenen, von einer Liebesnacht Friedrichs bei der Einweihung des Suezkanals und von der syphilitischen Ursache der ganzen Kehlkopfkrankheit, während einer Mahlzeit, im wahrsten Sinne des Wortes: auftischte. Und war es denn ein Wunder, wenn eine Berliner Tischgesellschaft von einem angesehenen Arzt nicht hören wollte, wie andere angesehene Ärzte im Kampf um das Wohl eines Patienten sogar mit dem Stilett aufeinander losgegangen waren – denn dann mußte man sich ja ein Konsilium vorstellen als die reinste Bartholomäusnacht. Ein Mann, der solche Dinge von sich gab, raubte einem nicht den Glauben an die Medizin, den braucht man schließlich, er raubte einem den Glauben an ihn selbst. War Wolfenden überhaupt noch bei Verstand?

Und dann die Gewißheit: der entsetzlichste aller Auftritte, gespenstische Szene mit einem offenbar übergeschnappten, nein überschnappenden Menschen; mit einem Mann, der soeben der Narr wird, zu dem er sich so lange gemacht hat: und justament am Abend jenes Tages, an dem nachmittags der Grundstein gelegt worden war zur Kaiser-Wilhelm-Gedächtniskirche, am 22. März 1891. Das Ereignis war glanzvoll gewesen, mit einem Triumphbau aus Obelisken und einem Prunkzelt für die allerhöchsten Herrschaften, mit Salutschüssen und Predigtworten, Versenkung der Stiftungsurkunde, mit feierlichen Hammerschlägen und Ordensverleihungen, und wie immer marschierten Truppen vorbei: Nichts Geringeres war ja geschehen als dies: Die neue Straße, der alte Kurfürstendamm war gewissermaßen eingesegnet worden; er würde endlich auch eine Kirche bekommen. Und viele von denen, die dem feierlichen Akt auf der Ehrentribüne beiwohnten, hatten der Einladung des Professors diesmal zugesagt, weil sie sich davon einen lebhaften Ausklang des ohnehin festlichen Tages versprachen. Denn wer sollte auf den dämonischen Gedanken kommen, den würdigen, frommen, hochherzigen Akkord der Kirchengründung zu stören? Man versah sich eines eher heiteren Abends, glaubte Wolfenden auf dem Wege der Besänftigung und strömte so zahlreich zusammen wie schon lange nicht mehr.

Aber schon das Arrangement, mit dem er seine Besucher empfing, verhieß nichts Gutes. Er hatte die große Empfangshalle unter der Kuppel umbauen lassen zu einem Hörsaal. Seine Vorlesungen wurden nicht mehr besucht, und er hatte sie aufgeben müssen; nun, offenbar, spielte er in den eigenen vier Wänden Kolleg. Aber wer da dachte, das sei zwar skurril und bleibe dennoch des Professors Privatsache, sah sich getäuscht und alsbald selbst genötigt, in diesen unbequemen, gestuften Bänken Platz zu nehmen. Statt livrierter Diener gab es einen als Anatomiehelfer gekleideten alten Mann, der den Gästen ihre Sitze anwies. Von der Absicht einer Bewirtung war weit und breit nichts zu erkennen; es wurde nicht einmal der Sherry gereicht, mit dem noch jeder Geizhals seine Gäste zu begrüßen pflegte. Dies sah nach ungemütlicher Veranstaltung aus.

Aber Wolfenden, anfangs, gab sich jovial, gelöst, ja aufgekratzt. Er entschuldigte sich für die kuriose Sitzordnung, ein gelernter Professor könne es eben nicht lassen. Er begann sogar mit einer Anekdote, die er beiläufig vortrug wie in alten Tagen: Da habe er doch einmal, ein einziges Mal, sich's geleistet, einen großen Urlaub zu machen, sechs Wochen hintereinander, eine Kreuzfahrt nach Kairo, und habe seine Ordination dem berühmten Kollegen Baginski überlassen. Jedermann wisse, daß seine, Wolfendens, Wartezimmer immer voll, wenn nicht überlaufen gewesen seien. Aber nun, bei der Rückkehr von den Pyramiden, habe er die Praxis ganz und gar leer vorgefunden. Wo denn alle seine Patienten geblieben seien, habe er den Vertreter gefragt und zur Antwort bekommen: Er habe sie alle geheilt. »Nun, verehrte Freunde, meine Replik können Sie sich denken: Ich heile meine Patienten lieber selbst.«

Einige wagten zu lachen, es erleichterte sie.

Dann geschah es. Der Anatomiediener in dem blaßblauen Kittel schob einen Wagen herein, auf dem verdeckt eine Gestalt lag. Mit einem raschen Griff nahm Wolfenden das weiße Tuch ab, und durch die Reihe der versammelten Gäste ging ein Schrei des Entsetzens oder eher ein erstickter Grusellaut: Auf dem Wagen lag, nur mit einem Pyjama bekleidet, der tote Kaiser Friedrich, und unter dem großen kräftigen Bart ragte, ein monströser Anblick, eine Röhre hervor, die im Hals stak. Es dauerte einige Sekunden, bis die Leute begriffen hatten, daß es sich nicht um die Leiche, sondern um eine Wachspuppe handelte, aber die Scheußlichkeit der Demonstration war dadurch nicht gemindert.

»Was soll das, Wolfenden!«, rief einer seiner ältesten Freunde, der Geheimrat Franke.

»Die Wahrheit muß an den Tag!«

»Der Kaiser ist tot, keine Wahrheit kann ihm helfen!«

»Aber die Wahrheit lebt. Und ich werde Ihnen demonstrieren, was an jenem 12. April 1888 geschah, als man unserm verehrten Herrscher die entscheidende Verletzung beigebracht hat.«

»So lassen Sie es doch gut sein, Wolfenden!« Es war noch einmal Franke.

Wolfenden ließ es nicht gut sein. Er berichtete, wie der Kaiser schon am Abend des 11. April und in der darauffolgenden Nacht heftige Atembeschwerden gehabt habe, mit lautem Röcheln und häufigen Hustenanfällen, und wie sich

Mackenzie entschloß, am Morgen des 12. eine neue Kanüle einzusetzen. Erstickungszustände hätten diese Versuche jedoch erschwert, der Tubus sei nicht hindurchzuführen gewesen bis in die Luftröhre, und die Atemnot habe sich rapide, beängstigend, vergrößert. Nun habe man Bergmann, per Depeschenreiter, suchen lassen, der sei aber auf Krankenbesuchen unterwegs gewesen, man wisse ja, hier ein Gläschen, dort ein Gläschen, und man habe ihn noch zweimal telefonisch zur Eile antreiben müssen. Als er dann endlich im Schloß Charlottenburg angekommen sei, habe er sich des Patienten bemächtigt wie einer Beute, ganz und gar unbeschreiblich habe er sich benommen...

Nein, unbeschreiblich fanden es alle, wie Wolfenden nun mit der Puppe umsprang, wie er da, vor aller Augen, hantierte und seine Hantierungen mit Kommentaren begleitete. »Raus mit der Mackenzie-Kanüle!«, schrie er und riß das lange Röhrchen der Puppe aus der Öffnung, die in den Hals geschnitten war. »Weg mit dem Bleirohr, was soll uns das Blei, Sir!«, rief er und warf ein schweres anderes Gerät, fast eine Stange, entrüstet beiseite, so daß es schwer zu Boden fiel, »damit bringen Sie ihn ja um!« Dann griff er sich eine ganze Anzahl von Kanülen, »Hier werden wir das Richtige finden, Majestät!«, und er nahm die Dinge, die wie ein Bündel von Strohhalmen aussahen, schwenkte sie triumphierend in die Luft, zog einen heraus und rammte ihn der Puppe wütend in den Hals, so daß der Tubus sich knickte. »Der nächste, wir haben genug!«, schrie er kichernd, versuchte es ein zweites Mal und ein drittes, und den vierten würgte er wie mit Wut hinein in den Wachshals. »Blut, Blut, es ist nur die Trachealwunde, nur ruhig, Majestät, diesmal muß es gelingen!« Aber wieder riß er die Kanüle heraus, warf sie zornig unter den Wagen. »Wir müssen wohl doch das Blei nehmen, Majestät! Der Allerhöchste Hals sträubt sich heute so«, und bückte sich und nahm das stangenähnliche Gerät auf. Aber im Begriff, es der Puppe einzustechen, unterbrach er sich, sah den Anatomie-

Diener an und sagte: »Versuchen Sie es mal, lieber Bramann, ich habe heute keine glückliche Hand.« – Dies alles von Wolfenden vorgetragen, vorgespielt wie im Rausch, nein, in hypnotischer Hysterie, aus der er nun auftauchte, indem er mit leiser Stimme sagte: »So ist man umgegangen mit dem kranken Kaiser, mit einem lebendigen Menschen. Von da an erst war er todkrank, meine Damen und Herren!«

Aber es war niemand mehr da, an den er sich wendete. Die Sitzreihen des kleinen Hörsaals waren leer. Die Gäste hatten vor dem schaurigen Theater die Flucht ergriffen, den Raum und das Haus verlassen. Professor Wolfenden war allein mit seinem bleichen Helfer. »Wo sind sie alle hin?«, fragte er hilflos, und der andere sagte nur: »Wenn Sie erlauben, empfehle ich mich jetzt auch, Herr Professor.«

Niemand sprach mehr mit Wolfenden, und bald sprach auch niemand mehr *von* ihm. Er selbst redete mit sich, und er wandte sich alle Tage an ein imaginäres Auditorium, das er aufklärte über ein Problem, das ihm zum größten geworden war: Der Umgang mit einer unheilbaren Krankheit. Dieses Thema war von größerer Komplexität und Dringlichkeit als das ganze Gerede über die Unsterblichkeit der Seele. Jeder, und nicht nur ein Herrscher, aber der zuerst, habe das Recht auf seinen eigenen Tod. Bismarck sei ja zwar ein unverbesserlicher Zyniker, aber wie alle Leute dieses Schlages nahe an der innersten Wahrheit: Lieber in die Hände Gottes fallen als in die seiner Ärzte. – Was Wolfenden meinte, war so uneben nicht. Nur daß er es niemandem mehr sagen konnte und dennoch sagte, war ein böses Zeichen. Die Unheilbarkeit einer Krankheit war seine unheilbare Krankheit geworden.

Aber dann, mit dem Jahr 1894, kamen doch wieder Leute zu ihm. Keine Patienten, keine alten Freunde, keine Studenten. Die Welt tat nicht Abbitte für das, was sie dem Weltmann Wolfenden angetan hatte, sie holte zu einem neuen Schlag aus. Die da Besuch machten, waren straffgekleidete

Herren vom Katasteramt und von der Bauverwaltung, vom Polizeipräsidium und von der Kurfürstendamm-Gesellschaft, die inzwischen in den guten Händen der Deutschen Bank war. Diese Besucher fragten ihn, warum er nicht auf die Briefe reagiert habe, die sie ihm seit Monaten geschrieben hätten, und waren indigniert, wenn er fragte, welche Briefe sie meinten, er öffne keine Post mehr, er wisse Bescheid. Aber es stellte sich heraus, daß er keineswegs Bescheid wußte, jedenfalls nicht in seiner eigenen Sache, nicht in der heiklen Angelegenheit seines Quartiers. Der Villa? Ja, dieses Hauses, Fasanenstraße 47.

Nun, sagte Wolfenden, wie man sehe, sei das Gebäude standfest, gepflegt, sogar schön, eine Zierde der Gegend, wenn man die neue Straße dagegen nehme. Eben darum gehe es, um den Kurfürstendamm. Um die Baufluchtlinie. Ach Gott, die störe ihn nicht weiter, er habe sogar mit dieser ärgerlichen elektrischen Straßenbahn von dem Siemens seinen Frieden gemacht, die fahre ja nun immer öfter und schneller.

Wenn einer partout nicht kapieren will, muß man es ihm klipp und klar sagen: »Die Villa Mathilda liegt in der Baufluchtlinie. Sie ist der endgültigen Trassierung des Kurfürstendamms im Weg. Sie müssen Ihr Haus räumen, Sie erhalten selbstverständlich eine angemessene Entschädigung. Es wäre gut, wenn Sie Verständnis für diese Maßnahme hätten. Etwaige Einsprüche sind zwecklos, sämtliche Instanzen haben ihr Plazet gegeben.«

»Wegen dieser Kasernen da?«, fragte Wolfenden und wies durchs Fenster auf die Häuser des Kurfürstendamms.

»Nennen Sie es, wie Sie wollen. Für deren Besitzer ist *Ihr* Haus ein Ärgernis.«

»Ich werde weichen«, sagte Wolfenden mit Sanftheit. »Aber die Steine? Sie wollen das Haus doch nicht kaputtmachen? Abreißen?«

»Das ist der Lauf der Dinge«, sagte der Herr von der Kurfürstendammgesellschaft.

Professor Theodor Wolfenden machte wirklich keine Schwierigkeiten. Als die Arbeiter kamen mit der großen Abrißbombe und den Spitzhacken, rannten sie offene Türen ein. Aber sie rannten aus den offenen Türen gleich auch wieder hinaus. In einem merkwürdigen Saal mit Sitzreihen lag auf einer Bahre ein Mann mit durchschnittener Kehle. Wolfenden hatte Hand an sich gelegt.

»Ob er wohl wußte, daß er Krebs hatte?«, sagte Rudolf Virchow, der kollegialerweise die Obduktion vorgenommen hatte.

III

Die Zimmerflucht

Ein Kapitel, in dem wir das neue Jahrhundert und Clara Imhuelsen
kennenlernen, die dem Leser ans Herz gelegt sei und ihm dafür
treu bleiben wird. Von einer Bahnfahrt und einer Kutschfahrt und
einer Irrfahrt, von falschen Hausnummern und einer vergeßlichen
Kusine sowie von den plüschenen Verhängnissen einer großen
Wohnung am Kurfürstendamm. – Bericht über die gewaltige
Unternehmung eines Berliner Frühstücks im Jahre 1900 und Beantwortung der Frage, wie groß ein kleiner Kreis von Gästen
mindestens sein muß. Warum Claras Vorwitz eine Gesellschaft
beinah sprengt und dann aber doch zum Gesprächsstoff wird:
Über die Kunst, Pleite zu machen, und über den Eisenbahnkönig
in der Mansarde seiner Köchin. – Exkurs über einen morgendli-
chen Ausflug auf den Spuren von Lene Nimptsch, und über die
Freiheitsgefühle, wenn man keinen Leutnant Botho lieben muß.
Claras Zukunftspläne, und warum alles ganz anders kommt. – Die
Begegnung mit dem Dschingis Khan, und warum eine Porträtsit-
zung länger dauert als zehn Minuten, nämlich bis auf weiteres. Wie
einer, der es gar nicht will, ein reicher Mann wird, und wie ein
Kaufmann malen lernt. Über die Schwierigkeit eines echten
Kurfürstendamm-Skandals, und wie sich mit Claras
Hilfe dann doch einer ereignet.

Expedition in einen Salon

Das fing ja gut an.

Da war Clara Imhuelsen, und da war Berlin, aber niemand war da, um zu vermitteln. Sie wurde nicht abgeholt.

Da stiegen Hunderte von Menschen aus dem Zug, und einige Hundert warteten auf dem Perron, und alsbald fielen die einen den andern um den Hals oder schüttelten einander die Hände, oder nahmen Koffer auf oder schenkten Blumen oder übertrugen ein Lächeln. Da legten sich Hände auf Schultern, mal sanft, mal in robuster Wiedersehensfreude, da gab es Rufe und Erkennungspfiffe, da gab es den großen Ansturm der Dienstmänner auf die Reisenden mit dem dicken Gepäck, da gab es das Ächzen derer, die mit ihren riesigen Koffern lieber zusammenbrachen, als daß sie Geld für einen Träger ausgegeben hätten, da gab es das Geschrei der Kinder, das Plärren der Babys, das Schimpfen oder die infantile Beruhigungssprache der dazugehörigen Mütter.

Und plötzlich gab es das alles nicht mehr, der Bahnsteig hatte sich allmählich geleert und war jäh verlassen, ein Zugschaffner warf knallend die Türen der Waggons zu und hatte dabei die streng-zufriedene Miene eines Mannes, der als einziger in der Welt für Ordnung sorgt.

Clara Imhuelsen sah sehr winzig aus unter der weiten neuen Halle des Anhalter Bahnhofs, ihre kleine Figur unter dem großen Hut wirkte auf dem langen kahlen Bahnsteig so, als wäre sie aus dem Lande Liliput angereist in die Welt der Riesen. Ihre Erscheinung hatte etwas rührend Unangemessenes, womöglich erschrak sie und stieg gleich wieder in den Zug, wenn nicht um abzureisen, so doch, um sich zu verkriechen.

Clara erschrak nicht. Sie war nicht einmal verzagt, auch empfand sie den Bahnhof nicht als Übermacht, sondern als gewaltigen Schutzschirm. Ihr war nicht nach Einsamkeit, sondern nach Abenteuer zumute. Sie löste das Band ihres Strohhutes, setzte ihn ab und legte ihn auf den Korb, der das kleine Gepäck und das Hasenbrot enthielt.

Sie nahm sich selbst bei den Schultern, indem sie die Arme kreuzte, holte tief Luft und sagte: »Clara, jetzt bist du in Berlin. Jetzt bist du wirklich in Berlin.« Sie fand es viel aufregender so allein, als wenn Melanie, wie es doch verabredet war, am Bahnsteig gestanden und gleich wie eine Glucke um sie herum geplustert hätte: Ach, da ist sie ja, meine kleine Clara, laß dich ansehen, Kusinchen, hast du deine Weltreise gut überstanden, mit neunzehn die weite Fahrt, so couragiert, mein Clärchen!

Aber warum in aller Welt ließ sie sich nicht blicken? Wenn sie krank war, hätte sie doch wohl jemanden geschickt. War sie, Clara, falsch ausgestiegen? Aber nein, hier ging die Bahn ja nicht weiter. Komisch, daß man das Kopfbahnhof nannte. Und noch komischer, daß eine Bahnstation Anhalter hieß. Merkwürdig, wie still es jetzt hier war, trotz der Pfiffe und der Rufe von den anderen Perrons, trotz des wattigen Geräuschs der abdampfenden Lokomotiven. Die Stille kam von dem ruhigen Rund, mit dem sich die Halle über all der Geschäftigkeit wölbte: eigentlich eine große Gartenlaube. Die Stadt draußen, man hörte sie nicht, aber man konnte sie spüren, und das eigene Herzklopfen gehörte schon dazu. Draußen begann der Trubel, das Fremde, die wirblige Unsicherheit, das ganz Neue, die erregende Ratlosigkeit. Vielleicht kam ja Melanie doch noch?

Ach was, sie war doch kein Kind, sie hatte die Adresse, sie hatte Geld für eine Droschke, und sie hatte ja schließlich einen Mund, den sie auftun konnte. Wenn sie den nicht unterwegs schon so übermütig aufgemacht hätte, wäre ihr jetzt sicher der Coupégefährte, dieser seltsame Reisegenosse, behilflich gewesen: Mein Fräulein, erlauben Sie, daß ich Anteil nehme an Ihrer unmittelbaren Zukunft, will sagen: an der Erreichung Ihres berlinischen Quartiers, die Gefahren hiesiger Großstadt...

Nein, also dann schon lieber auf eigene Faust.

Sie hatte nämlich unterwegs ihr Tagebuch hervorgeholt, das sie sich für die Reise neu gekauft hatte, mit einem Etikett und der Aufschrift Diarium, und sie wollte gerade ein paar Notizen machen, die Pläne für Berlin vervollständigen, als der Herr, der ihr schräg gegenübersaß, auch schon anfing, ihr dreinzureden. Er war ziemlich geckenhaft gekleidet, hatte ein Gesicht, als wäre ihm die draußen vorbeiziehende Landschaft ein Greuel, räusperte sich ausführlich, und als er mit diesem Geräusch Claras Blick auf sich gezogen hatte, sagte er: »Sehr löblich, das Fräulein führt ein Tagebuch. Ein kluges Geschäft, und kein Vergleich mit einem Strickstrumpf. Eins der Geschenke, die wir uns selber machen können. Morgen schon staunen, über das, was uns heute passiert ist.«

»Was erzählen Sie da?«, hatte Clara gefragt.

»Ich habe Ihnen meine Anerkennung ausgesprochen, wertes Fräulein. Ein Mensch ohne Tagebuch lebt wie ein Schwein, Pardon, in die Zeit hinein. Aber jeden Tag hübsch Buch geführt, und wir schreiben unsere eigene Geschichte. Vielleicht lernen wir sogar unsere Seele kennen.«

»Statt Knoten im Taschentuch – zu mehr brauch ich das Heft nicht.«

»Zu bescheiden, meine junge Dame, gewiß zu bescheiden. Wer schreibt, der bleibt, und bleibt eines Tages vielleicht beim Schreiben selbst, bei der Literatur, bei der Dichtkunst, gradus ad parnassum...«

Clara unterbrach ihn mit Lachen. »Ich gewiß nicht.«

»Nun, weiß man's«, fuhr der Herr mit ungebremster Emphase fort und gab dem Gespräch eine tolle Wendung: »Sehen Sie mich an. Hätte ich mir's vor fünfzehn Jahren träumen lassen, daß ich heute in Sachen Literatur unterwegs bin, ja daß mein Urteil überhaupt erst bestimmt, was zur Literatur sich rechnen darf.«

»Dann sind Sie Schriftsteller?«

Der Herr war mit dieser Erkundigung, wie man ihm ansah, nicht recht zufrieden.

»Je nun, vielleicht in meinen Anfängen, als Pennäler, die ersten Erzählungen in Schulheften, einiges gedruckt in der Lokalzeitung. Ja, da wollte ich Schriftsteller sein.«

»Aber nun? Sind Sie ein Dichter? Balladen? Ich liebe Balladen. Haben Sie Fontane gekannt? Dann müssen Sie mir von ihm erzählen.«

Das führte nun etwas zu weit. Der Herr gab zu erkennen, daß ihm zu Fontane nichts einfiel: »Nun, diese alten Herrschaften, ein bißchen passé schon zu Lebzeiten, überrumpelt von der Routine. Sehen Sie, dieser Fontane. Man kann nicht drei Seiten lesen ohne zu merken: der Mann war Apotheker.«

»Wie können Sie so etwas sagen?«

»Nun, er *war* Apotheker.«

»Ich mag ihn«, sagte Clara. Sie war entflammt, ja empört. Sie hatte nun jegliches Interesse an den Mitteilungen dieses merkwürdigen Herrn verloren. Der aber nahm ihre Erregung als Apropos.

»Die hitzige Jugend«, sagte er, »sie steht Ihnen zu, und sie steht Ihnen gut.«

Dabei war er so sehr alt nun auch nicht; Clara dachte: dreißig, aber sie überlegte, ob er nicht noch jünger war, weil er so altklug tat.

»Balladen«, sagte er, »da haben Sie den Unterschied. Man kann sie vielleicht noch lesen, aber man kann sie nicht mehr schreiben.«

«Und warum?«, fragte Clara aufsässig.

»Mein Fräulein«, sagte nun der Herr, und seine hochmütige Stimme klang wie die des Kunstlehrers in Lausanne, »ich weiß nicht, aus welchem stillen Winkel unseres schönen Vaterlandes Sie kommen – meine Wiege stand auch irgendwo zwischen Weinbergen –, aber das sollten Sie doch mitbekommen haben in... in...«

Clara half ihm nicht aus.

»Nun, das weiß ja jedes Kind, daß wir seit sechs Monaten das zwanzigste Jahrhundert schreiben, die paar Verrückten abgerechnet, die da meinen, erst mit dem Jahre 1901 beginne das neue Saeculum, und in dieser neuen Ära ist keine Zeit mehr für Balladen, nur noch für Dynamik, Kraft, Wirkung.« Clara sah ihn mit trotziger Sprachlosigkeit an.

Aber das Schweigen machte das kleine Coupé fast unerträglich. Da stellte der Herr sich vor.

»Gestatten, Zumsee, Dr. Andreas Zumsee, Berliner Nachtkurier. Nicht Schriftsteller, nicht Dichter, sondern Kunstrichter, Rezensent, Kritiker. Es gibt keinen Abend in Berlin, den man vor dem Zumsee lobt. Sie können das im Moment nicht richtig taxieren, aber Berlin liegt mir zu Füßen.«

Clara sah dem Herrn sehr deutlich auf die ausgetretenen Schuhe und sagte dann: »Da liegt es aber gut.«

Und als sie merkte, daß es zu frech war, fügte sie hinzu, halbdreist: »Fontane war aber auch Kritiker.«

»Sehr wahr, aber er beschrieb nur, er erzählte das Theater. Was wir Jüngeren tun: wir setzen das Theater durch, oder wir bekämpfen es. Wir sind nicht mehr Poeten, wir sind Potentaten. Nicht mehr Genies, sondern Kämpfer. Genie zu sein, mein Fräulein, ist leicht, aber Kämpfer...« Er schwieg, wie erschöpft von dem Gedanken an all die Kämpfe, die er auf sich genommen hatte, er sah geradezu elend aus. Schreckliches mußte er mitgemacht haben in seinem Leben, Falten zu beiden Seiten des Mundes gaben ihm einen wehen Zug, der bis aufs Kinn ging, auf ein deprimiertes, gleichsam vom Hochmut fallengelassenes Kinn. Wenn er ein Kämpfer war, so wirkte er abgekämpft.

»Das muß doch aber Spaß machen, jeden Abend ins Theater.«

»Grauenvoll, mein Fräulein, Jahrmarkt der Eitelkeiten, fast immer muß ich ein Machtwort sprechen. Schlechte Schauspieler, schlechte Stücke...«

»Warum schreiben Sie dann nicht selber eins?«

Da hatte sie aber was angerichtet. Denn der Herr Zumsee war auf einmal ganz außer sich vor Betrübnis, nahm die linke Hand vors Gesicht, massierte sich die Stirn, als wolle er sein Gehirn walken, und als er wieder aufsah, war er um zwanzig Jahre gealtert. Mit trübem Blick starrte er sie an. »Eine gute Frage«, sagte er. »Eine böse Frage. Tempi passati, mein Lindenblatt. Die Stelle, wo ich sterblich bin.«

»Um Gottes willen«, versuchte Clara rasch abzuwehren, »so war das nicht gemeint.«

»O nein, ich habe nichts zu scheuen, im Gegenteil. Nur die Erinnerung schmerzt, aber ist Schmerz nicht das halbe Leben eines Mannes? Ich kam damals nach Berlin, damals, das war vor acht Jahren, allein wie Sie, jung wie Sie, nein, doch wohl ganz so jung nicht, ich war immerhin schon dreiundzwanzig und so bejahrt darf ich sie wohl nicht vermuten. Welch ein Abend bei Türkheimers, die reichsten Leute der Stadt versammelt, ein Schlaraffenland aus Luxus, und ich das junge Genie, ein Hans im Glück, Prinz von Arkadien, und mein Stück auf der kleinen Bühne, von ersten Kräften gespielt, intimstes Theater, und jetzt der Beifall, der Jubel, und dann der Höllensturz: Ich war vernichtet.«

»Aber wenn das Stück doch gut war?«

»Berlin«, sagte Herr Zumsee, »Berlin ist ein Monster. Es bejubelt den Erfolg, aber es verzeiht ihn nicht. Berlin läßt sich hinreißen, aber es nimmt dafür Rache. Eine böse Stadt, randvoll mit Neid, Spott, Schadenfreude. Gefährlich für alles Produktive. Erregt die Talente, schmeichelt ihnen, reizt sie, steigert sie bis zur Ohnmacht – und läßt sie fallen. Liegen schon allerhand im Graben. Und auch Sie, mein Fräulein, sollten sich vorsehen.«

»Ich will ja kein Stück schreiben. Und auch nicht bejubelt werden.«

»Aber keck sind Sie. Und auch Keckheit läßt sich Berlin nicht gefallen. Vielleicht sollte ich Ihre ersten Schritte ein wenig beaufsichtigen nach der Ankunft?«

Clara bedankte sich: An Aufsicht in Berlin werde sie mehr als genug haben.

»Nun, wie auch immer: Hüten Sie sich vor Berlin. Und sollten Sie einmal Hilfe brauchen: Zumsee, Nachtkurier.«

Und dann hatte Clara ihre Keckheit wohl etwas übertrieben. Denn statt Dankbarkeit hatte sie eine Frage vorgebracht: »Wenn Sie jetzt Kritiken schreiben – heißt das nicht, daß Sie sich immerzu rächen? Daß Sie das Theater eigentlich hassen?«

Er sah sie wie von ungeheurer Ferne aus an, sagte kurz: »Ich empfehle mich, mein Fräulein«, was er aber, da das Abteil auf keinen Gang hinausführte, erst wahrmachen konnte, als der Zug in der Bahnhofshalle zum Stillstand gekommen war.

»Na, Frolleinchen, wollen Sie hier Wurzeln schlagen? Ist der Herr Bräutigam nicht gekommen?« Ein Bahnschaffner hatte sie jetzt aufgestört.

Ganz so schlimm sei sie nicht dran, sagte Clara, nur die Kusine fehle. Aber sie habe erst einmal abwarten wollen, das komme ja vor, daß sich jemand verspäte, und bei Melanie erlebe sie es nicht zum erstenmal. Aber jetzt werde sie doch wohl auf eigene Faust.

Der Bahnbeamte holte ihr einen Dienstmann, und der brachte sie zu einer der Droschken. Dem Kutscher zeigte sie die Adresse.

»Na, das ist ja mal eine noblichte Jejend. Unsere Prachtavenue. Mamsellchen, denn man nichts wie hin zu Millionärs.«

Das Abenteuer begann. Oder war sie schon mittendrin?

»So, Mamsellchen«, sagte der Kutscher nach gut einer Viertelstunde Fahrt, »da hätten wir nun den Kurfürstendamm. In voller Pracht und Breite, staun'n Se sich man satt, is genug von da, nimmt auch so bald kein Ende, den haben sie auf Vorrat gebaut. Das ist nicht nur so eine Straße, das geht ins Weite: da haben Sie das kavalleristische Mittelstück, für den ollen Bismarck persönlich angelegt, und was soeben an uns vorbeirauscht, ist unsere fabelhafte Elektrische, ja Mamsellchen, die Konkurrenz ruht nicht, beachten Sie das Tempo, immerzu Galopp mit dem Neu-Berolina-Fahrgestell, raus bis an die Hundekehle, was nun so 'n Fortschritt ist, der hat's eilig, die alten Rowanschen Dampfwagen kamen da nicht mehr mit, in Berlin ist immer höchste Eisenbahn. Und sehn Se hier, jetzt kommen uns schon die Automobilisten übern Hals, knattern uns den Gestank in die Neese, das ist ja wie Feuerwerk auf Rädern, die haben ja 'n Knall. Glauben Sie mir, Mamsellchen, das bleibt nicht ewig, das wird sich legen, nicht jeder neue Unsinn hält sich. Und dann haben wir hier das Trottoir, drüben auch, sieben Meter breit, det die Menschen sich aus dem Wege gehen können, und denn noch Vorgärten auf beiden Seiten, das Jrün erfreut das Auge des Berliners, denn er liebt die Natur als Blumenbeet wie auch als Maibowle. Aber das Tollste ist: hier könn' Se nicht nur reiten und fahren und überfahren werden, und spazieren, rauf und runter, hin und zurück, hier könn'n Se auch wohnen, residieren nennt man das, na ja, die Häuser sehen Sie ja nun nicht vor lauter Fassade, und die Leute kriegen Se auch nicht zu Gesicht vor lauter Hochgestochenheit, und wie se sich ernähren, weeß auch keener, weil Sie ja nun hier vergeblich nach ein'n Laden suchen würden, Bäcker oder Fleischer: Fehlanzeige, die Herrschaften müssen ja Kaviar essen, wenn se keine Brötchen kriegen und keene frische Wurst. Ach, herrje, Mamsellchen, ich rede drauflos, und Sie gehören am Ende auch dazu?«

»Ich find's herrlich«, sagte Clara mit leicht forciertem

Übermut. Sie hätte gern ihren ersten Eindruck für sich gehabt. Dies war Stadt, Straße und Park, eine so merkwürdige Kombination von Großartigkeit und Verwunschenheit hatte sie noch nie erlebt, und wenn der Kutscher nicht dauernd auf sie eingeredet und sein »Mamsellchen« gesagt hätte, wäre sie sich wie eine Fürstin bei einer Ausfahrt oder noch besser: wie bei einer Parade vorgekommen.

»Werden wohl in Stellung gehen?«, er dreht sich leicht um. »Aber doch nicht als Mädchen für alles? Sehen mir mehr nach einer kleinen Lehrerin aus, Erzieherin. So was ist hier gefragt, erst das Geld, dann das Getue, erst die Millionen, denn die Manieren, was mein' Sie, was ich schon Gouvernanten an 'n Kurfürstendamm kutschiert habe und Hauslehrer und Klavierspieler und Tanzmeister, und Diener und Köchinnen und Lakais, wird alles gebraucht, immer rin mit de Hummer in de Töppe, mit de Klunkern in de Zöppe, mit de Bildung in de Köppe. Kenn' Se nicht, das Lied?«

Jetzt fing er auch noch an zu singen, und Clara konnte für sich behalten, daß sie weder als Gouvernante noch als Näherin und schon gar nicht als Virtuosin angereist war, sondern bloß auf Besuch, allerdings, um sich nützlich zu machen und ihrer verzweifelten Kusine Melanie Beistand zu leisten und Seelentrost.

Es war auch gut, daß Clara es für sich behielt: denn es hätte nicht gestimmt. Indem alles so kam, wie es geplant war, kam alles ganz anders. Indem sie für ein paar Wochen nach Berlin fuhr, machte sie eine Lebensreise. Indem sie mit wohligem Fremdgefühl über den Kurfürstendamm fuhr, lernte sie ihre Schicksalsstraße zum erstenmal kennen.

Die zweite Ankunft war noch wunderlicher als die auf dem Bahnhof. Der Kutscher hatte ihr die Koffer bis ans Portal gesetzt; dann hatte sie ihn bezahlt und weggeschickt. Sie war noch einmal ein paar Schritte vom Haus weggetreten, um einen Blick hinauf auf die Front zu werfen, auf die zwei

Säulenpaare, die über dem Portal aufstrebten und das zweite und dritte Stockwerk verbanden, auf die Kapitelle und die leichtbekleideten Reliefdamen zu beiden Seiten des Eingangs, auf die gewaltigen Simse und schweren Fensterwölbungen, auf ein Quadermassiv, das mehr nach Tempel oder Denkmal als nach einem Wohnhaus aussah.

»Gut, gut«, sagte Clara. Das sagte sie immer, wenn etwas doch nicht ganz gut war, aber jedenfalls nicht zu ändern. Und der Gedanke, an diesem Koloß von Gebäude könne auch nur ein Steinchen zu ändern sein, war zum Lachen. Dann trat sie ins Haus, das heißt, sie drückte mit dem ganzen Körper die schwere Eingangstür auf, zog die Koffer nach, und stand in einer gewaltigen Marmorhalle, wiederum mit Säulen, mit zwei gewaltig aufstrebenden Treppen, die sich ein Stockwerk höher wieder vereinigten. Da waren Bänke an den Seiten und zwei gigantische Spiegel über ihnen. Hier in Berlin müssen Riesen wohnen, dachte Clara, und sie hatte einen Augenblick lang das Bedürfnis nach dem Gürtel des tapferen Schneiderleins, mit der Aufschrift: Sieben auf einen Streich.

Und hier sollte Melanie wohnen, die kleine Melanie, die zerbrechliche Melanie? Melanie, die ihr selbst kaum bis an die Nasenspitze ging?

Clara glaubte auf einmal nicht mehr daran.

Auf dem großen Schild hinter der Eingangshalle gab es den Namen Burgmann nicht.

Melanie wohnte nicht hier.

Aber obwohl Clara nun ihr Gefühl bestätigt sah, fand sie es doch zu dumm: Melanie nicht auf dem Bahnhof, und nun nicht einmal an der angegebenen Adresse? Irgendwie spielte dieses Berlin mit ihr Katz und Maus.

Clara merkte, wie ihre Gedanken immer verrückter wurden:

Aber dies ist doch die richtige Hausnummer.

Aber Melanie heißt doch Burgmann.

Aber sie hat doch geschrieben, ich solle kommen.

Ich habe doch eine Kusine Melanie?

Ich bin doch Clara Imhuelsen?

»Clara, tu was«, sagte sie zu sich selbst, und dann zog sie den Klingelknopf an einer kleinen Tür hinter der Halle, wo ein Emailleschild sagte: Portier.

Fünf Minuten später war sie in einem großen roten Plüschsofa versunken, einen Topf heißer Milch vor sich und einen rotgestickten Spruch hinter sich (»Frieden im Haus bringt Segen voraus«), bemuttert von der Portiersfrau (»Sagen Sie man Frau Guste zu mir«), die mit drei Plätteisen gleichzeitig hantierte und gemütlichen Dampf verbreitete.

»Hier«, sagte sie und machte eine Bewegung gen Himmel, wobei sie aber nur die oberen Stockwerke meinte, »hier kennt ja keiner keinen, das ist gerade das Vornehme.« Dann, nach einer kurzen Pause: »Ein Jammer ist das. Eine Sünde.«

Als ihr Mann kam, wurden die Seufzer durch Nachforschungen ersetzt. Burgmann? fragte der Portier, ob das der berühmte Burgmann sei, einer der Pioniere des Kurfürstendamms?

Clara lachte ratlos, schüttelte den Kopf. Das wisse sie nicht. Sie kenne ihn selbst nicht, die Frau sei ihre Kusine, aber offenbar tue der Mann überhaupt nichts.

Herr Niepeguk – so hießen die Leute allen Ernstes – sagte, jetzt helfe nur noch ein Adreßbuch, er selber habe natürlich keins, aber vielleicht könnte der Herr Professor Kohler, ein berühmter Rechtsgelehrter und dabei ein sehr freundlicher Mann, helfen. Und gewiß habe doch Herr Burgmann auch schon Telefon, die meisten Herrschaften besäßen dieses Gerät. Ob sie denn den Vornamen wisse?

Benno.

Benno? Dann sei es also doch der Herr Benjamin Burgmann, den werde man gleich gefunden haben, den kenne ja jeder, dem Namen nach, denn zu sehen bekomme man ihn nicht, der sei ja meistens im Ausland und mache Geschäfte.

Es war aber nicht Herr Niepeguk, sondern der vierzehn-
jährige Niepeguk junior, der Clara auf den rechten Weg
brachte. Als die Ratlosigkeit anheimelnd wurde und Clara
sich langsam gegen das Gefühl wehren mußte, sie sei zu
Niepeguks nach Berlin gereist, als sie mit Frau Guste schon
Bettwäsche reckte und übers Zusammenfalten von Hand-
tüchern redete, da kam der Junge, gab Clara die Hand,
fragte seine Mutter: »Bleibt die hier?«, war keinen Augenblick verlegen, als von der Irrfahrt berichtet wurde, sagte, er
könne alles erklären, aber die junge Dame müsse versprechen, wiederzukommen.

Herr Niepeguk empörte sich über seinen vorlauten Sohn,
und Frau Guste fragte sich, woher er das habe.

»Es ist ganz einfach«, sagte der Junge. »Weil sich doch die
Hausnummern geändert haben.«

Und auf einmal wußten alle Niepeguks Bescheid. Nämlich vor einem Vierteljahr war der ganze Kurfürstendamm
umnumeriert worden, alle Häuser hatten andere Schilder
und Zahlen bekommen, ein typischer Verwaltungsüber-
mut, die Anwohner hatten sich mächtig geärgert, die vielen
neuen Briefbögen und Geschäftspapiere, die zu drucken
waren.

»Dann habe ich sicher noch ein altes Blatt bekommen«,
sagte Clara trocken. Und spürte zum erstenmal einen leichten Ärger auf Melanie, die sie so in die Irre hatte gehen
lassen. Aber nun war es ein leichtes, das Haus zu finden, es
lag nur zwei Karrees weiter, da waren auch Säulen außen
und eine Marmorhalle innen, und große Spiegel, aber da
war der Name Burgmann, und Clara war endlich an Ort
und Stelle.

»Besuchen Sie uns mal?«, sagte Niepeguk junior, der ihr
die Koffer getragen hatte.

»Aber ich muß doch erst einmal richtig ankommen«,
sagte Clara.

»Ich muß Ihnen nämlich dringend was erzählen. Sie sind
genau die Richtige.«

Clara traute ihren Ohren nicht. Der Junge sah doch nicht so albern aus, daß er ihr eine Art Liebeserklärung...?

Es war aber etwas ganz anderes:

»Ich möchte nämlich Weltmeister werden«, sagte er.

»Wie denn das?«

»Radfahren. Rennen. Der Größte. Der Schnellste.«

»Und ich soll Ihnen das Radfahren beibringen?«

»Ach i wo. Mit meinen Eltern reden. Die erlauben das nicht. Ich muß das Fahrrad verstecken, sogar.«

»Aber warum denn gleich Weltmeister?«

»Wenn schon, denn schon. Allen andern davonrasen. Versprechen Sie's mir?«

»Gut, ich rede mal mit deinen Eltern.«

»Und ich fahre eine Ehrenrunde für Sie bei meinem ersten Sieg.«

Ein großer Kritiker, ein philosophierender Kutscher, ein zukünftiger Weltmeister – Clara hatte das Gefühl, schon halb Berlin zu kennen.

Und da war endlich auch Melanie. Eine völlig überraschte, und gleich danach hocherfreute, aber sich selbst mit Vorwürfen überschüttende Melanie.

»Du hier? Heute?«

»Ja doch«, sagte Clara.

»Aber wir hatten doch Donnerstag gesagt.«

»Heut *ist* Donnerstag.«

»Das ist ja schrecklich. Mein Clärchen, es ist wunderbar, daß du da bist, aber es ist schrecklich mit mir, daß ich jetzt schon die Tage durcheinander bringe, die ganze Woche so konfus, ich hätte schwören mögen, daß heute Mittwoch ist. Ach, mein Liebes, laß dich umarmen, laß dich von deiner bösen vergeßlichen Melanie umarmen, die sich so auf dich gefreut hat. Sag, ist denn wirklich Donnerstag? Gott, du mußt ja ganz verzweifelt sein!«

Clara überlegte, daß es ihre Kusine völlig irritieren müsse, wenn sie ihr nach dem Mittwoch nun auch noch die Verzweiflung ausreden würde; so sagte sie: »Mir ist es gut ergangen. Nur: Ich habe mir Sorgen um dich gemacht, als du nicht am Bahnhof warst.«

»Mein Clärchen, das verzeihe ich mir nie. Ach, mein Clärchen, es ist aber auch alles zuviel, ich weiß nicht mehr, wie es weitergehen soll, ob es weitergehen kann. So schön, daß du nun da bist.«

»Ist er da?«, fragte Clara.

»Nein. Gott sei Dank. Vorgestern abgereist. Ohne Ankündigung. Ohne zu sagen wohin.«

»Meinetwegen?«

»Ich weiß nicht mehr, was in ihm vorgeht, warum er was macht. Er kennt dich ja gar nicht. Aber sagt: Noch eine Imhuelsen ertrage ich nicht. Sei froh, daß du ihn nicht sehen mußt. Er ist unerträglich. Dschingis Khan – so nennt ihn das Personal.«

»Vielleicht hätte ich doch nicht kommen sollen?«

»Es ist schön, daß du gekommen bist, ein Geschenk für mich. Wir tun so, als ob es gar keinen Dschingis Khan gibt. Und du fühlst dich bitte wie zu Hause. Du bist hier zu Hause.«

Das war gut gesagt von Melanie, aber wo bitte, wie bitte, sollte sich Clara hier zu Hause fühlen? Eine Wohnung? Ein Haus? Ein Heim? Was Clara nun erlebte, erinnerte sie an eine Schloßführung, das war ein überraschendes Aufklinken und Beiseiteschieben von Türen, die immer neue Räume eröffneten, sagte man nicht Zimmerflucht? Etwas von der Hektik dieses Worts war auch beim Gang durch die Etage zu spüren, ja sie schien in den Zimmern selbst zu herrschen, deren keines einen Halt bot, zur Seßhaftigkeit einlud, sondern nur neugierig machte auf das nächste, und dieses wieder auf ein weiteres, und das weitere auf das fernere, und das fernere auf ein Nonplusultra, und auch da ging es noch immer weiter.

Dabei war Melanie eine souveräne, haushaltssichere Führerin, und ihren Auskünften, vielmehr dem Ton ihrer Auskünfte war zu entnehmen, daß diese Räumlichkeiten nur ein beherbergendes Minimum seien, eine mitunter sogar unbequeme Einengung großer Anlässe, und daß sie nicht mehr als die bescheidenste Sortierung der gesellschaftlichen Abende erlaubten. Von der Halle aus waren sie in den Salon getreten, der Clara wie eine Mischung aus Gewächshaus und den Hotelhallen am Genfer See vorkam, möbliert mit Korbstühlen und Sesseln in raffiniertem Chaos, über das sich gewaltige Blätter hinwegrankten. Dann das Musikzimmer mit einem Podium, auf dem ein nicht enden wollender Flügel stand; dann ein kleiner Salon, das Damen- oder Patiencenzimmer, ausgestattet mit Spieltischen und Vasen und einem Samowar, wobei Melanie darauf hinwies, daß sowohl der große als auch der kleine Salon bei Hauskonzerten als Seiten-Auditorium dienen könnten. Es folgte das Eßzimmer (»Speisesaal«, dachte Clara), und Melanie erklärte den Wundertisch, der sich ausziehen und ausklappen lasse, mit vielfach übereinandergelegten Platten und unter sorgsam verborgenen ausfahrbaren Gestellbeinen, so daß man am Ende eine Tafel für 32 Personen aufführen könne. Zwar sei es in Berlin derzeit die Mode, die Leute um einzelne Tische, à vier, zu versammeln, wie im Restaurant, aber sie habe sich mit ihrer Ansicht durchgesetzt: großes Essen, große Tafel, keine Katzentische. Jenseits des Eßzimmers traten sie in die kleine Herrenseite, in ein Rauchzimmer, dessen Wände mit Bücherregalen vollstanden. Kleine Herrenseite? wunderte sich Clara angesichts des großen Raumes, aber Melanie klärte sie auf: Nicht weil sie klein wäre, hieße die kleine Herrenseite so, sondern im Unterschied zur eigentlichen Herrenseite, der Wohnung des Khan.

»Und wie sieht die aus?«

»Gar nicht.«

»Wie meinst du das?«

»Niemandsland. Leer wie ein Lager. Früher einmal war da sein Kontor, die Büros. Aber jetzt: nur kahle Räume.«

»Ist er verrückt?«

»Nein, nur böse. Er hält es für eine Kriegserklärung. An den Plüsch, an die Leute, ans Geschäft, an unsere Ehe, an mich. Sogar an die eigene Vergangenheit.«

»Verzeih, das klingt unglaublich. Du verwechselst nicht wieder Mittwoch und Donnerstag?«

»Clärchen, meine Kluge. Nein, da verwechsle ich nichts. Ich könnte es dir zeigen, aber er hält es neuerdings verschlossen. Du würdest auch gleich die Flucht ergreifen.«

»Böse«, sagst du, »aber warum?«

»Vielleicht, weil ich nicht begreife, warum? Eine kalte Bosheit. Keine Worte, kein Jähzorn. Bosheit mit Dingen. Mit verschlossenen Türen. Mit nackten Wänden.«

»Und das hältst du noch aus?«

»Ich muß nichts aushalten. Ich bekomme ihn kaum noch zu Gesicht. Ich hätte längst die Scheidung betrieben, aber es ist so unsinnig, sich von jemandem scheiden zu lassen, der ohnehin nicht da ist. – Aber jetzt zeige ich dir dein Zimmer, Kusinchen. Unser Séparée. Es wird dir gefallen.«

Es gefiel ihr. Es lag gewissermaßen jenseits der Wohnung, wie ein Turmzimmer im Märchen, mit hellen Kirschbaummöbeln aus der Großmutterzeit.

Aber erst vierzig Jahre später wird Clara Imhuelsen für dieses Zimmer ganz dankbar sein und für die Klugheit eines Grundrisses, der ein Refugium ermöglicht, einen Raum, den man verschweigen, verschwinden lassen kann. Denn um 1900 denkt niemand an Menschenjagd, an ein Versteckspiel, bei dem es ums Überleben geht.

Melanie hatte ganz andere Sorgen.

»Ich werde dir ein Frühstück geben!«

»Könnte ich nicht vielleicht noch ein wenig zu Abend essen?«

»Du Kind! Natürlich wirst du nicht verhungern. Aber ein Frühstück: das ist eine kleine Gesellschaft. Du sollst ja nicht nur Berlin zu sehen bekommen, sondern Berlin auch dich.«

»Aber ich bin doch deinetwegen gekommen.«

»Wenn das wahr ist, mußt du mir gehorchen. Das Verschweigen hübscher Kusinen gilt hier als Fauxpas. Du würdest mich blamieren. Es könnte aussehen, als wenn ich eifersüchtig wäre.«

Als Melanie sie wenig später zum Essen bitten wollte, war Clara eingeschlafen, tief, in Kleidern, und sogar ein bißchen schnarchend.

Der große Tag im kleinen Kreis

In diesem Berlin des Jahres 1900 ist ein kleines Frühstück eine große Affäre, eine Art gesellschaftlicher Strategie, eine Stabsarbeit, die sich mit dem Genie eines Moltke, mit dem diplomatischen Raffinement eines Bismarck und der finanziellen Clairvoyance eines Bleichröder messen kann, ja unbedingt messen können muß, wenn sie nicht zur Katastrophe führen will, und wie könnte sie das wollen? Und der Anfang einer Saison ist immer am schwersten, weil man noch nicht sicher wissen kann, welche Ehen in den Sommermonaten zersprungen, welche guten Freunde zu Rivalen geworden und sich womöglich duelliert haben. In diesem Jahr sei es besonders unberechenbar wegen der Lex Heintze, darüber seien ganze Familienfehden ausgebrochen, und da die Sessionen noch nicht begonnen hätten, weder im Reichstag noch im Preußischen Abgeordnetenhaus, fehle auch der Überblick darüber, welche von den großen Familien Berlins gerade wieder in irgendwelchen Affairen stekke; in etwas steckten sie natürlich immer alle. Aber es müsse attraktiv sein für die Gesellschaft, es müsse so sein, daß man darüber sprechen könne bei Tisch oder beim Bridge – »Du spielst doch Bridge?«, fragte Melanie und war unzufrieden, als Clara mit dem Kopf schüttelte, und nicht viel zufriedener, als sie keck nachfragte: »Aber vielleicht ist es ein Spiel, das man lernen kann?« –, eine Affaire mußte, kurz gesagt, noch im Stadium des Gesprächsstoffs sein, auch für die Beteiligten zumutbar; in jenem Spannungszustand, da alles noch zwei Seiten hat und nicht nur ein Für und Wider. Gefährlich war schon jene Weiterung, von der es hieß, daß das letzte Wort noch nicht gesprochen sei – denn dann war es meist gesprochen, und solche Gäste hätte man zwar liebend gern gesehen, aber schließlich war auf die anderen Rücksicht zu nehmen. Und ganz ausgeschlossen war eine Einladung, wenn nun doch Namen und Zahlen und kompromittierende Details genannt wurden, womöglich in der »Vossischen« oder gar in der »Kreuz-Zeitung«.

Rücksicht, natürlich, müsse man nehmen auf die Jours der anderen Damen, dürfe sie keinesfalls einladen, wenn sie selber Gäste hätten, ihnen aber auch die gemeinsamen Bekannten nicht abwerben oder sich bei denen, was noch peinlicher wäre, einen Korb holen, weil die einen oder anderen eben doch lieber zur Frau von Leyden oder zur Frau Beldiman, zur Baronin von Spitzemberg, zur Mrs. Whitehead oder zur Vicomtesse de Pindella oder zur Fürstin Solms-Baruth oder zur Madame de Ruata oder zur Gräfin Talleyrand-Périgord gingen, auch die Jours bei der Gräfin Posadowsky seien sehr beliebt...

»Mir gefällt Talleyrand-Périgord am besten«, sagte Clara übermütig, weil sie der Meinung war, Melanie spiele mit ihr Stegreifkomödie und lasse sich die Namen im Augenblick einfallen.

»Das ist nicht zum Lachen. Die Sache ist wie Schachspiel«, sagte Melanie leicht mißbilligend.

»Wollen wir es dann nicht doch lieber lassen?«

»Gewiß nicht, mein Clärchen. Aber wir lassen es bei einem ganz kleinen Kreis. Nicht mehr als sechzehn, einverstanden?« Klein, kleiner, ganz klein, dachte Clara. Dieses riesige Berlin schien Angst vor der eigenen Größe zu haben. Ein ganz kleiner Kreis – nicht mehr als sechzehn.

Oder wie wäre es denn damit: Wir bleiben ganz unter uns, höchstens hundert Personen?

Clara wagte nicht zu lachen.

»Also, dann wollen wir doch mal sehen«, sagte Melanie, ging zum Sekretär und holte sich Papier, Tinte und Feder und eine ganze Bibliothek von Adreßbüchern, Gästelisten und Adelsverzeichnissen.

Und nun wollen doch auch wir einmal sehen, wer da kommt, und stellen uns ganz ungeniert zu den beiden livrierten Dienern, die an der Eingangstür Posten gefaßt haben, harren der Dinge, die da kommen sollen, nein, der Menschen, der Gestalten, die wir vielleicht wiedererkennen, der Namen, die wir doch schon einmal gehört haben könnten. Denn wie das Leben so spielt, unüberschaubar, wirbelig, muß ja ein Buch nicht spielen, etwas deutlicher kann es die Regeln ansagen, und mit der Wiedersehensfreude sollte es doch nicht geizen. Dabei ist es nicht immer die reine Freude, denn nur die Guten überleben zu lassen, wäre doch kein Amüsement, sondern bloß das Elysium.

Apropos: Wen auch immer wir nun zu treffen hoffen oder fürchten: Plenipo, Bismarck, Otto Fürst von Bismarck, der Alte vom Sachsenwald, wie sie ihn zuletzt genannt haben, nach seiner skandalösen Entlassung, ist nicht zu erwarten, er ist vor zwei Jahren, am 30. Juli 1898 gestorben, eingekehrt zum obersten Plénipotentiaire, und da ruhe er in größerem Frieden als der war, den er selbst gehalten hat. Aber wir bewahren ihm die Treue, indem wir ihm auf der Spur bleiben, auf seiner Straße, mit der er es fast schwerer gehabt hat als mit dem europäischen Gleichgewicht und die ihm, wie er noch zuletzt geklagt hat, mehr Ärger gemacht hat, als es durch sämtliche Diplomaten Europas je geschehen ist. Also Bismarck erwarten wir nicht.

Aber wen ahnen wir nun, pünktlich ein Uhr, nein, die große Standuhr in der Halle hat noch nicht geschlagen, also zu früh, ein wenig unfein zu früh, da verrät sich die Pünktlichkeit des alten Handwerksmeisters und Soldaten, der bei »pünktlich« immer zu zeitig kommt: Der stattliche Herr, der die Sechzig wohl über-

schritten hat, den Gehrock prall trägt und das Plastron ausladend, mit dem Schnauzbart nach alter Sitte – es ist zwar nicht mehr der Meister Kaschke, sondern, wie seine Visitenkarte verrät, Commercienrat Friedrich Kaschke, aber es ist unser Mann, der Mann der Tat und des Maßes, der Sprünge und des Lineals. Doch die Dame ihm zur Seite ist unmöglich Martha Kaschke, auch wenn das Gesicht uns irgendwie bekannt vorkommt mit den düsteren schweren Augenbrauen und dem etwas trüben Mund. Nein: das ist doch nicht die Möglichkeit! Elsa! Die nackte Elsa vom Foto, die betrügerische Elsa unseres armen Wilhelm Wittchow, die Elsa von Korsett-Krause! Und ganz große Dame jetzt, das beginnende Alter steht ihr gut. Da muß aber Fritz Kaschke noch einen tüchtigen Sprung gemacht haben, über Elsas Vergangenheit hinweg und über den eigenen Schatten. Jedermann wird verstehen, daß dies der rechte Moment nicht ist, nach dem Schicksal Martha Kaschkes zu fragen; aber es ist ja wohl nicht anzunehmen, daß der Herr Commercienrat sich mit einer anderen Dame in Gesellschaft begäbe, wenn seine gute Martha noch unter den Lebenden weilte. Ob er für sie einen besonders schönen Sarg gezimmert hat?

Den jungen Leutnant, der nun kommt, lassen wir einstweilen passieren, mit dem können wir nichts anfangen, auch wenn er den bekannten Namen Heckenstett trägt. Und der Herr, der soeben hereingeweht kommt mit weitem Cape, silbergrau wallendem Haar, gibt eine Karte ab, auf der ein Name steht, der selbst wie ein Roman sich liest und für den Fortgang unserer Geschichte nicht taugen will: Themistokles von Eckenbrecher! Aber da stürmt auch schon der Hofschauspieler Friedrich Rüthling auf die Dame des Hauses zu, wie wenn er sie umrennen will, doch bändigt er, in allerletzter Sekunde, den Schwung kurz vor dem Zusammenprall zu einer Verbeugung von vollendeter Hingerissenheit.

Und nun hätten wir uns doch beinah eingemischt und Halt gerufen. Dieser Elegant, der sich hereinschmiegt, wie aus dem Ei gepellt, parfümiert, geradezu schön, den kennen wir doch auch? Die Karte, die er abgibt, kündigt den Baron Istvan Rajeczky an, das sagt uns nichts. Aber war er nicht auch einmal bei Wilhelm Wittchow, nur daß er dort Nachtweih hieß? Wenn Fritz Kaschke

Commercienrat ist, so soll das seine Richtigkeit und unsere Anerkennung haben, aber daß aus einem quicken Commis ein ungarischer Baron wird, will uns nicht gefallen.

Nun der Auftritt eines Herren, der Loden trägt und eine gewisse plinkernde Animiertheit im Blick hat, gleichwohl etwas Befangenheit im Umgang mit den Dienern verrät; er geht an ihnen mit gönnerhafter Verlegenheit vorbei. Für uns ist er keine vertraute Erscheinung, obwohl er in Berlin einen gewissen Ruf genießt als Vertreter einer rüstigen christlichen und sozialen Gesinnung. Daß er zu den emsigsten Vertretern seines Berufes zählt — er ist Journalist —, merkt man in der Hauptstadt nicht, denn des Herrn Erich Böhme Blätter liegen weit verstreut im Reich, er versorgt sie mit ausführlichen »Berliner Briefen«, die er alljährlich zu »Zeitbüchern« zusammenfaßt. Es sind Schriften, in denen er für gute Sitten, sauberen Familiensinn und natürlich gegen jede Form von Tingeltangel eintritt; aber ein Herz für die Armen ist auch da und Mitgefühl für alle, die im Elend der Großstadt zu ersticken drohen. Dieser Mann steckt, das ist seines Amtes, voller Informationen; allerdings läßt der leicht karitative Tonfall, mit dem soeben Melanie »Mein lieber Herr Böhme!« zu ihm sagt, darauf schließen, daß er nicht der Glanzpunkt der Gesellschaft sein wird.

Daß ihm Dr. Leo Aaron auf dem Fuß folgt, ist eine gewisse Ungereimtheit und gewiß nicht ganz im Sinne der Gastgeberin, die ohnehin Skrupel genug hatte, diesen Gelehrten zu bitten, der mehr zu den Freunden ihres Mannes gehört und demgemäß ein nicht ganz zweifelsfreies Ansehen in der Berliner Gesellschaft genießt: Auf seine Art sollte man nicht zur stadtbekannten Persönlichkeit werden; nicht, daß er Mathematikdozent ist, daß er Jude ist und Sozialdemokrat, kann man ihm verargen; aber daß er alle diese Tätigkeiten und Eigenschaften und Gesinnungen so sonderbar vermengt hat, ist doch unerquicklich: Daß jemand seine Kollegs zu Tiraden gegen den Staat benutzt statt sich an die Zahlen zu halten, daß ein jüdischer Privatdozent die Universität zum Forum nimmt für Zweifel an den christlichen Grundfesten des Preußentums — das geht denn doch zu weit; obwohl man sich wiederum auch fragen muß, ob es nötig war, ihm den ferneren

Unterricht geradezu durch ein Gesetz zu untersagen? Aber hören wir recht? Kann es denn angehen, daß dieser Dr. Aaron, der doch um seinen Ruf besorgt sein sollte, bei der Begrüßung der gnädigen Frau allen Ernstes fragt: »Das Vernügen, dem Herrn Gemahl zu begegnen, bleibt uns auch diesmal versagt? Wie schade, diese Entfernungen! Aber wie sehr mögen wir alle sie verdient haben.« Das ist unerhört.

Aber nun tritt ein willkommener Gast ein, glänzende Erscheinung nach der allerneuesten, allerengsten Mode gekleidet. Er hat nicht nötig, den weiten Weg in den Empfangssalon zu machen, sondern die Dame des Hauses eilt ihm entgegen, beschwingten Schrittes und in unverkennbarer Absicht, ihn zu umarmen. Sollte Melanie wirklich? Sollte hier eine Verstrickung erkennbar werden? Aber sie legt dem Ankömmling nur herzlich die Arme auf die Schulter und sagt: »Mein lieber Seidel, mein verehrter Künstler, wie beruhigend, Sie hier zu wissen.« Seidel? – Klingt nicht auch uns der Name vertraut? War nicht schon einmal von einem Herrn Seidel die Rede, wenn auch unter sehr anderem Kostüm und durchaus entfernten Umständen? Hieß nicht Seidel der Mann, den der Bauer Wilhelm Wittchow nicht leiden konnte und den er immer den Juden nannte, ohne zu wissen, ob er einer war? War das nicht der Pfandleiher mit seiner Klage über den schlimmen Lauf der Welt? Über das Unglück der französischen Milliarden? Nur, der Seidel von damals kann es kaum sein; wir haben wohl seinen Sohn vor uns; undenkbar auch, daß Melanie den Inhaber eines Leihgeschäfts so ausschweifend und besitzergreifend in Empfang nimmt. Aber indem sie ihn nun ihrer Kusine präsentiert, werden auch wir in die Karriere und derzeitige Kunst des Herrn Seidel eingeweiht: »Clärchen, mein Liebes, hier siehst du einen der wichtigsten Männer Berlins, den Fürsten der Damengarderobe, meinen verehrten Tailleur, unsern genialen Seidel.« Und nach einer kurzen Atempause: »Sein Atelier ist, neben Gerson, das führende in Berlin, oder besser: in Charlottenburg. Er ist der erste, der den Sprung gewagt hat in unsere Nachbarschaft. Er verfügt über zwei große Etagen in einem Hause oben am Halensee. Wir machen Ihnen einen Gegenbesuch, Herr Seidel.«

Ist man komplett? Wir haben fürs erste genug gesehen und Stoff genug zum Wundern.

Melanie sieht unruhig und nicht ganz unpikiert auf die große Pendeluhr und wagt die Frage nicht auszusprechen, damit sie kein Aufsehen erregt: Wo bloß die Türkheimers bleiben? Denn die sollten doch der Mittelpunkt dieser Matinee sein, und ihre Zusage war die wertvollste Post der letzten Tage.

Die Herren wurden sanft ungeduldig, was man daran erkannte, daß sie schon wieder von ihrem Dauerthema sprachen: von der Wirtschaftslage in der Welt, der ökonomischen Situation in Europa, den deutschen Finanzen und den schweren Bedingungen der heimischen Industrie.

Clara hörte, indem sie zwischen den Gästen hin und her ging, fast nur Sätze wie:

Faillissement!

Der schiere Bankrott!

Sein sicherer Ruin.

Da kommt die Subhastation, ohne Zweifel.

Nennen Sie es ruhig Pleite.

Er hat sich schlichtweg übernommen.

Dieses Röhrengeschäft macht ihn noch kaputt.

Wie es nur dieser Türkheimer immer wieder schafft!

Endlich aber, und ohne daß Türkheimers erschienen wären, bat Melanie zu Tisch. Sie hatte sich, bebend, dazu entschlossen, die zwei Gedecke abräumen zu lassen.

Mitten hinein in eine Stille, die durch das als Finale aufgetragene Orangenparfait entstanden war, machte Clara etwas Entsetzliches: Sie fiel nicht in Ohnmacht, sie riß nicht das Tischtuch weg, sie kreischte nicht hysterisch in die Runde, sie löste nicht ihr Haar auf oder öffnete ihre Bluse, sie rannte nicht weg vom Tisch und sank nicht zu Boden – sie stellte eine Frage. Sie fragte: »Warum macht man denn eigentlich Bankrott?«

Die Orangenparfait-Stille wich augenblicklich einer Kon-

sternationsstille, die Dessertversunkenheit einer jähen Be-
täubung, der Süßspeisengenuß einer bitteren Fassungslosigkeit. Selbst die Löffel erstarrten, und der Schaum hörte auf
mit seinem feinen Geknisper.

Dann brach es los und über Clara herein: Ein Gelächter
der versammelten Herrschaften, fast simultan, aber doch
wohl angestimmt vom ungarischen Baron, der vielleicht
hilfreich sein und das Schweigen beenden wollte, sekundiert
vom jungen Leutnant, der das Gefühl genießen mochte, er
sei der Dümmste noch lange nicht, kurz, es ereignete sich
eine Heiterkeit von so vollem Akkord, daß sie den großen
Raum geradezu satt und behaglich ausfüllte, ein wahrhaft
schallendes Auflachen, das nicht ohne Herzlichkeit und
Wohlwollen und animierte Nachsicht war, wiewohl bei
dem einen oder der andern auch nicht ohne Hohn, es war da
ein Chor laut geworden, der alsbald an seinem eigenen
Humor sich zu begeistern und zu bestärken begann und in
seinem Aufjauchzen sich fort und fort entzückte.

Der Chor war aber kein Unisono.

Melanie lachte nicht.

Dr. Aaron lachte nicht.

Fritz Kaschke lachte nicht.

Und daß Clara nicht lachte, versteht sich.

»Aber Clara!«, sagte Melanie bleich, streng und beinah
erschöpft vor Verlegenheit. Es war das erste Mal, daß sie
nicht »Kusinchen« oder »Mein Clärchen« sagte.

»Ich meine, wenn man doch soviel Geld hat«, warf Clara
mit letzter Fassung ein.

»Mein Fräulein«, sagte Dr. Aaron, »geben Sie nicht klein
bei. Sie können es nicht wissen, aber Sie haben da eine
beinah königliche Frage gestellt, die Frage eines Königs, der
immer alles ganz genau wissen wollte, nämlich unseres
Großen Friedrich. Als es nämlich nach dem Siebenjährigen
Krieg mit Preußen und Berlin immer kantapperkantapper
den Berg hinunter ging und als sogar Gotzkowsky mit
seiner Manufaktur Pleite machte, da verstand der König die

Welt nicht mehr, schließlich hatte er ja gesiegt, und was fragte er da seine Räte, seine Minister: Wo kommen jetzt alle die Bankrotte her? Natürlich fragte er auch das auf französisch.«

»Das scheint mir, mein Herr, doch eher eine antipreußische Fabel zu sein«, warf der ungarische Baron heftig ein.

Commercienrat Kaschke dagegen meldete sich ganz ruhig zu Wort: »Nun ja, ob nun Fabel oder nicht, und der olle Fritz in allen Ehren, aber ob der nun dem Fräulein hier ein Trost ist? Ick will Ihnen sagen, junge Dame, was Sie gemacht haben, Sie haben die beste Frage gestellt, die seit Jahrzehnten ein Mensch in Berlin gestellt hat, und das sage ich nun nicht, weil sie jung sind und hübsch, indessen ich ja auch in Begleitung meiner lieben Elsa hier bin, sondern weil et so is. Warum macht man eigentlich Pleite? Das weiß kein Mensch. Wenn man's wüßte, brauchte es keine zu geben. Warum macht man Bankrott? Weil kein Mensch sich das fragt. Und ohne die verehrten Herrschaften hier am Tisch kränken zu wollen, denn Sie werden dem ollen Kaschke ja ein offenes Wort nicht für übel nehmen: Man macht zum Beispiel Bankrott, weil man über so eine Frage nur lacht.«

»Immer Kavalier, der Herr Commercienrat«, sagte Baron Rajeczky. Er sagte es maliziös, und das stand ihm gut. Aber er hatte die Wirkung der Rede unterschätzt. Denn so jäh, wie die Tischrunde vom Lachen erschüttert worden war, so flink bereute sie nun. Zwar sagte Themistokles von Eckenbrecher, dem Künstler würden solche wirtschaftlichen Zusammenhänge wohl ewig ein Rätsel bleiben, zwar hielt auch Melanie sich noch zurück, indem sie etwas vom allerliebsten Vorwitz ihrer Kusine sagte, aber insgesamt setzte nun Interesse ein, Bankrott-Neugier, Pleiten-Philosophie.

Sogar der junge Herr Leutnant konnte auf einmal mitreden: »Eine Nacht in Monte Carlo, und Sie haben eine mittlere Fabrik verspielt.«

»Nun, Herr Leutnant«, fuhr der Hofschauspieler dazwischen, »ich dächte, man brauchte nicht einmal nach Monte.

Berlin tut's auch. Haben Sie nicht von den Harmlosen, sagen wir, zumindest gehört?«

»Die Harmlosen?« fragte Clara.

»Ein Spielerclub der jungen Offiziere.« Der Mime heftete ein immenses Auge, während er das andere einkniff, auf den jungen Mann.

»Nun, wir spielen da doch höchstens um... Das sind ja keine Summen. Und zum Bankrott gehört doch schließlich... Ich meine, wir Offiziere Seiner Majestät machen ja schließlich keine Geschäfte.«

»Nein, die machen die Herren Väter natürlich.« Es war Dr. Aaron, der dies etwas schneidend einwarf, und, als wolle er für den Ton um Entschuldigung bitten, zu Clara gewandt weitersprach: »Sehen Sie, mein Fräulein, es gibt Bankrotte, die wandern um die Welt, 1873 gab es so eine Epidemie, Kriegsfolge, über Österreich importiert, und in Berlin fand sie die meisten Opfer. Dann gibt's Bankrotte wie Luftballons, einer möchte den größten haben, sein Geschäft wächst und wächst, er bläst es auf mit vollen Backen und denkt, so müsse es immer weitergehen, und plötzlich ist die Sache geplatzt. Und dann gibt es Bankrotte, weil einer wirklich nicht wirtschaften kann, denn Geschäfte sind ja auch ein Handwerk, das man können muß; dann wieder gibt's Bankrotte, weil einer partout nichts wagt, und die Zeit überholt ihn und die Konkurrenz, und er bleibt sitzen auf seinen Ladenhütern...«

Melanie bat zum Kaffee, aber die Gäste ließen sich diesmal nicht trennen in die gehörigen Gruppen von Damen und Herren, denn Claras unziemliche Frage und ihre Beantwortung war nun geradezu ein Gesellschaftsspiel geworden. So versammelte man sich denn im Musiksalon.

»Ich werd Ihnen mal was erzählen«, sagte Kaschke eifrig; nur als er merkte, daß alle zuzuhören begannen, wurde er etwas nervös: Er hatte nur Clara gemeint. Gesichert am Tisch und im ersten Eifer hatte er gut reden; aber in der aufgelockerten Runde und Weite des Salons war ihm weniger wohl. Also ermannte er sich: »Ich habe drei der größten Männer der Gründerzeit gekannt, Quistorp, Carstenn und Strousberg, Millionäre, von denen ganz Berlin sprach. Aber nicht, daß Sie denken, Herr Kaschke war da Intimus, Puste-kuchen, die hätten mich nicht mal gesehen, wenn ich ihnen übern Weg gelaufen wäre. Nicht mal als alten Handwerker – denn det bin ich – hätten die mich gerufen, dafür hatten sie ihre eigenen Leute, Hoflieferanten gewissermaßen. Ich wer-de Ihnen sagen, woher ich die kenne.

Zum Beispiel Quistorp. Für den habe ich ein paar Mark gespendet, Anfang Achtzig, für die Rückfahrkarte nach Berlin, aus Uruguay. So kleen mit Hut kam er hier an, da war er doppelt am Ende. Und wieso? Dem Mann gehörten zehn Jahre vorher zig Firmen, und nun stand er da und hatte keinen Pfennig mehr in der Tasche. Nu denken Sie viel-leicht, die Unternehmen sind alle pleite gegangen. I wo! Ist Schering vielleicht pleite, oder die Allgemeine Elektricitäts-Gesellschaft oder die Schultheiß-Brauerei oder die Papierfa-brik Lohaus oder Hapag-Lloyd? Irgendwie sind sie ihm bloß alle durch die Lappen gegangen, aus der Hand geglit-ten, er hatte die Puste nicht, was weiß ich.

Und den ollen Carstenn habe ich auch erst gesehen, wie er ein tappriger alter Mann war mit Armenrecht und so. Der hatte dem preuß'schen Staat mal das Gelände für die Kadettenanstalt in Lichterfelde geschenkt, dafür hieß er denn ›von‹ und ›Lichterfelde‹, und später zahlten sie ihm ein paar Prozente für sein altes Geschenk. Der Mann ver-stand die Welt nicht mehr, hätte ich auch nicht an seiner Stelle, den haben die Beamten kleingekriegt, mit Paragra-phen und Verordnungen, der mußte auf einmal für seine Villenkolonie Kanalisationen bauen wie im dicksten Berlin. Eigene Gasanstalt hatte er schon. Na, da legte er nun die Rohre und saß selbst auf dem Trockenen. Und die zwei Millionen, die sie ihm für sein Lieblingsgut Testorf gaben, davon war er ja immer noch Millionär, aber nicht lange, denn die Hypotheken schrien auf einmal Zetermordio, und da war's aus. Ich hab ihn ein paarmal besucht, aber er sagte nur immer: Da wohnen doch jetzt Leute, nicht? Er meinte in Lichterfelde. Und daß er ihnen doch die Häuser gebaut hätte. Und jetzt hätte er nicht mal mehr ein eigenes.«

»Ein Skandal, wie man den Mann behandelt hat«, sagte Dr. Aaron, »erst sich ein Geschenk machen lassen, und dann den Geber ruinieren.«

»Der Staat vergißt eben die großzügigen Gesten seiner Untertanen nur ungern. Dafür ist er eben der Staat.« Das war der Baron Rajeczky.

»Und Strousberg«, sagte nun sogar Melanie, »den berühmten Strousberg haben Sie auch noch gekannt?«

Kaschke nickte, sein Blick war versunken, alle Lebhaftigkeit war nach innen gekehrt, er schien in einer heftigen Bewegung, aus der er mit spürbarer Mühe herauskommen wollte, machte ein paar Anläufe zu sprechen, aber es kam nicht mehr zustande als eine Schluckbewegung und schließlich das Wort »Mansarde«. Danach, als hätte er ein ungeheures Schicksalswort gesprochen, schwieg er wieder, ergriffen und schluckend, still. Nach einer bedrückenden Weile erst griff er sein Stichwort auf.

Und vor lauter Rührung sprach der Commercienrat Kaschke auf einmal so berlinisch wie früher Fritz Kaschke:

»Eene kleene Mansarde, da sitzt der Mann auf'm Stuhl in eener kleenen Mansarde, und wat das dollste ist: die gehört nicht mal ihm, die gehört seiner alten Köchin, die hat ihn bei sich aufgenommen, unterkriechen lassen, den Eisenbahnkönig von Deutschland.«

Kaschke nahm Claras verwunderten Blick wahr.

»Ja, mein Kind, der Mann konnte es immer selber noch nicht fassen. Der kiekte sich immer verwundert um in der engen Stube, und die schrägen Dachwände lang, und denn machte er so ganz vorsichtige Bewegungen, um nicht anzuecken, die Möbel standen so dicht. Irgendwie war das kein Mann für eine Mansarde, je nu, was sollte er machen, wo in seinem alten Palais doch schon die Englische Botschaft war.«

»Aber Sie haben ihm geholfen, ja?«

»Ick? Ihm? Kaschke dem Strousberg geholfen? Na, ick hätte gern, aber wie denn? Mit Geld? Das wollte er nicht, das mußte ich heimlich der alten Frau geben. Für den Mann fing Geld erst bei ein paar Millionen an. Nee, der wollte auch gar kein neues Geld, der wollte wissen, wo sein altes geblieben war, der dachte immerzu nach, wo seine Millionen hin waren und die Ländereien und Schlösser und Gemälde und die Bergwerke und die Fabriken, das war ja nun alles perdü, und war trotzdem noch da.«

»Nun, Strousbergs Reichtum stand ja wohl hauptsächlich auf dem Papier.«

»Aber seine Eisenbahnen hat er doch nicht nur skizziert, nicht nur versprochen, die hat er doch auch gebaut. Also da saß er nu in seiner Mansarde und grübelte, und fragte sich richtiggehend ein Loch in den Kopf mit lauter Warums und Wiesos. Pourquoi, sagte er immer. Und da habe ich zum erstenmal begriffen, wie es ist, wenn so ein ganz Großer Pleite macht. Der müßte es doch nun genau wissen, der war ja dabei, aber Pustekuchen: Nicht er macht Pleite, sondern die ganze Welt. Er würde verrückt, wenn er's anders ansähe. Manchmal war Strousberg dichte dran. Ich hab zuviel riskiert, sagte er dann, ich hätte die Finger vom Balkan lassen sollen, aber schon hat er sich wieder gewehrt, und dann waren die anderen schuld, die Konkurrenz, die Neider, die Bürokratie. Die alte Frau, die seine Köchin war, hat mich ganz böse angesehen, ich soll ihn doch nicht so aufregen.«

»Hatte er denn keine Freunde mehr?«

»Nicht einen. Wen auch? Manchmal zeigte er mir Fotografien, erste Kreise. Um ihn rum Minister, Grafen, Oberbürgermeister, Landräte, Lords, Rittergutsbesitzer, lauter Berühmtheiten, und er selbst im Mittelpunkt, der Dr. Strousberg. Ich glaube, der einzige, der noch ein bißchen was für ihn übrig hatte, war dieser Bebel, aber den hätte ja nun Strousberg nicht mal in der Mansarde empfangen.«

»Und warum hat er nicht mehr gekämpft? Ich meine, seine Bahnen fuhren doch, oder?«

»Nee, zum Kämpfen war er zu alt, und zu schwach, und vielleicht auch zu trotzig. Manchmal kam er mir vor wie ein eigensinniges Kind. Hin und zurück, sagte er einmal, ein deutscher Beamter versteht das Retourbillett nicht, kapiert nicht, daß einer auch wieder nach Hause reisen will – werfen mir doch vor, ich hätte doppelt so teuer gebaut wie im Prospekt! Die denken immer nur eingleisig, mit Scheuklappen! Wo eine Bahn hingeht, muß doch auch wieder eine zurückfahren, also zweifaches Material für jede Strecke, also doppelte Kosten, sogar ein Esel versteht das. Und dann lachte er sich kaputt, und zuletzt hat er sich wirklich kaputtgelacht. – Und ich weiß nicht mal, ob das mit der doppelten Berechnung seiner Strecken nicht wirklich ein ganz gerissener Trick von ihm war.«

»Ich werde Ihnen sagen, was sein Hauptfehler war«, mischte sich Dr. Aaron mit verwunderlicher Schärfe ein. »Man baut sich kein Palais in der Wilhelmstraße. Jedenfalls nicht als Jude. Und als Jude kauft man sich keine Rittergüter und Schlösser und Gestüte. Und man macht keine riskanten Geschäfte mit dem Adel, wenn man Jude ist. Nicht auf die Dauer. Nicht in Deutschland. Nicht in Berlin.«

Herr Böhme raunte Herrn von Eckenbrecher zu, das sähe dem Mann ähnlich: Wie gut, daß er die deutsche akademische Jugend nicht mehr aufhetzen könne. Überhaupt eine peinliche Geschmacklosigkeit, als Schwiegersohn eines Millionärs Sozialdemokrat zu werden.

Dr. Aaron brach selbst das Schweigen, das er angerichtet hatte: »Der Strousberg hat keinen Bankrott erlebt, sondern ein Pogrom.«

Herr Böhme hielt nicht länger still: »Nun, da hätten wir doch einmal eine aparte Definition. Wenn ein Christ sein Geschäft verliert, ist es ein Jammer, aber seine Schuld. Wenn ein jüdischer Unternehmer failliert, ist es ein Pogrom! Oder sprechen Sie von der eigenen Situation?«

»Warum nicht? Ein Pogrom ist doch ein schleichendes Verhängnis. Es fängt doch an, lange, ehe man Juden verbrennt. Es beginnt doch, indem man sie ruiniert, schikaniert. Wie blind kann man sich als christlicher Journalist eigentlich stellen, mein Herr?«

»Ich muß doch sehr bitten«, sagte Herr Böhme.

»Herr Dr. Aaron, wirklich!«, beschwor ihn Melanie.

Kaschke, im Versuch zu vermitteln, rührte das Thema noch einmal neu auf. »Professor, ick weeß nicht, aber Strousberg selbst hat immer mächtig auf die Juden geschimpft, auf Lasker, den Abgeordneten, und einen gewissen Levinstein, der ihn erpreßt hätte. Aber besonders Lasker hat ihn ganz wild gemacht, dann schrie er los, in seiner Mansarde: Nie ist ein Zug entgleist, nie, nie, meine Strecken sind erstklassig. Na, und er hatte ja recht. Denn das kann nun keiner leugnen: Wir fahren ja immer noch auf seinen Bahnen.«

Mitten hinein in diese Situation kam ein telefonischer Anruf. Eine Frau Bramann, eine sehr gute Freundin Melanies, die aber an diesem Tage selbst ihren Jour hatte, ließ Melanie dringend an den Fernsprecher rufen. Die Gastgeberin zögerte, ihre Gesellschaft gerade in diesem Augenblick alleinzulassen. Wenn Gespräche einen solchen Grad von politischer Heftigkeit erreichten oder gar auf Ressentiments hinsteuerten, so war man als Dame des Hauses eigentlich nicht abrufbar. Sie ging dann aber doch hinaus.

Eine Verwandlung war mit ihr geschehen, als sie, schon nach wenigen Minuten, zurückkehrte. Sie war bleich, ihr ganzer Körper elektrisiert von einer unerhörten Mitteilung.

»Es geschieht«, sagte sie in einem Ton, als hätte sie das Äußerste und nicht in einem Rätsel gesprochen. »Es geschieht ja mitten unter uns. In der Stadt, soeben, ein Extrablatt. Türkheimer, er sollte ja hier sein, ich hatte ihn dazugebeten mit seiner Frau, und sie haben sich nicht entschuldigt.«

»Aber was ist denn mit den Türkheimers?«

»Die Zeitungen, soeben, auf den Straßen. Verhaftet. Heute morgen. Konkursschwindel. Riesenbetrug. Ich weiß nicht genau.«

Die Betroffenheit war allgemein. Am heftigsten aber war die Reaktion bei dem jungen Leutnant.

»Um Gottes willen«, stöhnte er auf. Dann: »Gnädige Frau, erlauben Sie, daß ich für einen Moment Ihren telefonischen Apparat benutze.«

»Was denn, haben Sie auch Aktien bei Türkheimer?«, fragte Kaschke, schon wieder halb amüsiert. Im Leben konnte ihn nichts mehr so leicht aus der Ruhe bringen.

»Meine Verlobung. Ich muß sofort meine Verlobung lösen. Es sollte nämlich... Tilla Türkheimer und ich, wir wollten...«

»Aber was kann denn das arme Mädchen dafür?«, fragte Clara.

»Von einem armen Mädchen war in den Abmachungen nie die Rede«, sagte der Offizier steif, verbeugte sich, küßte der Gastgeberin die Hand und verließ in schöner Haltung den Raum.

Übrigens war Melanie, als sie in Ruhe über alles nachdachte, doch einigermaßen erleichtert, daß das Ausbleiben der Türkheimers einen triftigen Grund gehabt hatte.

Der Khan und kein Ende

Der Khan war wieder da.

Clara spürte es schon beim Erwachen. Ihr heiter-aufgeräumtes Biedermeierzimmer war voller Spannung. Die Möbel standen herum wie ertappte Delinquenten. Der Vitrinenschrank vibrierte, die Gläser darin klirrten ungut. Die

Gardinen wehten, als wollten sie zum offenen Fenster hinaus. Der Himmel, oder was sie davon sah, war von nervöser Klarheit, mit rasch wechselnden Wolkenfetzen: Zirrhen.

Als Clara das fließende Wasser andrehte, bekam sie einen elektrischen Schlag.

Therese, die Köchin, sang nicht an diesem Morgen. Das Stubenmädchen brachte nicht den early morning tea, den Melanie sonst für unerläßlich hielt.

Der Khan war so deutlich wieder da, daß Clara anfing, ihren Koffer zu packen, aus Instinkt, und weil sie Hemmungen hatte, sich aus dem Zimmer hinaus und in die Wohnung zu wagen. Sie fühlte sich auf einmal als Gefangene, und nie hatte sie ein größeres Verlangen nach Freiheit gehabt, ach was, Freiheit, danach hinauszukommen, an die frische Luft, auf die Straße, dort die Arme auszubreiten, zu gehen, zu laufen, zu fliegen, eine von diesen Zirrhen zu sein, eine Federwolke.

Und während sie sich das vorstellte, wurde die Sehnsucht nach dem Draußen so groß, daß sie das Kofferpacken ließ, ihr Cape nahm und ihren Hut, die Zimmertür öffnete und, komme wer da wolle, ihren Weg nahm, den kurzen Weg zur Lieferantentreppe, an der Küche vorbei, wo sie nur merkwürdig gedämpftes Klappern hörte, zur Eisentür, deren doppelte Riegel sie beiseite schob, unbekümmert nun um den Lärm, den das machte, jetzt wirklich eine Gefangene auf der Flucht, ein Häftling, der hinaus will. Diese Treppe war eng, steil, grisegrau und dunkel, aber für Clara war sie nun der Ausweg, jede der hölzernen Stufen (denn es gab hier keinen Läufer wie auf der Vordertreppe) ein Freiheitsstakkato, jede Kehrtwendung eine Terrasse der Erleichterung, und der Handlauf des Geländers hielt zu ihr wie ein vertrauter Komplize. War das nun verrückt, was sie tat? Oder war das verrückt, was sie in den letzten fünf Wochen getan hatte? War das, was sie jetzt tat, nur deshalb verrückt, weil sie etwas ganz Normales mit solcher Wildheit, Raserei tat, so daß ihre Abreise geradezu ein Absturz wurde? Denn das war ihr mit einem Male klar: Dies durfte kein Morgenspaziergang sein, ein kurzer Weg hinaus; dies mußte das Adieu sein, ein Adieu an Melanie, an die gewaltige Pracht und die plüschenen Verhängnisse der Salons. Der Koffer! Aber der Koffer war jetzt ein Nichts, ein nebensächlicher Gedanke vor der Besessenheit, wegzukommen. Endlich der Hof, der Torweg, und dann diese breite Straße, die sie liebgewonnen hatte mit ihren schmächtigen Bäumen und den gemächlichen Dimensionen: Gemütlich wie ein Bär, fand sie immer, aber sie wußte, daß Bären gefährlich sind.

Sie ging die wenigen Schritte bis zum Bahnhof Zoologischer Garten, wo Fahrpläne aushingen. Ein Zug nach Erfurt ging gegen Mittag vom Anhalter, das würde ihr Zeit lassen, sich von Melanie zu verabschieden, wie es sich gehörte, und noch einen kurzen Besuch bei den Niepeguks zu machen. Sie hatte Hänschen einmal gesehen, als er auf einer der Bahnen am Halensee-Ende des Kurfürstendamms seine Runden fuhr; schwitzend und glücklich hatte er ihr zugerufen: »Noch zehnmal rum!« Das hatte sie aber nicht abgewartet.

Und ein Gang war noch zu erledigen, den sie in all den Berliner Gesellschaftswochen nicht so sehr vergessen als versäumt hatte: den zu Lenes Garten, zur Gärtnerei aus »Irrungen Wirrungen«. Sie wußte ja aus dem Buch selbst, daß es dieses Anwesen schon nicht mehr gegeben hatte, als der Roman geschrieben wurde, aber vielleicht konnte sie doch noch etwas entdecken von dem, was Fontane so merkwürdig das »Gesamtgewese der Gärtnerei« genannt hatte, und von dem Holztürmchen in weiß und rot, oder war es grün und weiß, oder rot und grün gewesen? Mit dem weggebrochenen Zifferblatt obenauf? Nie wieder hatte ein Buch sie von den ersten Sätzen an so eingesponnen wie diese Idylle eines verwunschenen Gartens, mit den Tauben und dem Hundegebell und den Obstbäumen. Diese Idylle einer

Liebe, deren ganzes Glück in einer Landpartie bestand, und die dann so verstört endete, weil sie nicht enden konnte, aber mußte.

Aber als Clara nun die Viertelstunde bis dorthin weiterging, an der schrecklichen Kirche vorbei, mit der sie die Straße richtig versperrt hatten, sah sie nicht die Spur einer Idylle. Da stand ein gewaltiges Eckhaus, das keinerlei Einblick zuließ (die Jalousien der Parterrefenster waren noch immer geschlossen), und an Einlaß war erst recht nicht zu denken. Aber noch war die Straße hier nicht fest verbaut, noch stand nicht ein Haus am andern, ein Blick durch ein schmales Stück Gartengitter war möglich, Obstbäume standen da noch, mit roten Äpfeln und verfrorenen grünen Birnen, und dann, in einer Ecke, etwas Hölzernes, wie eine alte Laube, es war rot und grün gestrichen, und nun war Clara überzeugt, daß sie die Reste des alten Uhrentürmchens entdeckt, daß sie auf eine Spur dieser alten, nein gar nicht so alten Geschichte gestoßen war.

Klettert eine junge Dame mit Mantel und Hut und hochgeschnürten Stiefeln, ein Fräulein von einiger Eleganz, an einem Herbstmorgen der Jahrhundertwende über einen Zaun, der noch dazu mit spitzen Staketen bewehrt ist und sehr nach Absperrung aussieht? Nein, das nun wohl doch nicht, wenngleich Clara in der Tat einen Ansatz dazu machte und ausprobierte, ob die Stiefel Platz hätten zwischen den Stäben. Aber dann kam ihr der Gedanke, daß es töricht wäre, einem Gefängnis zu entfliehen, um sich sogleich anderswo hinter Gitter zu begeben. Viel besser wäre es doch, man würde ein bißchen unterwegs sein in diesem Roman, die Leute gingen da ja auch viel herum. Clara nahm den Weg in die Landgrafenstraße, wo die arme Lene zum erstenmal nach der Trennung ihrem Botho begegnete, der nun ihrer gar nicht mehr war, sondern der Gemahl der kapriziösen Käthe, eines Mädchens von Stande und außerdem begütert. Lene, die durch diese Begegnung (von der *er* gar nichts bemerkt hatte) so außer sich war, so heimgesucht von Schreck und Erschöpfung, daß sie in Ohnmacht sank und regelrecht krank wurde und, kaum wieder auf den Beinen, eine neue Wohnung in einer ganz anderen Gegend suchte, samt ihrer guten alten Pflegemutter Nimptsch.

Solche Bothos gab es ja immer noch reichlich in Berlin, sie waren Clara oft begegnet in den letzten Wochen, nicht nur bei den Besuchen in der Oper, nicht nur wenn Melanie Gäste hatte, nicht nur bei den Ausflügen hinaus in den Grunewald oder in die Müggelberge – diese Bothos, zu Pferde oder zu Fuß, waren immer noch wie Stickereien im Grau des Alltags, wie wenn hinter all der normalen Betriebsamkeit oder über ihr ein unaufhörliches Kostümfest im Gange und im Schwange wäre, und das Leben, das man so führte, nur eine Entschädigung dafür war, daß man kein Billett besaß zu dieser Maskerade, die Militär hieß.

Du liebes bißchen, dachte Clara.

Du arme Lene.

Du blöder Botho.

Du feiger Fontane.

Clara empfand auf einmal ein ungeheures Glücksgefühl: Hier könnten jetzt tausend Bothos kommen, und kein einziger gäbe ihr einen Stich ins Herz. Sie war selig, weil sie spürte, sie könnte sich in keinen verlieben, sie würde sich nie in einen verlieben, sie war frei von aller Liebe. Und nicht nur die Bothos hatten nichts mit ihr zu tun: Sie spürte ihr Herz schlagen bei dem Gedanken, daß es niemandem gehörte. Gehören mußte. Vielleicht war dieser Fontane doch nicht feige: Er erzählte lauter Warnungen vor der Liebe, seine Bücher sprachen immer von dem Glück, das man verloren hat, wenn man es empfindet. Aber empfand sie jetzt nicht Glück? Unsinn, es war ja gerade das Glück alleinzusein, inmitten dieses kalten, hellen, flirrigen Herbstmorgens, mit den Wasserlachen, die die putzenden Portiersfrauen auf das Trottoir schwappten, Pfützen, die so aussahen, als würden sie am liebsten schon Eis werden, jetzt im Oktober. Wie reich einer ist, wenn er nur sich hat! Wie stark einer ist, wenn die Liebe ihn nicht lähmt. Wie frei einer ist, wenn er sich an niemanden bindet. Wie offen einer sein kann, wenn er niemanden in die Arme schließen will. Und wie leicht es sich geht auf dem eigenen Weg!

Ging sie ihn denn? Und wohin sollte er führen? Sie lachte über die Banalität der Antwort, die sie sich geben mußte: Zunächst einmal zurück zu Melanie, um das Reißaus in einen Abschied zu verwandeln comme il faut. Und dann zurück nach Erfurt, um einen vorläufigen Abschied in ein endgültiges Lebewohl zu verwandeln: Nein, in dieses große behäbige Arzthaus dort würde sie nicht einziehen, nicht die Frau jenes gütigen tätigen Doktors werden, der ihr so geduldige Briefe geschrieben hatte zwei Jahre lang. Sie wollte diese Partie nicht machen, überhaupt keine, und wenn die letzten Monate in Lausanne ganz vergebens gewesen sein sollten: diese medizinischen Kurse, diese Nachtwachen in den Hospitälern, diese Versuche, als Frau Zugang zu erhalten zu einer Ausbildung, die überall nur Männern vorbehalten war: Selbst die Sterbenden wollten immer nur *den* Doktor. Aber verloren war nichts, nur etwas gewonnen: Die Einsicht in das, was nicht ihre Zukunft war. Und das Gelernte hatte sie nur zu gebrauchen, dann ließ es sich in Berlin gewiß besser anwenden als in Erfurt.

Und als sie, nun rascher, zurückging, war es, als reiche ihr dieses fremde, frühe, fröstelige Berlin die Hand: Ein Schild am Hause Kurfürstendamm 232 sagte umständlich: »Verein zur Gewährung zinsfreier Darlehen an studierende Frauen.« Das Büro war noch geschlossen, aber einer ihrer ersten Wege würde sie dahin führen. Denn, das spürte sie nun mit jedem Schritt deutlicher: Ihr Besuch in Berlin war zu Ende, ihr Aufenthalt begann. Als sie jetzt das Haus betrat, gab es für sie keine Fluchtstiege mehr, keine Hintertreppe, keine Scheu vor Melanie und nicht die geringste Angst vor dem Khan.

Wie lächerlich: ein Khan!

Und wehenden Schrittes, den Aufzug verschmähend, lief

sie die roten Teppiche hinauf, mit einer Eile, die nichts
Gehetztes mehr hatte.

So geschah es, daß Clara Imhuelsen dem Khan über den
Weg lief, nein buchstäblich in die Arme. Irgendein Unge-
tüm, eine drohend schwarze Übermacht war so plötzlich,
ihr entgegen, da, daß sie mit ihrem ganzen leichten
Schwung in den düsteren Schatten hineingestolpert wäre,
wenn er nicht, wie ein Mensch reagierend, die Arme ausgestreckt und sie mit Händen aufgefangen hätte, deren Zugriff
aber gar nichts Monströses hatte, sondern sicher war und
versichernd, beinah heimatlich, ja, als böten die Hände, mit
der dieser schwarze Mann sie hielt, Schutz vor ihm selbst
und davor, daß man ihm ins gewiß gräßliche Gesicht sehen
müßte.

»Pardon!«, sagte Clara aus lauter Verwirrung, ein Wort,
das sicher zu diesem pompösen Haus, nicht aber zu ihr
gepaßt hätte, wenn es nicht mehr gewesen wäre als bloß
eine Entschuldigung, nämlich die wirkliche Bitte um Pardon, um Begnadigung. Clara wußte sofort, daß es niemand
anders sein könne als der Khan, der sie da aufhielt, und sie
fand es auch gar nicht weiter verwunderlich, daß man
jemandem, dem man so vehement zu entgehen versucht,
schlechterdings nicht entgehen konnte. Aber wenn sie auch
wußte, daß es der Khan war, so folgte daraus ja nicht, daß
auch er sich über sie im klaren war. Darin und in dem
Blumenstrauß für Melanie sah sie ihre Chance. Denn daß
die Befreiung nicht ein Davonschleichen, Sichdurchwinden,
sondern nur ein Kopfhoch sein könne, war ihr im Nu
bewußt, und das hieß, dem Gegenüber ein kühnes Aug-in-
Auge zu bieten. Er stand eine Stufe über ihr und war um
mindestens drei größer, so daß sie nicht nur den Blick
heben, sondern auch den Kopf aufrichten und dafür den Hut
festhalten mußte. Sie war auf Schlimmes, ja auf das
Schlimmste gefaßt, aber nicht darauf, daß sie gar kein
Gesicht sehen würde, sondern nur einen grauen wilden Bart,
ein zugewuchertes Gebilde, und in diesem Gestrüpp zwei

Augen wie die eines Tieres hinter eine Hecke: nicht böse, aber neugierig auf der Lauer.

Clara fand, daß es Zeit war, ihre frische Geistesgegenwart zu beweisen.

»Verzeihen Sie, ich bin in Eile. Ich muß die Blumen abliefern, ehe sie verwelkt sind. Bitte geben Sie ihnen eine Chance. Sie halten nur vierzehn Tage.«

Der Mann ließ sie los, und dann geschah etwas Unerwartetes: Er fing laut an zu lachen, freundlich, aber von oben herab, und nicht nur die eine Stufe höher.

»Das also ist Clara. Da wäre also unsere Clara. Da hätten wir die gute kleine Clara, die das Kunststück fertigbringt, eine Treppe sogar hinauf zu fallen.«

»Ich? Woher wissen Sie?«

»Die flinke Zunge der Imhuelsens. Ganz schön, wenn sie nicht zu spitz wird. Und wenn ab und zu mal ein wahres Wort vorkommt.«

»Aber Blumen welken wirklich.«

»Und falsche Blumenmädchen welken noch rascher dahin.«

»Ich wollte doch nur...«

»So, dann spielen Sie die Rolle mal noch eine Stunde weiter. Ich werde den Strauß oben für Sie abgeben, und dafür begleiten Sie mich zum Frühstück. Sie müssen ja was von Berlin gesehen haben, ehe Sie abreisen. Es geht da oben so ein Gerücht, daß Sie Ihre Koffer gepackt hätten.«

»Ja, ich muß heute weg.«

»Nun ja, dann wäre unsere Zeit mit dem Frühstück vergeudet. Kommen Sie, ich werde Sie skizzieren. Nur eine Bleistiftstudie. Nur diese Kinnlinie. Da sucht man seit Jahrtausenden nach dem Sitz der Seele. Bei Ihnen, Clara, sieht man sofort: da sitzt sie im Kinn. In diesem energischen, aber auch halsverliebten Kinn.«

»Wie bitte, was habe ich, ein halsverliebtes...«

»Ein Kinn zwischen Wille und Weichheit. Schenken Sie mir zum Abschied dieses Kinn. Es dauert nur zehn Minuten.«

Man kann sich in der Zeit irren. Selten hatte sich ein Mensch so sehr in der Zeit geirrt wie Herr Benjamin Burgmann, genannt der Khan, als er sagte (und glaubte), diese Porträtskizze werde nur zehn Minuten dauern. Ein Künstler, auch ein dilettierender, der seines Handwerks gewiß ist und seiner Hand sicher, weiß die Dauer einer Arbeit abzuschätzen. Ein Mann von einiger Lebenserfahrung kann die Aufgaben des Tages und dessen Aufenthalte bemessen. Aber auch einer, der beides hat, Arbeitspräzision und Zeitökonomie, kann sich täuschen. Über sich, über die Situation. Über das, worauf er sich einläßt. Wir werden sehen.

Dabei hatte der Khan es eilig, wies ihr, kaum daß sie seine Wohnung betreten hatten, in einem großen Saal einen Korbstuhl an, der dicht am Fenster stand und von einem segeltuchartigen Vorhang in ein opalenes Licht getaucht war. »Setzen Sie sich dahin, mein Kind!«, sagte er.

»Unmöglich«, rief Clara. »Wenn Sie mich wie ein Kind traktieren, so steht Ihnen das frei. Aber eine Puppe bin ich nun mal nicht. Ich kann nicht in eine fremde Welt eintreten und einfach Platz nehmen. Ich muß wenigstens erst mal Luft schöpfen, oder Blicke, also umgucken muß ich mich dürfen. Ich habe so etwas nämlich noch nicht gesehen.«

In dieser Wohnung war es nicht geheuer. Denn dieses opalene Licht schimmerte, wetterleuchtete durch alle die miteinander verbundenen Räume. Leer wie ein Lager, hatte Melanie gesagt. Leer waren sie wohl, aber gewiß nicht wie ein Lager, sondern eher wie eine Landschaft, die in Nebel getaucht ist, den die Sonne schon zum Leuchten bringt: Einmal hatte sie das erlebt, als sie mit der Funiculaire von Vevey aus auf den Mont Pelerin gefahren war, mitten in eine Wolke hinein, in die erste Wolke ihres Lebens, die mit Nebel nicht zu vergleichen war. Mit Nebel wacht man auf oder er überfällt einen, aber zu einer Wolke muß man selber hin, wenn man kann. An diesem Tag ging es, mit dieser wie schiefgelachten Seilbahn: Und die Wolke wurde zu einem Lichtball, in dem der Sonnenglanz immer stärker wurde, als

könne er explodieren, und plötzlich war der Dunst ganz
weg und ließ den weitesten Blick frei auf einen sonnigen
Genfer See...

Jetzt gab es nicht nur eine Aussicht, nicht nur eine Landschaft, sondern ganz viele: Da war Venedig, nur zu ahnen,
Vision auf einer Wunderwand, dort sah sie einen Strand mit
Frauen beim Tennisspiel, schwebend, in Bewegung (spielten sie denn wirklich?), dort brachen Wellen ins Zimmer,
ein Stück Meer, aber sprühend und drohend, und an anderer
Stelle war wieder Friedlichkeit, ein See, dämmernd, Wald
drumherum, wie man ihn abends sieht. Sie begriff schnell
und wollte es erst nicht wahrhaben, war aber erleichtert:
Alle diese Anblicke waren Gemälde (aber so konnte man das
wohl kaum nennen), waren gemalte Flächen, es waren
gemalte Augenblicke, die Träume von etwas, das man nur
ganz selten sehen konnte.

»Aber das sind ja Bilder«, sagte Clara.

»Bilder, was sonst?«

»Ich dachte erst, es ist irgendein Wunder.«

»Einige davon sind es auch.«

»Sind die alle von Ihnen?«

»Nein«, sagte der Khan. »Die Wunder nicht. Die sind
von meinen Freunden.«

»Darf ich raten?«

»Wenn Sie sich jetzt hinsetzen und zehn Minuten den
Mund halten, brauchen Sie nicht zu raten. Sie bekommen
eins geschenkt.«

»Mein eigenes Kinn?«

»Das nun gerade nicht.«

Clara setzte sich in den Korbsessel, den er ihr angewiesen
hatte. Er bestimmte die Richtung, die Neigung ihres Kop-
fes, ohne Ungeduld und wortlos, mit Handbewegungen,
die nie zur Berührung wurden und sie dennoch festzuhalten
schienen, anders als vorhin auf der Treppe. Es gefiel ihr
nicht, so ins Stillhalten förmlich gebannt zu werden, aber sie
ließ es sich gefallen, weil sie danach wieder mit ihm reden

wollte, weil sie Fragen hatte nach all diesen Bildern und den merkwürdigen Malern und wo sie lebten, und warum man nichts von ihnen sah in den Museen. Weil sie etwas wissen wollte vor allem von ihm selbst, diesem schwarzen düsteren Mann, den sie den Khan nannten, und der ein Kaufmann war und nun ein Kunsthändler oder gar ein Künstler, jedenfalls ein Sonderling.

Aber jetzt kam etwas, das sie elektrisierte, ihr ein Frösteln beibrachte: das Geräusch des Zeichenstiftes auf dem Papier, ein samtenes Kratzen, oder mehr ein nervöses Schnurren, ein tonloses Vibrato. Aber je länger es andauerte, um so weniger empfand sie es als Geräusch. Es war ihr, als ob dies Stricheln eine Art Streicheln war, als ob der Stift nicht mehr über ein Blatt führe, sondern über ihre Haut, behutsam und erregend, tastend und auskostend. Nie hatte sie ihr Gesicht so gespürt, nie ihre Lippen in so voller Körperlichkeit aufeinanderliegen gefühlt, und in der Tat nie vorher gewußt, daß ihr Kinn soviel an Empfindung in sich versammeln konnte. Es war ein Gefühl, als könne sie sich ohne Hände selber anfassen.

Der Khan räusperte sich ungnädig.

»Clara, Sie grimassieren! So schafft es nicht mal Liebermann!«

Clara dachte: Nicht weinen, nicht schreien, nicht weglaufen. Dieser Mann ist ein Barbar, er verdient nichts dergleichen. Vielleicht kann er gar nicht zeichnen. Sie sagte, aber mit spröder Stimme:

»Ich bin ein Mensch, und ich atme. Und ich wußte nicht, daß ich ein Gesicht für Grimassen habe.«

»Verzeihen Sie, Clara. Bitte noch einmal, ganz kurz. Ich nehme ein neues Blatt und versuche es mit Kohle. In einer Minute sind Sie erlöst.«

Clara sah jetzt gleichmütig, mit vorsätzlicher Ausdruckslosigkeit, vor sich hin. Das Geräusch vom Zeichenblock war diesmal kratziger, zügiger, lauter. Nie wieder, sagte sich Clara, werde ich so etwas tun, so etwas mit mir tun lassen. Den Kopf hinhalten! Stillsitzen! Abwarten! Mich ohnmächtig machen lassen. Nie wieder! Und warum dann jetzt noch? Warum nicht gleich? Sie sprang auf.

»Ich kann nicht mehr. Es tut mir leid, aber es geht nicht mehr.«

Der Khan wütete nicht. Als sie ihn ansah, lächelte er, aber man merkte es nur an den Augen und den Falten drumherum, überall sonst war ja der Bart. Er sagte ruhig: »Es ist auch fertig. Sie sind erlöst. Jetzt können Sie in aller Ruhe zornig sein.«

»Habe ich diesmal nicht grim...« Sie brachte das Wort nicht mehr über die Lippen.

»Doch, aber mit Verve. Schauen Sie her.«

»Aber das ist ja schön«, sagte Clara. Dabei war nicht mehr auf dem Blatt zu sehen als eine Linie von der Stirn bis zum Hals hinab, eine Linie, zu der vom Mund abwärts eine zweite weichere breitere Spur sich gesellte und den Schwung des Backenknochens auffing, und dann gab es noch eine große Menge schraffierter Schwärze, und das war, bis aufs Haar, ihre Frisur, die hochgekämmte, festgesteckte, aufgeduttete blonde Mähne.

»Kann ich das erste auch sehen?«

»Das ist uns aber nicht geglückt.«

Er gab ihr das Blatt.

»Nein, das bin nicht ich. Das ist doch... das sind ja ganz viele.«

Da waren Profile ineinander, nebeneinander, gegeneinander skizziert, als wenn dasselbe Blatt wieder und wieder verwendet worden wäre für verschiedene Gesichter. Das also war das Stricheln gewesen! Ein schönes Durcheinander! »Und ich dachte wirklich, ich halte ganz still!«, sagte sie verwirrt. Und während sie das Blatt ansah, wurde ihr fast taumelig von all den Profilen, die sie da gehabt haben sollte, und sie vergewisserte sich mit ihren Händen, daß sie wirklich nur ein Gesicht hatte.

Aber der Taumel blieb, und nun wußte sie auch den Grund.

»Ich muß jetzt gehen«, sagte sie, »ich habe fürchterlichen Hunger.«

»Ich werde uns etwas kommen lassen«, sagte der Khan.

»Aber ich muß doch hinüber.«

»Ich gebe Bescheid. Meine diktatorischen Launen sind drüben bekannt.«

Der Khan drückte einen Knopf, irgendwo fern in der Wohnung klingelte es, und in wenigen Augenblicken war ein alter Mann zur Stelle, ein Herr eher, und die Art wie er auftrat, hatte nichts von der Haltung eines Dieners an sich. Er machte auch keine Verbeugung wie die Bediensteten Melanies, und obwohl seine Miene frei war von Zudringlichkeit, sah man ihm an, daß er Sätze wie »Der Herr befehlen?« nicht über die Lippen brächte. Es war der Khan, der zuerst sprach.

»Clara, dies ist Louis, mein Freund und guter Geist, und hier im Haus der Herrscher über alles, was mit Küche und Keller zu tun hat. Da er aber auch mein Reisegenosse ist und mein Quartiermeister und wir erst gestern abend zurückgekommen sind, werden wir uns wohl gedulden müssen. – Louis, dies ist Clara Imhuelsen, eine entfernte, eine sich heute entfernende Verwandte, und sie braucht eine Stärkung. Die Berliner Henkersmahlzeit. Oder sollen wir ins Café des Westens?«

»Das wäre fast eine Kränkung, Monsieur, und eine ganz unnütze. Das Frühstück braucht nur so lange wie die Pasteten brauchen, heiß zu werden. Alles übrige wäre parat.«

»Louis, Sie sind ein Wunder.«

»Das sagten die Herren früher immer. Aber für heute morgen gilt das gewiß nicht. Die Lieferanten standen schon Spalier, die gebratenen Tauben flogen uns nur so ins Haus, und die Küche sieht aus wie ein Marktplatz. Vielleicht, wenn die Consommé schon genügend Würze hat...«

»O ja, ein Löffel Suppe wäre schön«, sagte Clara und lachte ihrem eigenen Satz hinterher. »Das sagt man doch in Berlin, wenn man zu einem ganz großen Bankett einlädt, nicht wahr?« Beide, der Khan und Louis, sahen sie an.

»Sie haben schon das absolute Gehör für die falschen Töne unserer Gesellschaft. Ich nehme an, das entwickelt sich gut in ein paar Wochen nebenan. – Ja, Louis, wir fangen mit einer Tasse Brühe an, und dazu unsern trockensten Wein.« Louis ging, und der Khan sagte: »Dieses Berlin ist nur noch aus der Distanz zu ertragen. Entweder in solcher Villegiatur hier oben, oder tief unten in Italien. Aber Italien ist sicherer – wärmer, heller, lichter. Selbst dieser Ibsen schreibt seine düsteren Stücke lieber an der Sonne.«

»Erzählen Sie mir, wo Sie waren«, bat Clara.

Der Khan antwortete nicht, sah sie aber an, die Stirn gespannt. Sein Schweigen hatte etwas Feindseliges.

Clara fügte hinzu: »Verzeihung, ich wollte nicht neugierig sein. Aber eigentlich bin ich's.«

Es half. Der Khan sprach wieder. »Sehen Sie, Clara, Sie haben alles Recht zu fragen, und nichts ist natürlicher als Neugier, sie ist sogar zuvorkommend. Es ist Sitte, daß man Reisende fragt, woher sie kommen, und es ist eine freundliche Sitte. Aber ich kann über Italien nicht plaudern, vielmehr: ich mag es nicht ausplaudern. Es käme mir vor, als müßte ich ein Geheimnis, meinen letzten Schlupfwinkel verraten.«

»Nein bitte, das wollte ich nicht.«

»Ich habe diesem Land viel zu verdanken, nein alles, sogar den Luxus nebenan, aber mehr noch die Entscheidung, davon Abstand zu halten. Italien, das ist für mich die Lust zu sehen, das Geschenk neuer Augen: nicht für die Bellavistas, sondern für die Gassen, für die Härte des Lichts, die Genauigkeit der Gesichter, die Lebendigkeit der Gebärden. Sehen Sie – schon fange ich an zu reden, falle mir mit den eigenen Worten ins Wort.«

Louis brachte die Suppe und den Wein. Der Khan machte keine Anstalten zu essen, so griff Clara ihren Löffel, besann sich aber, nahm die kleine Suppentasse am Henkel und trank. Der Khan sah sie dabei an. Dann goß er aus der Flasche zwei Gläser voll, wartete, bis sie die Suppe abgesetzt hatte, und trank ihr dann zu.

»Orvieto«, sagte er.

»Da waren Sie, in Orvieto?«

»Der Wein ist ein Orvieto. Ach, ich merke schon, Clara, Sie können die Neugier nicht lassen, und ich bleibe der mürrische alte Mann, der da ein Land verteidigt, als gehöre es ihm. Schmeckt Ihnen der Wein?«

»Ich weiß nicht. Es ist mein erster Wein am Vormittag. Aber er ist erfrischend.«

»Wollen Sie lieber eine Schokolade?«

»Die mochte ich nicht mal im Internat.«

»Kommen Sie, ich zeige Ihnen mein Italien«, sagte der Khan, stand auf und führte Clara in einen anderen, ebenfalls lichterfüllten Raum, in dem kleinere Bilder an den Wänden hingen. Vor einem davon blieb er stehen: Es zeigte einen Platz, fast unscheinbar vor Helligkeit, und wie strahlende Würfel lagen die Häuser da, mit dunklen geheimnisvollen Fenstern und lockenden Torwegen.

»Jedes Bild hat eine Geschichte, die es beschwört. Ich erzähle Ihnen diese eine. Da sitzt ein junger Mann, so alt wie Sie, nein, vielleicht noch zwei Jahre älter, an dieser italienischen Piazza und leistet sich einen Kaffee. Sitzt er da, weil er es schön findet? Nein, er sitzt da, weil er nicht weiter weiß. Er ist nicht verzweifelt, er weiß nur nicht weiter. Er könnte an einem Lehrerseminar sein in Deutschland, an einer Universität vielleicht, aber das hat er verschmäht, und damit hatte er auch kein Elternhaus mehr. Er wollte nach Italien, und da ist er nun, aber das bißchen Geld aus der Spardose ist weg, und das einzige, was er hat, ist ein kleiner Koffer. Da sind nicht etwa seine letzten Habseligkeiten drin, sondern Muster, Muster von billigen bunten Kleiderstoffen, Baumwolle mit Wolle gemischt, Mélanges heißt das Zeug. Daß er den Koffer überhaupt hat, ist ein Glücksfall, denn irgendein alter Reisender eines englischen Handelshauses ist ausgefallen, und man will es zur Probe mit ihm versuchen. Aber der kann mit dem Koffer nicht umgehen, er hat kein Zutrauen zu seinem Koffer oder zu sich selbst, und die Käufer sehen das und denken, dann taugt die Ware auch nichts. Drei Städte hat er schon abgeklappert, aber eine Bestellung hat er noch nicht.

Und er sitzt da, weil ihm vor dem neuen vergeblichen Tag graut, vor dem Kopfschütteln, den abwehrenden Händen, dem herablassenden Grinsen. Und da passiert es, an diesem vierten Tag, morgens. Ein alter Mann sieht ihn, setzt sich, unaufdringlich, zu ihm und fragt ihn aus. Dem Jungen muß an diesem Tag alles schon egal gewesen sein, denn er läßt sich ausfragen. Der Alte denkt nach, sieht sich den Koffer an und die Coupons mit den Mustern, nimmt plötzlich die Schere, die dabeiliegt, und schnipselt an ein paar Musterstücken herum, so daß man sieht, da ist schon was weg. Der junge Mann protestiert, aber zu spät, das Malheur ist geschehen. Der Alte bleibt ganz ruhig, ist seiner Sache sicher, sagt: Wie willst du verkaufen, wenn noch niemand gekauft hat. Hier möchte man nicht haben, was keiner hat, hier will man das, was alle andern auch wollen. Tu, als hättest du schon wer weiß wieviel Ware losgeschlagen. Tu, als liefen morgen schon hundert Frauen in diesen Kleidern herum. Versuch's wenigstens. Um Mittag treffen wir uns wieder: Wenn es klappt, spendierst du mir einen Kaffee, wenn nicht, dann ich dir einen, weil du zu dumm bist fürs Geschäft. Der junge Mann zog los mit seinem Koffer und war lange vor der verabredeten Zeit zurück – die gesamte Ware verkauft. Und mittags gab's dann nicht nur einen Kaffee, es gab ein kleines Gelage.«

»Und das ist dieser Mittag?«, fragte Clara und deutete mit dem Kopf auf das Bild.

»Ja, nur viele Jahre später. Der Versuch, einen Ort und einen Augenblick des Glücks zu malen. Der Junge damals hatte anderes im Kopf. Er probierte den Trick noch ein paarmal, aber das wichtigste war, daß er etwas gelernt hatte von der Psychologie des Handels, und viel über sich selbst. Von da an gelang ihm alles, denn nichts ist so erfolgreich wie der Erfolg. Nur: In jedem Erfolg steckt Glück, das einem beschert wird, und ein Trick, den man selber können muß. Ganz ohne die List irgendeiner Schere geht es nie ab. Sehen Sie hier.«

Dies war ein sonderbares Bild. Graue Häuser, eher Schuppen, vor grauen Felsen, aus denen eine graue, brüchige Straße kam. Ein grauer Himmel, ein dunkelgrauer Wald, und im Vordergrund, als einziger Ausbruch der Farbe, eine weiß-rote Schranke.

»Ein Zollhaus, eine Zollstation in den Alpen. Da war dem jungen Mann zu Ohren gekommen, daß die Italiener die Zölle für halbwollene Fabrikate erhöhen wollten, um ihre eigene Produktion zu schützen. Auf diese Weise wären die preiswerten englischen Mélanges so teuer geworden wie die französischen Wolltuche – das war das Ende jeglicher Konkurrenzfähigkeit in Italien. Der junge Herr – denn das war er inzwischen geworden – reiste auf eigene Faust nach England, nach Bradford, in die einzelnen Fabriken, und überredete die Leute dort, das Mischverhältnis so zu ändern, daß die neuen Zollbestimmungen umgangen würden. Aber das geht doch nicht, hieß es, darauf fallen doch die Italiener nicht rein! Was heißt hier reinfallen, es geht doch alles mit rechten Dingen zu, nur mit etwas mehr Baumwolle. Es gab dann ein paar mächtig große Augen beim italienischen Zoll, und fast acht Tage Verzug gerade an diesem Zollhaus, aber dann konnte die Ware passieren. Und wurde zum größten Geschäft für das englische Handelshaus. Ein Jahr lang blieben diese Waren nahezu konkurrenzlos billig, und das Jahr genügte, dieser Firma so etwas wie eine Monopolstellung in Italien zu sichern. Nach vier Jahren war unser Held Generalvertreter für Süd- und Mittelitalien. Und als nächstes nahm er sich Mailand vor, das war ein Schlachtfeld für sich.«

»Aber Sie sagen doch, er war ein junger Mann.«

»Inzwischen war er wohl Ende Zwanzig.«

»Aber dann kann er doch nicht immer nur an seine komische Baumwolle gedacht haben, und an das Mischverhältnis und wie man den Zoll düpiert.«

»Da sehen Sie, wie es einem alten Mann ergeht, wenn er Geschichten erzählt. Ich wollte Ihnen auf diese Weise etwas jugendlichere Gesellschaft verschaffen, aber es zeigt sich: der junge Mann ist gar nichts für Sie.«

»Ich wäre nichts für ihn. Er hat ja nur sein Geschäft im Kopf. Gab es denn keine Frauen in Italien?«

»Doch, aber das ist eine sehr andere Geschichte, und dazu gibt es kein Bild, nicht in diesem Zimmer. Da sitzt der nicht mehr so ganz junge Mann in einer Villa in Casamicciola bei Neapel und ist zu Gast bei einem seiner wichtigsten Kunden. In diesem Jahr, 1884, ist aber nicht viel übers Geschäft zu reden, halb Neapel durch die Cholera umgekommen, die Überlebenden kaufen nichts Buntes, eine Stadt in Schwarz. Dennoch kein gedrückter Tag im Hause Galuppi, niemand ist krank geworden, nicht einmal die Tochter Rebecca, die ohne Wissen der Familie tagelang geholfen hat, Kranke zu bergen und zu versorgen. Um so größer jetzt die Erleichterung, eine glückliche Familie. Eine schöne Frau, und der Tochter sieht man an, daß sie noch schöner sein wird als die Mutter.

Der junge Mann kommt von diesem Mädchengesicht nicht los, so daß der alte Galuppi schließlich zu ihm sagt: Mein Freund, wir sollten noch etwas fischen fahren, sehen Sie den Abend über der Bucht, die Sonne zieht Wasser, es scheint, als könnten wir ein paar Dentice heimbringen. Der junge Mann trennt sich schwer aus der Idylle, weiß aber, daß er muß, und er denkt sich, die abendliche Bootsfahrt werde eine gute Gelegenheit sein, den Vater zu fragen, ob Rebecca seine Frau sein könne. Sie fahren hinaus mit dem Boot, Galuppi sehr schweigsam und Schweigen verbreitend, er tut, als wäre es wegen der Fische, doch er will bloß die Frage verhindern. Aber plötzlich ist ein Dröhnen in der Luft, wie das Anrollen eines Gewitters, kein Knall, sondern ein unheimliches Knarren, als wenn der Himmel Balken hätte und die brächen nun. Der Fischerknecht kann gerade noch »Attenzione« rufen, da kommen schon die Wellen an, wie bei Sturm, aber es weht nicht einmal ein Wind, und alle drei an Bord werfen sich panisch unter die Bänke, während das Wasser über sie hinwegschüttet. Durchnäßt, frierend, entsetzt kommen sie eine halbe Stunde später mühsam an Land – und finden das Haus zerstört, von einem Erdbeben in sich verschüttet. Als die Männer graben, die Trümmer beiseite werfen, finden sie die Frau lebend, die Tochter tot. Der Vater sagt zu dem Jüngeren: Da haben Sie die Antwort, mein Sohn.«

»Aber Sie selbst?«, warf Clara betroffen ein, die Fiktion vom fernen jungen Mann zerstörend.

»Ich selbst?«, sagte der Khan abwesend.

»Sie selbst müssen doch ein ganz eigentümliches Gefühl gehabt haben – gerettet durch die Bootsfahrt. Man muß sich doch besonders vorkommen, wenn man so verschont bleibt. Auserwählt? Oder schwindlig?«

»Nun, ich weiß nicht mehr, wie ich mir vorkam. Ich weiß nur, was ich daraufhin tat. Legte alle meine Geschäfte in Italien nieder, sagte meinem englischen Handelshaus in Bradford Lebewohl und ging zurück nach Berlin. Jetzt endlich hatte ich genug von Provisionen, Prozenten, dem ganzen Schacher, den Tricks mit der Schere. Aber nun geschah das Tollste: Ich entging dem allen nicht, auch hier nicht. Im Gegenteil. Manchmal ist der Erfolg wie ein Straßenköter, den man nicht loswird. Je mehr ich mich aus allem herauszuhalten versuchte, um so mehr wurde ich verstrickt in die Berliner Geschäftigkeit. Die waren ja verrückt, Ende der Achtziger, mit ihrer Bauwut. Als ich aufhörte zu arbeiten, fing das Geld an, um so wilder für mich zu arbeiten. Ich konnte für junge Künstler sorgen, die auf neue Art malten, und die schenkten mir ihre Bilder dafür, und selbst die sind heute schon ein kleines Vermögen wert. Ich wurde reich, alt und ruhelos – bis ich Italien wiederentdeckte, und das Licht, und meine eigene Art zu malen.«

Louis servierte die Pasteten, die knusprig waren und duftend, und der Khan, ehe er davon aß, trank ein volles Glas Orvieto. Clara war benommen, trank auch, und versuchte, sich ein Mädchen namens Rebecca vorzustellen. Dann faßte sie sich ein Herz und fragte:

»Und wie geht die Geschichte, in der Melanie vorkommt?«

»Es hat nie eine gegeben.«

»Das verstehe ich nicht.«

»Das können Sie nicht verstehen. Ist es nicht genug, wenn Melanie nebenan wohnt? Muß sie auch noch eine Geschichte haben? Vielleicht war sie nur ein Aphorismus: In der Liebe ist alles wahr, ist alles falsch.«

»Das finde ich bedrückend: daß es Menschen für Sie gibt, über die Sie Geschichten erzählen, und andere, denen sie das verweigern. Wie wenn es sie gar nicht gäbe.«

»In der nächsten Geschichte, die ich erzähle, kommt Clara Imhuelsen vor.«

»Und wann erzählen Sie die?«

»In zehn Jahren vielleicht, wenn ich so lange lebe.«

»Warum so spät?«

»Manche Geschichte braucht lange, bis sie eine ist.«

Clara stand auf, energisch, entschlossen, aber dann verhielt sie wie jemand, der nicht weiß, wohin er auch nur die nächsten Schritte tun soll.

Der Khan war sitzen geblieben. Er sah sie an. »Clara, es hat keinen Sinn, einer Geschichte zu entfliehen, die schon begonnen hat. Reisen Sie nicht, Clara. Louis wird Sie in ein freundliches Quartier bringen. Ich möchte Sie richtig malen. Und ich werde mit Melanie sprechen.«

»Gibt es auch kein Erdbeben?«, fragte Clara. Sie empfand den heftigen Wunsch, sein Bart möchte nur angeklebt sein. Dann hätte sie ihn womöglich geküßt.

»So etwas Ähnliches wird es schon geben«, sagte der Khan.

Es gab kein Erdbeben, es gab einen Skandal, wie ihn der Kurfürstendamm noch kaum erlebt hatte. Der Kurfürstendamm brauchte Skandale, er hätte jede Woche einen neuen haben müssen, aber noch war er in der Produktion solcher gesellschaftlichen Wirbel unerfahren, ja seiner ganzen Anlage nach, gewissermaßen architektonisch, dafür ungeeignet. Aus den Labyrinthen seiner Wohnungen drang selten ein Eklat, kaum je eine Affäre. Die wuchtigen Fassaden sorgten für massive Diskretion, noch war die Bebauung auch zu lückenhaft und die Gesellschaft hier zu diffus, als daß sie für einen idealen Skandal getaugt hätte: Denn den wahren Genuß hat der Unbeteiligte doch nur, wenn er die Beteiligten kennt.

Noch hatte es der Boulevard auch nicht zu dem ihm gemäßen Typ des urbanen Taifuns gebracht. Was gelegentlich durchdrang, war noch häufig Plagiat, manchmal und im besten Falle Wilhelmstraße, gelegentlich gute Potsdamer, oft aber auch nur Rosenthaler Straße oder Frankfurter Allee: Der gute alte Berliner Skandal, gemischt aus Spielschulden und Liebe, aus Verschwendung und Intrige, aus Reichtum und Leichtsinn. In den letzten Jahren – wie jüngst wieder im Falle Türkheimer – war das Tiergartenviertel führend geworden auf dem Gebiet des Skandals: Da gab es immer wieder Nachrichten von großen Festen, nach denen im Morgengrauen auch die Gastgeber das Haus verlassen mußten, von Erfindungen, mit denen sich ganze Banken in den Abgrund spekuliert hatten, von Hofbeamten, die für irgendwelchen Klatsch Unsummen bezahlt bekamen und dann wohlhabend, aber verzweifelt, Selbstmord begingen. Es war im Prinzip jene Form des Skandals, die doch eher kalt läßt, weil ihr Kontrapunkt immer das Geld ist, und wenn Geld schon nicht stinkt, so rührt es doch auch nicht sonderlich.

Der Kurfürstendamm suchte also noch nach der Bodenständigkeit seiner Eklats. Ein einziges Mal hatte er schon wirklich zu sich gefunden, hatte die Extravaganz von Fin de

siècle und die Karrieresucht einer neuen Zeit durcheinander-
gewirbelt: Das war, als die schöne Frau Kirchner, die ma-
donnengleiche Wirtin im Café des Westens, ihrem Etablissement, ihren Gästen und nicht zuletzt auch ihrem Mann
davongelaufen und, von irgendeinem Magnaten verführt,
zum Film gegangen war. Dieser Übergang von der präsen-
ten Geschäftsfrau zur allgegenwärtigen Diva – das war
schon echter Kurfürstendamm.

Und nun gab es den Burgmann-Skandal, und wer im
übrigen Teil Berlins, oder bis weit in die Provinz hinein
davon hörte, hätte sich schwerlich vorstellen können, daß es
unsere Clara war, die ihn verursacht (verschuldet?) hatte
und ihn immer weiterbetrieb. Denn das war das neue an
diesem gesellschaftlichen Affront, es war das eigentlich
Unerhörte an seiner Unerhörtheit, daß diese Sache, oder
Passion, dieses Ärgernis, kein Ende nahm. Skandale haben
wie ein Unwetter zu sein – sie müssen auch wieder abzie-
hen, vorbei sein und vergangen. Doch jetzt am Kurfürstendamm wurde der Skandal Alltäglichkeit, der Alltag Skandal, der Fehltritt zum normalen Lauf der Dinge, und das,
was man gern und in weiten Kreisen noch als eine unmögliche Romanze akzeptiert hätte, zum empörenden Dauerzu-
stand.

Diese Person (so die meisten), diese junge Frau (so einige
Gutwillige), diese arme Verwandte aus der Provinz (nicht
eben wenige), dieses wilde losgelassene Mädchen (so die
Spießigsten) hatte nicht nur das klassische Pech, ein Kind zu
bekommen. Sie hatte auch die Stirn, dieses Kind gern zu
bekommen, ja stolz, und sie reiste auch nicht, wie es bei
solcher Unsitte Sitte war, in eins der Bäder, Blasewitz bei
Dresden oder Pyrmont oder nach Karlsbad, nein, sie wagte
sich mit ihrem dicken Bauch auf die Straße, auf *diese* Straße,
und war nicht einmal erpicht, in aller Eile und im Schutz
weitwallender Capes, eine Droschke zu besteigen. Sie fuhr,
man bedenke, Straßenbahn, wie wenn sie ihre Umstände
nun auch noch extra publik machen und weiteren Bevölke-

rungskreisen förmlich annoncieren wolle. Das frechste an solcher Ungeniertheit jedoch war, daß sie auch noch glücklich dabei aussah und ganz unbefangen. Und mußte man es nicht den Gipfel der Schamlosigkeit nennen, was man auf der jüngsten Sezessionsausstellung zu sehen bekommen hatte (wenn man sich denn überwunden hatte, alle diese monströsen Malereien und Klecks-Künste überhaupt zu besichtigen): Da hing doch wahrhaftig ein Akt der Schwangeren, eine wüste Kohlezeichnung, die die Wölbung des Leibes geradezu wohlgefällig hervorhob. Wie? so lautete die in jenen Wochen in Berlin immer wieder gestellte Frage, gab es denn keinen Anstand mehr, keine Dezenz, keine Diskretion?

Aber solche Entrüstung teilte sich wiederum in zwei Parteien: Wer nämlich nicht am Kurfürstendamm wohnte, begnügte sich mit der Meinung, so etwas sei ganz typisch für den Kurfürstendamm. Das sei eben eine Straße nicht nur außerhalb der Stadt, sondern außerhalb jedes Comments, der Westen Berlins, der Wilde Westen der Gesellschaft, die Prärie Preußens, man hatte nichts damit zu tun.

Die Leute aber, die am Kurfürstendamm residierten, zeigten sich meist von einer viel ökonomischeren Aufgebrachtheit: Solche Geschichten warfen ja die Hochherrschaftlichkeit der Avenue um ganze Epochen zurück, minderten nicht nur den Ruf, sondern auch die Rendite: In eine Libertinage-Allee, in eine Mätressen-Meile hatte man nicht die Anstrengung eines Lebens und alles Geld investiert. Dergleichen durfte man sich nicht gefallen lassen. Man selber hielt die Amouren und Liaisons ja auch unter Verschluß. Übrigens gab es auch hier wieder zwei Meinungen: Die einen sahen Zustände vor sich, wie man sie vielleicht in den Arbeiter- und Armenvierteln der Stadt hinnehmen mußte; die anderen fanden, man habe diese schöne großbürgerliche Straße nicht gebaut, um wieder bei der Kurtisanenwirtschaft Friedrich Wilhelms II. zu enden.

Es war ein Skandal mit vielen Aspekten.

Für Clara, unter dem zärtlichen und machtvollen Schutz des Mannes, den sie immer noch den Khan nannte, war es die einfachste Geschichte von der Welt. Wenn irgendwer von Liebe sprach, so waren es nur die Daten:

Am 22. Januar 1902 wurde ihr Sohn Felix Benjamin geboren. Am 29. Mai 1904 kam ihre Tochter Julia zur Welt. Beide Kinder hießen übrigens nicht nach dem Vater, sondern Imhuelsen wie die Mutter.

Melanie ließ sich nicht scheiden.

IV

Die Traummeile

Ein Kapitel, das den Kurfürstendamm zeigt auf dem Weg zu Ruhm,
Rekorden und Renn-Risiken, zu Karrieren, die man mit dem Rad
oder dem Fahrstuhl oder dem hohen C machen kann. – Worin
zunächst berichtet wird von Hans Niepeguks schnellen Beinen und
seinem Aufstieg aus der Portierswohnung in die Beletage, wo es ihm
aber nur mäßig gefällt. Wie man ihm seinen Namen stehlen will und
ihm einen unmöglichen Gegner präsentiert. Von einer heilsamen
Ohrfeige und einem wohltuenden Rausschmiß. – Die abenteuerliche
Liftfahrt des Barbiers Zulehner in ein ganz neues Leben; wie er dem
Zeitungskönig den Hals salbt und ihn von seinem Starrsinn kuriert;
wie er avanciert zum guten Geist des NACHTKURIER und unserer
Clara Imhuelsen zu Hilfe kommt in einer hoffnungslosen Situation. Warum ein Bechstein auf dem Kurfürstendamm steht und
nicht gespielt wird. – Sodann: Der Revolutionär in der chinesischen Gesandtschaft am Kurfürstendamm Nr. 218, ein Gespräch
über Weisheit und Verstand, auch über Waffen; und die Beschreibung einer mirakulösen Befreiung im Frühjahr 1910. – Endlich:
Der Kunsttempel als Kartenhaus, aber mit echtem Caruso und
einem amerikanischen Operngründer, der gern Hotels kauft.
Warum in einer Straße mit lauter Millionären
das Geld so knapp ist.

Hans Niepeguks größtes Rennen

Im Sommer 1904 war Hans Niepeguk Dritter geworden bei der 240 Kilometer langen Fernfahrt »Rund um Berlin«. Sein Bild war mit den beiden anderen zusammen in ein paar Zeitungen erschienen. Sein Vater hatte sich zwar zuerst empört über den »Steckbrief«, aber als dann die Herrschaften im Haus ihren Portier ansprachen, als er mit Komplimenten für den »berühmten Sohn« geradezu überhäuft wurde, ließ er sich dessen Passion nicht nur gefallen, sondern fing an, seinen eigenen Ehrgeiz hinzuzutun. Er kam immer öfter zu den Trainingsabenden, brachte Zitronenlimonade mit und Brote, und Frau Niepeguk war empört, daß »die ganze Last des Hauses« immer mehr auf ihr ruhte. Dennoch wusch sie klaglos die Trikots, und in Momenten unbeobachteter Mütterlichkeit kam es auch vor, daß sie so ein Hemd, ehe sie es in den Kochtopf stukte, widerwillig zärtlich an die Nase nahm, und den Geruch aufschnupperte, der ihr zugleich sauer vorkam und unendlich süß. Ihrer Frömmigkeit tat es wohl, daß auch dies ein Beruf war, der offenbar im Schweiße des Angesichts verrichtet wurde und also ganz gottlos nicht sein konnte.

In jenem Winter fuhr Hänschen jeden zweiten Tag seine Runden in der geheizten Fahrradhalle am Kurfürstendamm Nr. 9, gleich beim Zoologischen Garten. Da lernte er zum erstenmal den Kurvenrausch kennen, die Lust, sich vom Rad tragen zu lassen, so daß man fast waagerecht in der Luft hing und erst wieder sich aufrichtete, wenn die Gerade kam. Da konnte man geradezu schweben mit dem Rad, und immer mehr spürte er, daß er zum »Flieger« geboren war und nicht zum »Steher«.

Er hatte, weil es doch so klar war, Mühe, seiner Mutter

das zu erklären. Daß sie sagte: »Und nun willst du auch noch fliegen!...«, fuchste ihn nicht so sehr wie ihr Gelächter: »Also das nennt man bei euch Stehen – wenn ihr euch stundenlang abstrampelt!«

Denn leider hatte sie recht: Stehen hieß durchstehen, ein Steher war ein Radfahrer, der nicht nur nach Runden, sondern nach Stunden noch weiterfahren konnte, der lange Strecken hinter sich brachte, ein Steherrennen war eine Art Dauerlauf mit dem Fahrrad, fast ein Marathon, wie sie es neuerdings wieder bei der Olympiade machten. Aber eigentlich, wie gesagt, war Hans Niepeguk mit dem Urteil seiner Mutter ganz einverstanden: Das Stehen vertrug sich nicht mit dem Radsport. Denn Radfahren hieß für ihn: schnell sein, und schnell sein hieß: Nicht warten, bis die Muskeln mürbe waren und der Kopf leer und die Kilometer endlos. Schnell sein hieß: rasch ankommen. Schnell sein hieß: ein Flieger sein.

Im Frühjahr 1905 griff Vater Niepeguk sein Erspartes an und schenkte seinem Sohn ein Rennrad Marke »Allright«, das fuhr auch der berühmte Mac Farland. Und in dieses Rad ließ sich Hänschen noch einen »Torpedo« einbauen, der seinen Namen nicht umsonst trug, denn es war die beste Freilaufnabe der Welt, ja wirklich »das Juwel aller Freilaufnaben«.

Von nun an war Hans Niepeguk nicht mehr zu halten. Er fuhr gar nicht mehr Wettkampf. Er fuhr ganz allein. Denn er raste allen andern davon. Er siegte in Treptow, er siegte in Steglitz. In Friedenau wurde er Zweiter, aber nur, weil alle anderen sich gegen ihn verschworen hatten. Nach diesem Tag zerriß er einige der Fotos, die er sich in sein kleines Zimmer gehängt hatte: das von Thorwald Ellegard und Anteo Carapezzi, von Emanuel Kudela und Gabriel Poulain, und Clemens Schürmann legte er in die Schublade. Nur August Lehr und Paul Mündner, seine beiden Lehrmeister, durften bleiben. Aber sonst war Hans Niepeguk für sich allein. Auch diese dummen Tandem-Rennen machte er nicht mehr mit.

Dabei wurde es immer schwieriger für ihn, allein zu sein. Daß sein Vater dabeistand, daran hatte er sich bald gewöhnt. Daß Jungen dazukamen, die auch Radfahrer werden wollten, tat ihm sogar gut, denn daran merkte er, daß er schon was geworden war. Daß gelegentlich einer der Alten, die von ihren Triumphen erzählten, weil sie keine mehr hatten, ihm Ratschläge gab, fand er hilfreich, wenn man nicht allzusehr auf die Ratschläge hörte. Sie kannten zum Beispiel die neuen Holzfelgen von Tirapelli nicht und schworen noch immer auf die schweren stählernen. – Viel schlimmer waren die Sportberichter, die einem das Wort aus dem Munde nahmen, sogar das, was man noch nicht gesprochen hatte. Wenn man nur einmal vor Erschöpfung seufzte, hieß es gleich: Ist Hans Niepeguk am Ende? Wenn man einmal fröhlich lachte in den Tagen vor einem Rennen, mußte man mit dem Satz rechnen: Hans Niepeguk setzt auf Sieg! Und einer, der ihn zu Haus besucht hatte, schrieb einen langen Bericht: »Portierskind will Weltmeister-Ehren/ Vom Hängeboden zum Gipfel des Ruhms«. Als wenn er je auf einem Hängeboden geschlafen hätte! Aber manchmal beim Rundendrehen fingen diese Sätze an, in ihm zu rumoren: War sein Zimmer nicht eine Art Hängeboden, waren seine Eltern nicht arm dran, wollte er nicht wirklich raus aus dem ganzen Mief?

Am meisten aber ärgerte er sich über einen Artikel, der in einer der pikfeinen Zeitungen stand, die nicht einmal eine Sportseite hatten, wahrscheinlich geschrieben von so einem Fazke, der nichts verstand vom Rennen und vermutlich nicht mal wußte, daß ein Rad rund ist. Die Sache war so blöd, daß Hans Niepeguk die Zeitung, die einer der feinen Mieter im Haus bei seinen Eltern abgegeben hatte, wütend zusammenknüllte und wegwarf; bis er sie dann doch wieder auseinanderfaltete und das Zeug noch einmal las:

»Es gibt zwei Grundformen des Radfahrens, zwei Grundhaltungen der Fahrer. Bei der einen sieht man den Kopf, bei der andern den Hintern. Bei der einen sieht der Radfahrer noch immer ein bißchen wie ein Mensch aus, bei der andern wie ein zu kurz gekommener Zentaur. (Was war ein Zentaur?) Bei der einen sieht man weit über sich und seinen Lenker hinaus, bei der andern sieht man nur die Strecke, auf der man möglichst nicht bleiben will. Das eine ist die Spazierfahrt, das andere ist der Sport. Das eine ist der Spaß, das andere ist ein Krampf. Man sollte nicht meinen, daß jemand zu letzterem neigt, wenn er das erste haben kann. Es geschieht aber doch, denn das zweite geht rascher. Sport ist, wenn etwas rascher geht. Aber der Wahnwitz beim Sport ist, daß die Schnelligkeit zu nichts führt. Noch der langsamste Herrenfahrer kommt irgendwann irgendwohin. Beim Sportler aber wird der Fahrer zur Sisyphus-Maschine: er bleibt in seiner Bahn und dreht Runde um Runde. Deswegen hat das Radfahren von Sports wegen beinah etwas Erschütterndes: Es sieht immer so aus, als wolle da einer diesem Trott entkommen und durch möglichst rasches Trampeln eine Zentrifugalkraft erzeugen, die ihn aus der Bahn herauswirft. – Der moderne Sisyphus von Berlin heißt Hans Niepeguk – er schafft es immer wieder mit äußerster Anstrengung am Ende da zu sein, wo er kurz vorher losgefahren ist. Und er macht uns klar, warum die Radfahrer so schlecht weggekommen sind, als die Redensarten unseres neuen Jahrhunderts verteilt wurden: Es gibt Doofe, sehr Doofe und Radfahrer.«

Wut und Scham und Mattigkeit lähmten Hans Niepeguk fast eine Woche. Und in dieser Situation ließ er die Leute an sich heran, die er vorher immer, mit der energisch-mürrischen Hilfe seines Vaters, abzuwimmeln versucht hatte. Es waren Leute, die versprachen, ihn groß zu machen, ganz groß. Denen lag sein Wohl richtig am Herzen, schon seit längerer Zeit. Der beste von Berlin, das war schon was, aber wie klang Meister von Deutschland, wie erst Weltmeister? Weltmeister klang sehr vertraut, denn das hatte Hans Niepeguk ja schon als Junge werden wollen. Diese Leute sagten auch, sie wollten ihm alles abnehmen, die lästigen

Anmeldungen, den Umgang mit den Reportern, und solche Frechheiten wie mit dem Sisyphus-Artikel würde man sich mit ihm in Zukunft nicht mehr erlauben, das könne er ihnen glauben. Wenn er hörte, wie diese Männer sich manchmal um ihn stritten, konnte er denken, er wäre schon Weltmeister. Eigentlich mußten es ja fabelhaft gute Menschen sein, weil sie ihn dauernd bemutterten, aber nach ihren Krächen untereinander hätten es auch Ganoven sein können. Und nach ein paar Wochen blieben von den menschenfreundlichen Rivalen nur noch zwei übrig, Herr Pasucha, der sein Betreuer war, wie er sagte, und Herr Erfeldt, der war Masseur. Und beide sagten, er müsse unbedingt raus aus seinem Souterrain-Kämmerchen, ewig könne er ja nicht als Kellerkind herumzotteln. Hans sagte, daß er sich das auch schon gewünscht habe, aber vielleicht müsse er erst noch ein paar Preisgelder gewinnen. Das solle er nur ihre Sorge sein lassen; sie würden sich schon kümmern. Es dürfe nur nicht so weit weg sein von der Portierwohnung seiner Eltern. Na gewiß nicht, sagten die Herren. Hans dachte an irgendwas Gemütliches mit einer Sitzbank für seine Mutter und einem Schaukelstuhl für seinen Vater. Und mit einem Extra-Reparaturkämmerchen.

Als dann 1906 die Radsport-Saison begann, war Hans Niepeguk nicht nur dabei, er war ihr Favorit. Wen sollte er denn fürchten? Er war jetzt zwanzig Jahre alt, und wenn er sich ansah, wer da neben ihm antrat, dann kam er sich vor wie ein junger Gott. Das waren ja alte Herren, rüstige Dreißiger, Pedaltreter, die lieber Orgel oder Harmonium spielen sollten. Dieser Willy Techner, meine Güte, dieser Artur Heimann, was sollten die ihm noch gefährlich werden! Am liebsten hätte er sich hinterher das Preisgeld mit ihnen geteilt, aber das bekam er ja gar nicht mehr zu sehen, das nahm jetzt immer gleich Herr Pasucha in Verwahrung. Gegen Walter Rütt hatte er an einem heißen Sommertag in Treptow einen schweren Stand, aber dann gewann er doch mit knappem Vorsprung: Es war keine Radlänge, sondern nur das Vorderrad. »Mann, Junge, du kannst spurten«, sagte Rütt hinterher zu ihm und war kein bißchen neidisch.

Es war nach diesem Rennen, daß Herr Pasucha zu ihm sagte, so, nun sei Schluß mit dem Keller und dem Kleinvieh, jetzt werde die Sache auf eine breitere Basis gestellt, und erst einmal werde umgezogen. Weit weg von Mama und Papa sei es nicht, nämlich er habe was Passendes gefunden, direkt am Kurfürstendamm. Nein, nicht oben in Halensee (dort war die alte Radrennbahn gewesen), das komme nicht in Frage, dann könne er ja auch gleich in die Ackerstraße ziehen. Weiter weg vom Zentrum als bis zur Wilmersdorfer sei unmöglich, und damit basta.

»Soll ich denn hier zu Hause Rennen fahren«, fragte er entsetzt, als sie zum erstenmal die neue Residenz besichtigten. Er war ja schon ab und zu in einer der großen Wohnungen gewesen, wenn seine Eltern einmal zu den Herrschaften im Hause gerufen wurden, aber dann hatte er meist nur die Diele zu sehen bekommen oder die Küche oder einen Salon in prachtvoller Einrichtung. Aber so kühl und kahl und kalt hatte er noch nie etwas erlebt. Er kam sich vor wie in einem Eisschrank zwischen den glitzernden Barren.

»Das ist ja grausig«, sagte er. »Hier halte ich es nicht aus. Bei uns zu Hause...«

Aber sie ließen ihn nicht ausreden. »Ja, am gemütlichsten ist es unter Mutters Schürze, aber Ruhm ist eben nicht gemütlich, das merkste dir am besten gleich. Nu sag bloß, Rennen ist gemütlich?«

»Nee, aber irgendwo muß der Mensch doch mal eine Ecke haben, wo er sich verkriechen kann.«

Die Männer lachten. Pasucha sagte: »Das Jüngchen will eine Kuschelecke. Wird erledigt, ist gemacht. Mit einer Mammi drin. Mit Spielzeug. Und Milchreis mit Zucker und Zimt. Kriegste, Kleiner, kriegste. Aber nun wollen wir doch erst mal zur Sache kommen und die Möbel verteilen.«

»Welche Möbel denn?«, fragte Hans.

»Die wir bestellt haben, natürlich. Zwischen nackten Wänden kann kein Mensch wohnen.«

Pasucha und Erfeldt gingen wie ein Generalstab durch das neue Quartier. Hans folgte ihnen völlig konsterniert.

»Also da hätten wir erst einmal die drei Säle vorne raus: Das hier wird das Pokal- und Preiszimmer für Bewunderer, Journalisten und Fotografen; dann kommt das Massagezimmer mit Frühstücksecke, und dann das Allerheiligste, der Salon mit den Trainingsmodellen und einer Kollektion alter Räder, dazu eine große Besucherbank für Neugierige.«

»Aber ich trainiere doch nicht vor den Leuten!«

»Natürlich nicht. Natürlich kriegst du dein richtiges Trainingszimmer hinten mit einer zweiten Massagebank. Aber für die Fotografen brauchen wir Schauräume, die müssen da förmlich gerädert wieder rauskommen: Du denkst eben nur an Rennen. Der totale Flieger. Die schnellsten Beine der Welt. Oder so ähnlich. Mit Blick auf den Kurfürstendamm. Am besten stellen wir noch ein Trainingsfahrrad in den Wintergarten.«

»Ich bin doch kein Affe im Zoo.«

»Wart's ab, Jüngchen.«

Der Rest der Wohnung war rasch aufgeteilt: das Mädchenzimmer als Schlafnische für Hans, das größere daneben als Wohnung für den Masseur, und zwei als Unterkunft und »Büro« für Herrn Pasucha.

»Aber Sie wollen doch nicht alle auch hier wohnen?«

»Was denkst denn du? Wir können dich doch hier nicht alleinlassen.«

»Aber meine Eltern! Ich muß doch wenigstens ein Zimmer haben, wenn die mal kommen.«

»Ich sag's ja. Mammi muß mit.«

»Nein, aber wenn sie mich mal besucht.«

»Nun sieh mal, Kleiner, dann ist ja da immer noch die Küche. Da fühlt sich Muttern bestimmt am wohlsten.«

Hans widersprach nicht, weil er sich längst selbst für die

Küche entschieden hatte. Mochten die anderen noch so viele Räume für ihn einrichten, er würde sich in die Küche zurückziehen, mit den blauen Kacheln und der Sitzbank unter dem Fenster, das war dann wenigstens ein bißchen wie zu Hause. Aber daß er in der neuen Wohnung gar nichts zu sagen haben sollte, gefiel ihm nicht.

Dennoch ließ er es sich den Sommer über gefallen, weil er immer nur an die Bahnen dachte, und an die Rennen und an die Gegner. Er lebte in der Küche und ging nur nach vorn in die Wohnung, wenn wichtiger Besuch da war und Herr Pasucha darauf bestand. Er war froh, wenn er ins Freie kam zum Training oder wenn er auch nur mit dem Rad in den Grunewald hinausfahren durfte. Er hatte das Gefühl, seine Wohnung sei mehr wie eine Fabrik, und er trete mit seinem Rad ein ganzes Räderwerk an wie eine Dampfmaschine. Und er wußte nicht einmal, wer da wen bezahlte, ob seine Betreuer ihn, oder er seine Betreuer. Denn zwar gewann er nun fast alle Rennen, aber die Preisgelder waren doch immer noch eher bescheiden. Noch merkte er nicht (oder wollte es nicht merken), daß unter den Dingen, die die Herren ihm abnahmen, auch immer ein diskretes Arrangement mit dem Veranstalter war.

Und dann kam jener Dienstagmorgen, an dem sie ihm auch noch seinen Namen stehlen wollten. Der Masseur fing morgens, bei der Walkerei, schon so merkwürdig an:

»Sage mal, Niepeguk, woher hast du bloß deinen ulkigen Namen? Niepeguk, das ist ja, als wenn dich einer veräppeln will. Das is ja wie Häme.«

»Was is'n Häme?«

»Na, wenn se dich nicht mögen.«

»Ich versteh gar nicht: Wir heißen eben Niepeguk. Wissen Se doch.«

»Na ja, kommt in den besten Familien vor. Aber bloß, den Namen kann sich keiner merken.«

»Ach, die werden schon noch. Haben sich doch schon eine ganze Menge Leute gemerkt.«

»Ich meine ja man bloß.«

Herr Pasucha meinte nicht bloß. Er kam, nach seiner Art, gleich zur Sache.

»So, Junge, nun hör mal zu.«

»Ich höre.«

»Also, mit Niepeguk, das ist nicht mehr.«

»Wie denn? Wat denn?«

»Niepeguk, das geht einfach nicht. Du fährst und fährst und siegst dich tot, und denn heißte Niepeguk, und dann ist es bloß komisch.«

»Aber wenn ich doch nun mal so heiße!«

»Eben. Kannste nichts für. Nimmt dir ja auch keiner krumm. Nicht daß du denkst. Aber es ist kein Name für die ganz große Karriere.«

»Na, wenn ich immer die Nase vorn habe, wird er ja wohl genügen.«

»Junge, hör doch, davon verstehst du nichts. Siegen kannste noch so sehr, aber mit dem Namen kommst du nicht ins Geschäft.«

»Was'n für ein Geschäft?«

»Reklame, Hänschen, Reklame. Sieh mal, die Leute, die Fahrräder baun und Reifen herstellen und Felgen und Trikots und so, die möchten ja nun auch sagen, daß ihr Zeug mitgeholfen hat bei einem Sieg, weißte ja alles von selbst. Und einen wie dich haben sie natürlich besonders im Auge. Aber nun wiederum auch nicht. Denn wieso: wegen Niepeguk.«

»Was ist denn daran verkehrt?«

»Also Junge, entweder du stellst dich dumm, oder du hast keinen Sinn für Humor. Niepeguk – das ist lachhaft. Nimm mal Pietro Arosa dagegen, das hat Klang.«

»Kenn ich nicht.«

»Kannste auch nicht kennen. Das bist du, von jetzt an.«

»Pietro Rosa?«

»Arosa. Spricht sich gut, was?«

»Spricht sich, als wenn hier einer spinnt.«

»Nu werd mal nicht keß, Jungchen. Nun bleib mal hübsch im Sattel. Und sieh mal, was Vater für dich hat: Hier ist ein Vertrag über tausend Mark mit einer Trikotfirma, hier wird einer angeboten über fünf Mille für eine neue Lenkerkonstruktion, und dann könnte sogar ein ganz neuer Fahrradtyp nach dir heißen.«

»Du meinst nach diesem komischen Heini?«

»Klar, alles auf den Namen Pietro Arosa.«

»Aber die Berliner kennen mich doch. Die wissen doch, daß ich nicht Pietro heiße oder so'n Quatsch. Die wissen doch gleich, daß das nur geschwindelt ist.«

»Die Berliner sind helle, die lernen um, und sie sind fürs Ausländische. Das kann denen gar nicht fremd genug klingen.«

»Nee«, sagte Hans Niepeguk, mehr zu sich als zu Herrn Pasucha. »Nee, das könnt ihr mit mir nicht machen. Eh' ich ein'n ganz andern aus mir machen lasse, eh' fahre ich überhaupt nicht mehr.«

»Das würde ich mir aber noch mal etwas genauer überlegen«, sagte Herr Pasucha mit scheinheiliger Friedfertigkeit. »Vielleicht bist du eines Tages noch froh, wenn du deinen Niepeguk nicht mehr hören mußt.«

Da war was im Busch, beim letzten großen Herbstrennen im Sportpark Friedenau. Pasucha weigerte sich, den Namen des Fahrers zu nennen, gegen den Hans antreten sollte. Erfeldt witzelte: »Na, vielleicht ist es dieser Pietro Arosa.« Als Hans nach Friedenau kam, auf die Anlage, lächelte der Bahnmeister hinterhältig. Die Menschen auf den Tribünen johlten, als sie ihn mit dem geschulterten Fahrrad entdeckten. Es war ein Sonntagvormittag, und das Stadion war voll wie selten: Es gibt doch nichts Schöneres als ein Bier und eine Bockwurst mit Mostrich an einem sonnigen Herbstmorgen auf einer hölzernen Tribünenbank in frischer Luft.

Ein paar Rufe, die ihm galten, ließen Hans Niepeguk stutzig werden.

»Hänschen, zeig's ihr!«

»Niepeguk, laß sie stehen!«

»Schick sie in die Küche!«

»Mach sie zur Schnecke!«

Er setzte das Rad ab und stellte Herrn Pasucha zur Rede. Was das solle? Sein Gegner sei doch nicht etwa eine Frau? Er müsse doch nicht gegen einen Blaustrumpf antreten? Gegen eine dieser verrückten Damenfahrerinnen? Nie und nimmer, nein, nein, nein. Warum, verdammt noch mal, er sich das gefallen lassen müsse? Als er Pasuchas Grinsen sah, wußte er, warum. Der Betreuer, um das Rennen besorgt und daß es überhaupt stattfände, legte sich auf einmal mächtig ins Zeug:

»Es ist die Beste. Die schnellste Frau der Welt!«

»Es bleibt doch eine Frau!«

»Aber es ist die Dutrieux!«

»Helene? Die ist doch uralt!«

»Sie ist achtundzwanzig, Mann!«

»Sag ich doch. Die hat doch schon im vergangenen Jahrhundert gegen Paule gefahren.«

»Vor sieben Jahre, ja. Und da hat sie gewonnen.«

»Ich fahr aber nicht gegen eine Frau.«

»Sie ist hübsch, die gefällt dir.«

»Dann erst recht nicht. Nachher soll ich noch den Kavalier spielen und sie gewinnen lassen.«

»Paß lieber auf, daß sie nicht sowieso gewinnt.«

»Das ist doch kein Sport! Das ist doch Affentheater.«

»So, Junge, nun ist Schluß. Niepeguk heißen und auch noch rummeckern. Nicht mit mir.«

»Und wenn ich nun nicht fahre?«

»Denn kannste ja Pastor werden. Oder wieder in die Fabrik. So leicht kommste an die Mille nicht mehr ran.«

Hans Niepeguk war bleich, und er hatte ein Würgen im Hals, als müsse er ersticken an seiner eigenen Ohnmacht. Seine Beine zitterten so stark, daß er dachte, die Leute müßten es sehen. Er hatte das Gefühl, als säße er zum erstenmal auf einem Fahrrad und sei zu schwach, auch nur ein Pedal hinunterzutreten.

Er sah die Dutrieux nicht an, als sie neben ihm Posten bezog, aber er bekam trotzdem alles mit. Sie mußte eine ganze Schar von Helfern um sich haben, denn das war ein Getue mit »Mademoiselle« und »Ma chère Hélène« und »Ça va?« und »Voilà!«, und aus dem Publikum rief es immer wieder etwas wie: »Süße, bei dir möcht ich Sattel sein!« Dann rief einer: »Bitte mal hersehen, Niepeguk!« und als Hans für einen Augenblick irritiert den Kopf hob, merkte er, daß es ein Fotograf war, der auch schon geknipst hatte: »Ein wunderschönes Duett!« und gleich noch einmal: »Romeo und Julia auf dem Rade.« Und dann hatte diese Dame Dutrieux auch noch die Stirn, irgend etwas an seinem Vorderreifen zu bemängeln, was er nicht verstand, denn sie sagte es auf französisch, und einer ihrer Betreuer kam und prüfte den Reifendruck, aber Pasucha schimpfte ihn weg und machte das selber. Dann wurden alle Neugierigen von der Bahn gewinkt, und nur die beiden Sekundanten, die das Fahrrad halten mußten vor dem Start, blieben noch bei den Fahrern.

Dann hob sich die Startfahne, wurde heruntergewinkt, und jetzt ging das Rennen los.

Ach, für Hans ging es gar nicht richtig los. Die Aufregung saß ihm immer noch in den Gliedern, das Zittern in den Beinen wollte nicht aufhören, und in der linken Wade meldete sich ein Krampf an. Dazu immer noch das entsetzliche Würgen in der Kehle, das war nicht Durst, das war wie Erstickung. Hans spürte, wie ihm der Schweiß ausbrach. Er war nicht nur schlapp, er hatte auf einmal Angst.

»Komm, Helene, mach ihm Beene«, rief einer von den Zuschauern, und dann grölten andere ihm das nach: »Komm, Helene, mach ihm Beene!«

Hans wagte einen Blick auf die Bahn: Da war die Dutrieux schon fünfzig Meter voraus und legte sich soeben fast waagerecht in die Kurve, was offenbar so tollkühn aussah, daß einige Leute zu klatschen begannen. Als Hans selber diese Kurve nahm, war sie schon in der Gegengeraden und erreichte soeben die nächste Biegung.

Ein Ruf: »Niepeguk mal da!«

Ein paar, immer mehr, sangen: »Hänschen klein, ging allein...«

Hans Niepeguk war erst mitten in der zweiten Kurve, als die Dutrieux schon ihre erste Runde hinter sich brachte. Die Zuschauer applaudierten und feierten sie mit Rufen an. Das Rennen ging über 1000 Meter, die Bahn war 333,33 Meter lang, es waren also nur drei Runden zu fahren. Hans wußte, was das hieß: Er mußte jetzt kommen, mit der Aufholjagd beginnen, er durfte wenigstens nicht mehr weiter zurückfallen.

Aber was tat er? Es war ein Glück, daß die Leute es nicht sehen konnten, das ganze Stadion hätte ihn ausgelacht: Er weinte wütend vor sich hin, heulte Rotz und Wasser, dicke Kullern liefen ihm über das Gesicht und in den Hals hinein, und seine Augen waren wie überflutet, so daß er die Bahn nur noch durch einen Wasserschleier vor sich sah, verschwimmend, klierig, wackelnd. Hans fühlte sich verlassen und hintergangen: Da mußte er mit einer Frau fahren, und nun fuhr sie ihm auch noch davon. Erst brachten sie ihn dazu, daß er seine Konkurrenz nicht ernst nahm, und dann ließen sie ihn wie einen dummen Jungen dastehen. Pasucha, das war Pasuchas Gemeinheit, Pasuchas Rache, weil er sich nicht Pietro Arosa nennen wollte. Jetzt wollten sie ihn mit Gewalt lächerlich machen, jetzt sollte ganz Berlin über ihn spotten. Er schluchzte bitterlich auf über all diese Gemeinheit: Wenn *das* Radfahren war, dann wollte er nichts mehr damit zu tun haben. Aber nach diesem Rennen würde er sich gar nicht mehr nach Hause trauen, nicht mal mehr zu seinen Eltern. Es war ja sowieso alles zu Ende.

Und bloß wegen dieses Weibs!

Wo war sie denn? Hatte sie schon gewonnen?

Er sah sie nicht, denn sie war auf der anderen Seite der

Bahn, aber er hörte die Jubelrufe der Zuschauer dort, und er hörte das Gejohle, das ihm galt.

Und da packte ihn die Wut, und er packte die Wut in die Beine. Er wischte sich die Augen frei, faßte den Lenker energischer, machte den Buckel krumm und trat in die Pedale, als wären sie Feinde, die man niedertrampeln müsse. Es dauerte einige Sekunden, bis das Fahrrad begriffen hatte, daß Schluß war mit der bisherigen Umdrehung, bis es wie von selbst davonschoß in neuem Schwung, aber als Hans in die Kurve zu seiner zweiten Runde ging, merkte er schon, wie es ihn hinaustragen wollte aus der idealen Bahn, die ganz eng am Innenraum liegt. Dann, auf der Geraden, war die neue Gangart auch für die Zuschauer sichtbar, zum erstenmal riefen die Leute ihm aufmunternd »Hans! Hans!« zu, und Hans versuchte, die Fahrt noch zu steigern. Jetzt kam sogar Jubel auf, anschwellende Begeisterung, und Hans sah, gegen Ende seiner zweiten Runde, wie die Dutrieux sich irritiert nach ihm umblickte. Noch aber war sie etwa sechzig Meter vor ihm und fing nun ihrerseits zu spurten an.

Jetzt gab es von überall her die Rufe, abwechselnd Helene und Hans, jetzt waren die Leute unparteiisch vor Spannung, wollten sich wohl nur die Aufregung von der Seele schreien. Nun aber war der Schwung seines Rades so groß, daß Hans sich in der Eingangskurve zur letzten Runde hochtragen ließ gegen alle Taktik und die weitere Außenbahn nahm, die er auch in der Gegengeraden beibehielt, so daß er zwei Meter über ihr, langsam, wie es schien, dabei in rasender Fahrt, an der Dutrieux vorbeizog. Aber in dieser Position hatte er ja auch den längeren Weg, denn sie hielt sich strikt an die ideale Linie unten – doch in einem Taumel-Tempo, von dem ihm selbst fast schwindlig wurde, nahm er auch die letzte Kurve noch ganz oben und außen und stürzte sich dann, mit der Geschwindigkeit einer Talfahrt, in die Zielgerade hinab, das Fahrrad ein Geschoß, das außer Kontrolle zu sein schien. Einen Moment lang sah es aus, als treffe das Rad bei seiner wahnwitzigen Fahrt gegen das ihre, aber dann war es schon an dem anderen vorbeigeschnellt wie mit doppeltem Tempo und hatte die Ziellinie mit einer ganzen Länge Vorsprung passiert und mit soviel nicht zu bremsender Energie, daß Hans beinahe über die nächste Kurve hinaus und in die Zuschauer getragen worden wäre, wenn er nicht in einem tollkühnen Manöver den Lenker herumgerissen hätte zum glücklichen Ausgang und Ausrollen.

Die Leute waren längst aufgesprungen vor Ekstase, faßten sich an die klopfenden Herzen und waren außer Fassung vor Aufregung, so daß der Jubel sogar ein paar Sekunden auf sich warten ließ. Dann aber: Noch nie in der Geschichte Berlins war der Name Hans von einer so großen Menge Menschen mit so viel Ausdauer und so viel Lunge geschrien worden. Der Sturm der Stimmen wollte nicht aufhören und vereinte sich immer wieder in diesem einen Wort: »Hans!«

Und Helene! Die ihm wirklich Beine gemacht hatte? Die schnellsten Beine von Berlin? Rief denn keiner mehr: »Helene«? Kein einziger? Aber so sind die Leute, nur der Sieger gilt ihnen was.

Plötzlich ein Schrei: »Helene!«

Und es war niemand anderes als unser Hans Niepeguk (wie wir ihn nun familiär nennen wollen), der da gerufen hatte und der jetzt der Dutrieux vom Rade half und sie ritterlich umarmte, was sie sich erst nicht gefallen lassen wollte, und ihr dann einen Kuß gab, den ersten Kuß seines Lebens und ganz wie von selbst, und dann Hand in Hand mit ihr dastand, als wolle er den Sieg mit ihr teilen.

Der Fotograf war wieder zur Stelle, und der Kuß mußte wiederholt werden, was Hans sich nicht zweimal sagen ließ, aber diesmal hielt Helene den Mund geschlossen. Auf dem Weg in die Umkleidekabinen, von begeisterten Zuschauern umringt, sagte sie etwas zu Hans, das er nicht verstand, aber für die Einladung zu einem dritten Kuß nahm.

So hielt er ganz still und schloß die Augen – und empfing

in seligster Erwartung eine so knallharte Ohrfeige, wie sie besser nicht sitzen kann.

Hans Niepeguk aber war der Mann des Tages, ach was, der nächsten Wochen. Es stellte sich heraus, daß er nicht nur gesiegt hatte, sondern auch gewonnen, die Sympathie der Berliner, die eifersüchtige Zuneigung der jungen Mädchen und nun sogar das Wohlwollen der Presse. Das Foto mit dem Kuß erschien gleich in mehreren Berliner Zeitungen, mit Unterschriften wie »Der zärtliche Sieger«, »Ein Kuß nach dem Sieg« oder sogar »Ein Flieger aus Leidenschaft«. Noch komischer aber waren die Berichte: Da stand natürlich nichts von seinen Tränen und daß er beinah aufgegeben hätte; nichts von Ärger und Würgen im Hals und lahmen Beinen; nichts von seiner Wut und seiner Verzweiflung. Da war alles ganz anders zugegangen: Er hatte nämlich, nach der genauen Beobachtung der Reporter, das Rennen von Anfang an gedeichselt, mit raffinierter Überlegenheit zuerst den Gentleman gespielt und die Stimmung auf den Tribünen hochgeputscht, hatte seiner Rivalin einen fast uneinholbaren Vorsprung gelassen, und dann mit einem Spurt, wie ihn Berlin, wie ihn die Geschichte des Radsports vielleicht überhaupt noch nicht erlebt hatte, dem Duell ein siegreiches, wenn auch atemraubend knappes Ende gemacht.

Aber den größten Sieg bekamen die meisten nicht mit: Den feierte Hans Niepeguk gleich nach dem Rennen, als die Ohrfeige noch auf seiner Backe brannte, nicht peinlich flammend, sondern anfeuernd. Da war er nämlich gleich nach Helenes überraschendem Coup aufs Rad gesprungen und hatte sich noch einmal als Steher versucht, in einer raschen Fahrt von Friedenau an den Kurfürstendamm, zu seiner Wohnung. Und mit ihm fuhr eine ganze Schar junger Leute, die er teils rasch mobilisiert, teils während der Fahrt dazugewunken hatte. Sie sahen beinah aus wie eine Gruppe von »Rund um Berlin«, als sie da durch die Straßen jagten. Hans wußte, daß er die Sache allein durchstehen mußte; aber erst einmal brauchte er Helfer.

»Watt denn?«, fragten die Jungen, als sie die große Wohnung betreten hatten.

»Hier vorne alles«, sagte Hans.

»Die ganzen Säle leer?«, fragte einer ungläubig.

»Die Räder ooch?«, wunderte sich ein anderer.

»Auch die Räder. Ist alles nur Attrappe, Ausschuß. Kannste nicht wirklich mit fahren. Angeberscheiße. Weg damit. Und hinten müssen wir auch noch ein paar Zimmer leermachen.«

»Und wohin damit? Kannste doch nicht auf den Damm stellen, oder?«

»In den Hof. Hier sind die Schlüssel. So, und nun mal los.«

Als die Herren Pasucha und Erfeldt eine halbe Stunde später mit der Droschke eintrafen, war schon alles passiert. Die Wohnung war leer, bis auf die Fotos im ersten Raum und ein paar Sachen, die Hans gehörten. Hans stand, empfangsbereit, im großen Zimmer vor dem Wintergarten, und um ihn herum seine Freunde, von denen er meist nicht einmal den Namen wußte.

Und in der Schiebetür zum Nebenzimmer standen Herr Pasucha und Herr Erfeldt. Herr Pasucha wurde bleich, Herr Erfeldt rot.

»Das ist ja 'n Ding!«, ächzte Herr Erfeldt.

»Junge, du spinnst wohl«, sagte Herr Pasucha.

Und dann kam der schwere Moment für Hans allein: »Ich weiß, Sie suchen Pietro Arosa. Der wohnt nicht hier. Der ist eben ausgezogen, seine Sachen stehen im Hof. Und er hat gesagt: Wenn da so zwei Herren kommen und wollen dein Bestes, glaub ihnen kein Wort, sie wollen nur dein Geld. Es sind Gauner, hat er gesagt, der Pietro Arosa. – So, und nun verlassen Sie unsere gemütlichen Räume, wir machen hier gerade eine kleine Siegesfeier. Und hinterher kommen auch noch Mammi und Pappi.« Als Pasucha und Erfeld wie versteinert stehenblieben, rief Hans: »Also raus jetzt! Jungs, auf sie mit Gebrüll!«

Es war aber nicht nötig. Die beiden Herren traten nun von selbst den Rückzug an.

»Jungchen, das wirst du mir bezahlen!«, rief Pasucha im Hinausgehen.

»Hab ich doch schon. Sie haben doch das Preisgeld von heute in der Tasche. Das müßte doch reichen für die Unkosten.«

Und weg waren sie.

»Ob du damit durchkommst, Hänschen?«, fragte am Abend seine Mutter besorgt. Er kam damit durch. Er kam damit sogar auf die Bühne. Ein Berliner Possendichter hatte von der Geschichte erfahren und sie in ein Theaterstück umgewandelt, mit Gesang. Hans durfte seine Rolle sogar selbst spielen, und fürs Theater war sein Name jedenfalls nicht zu schlecht. Und einer der Schlager, die er singen mußte, ging so:

> *Der janze Westen von Berlin*
> *Stinkt bloß nach Geld und nach Benzin.*
> *Hier gilt bloß der, der ville hat,*
> *Der jährlich tausend Mille hat.*
> *Willst du kein Stubenhocker sein,*
> *Denn mußte Millemacher sein.*
> *Und wenn du nicht die Beine schonst,*
> *Du selber bald am Ku'damm wohnst.*

Der kühne Aufstieg mit dem Lift

Herr Zulehner hatte sechs Monate Zeit gehabt, über die Schlechtigkeit der Welt, die Ungerechtigkeit der Justiz und über die eigene fatale Gutgläubigkeit nachzudenken, und während er in den ersten Wochen an Bitterkeit zu ersticken drohte, hielt er sich im weiteren Verlauf seiner Haft an die

Maxime, daß man durch Schaden klug werde, und daß man durch einen so großen Schaden, wie er ihn erlitten hatte, eben sehr klug werden müsse. Bis zu seiner Entlassung hatte er auch herausgefunden, worin diese Klugheit bestehen könne: Vertrauen hatte ihn ruiniert, also wäre von nun an Mißtrauen geboten. Aber nicht das miesepetrige Mißtrauen, das sich in den Mundwinkeln festsetzt, sondern so etwas wie vorsichtige Geistesgegenwart. Ihm, so lautete sein Vorsatz, würde niemand mehr etwas weismachen. Er würde nicht mit gepanzerter Seele aus Tegel gehen, aber mit größerer Lebensroutine, und er würde sich's merken, daß einer lächeln kann und doch ein Schurke sein.

Es gibt Leute, für die geht das Leben immer so vor sich hin, und sie denken sich nichts dabei, als daß es so sein muß, und daß es gut so ist, und wenn sie fromm sind, sagen sie sich, daß es Müh und Plage ist und deshalb gut, und bald können sie kaum noch unterscheiden zwischen Freude und Peinigung, zwischen der Tugend aus der Not und der Not aus Tugend; aber wenn sie daran denken, was für ein Leben sie da leben, wird ihnen angst: denn es ist gar nicht das ihre. Aber manche Leute schreckt das Leben auf, und danach hat es das Leben mit den Leuten gar nicht mehr so leicht, denn die stellen jetzt Ansprüche. Und es ist erstaunlich, wie schnell das Leben kuscht, wenn man was von ihm verlangt.

Herr Zulehner war vom Leben aufgeschreckt worden, und zwar so: Sein Friseurladen in der Fuldastraße war sein ganzer Stolz gewesen, ein winziges Parterregeschäft. Er hätte gar keinen Gesellen haben können, so klein war der Raum, und einen Gesellen hätte er auch gar nicht bezahlen können, denn der Laden rentierte sich so eben für einen allein. In der Umgebung der Fuldastraße wohnten nicht die Herren, die sich jeden Vormittag vor dem Frühstück im Club oder dem Dienst in den Ministerien und Banken pomadisieren und den Bart zwirbeln ließen, hier kamen morgens ein paar Arbeiter, die ihre Nachtschicht hinter sich hatten, nachmittags die Schüler vom Kaiser-Friedrich-Realgymnasium und abends dann die Beamten und Commis, die aber mehr eitel als spendabel waren, jedenfalls: eine Trinkgeldgegend war dies nicht.

Eine Ausnahme war der Herr Hubsack, der in dem Wäsche-en-gros-Geschäft in der Bergstraße, um die Ecke sozusagen, beschäftigt war und es dort zu etwas gebracht hatte. Denn er verließ den Laden nie ohne einen Obolus. Gelegentlich brachte er auch einen neuen Kittel mit oder ein paar Hemden, und sie kosteten so gut wie nichts. »Unter Brüdern«, sagte er dunkel, aber herzlich, und verbat sich ausführliche Danksagungen. Aber eines Tages machte er dem Barbier doch einen Vorschlag: Wie wäre es denn, wenn Herr Zulehner einige Hemden in Kommission nähme, zu einem Vorzugspreis, und sie seinen honnetten Kunden anböte: Jetzt sei die stille Zeit in der Branche, die Reisenden brächten nur wenige Aufträge heim, und der Chef sehe es gern, wenn auch die übrigen Angestellten sich um den Absatz kümmerten. Ob man da nicht Hand in Hand arbeiten könne, natürlich gegen Provision. Zulehner sagte, es müsse aber reelle Ware sein, für Ramsch wolle er keine Hand rühren. Der kleine Handel fing ganz sacht an, aber dann sprach sich die Sache herum. Sie wurde für Zulehner sogar lohnend, weil auch neue Kundschaft kam: Die konnten ja nun nicht gut Hemden kaufen, ohne sich wenigstens rasieren zu lassen. Die kleinen Beiträge für die Provision summierten sich, und nach etlichen Monaten hatte Herr Zulehner schon ein Pomadendöschen voller Goldmark. Manchmal wunderte er sich, daß Hubsack so billig liefern konnte, aber der sagte nur irgend etwas von Margen und günstigen Fertigungspreisen, jedenfalls machte er ein Gesicht, als wenn auch er, das heißt seine Firma, auf die Kosten käme.

Bis dann, eines sehr frühen Morgens, ein Herr im Laden stand, der sich weder frisieren noch rasieren lassen wollte und in einem ganz anderen Ton als alle anderen nach den Hemden fragte, nämlich knurrig: »Wo ist die Ware?« Die zwei nach ihm eintretenden Polizisten in Uniform ließen die Frage amtlich erscheinen.

Zulehner zeigte auf die im Nebengelaß stehenden Kartons mit den Hemden. »Konfisziert«, sagte der Mann in Zivil, der nicht zum Frisieren gekommen war, und setzte hinzu: »Und Sie werden sich morgen auf dem Polizeipräsidium einfinden.«

»Aber wie können Sie denn die Hemden beschlagnahmen? Das ist Kommissionsware!«

»Diebesgut, mein Herr.«

»Ich habe sie von Herrn Hubsack, der wird Ihnen das gewiß bestätigen.«

»Herr Hubsack ist voll geständig.«

»Wie denn? Geständig?«

»Nun, er hat sie seiner Firma gestohlen. Und es wäre gar nicht klug von Ihnen, wenn Sie sich jetzt unwissend stellen. Ich würde Ihnen tätige Reue empfehlen.«

»Aber ich weiß von nichts.«

»Das ist natürlich sehr betrüblich, für Sie.«

Es war zum Prozeß gekommen, und obwohl Hubsack den Barbier entlastete und beteuerte, der habe von der zweifelhaften Herkunft der Ware nichts ahnen können und schon gar nichts gewußt, griffen die Herren Richter auf ihre Lebenserfahrung zurück, und die besagte, daß es soviel Treuherzigkeit, wie Herr Zulehner in Anspruch nahm, einfach nicht gab, und daß zum Vorwurf der Hehlerei auch noch der Umstand verstockten Leugnens trat, also daß er keineswegs Anspruch auf jene Milde habe, die das Gesetz einem reuigen Sünder wie dem Herrn Hubsack allemal zugesteht. Sechs Monate ohne Bewährung hieß denn auch das Urteil.

Als Zulehner nach seiner Entlassung darangehen wollte, seinerseits mit dem Leben, das ihm so mitgespielt hatte, auf neue Art umzuspringen, stellte sich heraus, daß das nicht so einfach war. Er wußte nicht einmal, wo das Leben war. Er mußte sich überhaupt erst auf Adressensuche begeben.

Dies ganz wörtlich.

Seinen Laden gab es nicht mehr, der war in andere Hände übergegangen. Die Provision aus den Hemdengeschäften war kassiert worden. Er hatte dennoch etwas Geld behalten, aus dem Verkauf der Einrichtung, aber es war eine lächerliche Summe: zweihundertsiebenundfünfzig Mark.

Er mietete sich eine Kammer, kaufte sich einen Anzug nach der neuesten Mode, so elegant, wie er nie vorher einen besessen hatte, schaffte neue Messer an und studierte die illustrierten Zeitungsbeilagen, um zu sehen, wie man derzeit den Bart trug. Dann ließ er sich im teuersten Frisiergeschäft der Friedrichstadt bedienen, um herauszufinden, was dort gesprochen, eingerieben, empfohlen wurde.

Dann gab er eine Annonce auf, in mehreren Berliner Zeitungen, selbst in der vornehmen »Vossischen« und in der »Kreuzzeitung«. Es war ein kleines Inserat, und es lautete:

IHR KOPF IN GUTEN HÄNDEN!
Ein Friseur alter Schule
sucht
neue Klientel
(nur privat).

Aber wenn Herr Zulehner gedacht haben sollte, daß Berlin nur auf ihn gewartet hatte, so befand er sich in einem Irrtum, den er schon in den nächsten Tagen einsehen lernte. Die wenigen Kunden, die sich auf sein Inserat hin meldeten, entsprachen nicht dem, was er nun vom Leben zu fordern gedachte, und er verlor sie schon im ersten Anlauf. Da war ein junger Leutnant, der Schwierigkeiten mit seinem Bart hatte wegen allzu kümmerlichen Wuchses und dem er trotz bester Pomaden nicht zu standhaften Zwirbelenden verhelfen konnte. Da gab es einen ältlichen Dandy, der sich Baron Rajeczky nannte, aber in einer Dachkammer hauste, von den Höhen und Tiefen seines Lebens sprach, endlos und ohne die mindeste Glaubwürdigkeit, und der, als es ans Bezahlen hätte gehen müssen, mit großer Geste sagte, nun, man werde das Finanzielle beim nächsten Mal und dann pauschal regeln, er könne ihm ja schlecht zwei Mark in die Hand drücken, und der dann beim nächsten Mal fortgezogen oder rausgeworfen worden, jedenfalls verschwunden war. Es gab dann noch eine ziemlich exzentrische Dame, die in einem Anfall von Eifersucht beschlossen hatte, sich ihrer schönen schwarzen Locken zu entledigen. Alle Entsetzensrufe Zulehners über das Ansinnen, ihr eine Kasteiungsfrisur zu machen, brachten sie nicht von ihrem Wahnwitz ab. Da Zulehner wußte, was immer er täte, würde ihm Undank bringen, verließ er das Haus mit einer tiefen Verbeugung, ohne von seiner Schere Gebrauch gemacht zu haben.

Bei einem letzten Versuch in der Annoncenexpedition gab es nur noch eine Zuschrift, aber die war anders als alle bisherigen: »Mein Herr. Melden Sie sich bitte kommenden Dienstag 8 Uhr in der Anzeigenzentrale des NACHTKURIER. Bringen Sie Ihre Utensilien und dieses Billett mit. Man wird Sie weiterleiten. Massel. PS. Keine stumpfen Messer, keine Pomade, keine Anekdoten. «

Es war nicht ganz der Ton, den Herr Zulehner sich jetzt vom Leben noch gefallen lassen wollte, und wenn er schon über einen gehörigen Kundenstamm verfügt hätte, wäre er auf dieses seltsame Rendezvous wohl nicht eingegangen. Andererseits hielt er selbst wenig von Pomade und war nicht wenig gespannt auf einen Mann, der sie sich sogar verbat. Daß es ein Exzentriker war, schien ihm ausgemacht, und daß es wieder eine Enttäuschung werden würde, darauf war er gefaßt. Was sollte ihm also passieren? Und wenn es bloß der Kontorchef des Anzeigenbüros war – nun, man konnte ja auch auf dem Fuße kehrtmachen.

Er war also pünktlich zur Stelle.

Es war eine beträchtliche Halle, die er betrat, von schlanken Pfeilern gestützt, und hinter einer Barriere saßen etwa zehn Angestellte mit wichtigen Mienen, aber auch mit deutlicher Geschäftigkeit. Zulehner musterte sie kurz mit professionellem Blick, aber sie waren alle auf das frischeste, wenn auch etwas subaltern, frisiert, mit jenem hochangesetzten Schnitt, der den Nacken freilegte und nach Tüchtigkeit aussah. Hier waren Männer am Werk, die es sich offenbar nicht leisten konnten, unrasiert ins Kontor zu kommen, die sich's aber andererseits leisteten, ihre Morgentoilette mit Umsicht zu absolvieren. Und entsprechend klang auch das: »Sie wünschen, mein Herr?«

»Ich wünsche nichts«, sagte Zulehner, indem er sich eine kleine Gereiztheit auferlegte, »es scheint, ich werde gewünscht.« Und er zeigte den Brief vor, der ihn herbeigeführt hatte. Die Wirkung der Depesche war erstaunlich: Der Mann, dem er sie zunächst übergeben hatte, gab sie einem zweiten, offenbar Vorgesetzten weiter, der sie las und einem dritten, etwas weiter im Hintergrund, überreichte. Der bemühte sich zu Herrn Zulehner, sagte »Augenblick!« und verschwand dann durch eine Flügeltür, aus der alsbald ein Herr mit weniger strengem Haar hervortrat, der Zulehner anlächelte und ihm mit frisch duftendem Pfefferminzatem die Mitteilung machte, daß er erwartet werde. Der Herr telefonierte kurz, und es stand binnen weniger Sekunden eine weitere Person vor ihm, die aber nach den vorangegangenen Auftritten die Steigerung vermissen ließ: Dies war jemand mit einer Schirmmütze und einer Lederjoppe sowie Stiefeln, die ganz ersichtlich nicht zum Reiten benutzt wurden.

»Kommen Sie«, sagte der Mützenmann, und dann ging er voran, aber nicht etwa durch eine der verheißungsvollen Türen, die aus der Halle ins Innere des Gebäudes führten, sondern er nahm die Pforte auf die Straße hinaus, durch die Zulehner vor wenigen Minuten gekommen war. Der war denn auch einen Augenblick unschlüssig, ob er dieser Zielstrebigkeit so ohne weiteres Folge leisten sollte, hatte es aber, während er noch darüber nachdachte, getan, und stand so auf einmal neben einem der großen Automobile, die immer noch eine Rarität waren in der Stadt.

»Einsteigen!«, sagte der Mann, und nun war es für Zulehner klar, daß es sich um einen Chauffeur handeln mußte und
daß das Abenteuer, in dem er mittendrin zu sein glaubte,
ihm erst noch bevorstand. Wenn denn diese Fahrt nicht
schon Abenteuer genug war: Nie, auch nicht wenn er eine
Auto-Droschke nahm, hatte sich Zulehner zu einem solchen
Gefährt verstiegen, das jetzt mit brausender Zügellosigkeit
durch die Straßen jagte, aber im Innern bei weitem jenen
explodierenden Krach nicht machte, den man als Außenste-
hender erleiden mußte. Übrigens war das Innere ganz aus
Leder, und man saß bequem.

»Ein Benz?«, fragte Zulehner.

»Ein Daimler.«

»Und wohin geht die Reise?«

»Ins Hauptquartier am Kurfürstendamm.«

»Verstehe ich nicht. Was heißt das.«

»Ich bringe Sie zu Herrn Massel.«

»Und warum diese Umwege? Da hätte ich doch gleich
hingehen können.«

»Da kann man nicht einfach hingehen. Da geht kein
Mensch hin, bloß so. Da wird man hingebracht.«

»Und wer, bitte, ist dieser Herr Massel?«

Der Fahrer war so verblüfft, daß er den Blick gefährlich
lange von der Straße nahm und Zulehner ansah.

»Mann Gottes«, sagte er, »das wissen Sie nicht? Vom
Kaiser Wilhelm haben Sie wohl auch noch nie gehört oder
vom Hauptmann von Köpenick?«

Er hatte nicht Gelegenheit, seine Besserwisserei zu genießen, denn sein Kraftwagen wäre beinah gegen einen der
neuen Autobusse gerast, die man jetzt überall in Berlin sah.
Beide Fahrer hupten, als wenn sie die Gefahr wegscheuchen
könnten; dann machte der Chauffeur einen kühnen Schlenker und fuhr mit knapper Not an dem städtischen Gefährt
vorbei. Er setzte die Mütze ab, wischte sich übers Haar.
Schweißperlen glänzten auf seiner Stirn.

»Sie machen einen ganz konfuse, Herr, Sie. Also, Massel

kennt doch jedes Kind in Berlin. Der Zeitungskönig, Nachtkurier, wo wir gerad herkommen, Illustriertes Wochenblatt, Mode-Journal, Rennwoche, wat weeß ick, so ziemlich alles, was Sie so gedruckt lesen, kommt von ihm. Verleger nennt man das. Na, dann sind Sie wohl kein neuer Redakteur?«

»Nein, gewiß nicht.«

»Dacht ich doch, die empfängt er auch nicht da oben. Weil er fast keinen empfängt. Er ist nämlich ein bißchen... also er lebt da sehr für sich. Ein Eigenbrötler, so 'ne Art Eremit. Kann keene Leute leiden.«

Er unterbrach sich, starrte Zulehner entsetzt an, diesmal nur sekundenrasch, und sagte dann: »Um Gottes willen, was red ich da. Am besten, Sie haben nichts gehört.«

»Ich habe nichts gehört.« Zulehner sagte es bündig, wenn auch ohne Herzlichkeit. ›Mann Gottes‹ würde der Fahrer wohl so bald nicht mehr zu ihm sagen.

Sie hielten in der Nähe der Kaiser-Wilhelm-Gedächtniskirche, nahe der Rankestraße, und sie traten in einen der Paläste am Kurfürstendamm. Der Chauffeur öffnete den Fahrstuhl mit einem Schlüssel und ließ Zulehner eintreten. Er selbst fuhr aber nicht mit hinauf. »Sie müssen Nr. 4 drücken«, sagte er nur.

Zulehner fuhr, wie ihm angegeben, hinauf in die vierte Etage. Er erwartete dort oben zwar nicht die Betriebsamkeit des Zeitungshauses mit seiner Inseratenhalle, keine Commis und Chauffeure, aber er rechnete mit uniformierten Dienern oder einem strengblickenden Sekretär. Vor allem aber war er auf den Löwengriff einer Türklingel gefaßt.

Es gab nichts von alledem.

Als er aus dem Fahrstuhl stieg, war er mitten in einer Art Club, wie man sie in englischen Herrenjournalen sah. Da standen riesige Ledersessel um flache Tische herum, an den Wänden gab es Regale voller Bücher, und davor standen Zeitungshalter mit Stapeln von Blättern aller Art. Es sah aus, als wären hier alle Zeitungen der letzten zehn Jahre gesammelt. Der Blickfang aber war ein gewaltiger erleuchteter Globus, ein Ballon aus grünbraunblauem Licht.

Es war niemand da, und es erschien auch niemand, um ihn zu empfangen, und auf einmal machte er eine merkwürdige Entdeckung: In diesem Raum, in den er aus dem Fahrstuhl getreten war, gab es überhaupt keine weiteren Türen. Zulehner fand sich rings von Büchern nicht nur umgeben, sondern eingeschlossen. Nur an einer Seite waren die Regale von einem großen Fenster mit Butzenscheiben unterbrochen. Es fiel Licht ein, aber man konnte nicht hinaussehen.

Zulehner versuchte, sich gegen ein nur zu vertrautes Zellengefühl zu wehren. Ein Grusel ging ihm über den Rücken. Er trat wieder auf die Fahrstuhltür zu, aber die war ins Schloß gefallen, und sie hatte keine Klinke.

Er war eingeschlossen.

»Aber wieso denn?«, sagte er laut zu sich selbst und setzte seinen Koffer mit den Geräten ab. Dann begann er, sich genauer umzusehen.

Der Raum sah gar nicht aus wie ein Club, er sah aus wie eine ausgestorbene Hotelhalle in einer nicht mehr bewohnten Gegend. Die Sessel, obwohl sie ledern und bequem waren, wirkten wie mit Tüchern bedeckt. Er ging zu den Regalen und begann, die Bücherrücken zu studieren. Als er aber einen Band herausnehmen wollte, Walter Scott, hatte er die ganze Reihe in der Hand, und sie war federleicht: eine Attrappe. Fast hätte er sie vor Schauder fallen gelassen. Er prüfte noch etliche dieser Schränke: überall die vorgetäuschten Bücherrücken.

So konnte es ja nicht weitergehen.

»Hallo!«, rief er laut.

Keine Antwort, kein Geräusch.

Um etwas zu tun, um etwas in Bewegung zu setzen, fing er an, den Globus zu drehen. Nach einer halben Erdumdrehung gab es einen leichten Widerstand, einen Knacks, und dann ein sanftes Scharren in der Bücherwand gegenüber dem Fahrstuhl: sie öffnete sich weit und ließ einen zweiten Raum erkennen, in dem ein Mann an einem Schreibtisch saß.

Der Mann war keine Attrappe. »Kommen Sie herein«, sagte er. »Verzeihen Sie, daß ich Sie habe warten lassen.«

»Ich glaube, ich bin hier falsch«, sagte Zulehner mit einer Empörung, die ihn plötzlich überfiel, seitdem er einen Adressaten hatte. »Wenn Sie mir bitte den Fahrstuhl öffnen würden...«

»Kindereien, ich weiß, ich sollte das lassen. So schnell wie Sie war übrigens noch niemand beim Globus. Zweieinhalb Minuten. Ein Spleen von mir. Ein dummer Spleen. Ich mag kein Personal. Ich hasse Aufwartung. Ich geniere mich vor Butlern. Sie sind so schrecklich superior. Nehmen Sie Platz, Herr Zulehner.«

»Woher wissen Sie meinen Namen?«

»Sie haben in einem meiner Blätter inseriert.«

»Aber unter Chiffre.«

»Für mich gibt es keine Chiffren.«

»Das gefällt mir nicht.«

»Und mir gefällt, daß es Ihnen nicht gefällt.«

»Was wollen Sie?«

»Ich brauche jemanden für alle Tage, jeden Morgen.«

»Ich bin Barbier. Und ich bin frei. Rasieren, frisieren, maniküren, das kann ich für Sie tun. Wenn Sie wollen, jeden Morgen.«

»Nun, dann fangen Sie an. Und kein Blutvergießen, bitte.«

»Nein, gewiß nicht«, sagte Zulehner.

»Sind Sie Ihrer Hand so sicher?«

»Das ist mein Beruf. Aber heute haben Sie nicht das geringste zu befürchten. Ich werde Sie nämlich nicht rasieren.«

»Heißt das: Sie weigern sich?«

»Ich sehe, daß Sie schon rasiert sind, und Ihre Haut ist ein wenig wund. Aber vor allem: Man rasiert keinen Fremden in solcher Umgebung, und man sollte sich da von keinem Fremden rasieren lassen.«

»Sie sind ja ein Schlaumeier«, sagte der Herr.

»So würde ich von mir nicht denken.«

»Sondern wie?«

»Weniger günstig«, sagte Zulehner.

»Dann haben wir uns heute immerhin bekannt gemacht.«

»Nicht ganz«, sagte Zulehner ohne Affront. »Sie haben mir Ihren Namen noch nicht gesagt.«

»Pardon. Massel. Hier gibt's nur Massel.«

»Freut mich«, sagte Zulehner, »fängt an, mich zu freuen. Und wenn ich Sie auch nicht rasiere, so kann ich Sie doch schon mit einer der wenigen Wohltaten vertraut machen, die mein Beruf bereithält. Eine Salbe wie Balsam.«

Er öffnete seinen Kasten, entfaltete eine gewaltige weiße Serviette, band sie Herrn Massel mit einem »Erlauben Sie?« um den Hals und entnahm dann seinem Vorrat an Tinkturen einen minimalen Flakon, wie man sie in den Kaufmannsläden für Kinder findet. Das Fläschchen war so klein, daß es für ein Etikett irgendwelcher beeindruckenden Art gar keinen Platz gehabt hätte, aber durch die Winzigkeit selbst wies es sich als kostbar aus. Und nunmehr durch die Art, wie Zulehner es zu handhaben begann, mit Leggiero-Fingern sozusagen, deren Kuppen kurz getränkt wurden und ein leichtes, pointierendes Massagewerk begannen an der wehen Halshaut des Zeitungskönigs.

Der begann zu schnuppern.

»Es ist nicht parfümiert. Absolut geruchlos.«

»Was ist es?«

»Dies Mittel kannte schon Cleopatra, und sie war gewiß nicht die erste. Schildkrötenöl.«

»Sie haben nicht vor, aus mir eine Schönheit zu kneten?«

»Ich will nur, daß Sie sich wohlfühlen in Ihrer Haut. Ein wunder Hals macht den ganzen Menschen unwohl. Man erstarrt aus Angst vor Kopfbewegungen. Und ein unbeweglicher Kopf wird leicht mißverstanden.«

»Dichten Sie mir jetzt Starrsinn an?«

»Dazu bin ich denn doch zu sehr, wie Sie sagten: Schlaumeier. Aber ich würde Ihnen für eine Weile zu weichen ungestärkten Kragen raten. Es wird, nehme ich an, Ihrer Autorität nicht schaden.«

Der Zeitungskönig schnaufte, schnappte nach Luft, blies die Nüstern, reckte sich in seinem Sessel auf. Zulehner dachte, er werde explodieren, einen Anfall bekommen, sich die Serviette abreißen. Er tat, als habe er sein Werk beendet, trat auf die sichere Seite des Tisches, brachte das kleine Fläschchen in den Schutz seines Koffers und harrte des Ausbruchs.

»Das ist ja –, das ist ja!«, Massel schien nicht so sehr nach dem richtigen Wort zu suchen, sondern er war sich offenbar noch nicht schlüssig über die rechte Reaktion, denn er pausierte ratlos.

»Das ist ja fabelhaft«, sagte er endlich. »Das ist ja absolut fabelhaft. Das ist ganz und gar unglaublich. Da ziehe ich mich von aller Welt zurück, weil ich ihre Impertinenz satt habe, und muß mir nun solche Dinge anhören mitten in meinem Refugium. Und ich höre sie mir nicht nur an, sondern ich bin schon halb gesonnen, sie zu beherzigen. Lasche Hemden, weiche Kragen? Wie komme ich dazu, mir so etwas sagen zu lassen?« Er bewegte den Hals hin und her, als prüfe er, ob die Salbe schon geholfen habe.

»Herr Zulehner«, sagte er dann, »ich engagiere Sie... Pardon, ich möchte, daß Sie bis auf weiteres vormittags zu meiner Verfügung stehen. Aber ich bitte mir eins aus: daß Sie den Nachtkurier gelesen haben. Das Blatt hat nämlich auch einen wunden Hals, sozusagen. Oder die Leute, die es schreiben. Wir alle.« Der Zeitungskönig brachte Zulehner bis an den Fahrstuhl. Aus seiner Tasche holte er einen zweiten Schlüssel, den er ihm gab.

»Morgen acht Uhr«, sagte er, »und ab morgen wird rasiert.«

Aber Zulehner schloß die Tür noch nicht. »Sie haben sich ja Anekdoten ausdrücklich verbeten. Aber eine muß ich Ihnen doch erzählen, als kleine Gegengabe für den Empfang.«

Massel beugte ergeben den Kopf.

»Zu einem vornehmen Herrn kommt eines Morgens ein fremder Barbier. Was er wolle? Ick will Ihnen rasieren. Geh er, ick habe schon einen Barbier. Nein Herr, sagt der Fremde, ick bin jetzt Ihr Barbier. Denn Ihr alter Raseur und ich, wir haben gestern in der Tabagie Schafskopp gespielt, und da hat er immerzu verloren, und wie er all sein Geld verloren hatte, da haben wir um unsere Kunden gespielt – und da, da hab ick Ihnen gewonnen.«

Und dann drückte Zulehner auf das P wie Parterre.

»Fragt sich, wer hier wen gewonnen hat«, sagte Massel zu sich selbst. Er mochte Anekdoten nicht, weil er sie immer ganz wörtlich nahm.

Der ›NACHTKURIER‹ entdeckt sein Herz

In den nächsten Wochen, deutlicher noch in den nächsten Monaten, ging mit dem NACHTKURIER eine merkwürdige Wandlung vor sich. Er wurde von einer stets reichlich kaltschnäuzig berichtenden Zeitung zu einem Anwalt der Armen. Er zeigte Herz – das hatte er unverbindlich schon immer getan –, aber nun zeigte er ein Herz für die Unterdrückten, die Pechvögel, die Zukurzgekommenen, die Leute, über die man gerne lachte. Wenn ganz Berlin in Schadenfreude vereint war, hielt sich der neue NACHTKURIER da heraus. Es dauerte eine Weile, bis die regelmäßigen Leser das merkten, und es dauerte noch länger, bis es ihnen überlegenswert vorkam, und eine ziemliche Zeit verging, ehe es ihnen gefiel. Es sprach sich übrigens auch unter denen herum, die bisher verschmäht hatten, so etwas wie den NACHTKURIER überhaupt als Einwickelpapier zu erwägen; aber immer mehr Menschen wurden jetzt neugierig auf die abweichende, abwägende, nachfragende Haltung der Zeitung.

Die Wandlung machte sich zuerst in den Gerichtsberichten bemerkbar, und sie war Zulehners Werk. Er rasierte, balsamierte, manikürte, frisierte, aber vor allem mußte er seine Meinung sagen zu den Themen des Tages, zu den Berichten in den Zeitungen, zu den Reportergeschichten des NACHTKURIER. Der Zeitungskönig bat ihn, Prozesse zu besuchen und sie zu vergleichen mit dem, was über sie im Blatt stand. Zulehner fand, daß die Berichte nicht falsch waren, aber ohne Wärme, ohne Sympathie und ganz ohne Leben. Es komme einem ja vor, als ob der Gerichtssaal und nur der Gerichtssaal die Welt sei, und damit mache man die ganze Welt zum Gerichtssaal. Er hatte Massel gleich am Morgen des zweiten Tages von seinem »Lebensschreck« erzählt und kam ungeniert darauf zurück. »Sehen Sie, meine Fuldastraße. Wenn auch nur einer sich die Mühe gemacht hätte, mal in die Fuldastraße zu gehen, in eine sehr ordentliche, biedere, beinah etwas amtliche Straße, der hätte sofort merken müssen, was da alles möglich ist. Kein Ort für krumme Touren, denkt man, und gerade deshalb wird es ein so gutes Gebiet für Täuscher und Täuschungen. Wie gemacht für Reinfälle.« So wurde ein Reporter »an Ort und Stelle« ernannt, und auch die Rubrik hieß so, die er schrieb. Ein Mann, der die Umstände und Lokalitäten der wichtigsten Kriminalprozesse, auch einiger pikanter Zivilverfahren, erkunden sollte. Und siehe da: In mehreren Verfahren, über die der NACHTKURIER solche ergänzenden, erklärenden Milieustudien veröffentlichte, kam es, unerwartet, zu Freisprüchen.

Zulehner war mit seinen Ideen nicht kleinlich. Aber er war auch ganz praktisch. Er sagte sich (und Herrn Massel, und dieser wieder seinen Redakteuren), daß das Herz für die

Unterlegenen nur einen Sinn habe, wenn man es beweisen könne; daß alle Solidarität nur Gerede bleibe, wenn man sie nicht im Bild festhalte. Das Herz mußte man auf dem rechten Fleck haben, und dieser Fleck war ein Foto auf der ersten Seite. Jede dieser Fotografien des NACHTKURIER erzählte eine Geschichte, nein mehr, sie war der Höhepunkt eines Dramas.

Da war zum Beispiel die Dame der Berliner Gesellschaft, die man zwang, zu einem Prozeß nach Ostpreußen zu fahren, nur weil dort in ihrem Namen zwei Herren sich duelliert hatten, von denen einer gestorben war. Sie selbst hatte sich einem Dritten zugewandt und diesen auch geheiratet. Während aber die ganze Stadt auf sie herabsah, wie wenn sie eine Mischung aus Medea und Medusa wäre, stand der NACHTKURIER ihr bei in Gestalt einer russischen Gräfin, die ihr bei der Abreise auf dem Bahnhof Zoo einen Blumenstrauß in unübertrefflich gebrochenem Deutsch überreichte: »Für Freiheit von Frauenherz.«

Es gab aber auch das rührende Bild mit der Frau des Aviatikers Thaddäus Robl, die sich an die Trümmer des Flugzeugs lehnte, mit dem er bei einem Kunstflug in Stettin verunglückt war. Sie sah nicht geknickt aus, sondern aufrecht und stolz, und was sie bei dieser Gelegenheit sagte, konnte man in einem ausführlichen Bericht lesen: Der Schmerz um ihren geliebten Mann treffe sie nicht so hart wie die Angriffe gegen die Fliegerei überhaupt, denn dann wäre ja sein Tod sinnlos gewesen. Und dann machte sich der NACHTKURIER zum Anwalt der Flugzeuge. Sie seien keineswegs, wie einige Hochnäsige behaupteten, die Eroberung der Luft durch die Chauffeure, sondern die Erfüllung eines alten Menschheitstraums, und die Piloten seien die Ikarusse von heute. Dagegen sei es frevelhaft, einen Herrn wie den Grafen Zeppelin zum Manne des Jahrhunderts zu machen: Ob denn die Katastrophen von Monsieur Serezo in Paris oder Dr. Channer in Philadelphia vergessen seien, oder das Platzen des Ballons in Oakland, wo vierzehn

Menschen aus hundert Metern abgestürzt waren, oder der Unglücksfall mit der französischen »République« oder gerade eben die Katastrophe mit dem Luftschiff des Herrn Erbslöh. Nicht dem Luftschiff, so der NACHTKURIER, gehöre die Zukunft, sondern dem Aeroplan, und es sei ja wohl immer noch besser, den Himmel den erfahrenen Chauffeuren als den Herrenfahrern zu überlassen.

Aber Zulehners Bewährungsprobe sollte erst noch kommen. Es war eine Affäre, in der er sein ganzes, frisch erworbenes Prestige aufs Spiel setzte, das erste Mal auch, daß Massel ihm nicht ohne weiteres folgte.

»Wir können uns doch nicht zu aller Welt in Widerspruch setzen«, murrte der Zeitungskönig. Der NACHTKURIER könne vieles, aber er könne nicht die Meinung einer ganzen Stadt zum Umschwung bringen. Denn bei dieser Geschichte waren die Sympathien so deutlich verteilt, die Figuren so in Schwarz und Weiß gezeichnet, daß niemand (außer eben Zulehner mit seiner Vergangenheit) auch nur auf die Idee kam, dies könne womöglich falsch sein. Es handelte sich um das »Drama auf dem Trottoir«, und das Trottoir war der Kurfürstendamm zwischen Knesebeck und Bleibtreustraße. Auch von diesem Drama hatte es ein Foto gegeben, aber nicht im NACHTKURIER, sondern in der MORGENPOST, und es war ein ergreifendes Dokument für die landläufige Lesart. Da saß, inmitten schöner alter Möbel und Plüschsessel, eine Dame, unzweifelhaft eine große Dame, mitten auf dem Kurfürstendamm vor einem Konzertflügel und spielte daran, während ihr Tränen übers Gesicht strömten (Man sah die Tränen nicht, aber das Gesicht sah so aus, als ob sie strömten). Und schön elegisch lagen die Hände der Dame auf den Tasten. Und zwei Möbelpacker standen mit einer Truhe in den Armen daneben und hörten ihr zu. Die Unterschrift lautete: »Ein Opfer des Undanks. Aus dem eigenen Haus gejagt.« Das Bild war von anderen Zeitungen nachgedruckt worden, auch in den Beilagen, wo man die Details des Jammers genauer erkennen konnte. Sogar bis nach Amerika war die Sache gelangt: In der SATURDAY EVENING POST hatte ein Zeichner die Szene noch einmal ganz in Farbe ausgemalt, und der Text dazu hieß: »A song – in spite of all. Melodrama on Berlin's New Boulevard.«

Was also nicht nur Berlin, was nachgerade die ganze Welt wußte, war, daß dieser verzweifelten Frau am Flügel der schnödeste Undank widerfahren war. Zwanzig Jahre hatte sie in dem schönen Haus, dessen Portal man im Hintergrund sah, gewohnt, gelebt, geliebt, und war jetzt hinausgesetzt worden, unbarmherzig, von einer jüngeren Frau, die sie selbst vor neun Jahren zu sich geholt hatte, von einer Schlange und Erbschleicherin, die ihr erst den Mann, dann das Lebensglück und nun auch noch das Zuhause gestohlen hatte. Diese Person hatte erreicht, daß der einst so hochherzige Mann ihr selbst leidenschaftlich verfallen war, ihr sein Vermögen vermacht und seinen Beruf aufgegeben hatte; nicht nur im Zustand völliger Willenlosigkeit jede Rücksicht auf die Welt außer acht ließ, auch die auf sich selbst: Und nun war er das Opfer seiner Leidenschaft geworden oder vielmehr einer fremden Durchtriebenheit, die ihm die Kräfte geraubt hatte. Einer Person, die ihm das schändlichste Testament abgepreßt hatte noch auf dem Totenbett. Und nachdem er nun unter der Erde sei, habe dieser Teufel in Gestalt einer jungen Frau auch noch den letzten Funken Anstand verloren: sie treibe ihre alte Wohltäterin, mit irgendeinem Passus seines Letzten Willens, aus dem Haus. Die eigene Kusine! Der Name der vom Schicksal geplagten Frau war in aller Munde: Melanie Burgmann. Und der der bösen Widersacherin auch: Clara Imhuelsen. Einige erinnerten sich, daß es da schon vor Jahren einmal einen Skandal gegeben hatte.

»Hier kommt zu vieles zusammen«, sagte Massel.

»Eben«, meinte Zulehner. »Hier kommt zu vieles zusammen. Solche schwarz-weißen Geschichten schreibt das Leben nicht. Und der NACHTKURIER sollte sie auch nicht schreiben.«

»Zulehner, wir sind mit dem Blatt vorwärtsgekommen. Wollen Sie jetzt wieder alles ruinieren?«

»Hat es denn immer noch einen so wunden Hals?«

»Gut. Aber wir sollten ganz vorsichtig anfangen. Wie Sie damals, mit Schildkrötenöl?«

Die erste Recherche war die nach dem Fotoreporter, der das berühmte Bild gemacht hatte. Es dauerte ein paar Tage, denn es war keiner der Berliner Zeitungsfotografen, sehr viele gab es noch nicht. Die MORGENPOST, wo die Szene zuerst erschienen war, mauerte, verständlich, auch als man für einen Nachdruck Honorar in Aussicht stellte; die Extra-touren des NACHTKURIER waren inzwischen gefürchtet. Massel besorgte die Adresse über Amerika; einer seiner Korrespondenten erhielt sie von der POST. Der Fotograf, stellte sich heraus, hatte ein Atelier, er war auf Mode spezialisiert, auf Pferderennen und Porträts. Er war nicht einmal verlegen, als er nach den Umständen jenes weltbe-rühmten Fotos gefragt wurde: Es handele sich um eine seiner langjährigen Kundinnen, Frau Burgmann, und sie habe ihn – er sei hoch geehrt – von ihrem Schicksalsschlag in Kenntnis gesetzt. Denn es sei wahrlich für sie ein Fall gewesen – von der Hochherrschaftlichkeit aufs Pflaster.

Also gestellt sei das Foto?

Nein, das könne man nicht sagen. Allenfalls bestellt.

Was sie denn gespielt habe?

Wie bitte?

Auf dem Flügel gespielt.

Das könne er beim besten Willen nicht sagen, er habe sich schließlich um die Beleuchtung kümmern müssen, es sei leider ein trüber Tag gewesen.

Man fand die Möbelmänner, die Ziehleute heraus, denn der Name war auf dem Foto erkennbar. Es war nicht die erste Auskunft, die sie gaben, sie hatten durch ihre Mitwir-kung bei Berlins erregendster Szene eine kleine Berühmtheit erlangt.

»Wat se jespielt hat?«, sagte der eine. »Na Glühwürmchen.«

»Nee, Otto, det war's bestimmt nich. Nich was man so kennt.«

»Oder Seemanns Tod.«

»Ja, irgendso 'n Trauerspiel. Muß ja wohl.«

»Aber Sie sind stehengeblieben und haben zugehört?«

»Na, wir sind stehengeblieben, weil wir außer Puste waren von der Truhe, und dann hat der Fotograf gesagt, das is gut so, bleiben se man so stehen. Und denn sind wir stehen geblieben, bis er fertig war mit der Platte, und dann noch mal und dann noch mal.«

»Und die ganze Zeit hat die Dame gespielt?«

»Ja. Das heißt nee. Det war ja das Komische. Da hat se nu gesessen, und der Fotomann sagt zu ihr: Nun spielen Se doch mal was, nä Frau. Und da hat se jesagt: Aber ich kann doch gar nicht Klavierspielen. Und dann hat er ihr die Finger auf die Tasten gelegt.«

»Und dann hat sie was Trauriges gespielt?«

»Nee, nischt, wo se doch nicht konnte.«

»Ja, wo du's sagst: reineweg nischt.«

Also nicht nur bestellt, sondern auch gestellt. Ein Lied ohne Töne. Viel Worte ohne ein Lied. Aber Massel war immer noch reserviert. Er hatte noch immer keine Zeile über die Recherchen veröffentlicht. Er ließ Erkundigungen in der Nachbarschaft einziehen. Es gab aber kaum Nachbarschaft in dieser Kurfürstendammgegend. Die Leute waren nicht zu sprechen, oder sie hatten nichts zu sagen, oder sie hatten schon alles gesagt.

Der Portier winkte gleich ab: »Gehn Sie mir bloß weg. Ich habe schon genug Scherereien.«

Eine Blumenfrau aus der Mommsenstraße war die erste, die Auskunft zu geben wagte, aber wohl nur, weil sie so gut wie nichts wußte.

»Sie hatte keine Hand für Blumen, die gnädige Frau Burgmann. Andauernd schickte sie ihre Töppe her, weil die mickerten. Und ich sage immer, wer keine Hand hat für Blumen, der kann auch nicht mit Menschen. Gott, für mich: immer ein freundliches Wort, wenn sie ins Geschäft kam, aber knapp, wie das Trinkgeld. Und beim Personal gab's viel Wechsel, immer neue Gesichter. Wenn der eine einen Gummibaum brachte zum Umtopfen, kam meist ein anderer und holte ihn ab. Aber was red ich über meine Kundschaft. Fragen Sie doch den alten Louis, der kennt die Verhältnisse am besten. Ich habe sogar die Adresse, weil die andere, die junge Frau, ihm ab und zu ein paar Blumen schickt. Er war ja das Faktotum vom alten Burgmann. Khan nannten sie den.«

Wie schön, daß wir unserm alten Louis noch einmal begegnen. Er ist jetzt 71 Jahre alt, schneeweiß, und er sieht noch würdiger aus als je in seinem wechselvollen Leben. Er lebt in einer komfortablen Mansardenwohnung am Ludwigkirchplatz, und er empfängt seinen Besucher mit einer Mischung aus Scheu und Stolz, aus Reserve und vollem Herzen. Denn wer auch immer ihn da besucht (es ist diesmal Herr Zulehner selbst), er muß ein Abgesandter der irdischen Gerechtigkeit sein, ein Mann mit der Botschaft, daß das neue Zeitalter sich doch nicht alles herausnehmen kann, wenn es auch lügt wie gedruckt, und druckt wie gelogen. Denn seit jenem skandalösen Bild hat es aus ihm herausgeschrien, daß es nicht wahr sei, was man da zu sehen bekam; nur daß sein Schrei eben stumm geblieben ist: widerhallend bloß in seinem Innern. Und jetzt kann Louis seinen Schrei, wenn auch zu einer bewegten Auskunft gedämpft, loswerden; und niemand, auch Zulehner nicht, kann ermessen, wieviel Genauigkeit schon in dem ersten Satz liegt:
 »Mein Herr, Sie kommen wie gerufen.«

Und Louis wollte reden. Er konnte sich nicht erinnern, je einmal einen solchen Drang zum Reden gehabt zu haben. Aber ihm war auch, als müsse er mit der ganzen Sehnsucht seines Lebens gegen die Sicherheit der gesamten Welt ankämpfen, vor allem, als er merkte, daß es gar nicht um Gerechtigkeit ging, sondern um die herzliche Unordnung der Dinge und die schöne Atemlosigkeit der Menschen, wenn sie nicht mehr einzeln sind, und um den bösen Atem, wenn man sie allein läßt. Aber er fing zu seiner Verblüffung gar nicht an, wie er wollte. Nicht mit einem Einspruch gegen die Zeit, die die Dinge auf den Kopf stellte, aus einer Megäre eine Märtyrerin machte, aus einer Heiligen Johanna eine Hure und aus einem großen Herrn einen haltlosen Lebemann. Auf einmal hörte Louis sich sagen, was er gar nicht hatte sagen wollen und was doch auch nichts zur Sache tat:

»Ich habe nie geliebt.«

Zulehner hielt erstaunlich still, wich auch dem Blick des alten Herrn nicht aus, der sich noch immer nicht gesetzt hatte, seinen Besucher aber zum Sitzen genötigt hatte. Louis machte sich an einem Gläserschrank zu schaffen und fragte seinen Gast: »Einen Danziger oder lieber einen Genever?«

»Woher wissen Sie, daß ich gerade das ...?« .

»Sie sind ein Mann, der nicht viel trinkt, oder selten dazu kommt, oder die Gelegenheit nicht findet. Und wenn, dann lieben Sie das Besondere. Und unter dem Besonderen die Extreme. Und unter den Extremen dann doch auch wieder – mit Verlaub – die Erschwinglichkeiten. Also, wie wär's mit einem Danziger?«

»Sie sind ja ein Wunder, Herr Orlinski!«

»Nur ein alter Kellner mit etwas Blick für die Kundschaft. Ein sehr alter Kellner. Wissen Sie, daß ich sogar den Glaßbrenner noch gekannt habe?«

»Den vom Nante?«

»Das war nicht nur der vom Nante. Das war ein Volksredner und beinah ein Staatsmann. Und verliebt war er. Der und seine Adele. Peroni hieß sie als Schauspielerin. Das war eine gute Ehe, erst stürmisch, dann Meeresstille und glückliche Heimfahrt. Nicht so wie bei Fontane und seiner Emilie: ewig Zank; der Mann mußte ja soviel wandern, wo er zu Hause nur dieses Spitzbein hatte. Aber sehen Sie, unser Paar, der alte Benjamin Burgmann und die junge Frau, das waren zwei, wo man merkte: Die mußten so sein, miteinander, beieinander, wo man denkt: Man selber hat nie geliebt und weiß nicht, soll man nun unglücklich sein oder ganz furchtbar glücklich? Vielleicht doch lieber glücklich, wenn man nicht sehr viel Kraft hat. Was glauben Sie, was die für Kraft gebraucht haben, in all den Jahren, fast ein Jahrzehnt, wo sie zusammen gelebt haben. Manchmal dachte ich, diese Liebe erdrückt sie wie ein schwerer Stein, das war eine Übermacht, die konnte man richtig sehen. Und wenn die Liebe so schwer wird, fragt man sich halt, ob das nicht wirklich nur ein Stein ist, der einen erdrückt...?

Sie hatten sich ja freigemacht von dem Gerede, von den feigen Freunden, von den Schandmäulern, sie sagten, es bedeute ihnen nichts, daß sie keine Eheleute wären, und daß jede Dreistigkeit sich erlauben durfte, zu ihr Fräulein Imhuelsen zu sagen, und ihn nach dem Befinden seiner Frau zu fragen (obwohl sie solcher Gesellschaft zu entgehen suchten). Und sie behaupteten auch, es mache ihnen nichts aus, wenn die Kinder fragten, warum sie nicht auch Burgmann hießen, und sich bald mit der Auskunft nicht mehr zufrieden gaben, Imhuelsen sei doch ein viel schönerer Name.

Ich war lange sein Famulus, sein Reisegenosse, und manchmal, selten, sein Freund und Vertrauter. Früher hatte er mich in fast alles eingeweiht, über diese Liebe schwieg er. Nur einmal habe ich es erlebt, daß er fast erstickte an seiner Last: Louis, sagte er, ich gebe alles, was ich habe dafür, einmal zu ihr sagen zu dürfen: Meine Frau. Wenn ich einmal richtig sagen könnte, meine Frau, würde ich sterben, gern. Er erfand immer wieder Kosenamen für sie: Carissima, Clarissima, Rebecca, Kadidja – das war wohl die Lieblingsfrau von Mohammed –, aber auch ganz ordinäre wie Minna oder Minneken oder Mulle, oder Immi oder mein Huelschen, es war, als ob alle diese Namen um das Zauberwort ›Meine Frau‹ herumkreisten, das er nicht sagen durfte.

Denn er hatte ja eine Frau, oder mehr: Sie hatte ihn, die gnädige Frau Burgmann. Vorher hatte sie ihn nicht in Anspruch genommen, sie brauchte sein Haus, sein Renomme, natürlich sein Geld, aber sie repräsentierte auch sehr gern allein. Er hatte ja immer sein eigenes Leben gelebt, das Reisen blieb seine zweite Leidenschaft bis zuletzt, aber ehe die junge Frau kam, war es die erste und einzige. Doch nun, als er zwei hatte, verfolgte ihn die Gnädige mit ihrem Haß oder ihrer Haßliebe, oder war es wirklich eine späte, zu späte Liebe? Weiß man, was man verliert, so lange man es nicht verloren hat? Weiß man, wie lieb einem ein Mensch ist, ehe er sich abwendet, einem anderen zu? Sie war wohl traurig, und die Traurigkeit glaubt immer recht zu haben, aber sie ist schrecklich wie jede Rechthaberin.

Und alles sehr mühsam, ein kostspieliges Umherziehen zum Zeichen, daß sie sich nicht scheiden lassen wollte. Das Ehepaar lebte ja getrennt – auf einer Etage am unteren Kurfürstendamm, sie in elf, er in zehn Zimmern, da war ich seine Gesellschaft. Aber dann, als die junge Frau schwanger wurde – sie wohnte da nie –, zog er aus, zog in ihre Nähe. So wenig er den Skandal scheute, so wenig wollte er Ärgernis geben, Verletzungen anrichten. Wenn Leidenschaft noch behutsam sein kann gegenüber Dritten, dann war es die seine, in den ersten Jahren. Aber sie, die gnädige Frau Burgmann, trieb ihn von Haus zu Haus, von Wohnung zu Wohnung, indem sie ihm folgte; er lud seine Bilder aus, seine Staffeleien, seine wenigen Möbel, und schon war auch die zweite Möbelfuhre zur Stelle, und sie hatte sich ihm gegenüber eingemietet, oder eine Etage darunter, oder im Nachbarhaus – er konnte ja nicht schließlich den ganzen Kurfürstendamm aufkaufen, nicht einmal er. Also zog er wieder zurück in sein Haus, wo er ihr ursprünglich ausgewichen war, und wir packten seine Bilder aus – er war glücklich hier, weil er nur hier das Licht hatte, das er gewöhnt war –, aber wie er aus der Tür tritt, steht er ihr gegenüber, der Frau Burgmann, sie hatte den Kontrakt gelöst, aber unter anderem Namen übernommen – und es wird eine furchtbare Szene im Treppenhaus, soweit ein Mensch allein eine Szene machen kann: Die Frau kreischt und fällt ihn an, stößt ihn die Treppe hinunter, er war ja ein schwerer Mann, aber auch ein schwerer Mann fällt, wenn er entschlossen ist, sich nicht zu wehren, und nicht gefaßt auf einen körperlichen Überfall. Oberschenkelhalsbruch, was man so eine böse Geschichte nennt, er übersteht sie, aber die Lunge, die Lunge war müde geworden, oder schlaff, oder was die Lunge so wird vom langen Liegen, und er wurde nie mehr richtig gesund. Er lernte wieder gehen, humpelnd mit Humor, aber seine Konstitution, sein erdumspannendes Wesen, ja, so kann man es nennen, Herr, war zarter geworden, es umspannte die Erde nicht mehr. Sie zogen alle zusammen in eine Villa im Grunewald, jetzt lebte die neue Familie beisammen, ich nahm meinen Abschied, denn das hätte ja nun die junge Frau gekränkt, wenn ich ihr hätte dreinreden wollen in die Pflege. Aber gereist bin ich noch mit ihm, wenn es nach Italien ging, denn sie konnte ja nicht weg wegen der Kinder.

Und sehen Sie, Herr, wie nun diese Geschichte allmählich begreiflich wird, diese Szene da mit dem Foto und dem Klavier und den Möbelpackern: Er konnte ja nicht einmal mehr malen vor Zorn, selbst in Ravello nicht, er versuchte es manchmal, dann übermannte ihn die Rage, er warf den Pinsel gegen die Leinwand oder stülpte die ganze Palette darauf. Vor acht Wochen ist er gestorben. Er hatte schon in Italien gekränkelt, wir waren auf Capri in einen Regen gekommen, der plötzlich auf uns niederschüttete, naßfrierend kamen wir ins Hotel, ein Fieber, er wollte aber um keinen Preis zu diesem Pfuscher Axel Munthe, und wir sind heimgereist. Hier hat er noch zwei Tage gelebt, und zuletzt hat er zu ihr gesagt, und ich mußte dabeisein: ›Clara, ich mache keinen Frieden, es sei denn, du machst ihn. Mein letzter Wille – führ ihn aus.‹ Sie mußte es ihm versprechen. «

»Und dieses Testament, wie sah das aus?«

»Ja, Herr, ein bißchen böse, durchtrieben, oder auch nur durchdacht. Er vermachte ihr nur die Bilder, den Kindern die zwei Häuser am Kurfürstendamm, das eine auch, in dem die gnädige Frau wieder wohnte. Und er bestimmte, daß diese Erbschaft – eben die für die Kinder – nur in Kraft trete, wenn sie die Kündigung durchsetze gegen die Gnädige. Und danach solle sie dort wieder Wohnung nehmen, in seiner auch, in der sie sich kennengelernt hätten, und sie solle sich dann fühlen und wissen als seine Frau. Das war eine schwierige Situation. Denn sie konnte nicht auf eins dieser Häuser verzichten, weil dann ein Kind praktisch leer ausgegangen wäre. Also bot sie fast alles Geld auf, das sie besaß und flüssig machen konnte, ohne die Bilder anzutasten, ich glaube, es waren über hunderttausend Mark, die gab sie der Burgmann für eine halbwegs gütliche und schnelle Lösung. Und den Rest wissen Sie ja: Sie ist wirklich ausgezogen. Mögen Sie noch einen Danziger?«

»Nein, jetzt lieber einen Genever.«

Zulehner erstattete dem Zeitungskönig Bericht.

»Das ist ja eine schöne Geschichte. Was glauben Sie, wieviel Seiten wir brauchen, um das alles auseinanderzusetzen?«

»Ich glaube, nicht eine Zeile. Wir können das nicht mehr aufrühren.«

»Herr Zulehner, Sie wachsen mir über den Kopf. Was in einer Zeitung gedruckt werden soll – das kann auch zur Not ein Laie bestimmen, der einen Leserbrief schreibt. Aber dafür sorgen, was nicht gedruckt wird – das kann eigentlich nur der Verleger.«

»Sie suchen also einen neuen Friseur?«

»Ja, ich möchte Sie bitten, sich jetzt ganz um den Nacht-kurier zu kümmern. Ich werde Ihnen dieses Quartier dazu einräumen.«

»Ich brauche keine Einsiedelei. Wenn, dann möchte ich ein kleines Zimmer irgendwo im Nachtkurier.«

»Und was drucken wir?«

»Es gibt schon noch neue Geschichten.«

»Und aus dieser anderen Sache können wir gar nichts machen?«

»Doch. Vielleicht lernen.«

Nr. 218, und wie man daraus entkommt

Es sah nicht aus wie ein Überfall. Es sah aus wie eine herzliche Begrüßung unter Landsleuten in der Fremde. Keiner unter den zahlreichen Passanten am Kurfürstendamm sah irgend etwas Feindseliges in der Art, wie die zwei Chinesen mit einem dritten sprachen. Im Gegenteil: Später, bei Aussagen vor der Polizei, erklärte einer der Zeugen, daß er sich gewundert habe über soviel Herzlichkeit und soviel Überschwang. Es sei ja beinah zugegangen wie unter Südländern, mit Umarmungen und Einhaken, Schulterklopfen und temperamentvollem Gerede hin und her. Und laut gelacht hätten sie. Alle drei? Nun, jedenfalls zwei von ihnen, ob der dritte auch, könne er nicht mehr sagen. Er habe gar nicht gewußt, daß Chinesen laut lachen können, deswegen sei er aufmerksam geworden auf diese Szene.

Wan Chang hatte nicht gelacht, als die Chinesen ihn ansprachen auf dem Kurfürstendamm, aber er war stehen geblieben, freundlich und ohne irgendein Befremden: Die anderen hatten einen Stadtplan in der Hand und schauten ratlos mal auf die Karte, mal auf die Straße, und dann sich gegenseitig an, dann wieder aufs Blatt, dann auf das Straßenschild KURFÜRSTENDAMM, und dann hatten sie erwartungsvoll Wan Chang angesehen, der eben von der Joachimsthaler Straße in den Boulevard eingebogen war. Ein wenig zu erwartungsvoll hatten sie ihn angesehen: Hinterher wußte er es, aber zunächst waren es für ihn zwei verirrte Landsleute, hilflos in der westlichen Metropole, vermutlich konnten sie kein Deutsch und konnten den Plan nicht einmal lesen. So stellte er sich dazu und fand an ihrer Frage nach dem Zoologischen Garten nicht viel auszusetzen, außer, daß der so nahe lag. Aber Wan Chang war auch erst seit acht Tagen in Berlin, und er hatte selbst einige Mühe gehabt, sich zurechtzufinden. Zur besseren Orientierung nahm er fast immer ein Taxi; sicherer war es auch.

Jetzt war er auf dem Weg zur Wohnung eines Rittergutsbesitzers, der auf dem Kurfürstendamm residierte. Er wollte mit ihm aber nicht über Landwirtschaft und nicht über Bewässerungsmethoden sprechen, sondern über Waffen für die Tung Meng Hui, die Liga der Verbündeten, die revolutionäre Bewegung Sun Yat-sens. Sun, der geniale Führer des neuen, des kommenden China, war selbst fünf Jahre vorher, 1905, in Berlin gewesen, um Freunde zu werben unter den Chinesen der Stadt und um Kontakte zu knüpfen zu Leuten, die Waffen beschaffen konnten. Die Europäer setzten nicht gerade auf die Revolution, aber sie hofften, durch sie das abendländische Hauptprodukt, die Ordnung, besser exportieren zu können, und dann alles andere auch. Sie spielten gewissermaßen mit der Revolution, und die Revolution versuchte, mit Europa zu spielen. Das Spiel hieß zur Zeit: Waffen. Nur der deutsche Kaiser nahm an diesem Spiel nicht teil: Seine Sympathie gehörte der alten, abgelebten, abgewirtschafteten Dynastie der Ch'ing. Berlin war ein heikles Terrain für einen Chinesen, der sich um Waffengeschäfte bemühte. Der Kurfürstendamm war, im genauesten Sinn des Wortes, heißes Pflaster für einen Agenten, der bei der Firma Schwarzlose & Co. Karabiner kaufen wollte.

Die beiden Chinesen auf dem Kurfürstendamm im Frühjahr 1910 waren keine verirrten Touristen, es waren Geheimpolizisten aus Peking, und sie hatten Wan Chang deshalb so erwartungsvoll angesehen, weil sie ihn jetzt hier erwartet hatten, nachdem sie ihm tagelang vergeblich zu folgen versuchten. Sie hatten den einfachsten Trick benutzt, den es auf Chinesisch gibt, den Dialekttrick. Sie hatten mit ihm erst in der Hochsprache geredet und waren dann begeistert ins Kantonesische gefallen, als sie zu merken vorgaben, daß das auch seine Sprache war. Und war das nicht ein Anlaß zum Feiern, drei Kantonesen in Berlin, nur wenige Schritte bis zu ihrer Pension, man würde einen Sake trinken und von Menzius reden, dem Schüler des Konfuzius.

Wan Chang war nicht aufgelegt zu einer solchen Reunion, aber er mochte nicht unhöflich sein und ging ein paar Schritte mit, bis in die Höhe des Hauses Kurfürstendamm Nr. 218, und was dann geschah, geschah so schnell, daß er es erst richtig begriff, als es vorbei war: Mit einem Male wurde aus den beiden animierten Begleitern eine handfeste Eskorte, Arme packten ihn mit lähmenden Griffen, ein blitzschneller Tritt traf ihn in den Unterleib, so daß er sich vor Schmerz gekrümmt hätte, wenn er nicht gleichzeitig in die Höhe gerissen worden wäre, und dann schleiften sie ihn, doch immer so, daß es nach schöner Dreieinigkeit aussah, ein paar Stufen hoch, wo ein schweres Portal wie von selbst aufging und hinter ihnen mit lautloser Wucht wieder zufiel: Und während sie ihn noch umklammert hielten, trat ein schmaler, feiner alter Herr auf ihn zu, elegant westlich gekleidet, und sagte lächelnd:

»Willkommen in der chinesischen Gesandtschaft, Su Shun.«

Su Shun war der revolutionäre Name Wan Changs, und er hätte eigentlich nur dem kleinsten Kreis der revolutionären Führer bekannt sein sollen.

»Es wäre schön«, sagte der Mann, »wenn Sie sich hier als unser Gast betrachten könnten. Wir haben lieber Gäste als Gefangene. Und eine Plauderstunde ist doch für uns alle angenehmer als eine Nacht im Folterkeller. Reden werden Sie so oder so, und wenn nicht hier, dann in Peking. Und es ist außerordentlich beruhigend, daß ihr jungen Leute so wenig lernt aus den Erfahrungen eurer Führer. Selbst wenn wir Sie je wieder freiließen: Sun Yat-sen wird kaum noch Verwendung für Sie haben. Also seien Sie klug, überdenken Sie Ihre Lage, ich erwarte Sie nachher zum Tee. Mein Name ist Dschang Suiyo, ich bin hier der Attaché, alles hört auf mein Wort, Sie dürfen verstehen. Bringt ihn aufs Gästezimmer. – Sie brauchen nichts aus dem Fenster zu werfen: es landet alles im Hof der Gesandtschaft. Sie brauchen eigentlich nichts als Weisheit, wenn das von einem Revolutionär nicht zuviel verlangt ist.«

Wan Chang brauchte Zeit zum Nachdenken. Er hatte das einfachste Gebot Sun Yat-sens mißachtet: Wachsamkeit. Er hatte die wertvollste revolutionäre Tugend versäumt: Mißtrauen. Er war in das schlimmste aller Laster verfallen: Arglosigkeit. Er hatte nicht gehandelt wie ein Vorkämpfer der Revolution, er hatte sich verhalten wie ein Tourist. Und er hatte das wichtigste Ereignis nicht beherzigt, das, was jeder Anhänger Suns auswendig wußte, das Drama seines Kidnapping in London im Jahre 1896. Damals war der berühmte Revolutionär ja auch von der Straße weg verschleppt worden, ein unglaublicher Fall, und er hatte sich nach Tagen mit List und der Hilfe guter Freunde befreit – war denn dieses Londoner Drama nicht Lektion, nicht Warnung genug? Wie konnte er das vergessen? Nun: Vergessen hatte er es ja nicht, nur hatte er es für eine alte Geschichte gehalten, ein für alle Male vorbei, unwiederholbar und nicht mehr zu fürchten. Und in Berlin, auf dieser breiten gemütlichen Straße schon gar nicht.

Nun saß er da.

Aber wenn die alte Affäre ihm nicht zur Warnung gedient hatte – vielleicht taugte sie doch immer noch zur Rettung. Vielleicht war immer noch Zeit, sich ihrer Technik zu bedienen. Wie hatte es Sun angestellt, Nachricht zu geben? Man hatte ihm damals alles, Bleistift und Papiere, abgenommen, nur ein paar Geldscheine übersehen. Und es war ihm gelungen, einen der englischen Bediensteten der Londoner chinesischen Gesandtschaft auf seine Seite zu bringen. Mit dessen Hilfe hatte er dann doch eine Nachricht aufschreiben können, in einem Winkel des Zimmers, der durchs Schlüsselloch nicht zu beobachten war; denn dauernd standen Wachen vor der Tür. Und dieser gute, wenn auch vor der eigenen Courage zitternde Mr. Cole, hatte dann, trotz der Kontrollen, denen auch er unterworfen war, verstanden, die Notiz aus dem Zimmer und aus dem Gebäude zu schmuggeln. Wie? Nun, das war der berühmte Ascheimer, auf dessen Boden das Papier hinaustransportiert wurde, der Ascheimer als Inbegriff revolutionärer List.

Aber was hätten die tollste Tarnung, der klügste Geist, der couragierteste Helfer vermocht, wenn es nicht einen Adressaten gegeben hätte wie den Doktor Cantlie, der nicht nur ein guter Freund war, sondern auch ein rastloser Helfer, ein Mann mit Verbindungen zur Regierung, zur Polizei und, als diese offiziellen Stellen sich vornehm heraushalten wollten aus der Affäre, zur Presse, die dann endlich Alarm schlug mit Schlagzeilen, die jeder junge Revolutionär auswendig wußte:

Startling Story!
Conspirator kidnapped in London!
Imprisonment at the Chinese Legation!

Und während schon das Schiff auf der Themse bereitlag, den Gefangenen heimlich nach Peking zu bringen, machte ein energischer Protestbrief des Premierministers Lord Salisbury dem trüben Spuk ein Ende: Nach sechs Tagen wurde Sun Yat-sen freigelassen: Ein Mann, der nun erst recht an seine politische Bestimmung glaubte.

Aber nichts dergleichen gab es jetzt für Wan Chang. Keinen Lord Salisbury, keinen Dr. Cantlie, der Himmel und The Globe in Bewegung setzte, keinen ängstlichen, aber hilfreichen Mr. Cole und vor allem keinen Ascheimer: Das Zimmer hatte weder Kamin noch Ofen, sondern eine dieser neuen Zentralheizungen, mit denen das Abendland der Welt wieder einen Komfort angetan hatte. Es gab keine Befreiung – außer der anderen legendären, mit der sich Wang-Ching-Wei im Sommer 1906 befreit hatte, ein Mann, den Sun Yat-sen zu einer geheimen Mission nach China geschickt hatte: Auch er war Polizisten der Mandschus in die Hände gefallen. Er war nur mit dem Leben davongekommen, weil sie glaubten, ihn schon getötet zu haben. Eines Tages fand er sich, fand man ihn, mit zerbrochenen Gliedern und mit wütendem Überlebenswillen in einem Hafenschuppen wieder. Er wurde zu einem der wichtigsten, rasendsten Helfer der Revolution, aber er war ein schrecklicher Anblick.

Nein, Wan Chang wollte nicht so enden, nicht als Krüppel. Wenn, dann würde er den Tod wählen. Und wenn er stürbe, müßte es im Bewußtsein der Freiheit sein. Jeder Gefangene denkt zuerst an Befreiung. Es ist das eigentliche Menschenverlangen, die erste und innigste Lust, frei zu sein, sich freizumachen. Befreiung – jetzt aus diesem Raum, aus diesem Haus, aus dieser Falle –, es war nichts anderes als die Revolution im kleinen, ein Abbild des großen Versuchs, der seit Jahren in China im Gange war, den Mandschus und ihrer skrupellosen Tyrannei, ihren Intrigen und ihrem falschen Himmel zu entkommen. Er dachte an seine Befreiung, als wäre es ein Denkspiel.

Was sind denn aber Denkspiele? Sind es bloß Konzentrationsübungen? Heißt spielen nicht, mit jemandem, gegen jemanden zu spielen? Selbst das einsame Solitär war doch ein Spiel zu zweit: Der erste, gegen den man spielen muß, ist immer man selbst, ist die eigene Verzagtheit, die Müdigkeit, die Panik und schlimmer noch: die Resignation. Wan Chang versuchte sich vorzustellen, daß es einen Ascheimer geben müsse, auch in der chinesischen Gesandtschaft in Berlin, trotz Zentralheizung und ohne daß ein Mr. Cole in Sicht war, der ihn hätte hinaustragen können. Denn was ist ein Ascheimer? Ein Gefäß, um ausgebranntes Feuer, erledigte Energie zu beseitigen. Und gab es ein Feuer, das ausgebrannter war als die Dynastie der Ch'ing? Gab es fahlere Asche als die welke Kaiserin-Witwe Tsu shi, die noch auf ihrem Totenbett Intrigen verfügte? Und wenn das ganze System ausgebrannt, verglüht war, dann waren alle die Bollwerke dieses Systems nur noch Relikte und Schlakke, dann war auch diese Legation in der Reichshauptstadt nichts weiter als eine leere diplomatische Hülse – eben ein Ascheimer, in dem das alte Reich erstickte, erlosch, vielleicht schon erloschen war?

Und wo anders konnte es erlöschen als in den Menschen? Denn das konnte sich Wan Chang nicht denken, daß in China selbst ein System zu Ende ging, ohne daß auch die Repräsentanten weit draußen in der Welt davon betroffen waren. Selbst wenn man in Berlin oder Paris oder London von den Machenschaften des Hofes nicht alles mitbekam – die Auflösung mußte sich ja in beinah jeder Weisung zeigen. Das Schicksal Hsü Ching-ch'engs war doch drastisch genug: Gesandter in Berlin und Petersburg, hatte er sich von der westlichen Welt allzusehr faszinieren lassen; war zurückberufen worden und vom Großen Buddha, wie man die alte Kaiserin-Witwe genannt hatte, zum Tode verurteilt worden. Die Toten in Peking – wer mochte sie noch zählen? Die kaltblütigen Morde, die Folterungen, die Selbstmorde aus Verzweiflung und jene Freitode, die großmütig gestattet wurden. Morddrohungen als Hofgespräch: Kürzlich erst war der Satz der Kaiserin Lung Yü publik geworden, mit dem sie den Vizekönig Tuang Fang bedroht hatte, als der nur wagte, sie anzusehen: Wäre ich die alte Kaiserin, wo wäre dann jetzt Ihr Kopf!

Aber Wan Chang wußte, daß er die Furcht vergessen hatte bei seinem Kalkül, die Furcht, die alles noch eben zusammenhielt. Und war der Überfall auf ihn nicht der beste Beweis, daß der Zusammenhalt noch funktionierte? Dies alles, sagte er sich, ist ein Ascheimer, aber er ist zu groß, als daß ein einzelner ihn hinaustragen könnte.

Es waren wohl Stunden vergangen, als der Mann, der sich mit Dschang Suiyo vorgestellt hatte, ihn von den beiden Leuten, die ihn auf der Straße übertölpelt hatten, zu sich holen ließ. Es war ein höhnischer Gang: Sie faßten ihn schmerzhaft an den Handgelenken und traten ihn mit den Knien ins Kreuz. Wan Chang glaubte zu spüren, daß die Schikane dazu diente, ihn in Wut zu bringen. Wut aber war das, was er am wenigsten gebrauchen konnte. Es gibt Situationen, in denen Wut eine göttliche Kraft ist; dies war keine davon. Er fand sich in einem großen, repräsentativen Raum wieder; ein Diener brachte Tee und zog sich dann, nebst den beiden Leibwächtern, zurück.

»Ich hoffe, man hat Sie nicht zu hart angefaßt. Unsere Langmut im Umgang mit Agenten ist einigermaßen erschöpft«, sagte der Attaché.

»Und wir sind uns über die Majestät der kaiserlichen Gebärden längst im klaren. Wir sind abgehärtet. Und um so entschlossener.«

»Ich kenne eure Sprüche. Sie sind ja einfältig genug. Europäische Simplizität. Vertreibt die Tataren! China den Chinesen! Gründet eine Republik! Bodenreform! Aber eure Entschlossenheit ist das Gespött der Welt, die Belustigung unserer Geheimpolizei. Eure Aufstände – was sind sie anderes als hysterische Anfälle? Die Studenten in Pingsiang 1906 – für wen sind sie gestorben? Und die ihnen zu Hilfe kommen wollten – wo sind sie abgeblieben? Oder die Verschwörung in Kanton gegen den Sohn des Vizekönigs – die möchtet ihr am liebsten selbst nicht wahrhaben. Euer großer Sun Yat-sen am Ende auf der Flucht in Kleidern, die er einer Fischersfrau förmlich vom Leibe gerissen hat, mit einem Tuch um den Kopf. Gelder schnorren, das kann er, aber kann er auch kämpfen? Und wo sind die Kämpfer, die er aufstellen will?«

»Hier ist einer.«

»Aber Kämpfer erkennt man doch daran, daß sie kämpfen.«

»Aber nicht jeder erkennt jede Form von Kampf.«

»Was soll das heißen?«

»Ich befinde mich im Kampf.«

»Benachrichtigen Sie mich, wenn er beginnt.«

»Er hat begonnen.«

»Ich verstehe, mit Worten. Mit Ideen. Mit den neuen alten Hüten aus Europa. Ich will Ihnen sagen, was der Fehler Ihrer Revolution ist: Ihr habt die Europa-Hysterie. China den Chinesen, sagt ihr, aber ihr wollt es in ein anderes England verwandeln, in ein zweites Frankreich, vielleicht sogar in ein neues Amerika. Eure Revolution ist narkotisiert vom Westen, geblendet von der Scharlatanerie des Verstandes.«

»Die Weisheit hat sich als die größere Scharlatanerie gezeigt. Eine Weisheit, die zum Terror geschrumpft ist. Eine Weisheit, die nicht nur das Volk dumm zu halten versucht, sondern die Herrscher selber verdummt hat. Aber das Volk leidet nicht immer, es lernt auch die Dummheit hassen, und es lernt neue Dinge...«

»Zum Beispiel Zeitung lesen«, sagte der Attaché.

»Eine Zeitung ist mehr wert als hunderttausend Mann.«

»Sagt euer Führer, ein Feldherr der großen Worte. Ich würde es auch sagen, wenn ich keine hunderttausend Mann hätte.«

»Sun redet aus Erfahrung. Er ist von einer Zeitung befreit worden. Vielleicht haben Sie die Güte, sich zu erinnern.«

»In Europa geht so etwas. Aber nur hier. Was taugt eine Zeitung für die Chinesen?«

»Sie revolutioniert die Seelen, langsam, aber machtvoll.«

»Können Sie lesen?«, fragte der Attaché boshaft.

Wan Chang lächelte. »Ich bin Koch. Wenn Sie zu essen verstehen, wissen Sie, daß ein Koch lesen kann.«

»Ein Koch, der Revolutionär wird, muß ein schlechter Koch sein. Ich nehme an, Sie werden die Einführung des Plumpuddings ins Reich der Mitte betreiben, oder warten Sie: Hier in Berlin gibt es noch etwas Ekelhafteres: Eisbein mit Sauerkraut.«

»Wir werden alles übernehmen, was nützlich ist. Warum nicht auch Plumpudding, wenn er das Volk satt macht.«

»Wissen Sie, was unser großer Kaiser Tschien Lung dem englischen König Georg II. geschrieben hat, als der ihm einen Botschafter aufdrängen wollte und ihm mit Geschenken lästig fiel? – ›Fremde und kostspielige Geschenke interessieren mich nicht. Wie euer Gesandter mit eigenen Augen sehen kann, besitzen wir alles. Ich lege keinen Wert auf Gegenstände, die fremdländisch oder geschickt erfunden sind. Ich habe keine Verwendung für die Produkte eures Landes.‹ – Und dann hat er den Diplomaten heimgeschickt mit der Mahnung an seinen König, er solle durch ständige Unterwerfung unter den Himmlischen Thron Frieden und Wohlergehen für sein Land sichern.«

»Ich weiß. Es ist der dümmste Brief in der Geschichte Chinas.«

»Es ist die einzige Sprache, die Europa versteht. Die auch ihr Revolutionäre, ihr Hysteriker versteht. So, mein verehrter junger Freund, und jetzt legen Sie einmal Ihre Informationen auf den Tisch. Wo überall haben Sie Waffen bestellt, zu bestellen versucht?«

»Sie meinen, welche Leute mich jetzt in Berlin zu vermissen beginnen?«

»Leute wie Sie vermißt man nicht in dieser Stadt, nicht in deutschen Kontoren. Leute wie Sie hat man dort nie gesehen, die verkehren dort einfach nicht. Deutsche Geschäftsleute sind sehr korrekt, und die Waffenhändler sind die korrektesten. Niemand hat einen Mann namens Wan Chang oder Su Shun je empfangen, wenn der Mann das Pech hatte, sich fassen zu lassen.«

Wan Chang wußte, daß der Attaché recht hatte. Alle seine Kontakte waren getarnt, geheim, die Gespräche fanden außerhalb der Geschäftsräume statt, meist liefen sie über Mittelsmänner, es gab nur mündliche Absprachen, keine Quittungen, Zahlung in Goldbarren oder englischen Pfunden. Und immer hatten die Unterhändler so getan, als dürften die eigentlich Verantwortlichen nichts davon wissen. Manchmal allerdings saßen sie im Hintergrund eines

Restaurants dabei, machten Notizen, räusperten zustimmend oder ablehnend, oder sie verließen den Raum, kamen mit einer schriftlichen Notiz, die ein Kellner überbrachte, für den Verhandlungsführer zurück. Aber alle Firmen, mit denen er in Verbindung getreten war, hatten Lieferungen in Aussicht gestellt. Doch diese Aussicht war nichts mehr wert, wenn Wan Chang sie nicht perfekt machen konnte oder wenn er sie verraten mußte.

Er versuchte zu bluffen: »Ganz Deutschland steht auf unserer Seite. Die chinesische Revolution wird mit deutschen Waffen kämpfen. Kanonen, Maschinengewehre, Mörser, Karabiner.«

»Und Herr Krupp in vorderster Front beim Sturm auf die verbotene Stadt, und Herr Gruson als Feldherr in Shanghai? Aber Sie sagten doch eben, der Westen sei bei Verstand? Halten Sie Deutschland nicht für ein westliches Land? Ich will Ihnen zugeben: Hier in Berlin hat man manchmal seine Zweifel.«

»Wenn Sie klug wären, würden Sie nicht spotten. Sie würden Vorbereitungen treffen, die Gesandtschaft in republikanische Hände zu übergeben.«

»In die Ihren? Haben Sie je Wan Chan Chi gesehen? Hatte der noch Hände, in die man etwas übergeben konnte? Werden Sie noch Hände haben, ehe Sie uns alles über Ihren Auftrag erzählt haben?«

Wan versuchte, die Panik trotz der Drohung abzuwehren. »Es könnten ja auch Ihre Hände sein, und die Übergabe könnte unmerklich erfolgen. Zum Beispiel so, daß Sie mich überzeugt hätten und daß ich bereit wäre, ein Doppelspiel zu treiben. Und daß das eigentliche Doppelspiel von Ihnen betrieben würde?«

»Sie sind ein Träumer und leider auch ein Schwätzer. Sie wollen Zeit gewinnen, aber die meine ist knapp.«

»So knapp wie die des alten Regimes. Ich bitte, überlegen Sie.«

»China – ein Volk von Waffenhändlern und Zeitungslesern?« Der Attaché schüttelte den Kopf, er war jetzt unwillig, das Gespräch fortzusetzen. Er wies in eine Ecke des Saals, wo auf einer Konsole ein einfarbiges, himmelhell schimmerndes bauchiges Gefäß stand.

»Sehen Sie diese Vase. Das ist das wahre China. Das Reich der Kunst. Die Weisheit der Form, das Ingenium des Materials. – Sie kaufen Kanonen. Sehen Sie, dies sind unsere Waffen. Wir schützen unser Reich mit Kostbarkeiten.«

Wan Chang beugte wie beschämt den Kopf. Dann sah er wieder auf das kostbare Gefäß. Und er erinnerte sich jäh, eine Abbildung davon kürzlich in der Londoner Times gesehen zu haben: Eine der wertvollsten chinesischen Vasen solle Kaiser Wilhelm II. zum Geschenk gemacht werden. Auf der Stelle fiel ihm wieder die Bildunterschrift ein: China's China-diplomacy towards Germany. Porzellan-Politik mit Deutschland. Und diese Vase, zumindest eine gleiche, stand im Audienzzimmer der chinesischen Gesandtschaft in Berlin! Dann mußte sie so gut wie unersetzlich sein!

Und auf einmal sah Wan Chang alles mit klaren Augen: Diese Zerbrechlichkeit war noch etwas Kostbareres als eine alte Vase: Dies war sein Ascheimer! Dies war nichts anderes als das ganz prosaische Gefäß, das für ihn die Rettung bedeutete! Welch eine Pointe: Ein Kunstwerk als Instrument der Befreiung. Die Unantastbarkeit des großen Werks als Garantie für die Unantastbarkeit des Menschen. Die Vase würde ihn hinausführen auf die Straße, in die Stadt, ja die Vase selbst war schon die Freiheit, er mußte sie nur erst in der Hand haben. Noch saß er gut zehn Schritte von ihr entfernt. Und es galt, diese Distanz in der größten Gelassenheit, mit der vollkommensten Ruhe zu überwinden. Da der Attaché sich erhoben hatte, um das Gespräch zu beenden, stand auch Wan auf. Er verbeugte sich ungewöhnlich tief. Er war bleich, als er sagte:

»Ich weiß, was mir bevorsteht. Es gereicht Ihnen nicht

zur Ehre. Nicht, weil es mich schmerzt, sondern weil es am Lauf der Dinge nichts ändert. Es sind sinnlose Qualen, die Sie mir bereiten. Aber erlauben Sie mir vorher noch einen Augenblick mit dieser Kostbarkeit, eine Sekunde der Betrachtung. Dieser Anblick wird mir helfen, an China zu glauben, an das alte, und an das neue. An Ihres nicht.«

»Ach, und jetzt erleben wir auch noch den Kunstfreund!«, sagte der Attaché ironisch, aber nicht unbeeindruckt. Jedenfalls ließ er zu, daß Wan Chang ein paar Schritte auf die Vase zu machte, die Schritte eines Andächtigen, der aber auf dem Sprung ist, die Schritte eines Bewunderers in federnder Hochspannung.

»Dies ist das Herrlichste, das ich je gesehen habe«, sagte Wan Chang doppelsinnig. »Weiße Jade mit Goldrand – ein so wunderbares Stück habe ich noch nie gesehen. Späte Han-Dynastie, nehme ich an, westliche Han-Dynastie, die Zeit, als sie Abschied nahmen von Bronze und Gold und Jade entdeckten als Inbegriff des ›ren‹, der Humanität.«

»Fassen Sie sie nicht an!«, sagte der Attaché mit plötzlicher Wachheit in der Stimme. »Sie schlägt Alarm bei der leisesten Berührung!«

Wan Chang blieb, mit äußerster Beherrschung, einen Moment lang still stehen. Er ließ alle Glieder locker, schlaff hängen, legte den Kopf friedlich auf die Seite, verfiel in eine Haltung wunschloser Versunkenheit. Es war zugleich eine Position von großer hypnotischer, fast opiatischer Wirkung: Sie schlug den, der sie beobachtete, in Bann.

Alarm, dachte Wan, das war ja für seinen Plan sogar noch eine Hilfe. So waren sie, die alten ausgedienten Köpfe: sicherten ihren Reichtum durch Alarmsignale gegen Räuber. Aber wie wollten sie ihn sichern gegen einen, der kein Räuber war und den Alarm sogar gebrauchen konnte als eigenen Hilferuf? Der die Vase nicht stehlen wollte, sondern nur als Geisel benutzen?

Und dann machte er, wie ein Fechter, die vier Schritte bis

zur Konsole, nahm, mit swiften, sachten, sorgsamen Händen das Gefäß, während der Attaché ihm nachstürzte, hielt es dann, wie eine Mutter ihr Kind, schützend umarmt vor den Bauch. In jäher Wut wollte sich Suiyo der Vase bemächtigen, er war drauf und dran, Chan in ein Handgemenge zu verwickeln, ihn zu Boden zu werfen, aber der trat behend mit seiner Beute zur Seite.

»Ich lasse sie fallen, wenn Sie mir auch nur zu nahe kommen. Ich werfe sie zu Boden, wenn mich irgend jemand berührt. Ich zertrümmere sie, wenn mich noch einer daran hindert, dieses Haus zu verlassen.«

Die Leibwächter, vom Schrillen der Alarmglocke aufgestört, stürzten in den Raum, und diesmal war es der Attaché, der sie hinderte, über Wan Chang herzufallen und ihm das Gefäß zu entreißen.

»Kommen Sie her!«, rief der Attaché Wan Chang zu, als die beiden Männer immer noch nicht begriffen und ihre Angriffslust nicht bezähmen wollten. Der Diplomat versuchte, sich schützend vor den Revolutionär zu stellen.

Der Raum war plötzlich voller Menschen: Sekretäre, Dienstboten, etliche Uniformierte, und schließlich kam sogar der Gesandte selbst, Yiuchang. Sein Gesicht kannte Wan Chang von den Fotos, die er bei Beginn seiner Mission hatte studieren müssen.

Der Attaché dienerte beflissen und klärte seinen Vorgesetzten in nervöser Eile über den Vorfall auf, indes Wan Chang und die beiden Leibwächter wie in einer Scharade erstarrt waren.

»Ein Kunstdieb also?«

»Ein Revolutionär, den wir gefaßt haben.«

»Wie kann man Revolutionäre fassen, wenn es keine Revolution gibt?«

»Ich hatte Anweisung aus Peking«, sagte Dschang Suiyo.

»Peking für Sie bin ich. Peking in Berlin bin ich, sonst niemand. Ich habe Ihnen keinerlei Anweisungen gegeben.

Und schon gar nicht die, Kunstdiebe auch noch ins Haus zu holen.«

»Exzellenz, ich bitte zu verstehen, mein Auftrag lautete...«

»Ihr Auftrag? Bin ich nicht Herr in diesem Haus? Regiert in meiner Residenz jetzt schon das Personal? Ich will Ihnen sagen, wen ich hier einzig als Revolutionär ansehe: meinen Adjutanten, der mir solche Leute anschleppt. Hinaus mit dem Mann!«

»Nichts lieber als das«, sagte Wan Chang lächelnd und leise, und er hielt den wie von selbst leuchtenden Krug jetzt wie ein Opfergefäß vor sich hin, doch nahe beim Körper. »Aber ich traue diesem Mann«, er deutete mit dem Kopf auf Suiyo, »so wenig, wie Sie ihm jetzt noch trauen sollten. Ich traue niemandem in diesem schönen Hause, außer vielleicht Ihnen, Exzellenz, wenn Sie wirklich über Ihr Personal gebieten könnten.«

»Was soll das Geschwätz?«

»Ich möchte Ihnen die Vase übergeben, und nur Ihnen.«

»So tun Sie es.«

»Nicht hier. Nicht in diesem Haus, das für mich ein Gefängnis ist. Ich bitte Sie, mich hinauszubegleiten. Bis vor die Tür, bis vor das große Portal. Dann werden Sie es von außen verschließen, damit uns niemand folgen kann. Und wenn wir draußen sind – übergebe ich Ihnen die Vase.«

»Das ist doch lächerlich. Wenn ich Ihnen garantiere...«

»Nur die Vase garantiert mir den Ausweg, und ich garantiere Ihnen, Exzellenz, für die Vase. Bitte, lassen Sie uns gehen.«

Und so geschah es, daß im Frühjahr 1910, mitten auf dem Kurfürstendamm, einer der kostbarsten Gegenstände der Welt, ein fast zweitausend Jahre alter Jade-Krug aus der Yan-Zeit, von einem jungen Chinesen einem vornehmen älteren überreicht wurde. Mitten auf dem Kurfürstendamm – das stimmt nicht ganz, denn der Gesandte weigerte sich, die Übergabe auf offener Straße, in aller Öffentlichkeit, stattfinden zu lassen. Und so vollzog sich das Geschäft denn in einem jener kleinen grünen Häuschen, die die Berliner wegen ihrer Form Café Sechseck nennen: in einer öffentlichen Bedürfnisanstalt.

Die Oper, die Kulisse war

Was fehlte dem Kurfürstendamm zu seinem Glück, zu seinem Glanz? Im Sommer 1910 war der Lunapark eröffnet worden, draußen in Halensee, ein Riesenrummel nach amerikanischem Muster. Er zog die Berliner in Scharen an und vertrieb die Mieter aus den nahegelegenen Häusern. In einer alten Halle am Zoologischen Garten war eine Rollschuhbahn etabliert worden, und das Restaurant »Sanssouci« hatte aufgemacht, das erste Etablissement, das den feinsten Ansprüchen genügte: Jetzt war man am Kurfürstendamm nicht mehr angewiesen auf die klassischen Restaurants in der Stadt, jetzt war die Avenue fast autark in Sachen Gesellschaftsleben.

Was also fehlte noch?

Es war der Bankier Felix Montanus, der diese Frage stellte und sie auch gleich eine müßige Frage nannte, denn die Antwort für jeden kunstsinnigen Bürger konnte nur heißen: eine Oper. Selbstverständlich eine große Oper. Die Große Oper.

Denn, nicht wahr, eine Oper ist das eigentliche Zeichen dafür, daß eine Gegend nicht nur besiedelt, sondern auch zivilisiert ist, daß nach dem Geld auch die holde Kunst sich eingefunden hat, nach der Spekulation auch das Belcanto, nach dem Gründergeist auch das Wagnis zum hohen C. Denn nicht die Cafés, die Lunaparks, die großen Wohnpaläste verheißen Urbanisierung, sondern ein Opernhaus, und eine Straße wie der Kurfürstendamm, wo mindestens jeder vierte Bewohner Millionär war, brauchte eine Oper dringender als das tägliche Brot. Wenn Millionäre an der Tagesordnung sind, sollte denn doch wohl auch an ein paar Millionen kein Mangel sein.

Der Bankier Montanus betrieb sein gewaltiges Werk mit dem Beiklang einer Zahl, die er nicht groß ausposaunte, sondern sotto voce einfließen ließ, höchst kultiviert, denn sie war ja schon laut genug für sich: elf Millionen. Es spricht sich nichts so schnell herum wie das, was nur geflüstert wird, und es eignet sich, außer einer Arie, nichts so sehr zum raschen bewegenden Eindruck wie eine große Summe Geldes. Selbst wenn die Gralserzählung aus dem Parzival schon viel Phantasie freisetzt, so kann sie sich doch nicht mit jener Imaginationswonne messen, die die Zahl 11 000 000 bewirkt. Allerdings ist es eine Sorte Imagination, die nicht viel danach fragt, was es mit diesen elf Millionen auf sich hat, ob sie in gutem Geld daliegen oder bloß auf dem Papier stehen, oder noch deutlicher und ganz schlichtweg: ob sie vorhanden sind oder erst noch aufgetrieben werden müssen.

Elf Millionen und Große Oper und Kurfürstendamm: Das wird im Jahr 1910 zum Begriff für eine Berliner Kulturtat ohnegleichen. Die Zeichen stehen so gut wie noch nie: Es ist ja, trotz diesem Kaiser, immer noch Frieden, und wenn keine Forts zu bauen sind, müssen eben Opernhäuser herhalten. Ein Baumeister ist also rasch gefunden, der sich mit fünfzigtausend Mark beteiligen würde, wenn er den Auftrag bekommt. Brauereien sind immer zur Stelle, wenn es um den Ausschank von Kunst geht, und daß Opern durstig machen, weiß jedes Kind (manche handeln sogar vom Durst): Also mit fünfzigtausend Mark Biergeld kann auch gerechnet werden, und zehn Mille würde der Interessent für die Garderobenpacht zahlen. Und dann gibt es da noch den einen oder anderen Herrn, der sich auf die Förderung junger Künstlerinnen geworfen hat oder auf diese selber, und der sich das Engagement einer Blaise Alkan oder Orsina Mirallo (eigentlich Müller) etliches kosten lassen würde, vorausgesetzt, die Damen kämen in tragenden Partien heraus. Denn was gibt es Süßeres als eine Liaison, die auch als Mäzenatentum verstanden werden kann, als eine Intimität, die man als öffentliches Ereignis genießen kann. Natürlich kann man nicht ewig warten, denn die Liebe ist flüchtig und wer weiß...?

Also her mit einer Oper am Kurfürstendamm!

Der große Max Reinhardt hätte Lust.

Die unvergleichliche Frieda Frenzel könnte gewonnen werden. Und Richard Wagner wäre von 1913 an tantiemenfrei, wie jetzt schon in New York. Diese herrliche Musik ganz umsonst! Dieser Harmonientaumel gratis! Dann könnte ein neues Wagner-Zeitalter anbrechen in Berlin – was ist dieser Kurfürstendamm überhaupt anderes als ein Bayreuth, das immer Saison hat! Ein neues, kühneres, moderneres Bayreuth mitten auf dem Boulevard, Nr. 193/194. Und wenn es nach Herrn Montanus gegangen wäre, so hätte der Bau gleich beginnen, der Betrieb gleich losgehen können, in voller Gala, aber zu volkstümlichen Preisen, wenigstens für das Parkett. Gönner gab es genug, auch Mäzene, wenn die Sache erst wirklich in Gang käme, aber wie sollte sie in Gang kommen, wenn alle nur abwarteten?

Was gebraucht wurde, war ein wirklicher Magnat, ein potenter Mann aus Amerika, einer, der wußte, wie man ein solches Unternehmen aufzog. Und eines Tages war er da, Samuel Insull aus Chicago, ein Mann, von dem es hieß, daß er drüben die Opernhäuser nur so aus dem Boden stampfe, Orchester und Chöre gleich mit, daß er ganze Kathedralen in Europa abreißen oder doch wenigstens nachbauen ließ als Dekorationen, daß er, etwa im »Rigoletto«, nur mit echten Regenfällen und Naturgewalten sich zufrieden gebe, daß er allein für Vorhänge so viel Geld einsetze wie man es anderswo für den ganzen Bau brauche. Und überdies sei das ein Mann, der die Terminkalender aller großen Sänger kenne, ja sogar bestimme, Karrieren mache oder kurzerhand zerstöre. Kurz: Dies schien der rechte Mann, die kleine Lücke in der Finanzierung der Großen Oper am Kurfürstendamm zu schließen, die letzte Hürde auf dem Weg zum neuen Kulturinstitut Berlins zu nehmen.

Womit Mr. Insull sein Geld machte, wußte niemand recht; aber es war auch eine kleinliche Frage angesichts der Menge, die er schon gemacht hatte. Irgendwie wäre es petit gewesen zu denken, daß er mit irgendeiner speziellen Fabrikation sich abgäbe, daß er vielleicht Eisenbahnwaggons produziere oder Telegraphenmasten oder Schiffsschrauben (wie vermutet wurde): Es hieß, er verfüge über ein ganzes Imperium, und gegen ihn seien der Siemens und der Borsig Waisenknaben. Man denke: ein Imperium! Ein Mann, der Operngründungen als Steckenpferd betrieb, der war nicht bloß ein Millionär, der war womöglich Milliardär, ein Krösus, ein Nabob.

Ein Goldesel, dachte Herr Bankier Montanus, und das hätte er nicht denken sollen. Goldesel stellen sich ja hin und geben Gold von sich, soviel man will, was man auch braucht, ganz nach Bedarf. Aber der ärmste Schlucker, der einem blinden Bettler seinen letzten Sechser gibt, ist noch eher ein Goldesel als ein Multimillionär wie Mr. Insull: Denn reich wird man ja nicht dadurch, daß man Geld ausgibt, sondern daß es einnimmt. Und wenn auch die erste Million nach dem Urteil aller Eingeweihten die schwerste ist, so wäre es verkehrt, den Weg von der Million zur Milliarde als bloßes Zuckerschlecken anzusehen. Es erfordert eine bis zum Masochismus gesteigerte Disziplin: Wer nichts hat, kann nichts ausgeben, wer aber schon über eine satte Million verfügt, ist den Anfechtungen der Verschwendung ausgesetzt wie ein steuerloses Schiff den Wellen auf hoher See.

Nicht aber Mr. Insull aus Chicago.

Und so verlief der erste Besuch bei dem Amerikaner auch ganz anders, als Felix Montanus sich das vorgestellt hatte.

Er fand ihn auch keineswegs mehr im »Adlon« vor, wo er zunächst abgestiegen war, ebensowenig im »Esplanade«, das ihm als zweite Adresse genannt wurde, sondern im »Metropol«, einem kleinen lebhaften Hotel, das aber keineswegs zu den ersten Häusern zählte. Allerdings sah er ihn dort umgeben von Dekorateuren und Handwerkern, Möbelhändlern und anderen Geschäftsleuten und offenbar im Begriff, das Gebäude auf den Kopf zu stellen.

Mr. Insull saß an einem langen Tapetentisch, die Pläne der Großen Oper lagen inmitten anderer Papiere vor ihm auf dem Boden.

Montanus hatte einige Mühe, ihm klarzumachen, daß er nicht die Vorhänge bringe und auch nicht der Mann mit den neuen Badewannen war.

»Die Oper«, sagte er mit verdrossenem Elan, »die Große Oper. Die da«, und dabei zeigte er auf die Baupläne zu seinen Füßen. Er bückte sich und hob den teuer bezahlten Entwurf auf.

»Ah, Maestro, ich empfange Sie schlecht. Kommen Sie. Aber die Stadt hat mich auch schlecht empfangen.«

Ein Bankier ist nicht gerade erfreut, wenn man ihn mit Maestro anredet, aber Herr Montanus ließ es sich für den Augenblick gefallen. Er war sogar teilnahmsvoll:

»Ein schlechter Empfang? Das täte mir leid. Hatten Sie Ärger mit uns Preußen? Berlin ist manchmal auf den ersten Blick... Aber das ›Adlon‹ ist doch berühmt für seinen Komfort.«

»Der Komfort ist allright, nur leider taugt der Service nichts.«

»Nichts?«

»Ein gutes Hotel muß alles für seinen Gast tun.«

»Aber die Herren im ›Adlon‹ bemühen sich doch wirklich.«

»Ich bin nicht gern zu Besuch. Ich möchte mich zu Hause fühlen, auch auf Reisen. Und sie wollten es nicht verkaufen.«

»Das ›Adlon‹? *Sie* wollten doch nicht das ›Adlon‹ kaufen?«

»Es gefiel mir. Es sieht gesund aus. Ich kaufe gern, was mir gefällt. Mein Eindruck war: komfortabel und profitabel. Aber es scheint, in dieser Stadt sind Geschäfte nicht gern gesehen.«

»Man hält es vielleicht für bequemer, ein Hotelzimmer zu mieten als gleich das ganze Hotel zu erwerben. Man denkt hier vermutlich, und das mag eine europäische Begriffsstutzigkeit sein, genau das sei das Komfortable an einem Hotel, daß man da wohnen kann, ohne es gleich zu besitzen.«

»Maestro, denken Sie an diesen König von Frankreich, irgendein Henry, der schoß die Städte nicht kaputt und belagerte sie nicht und hungerte sie nicht aus. Er führte Krieg, indem er sie kaufte. Was kostet Orléans?, sagte er zum Beispiel, und dann zahlte er, und dann machten sie die Tore auf. Well, das ist das Rezept. Ich bin kein König, ich erobere nicht Städte, ich erobere Hotels. Wenn man überall Hotels hat, gehört einem die Welt. Und es zahlt sich aus, wenn einem die Welt gehört.«

Das also war Insulls Imperium: Hotels! Montanus bangte um seine Pläne: Hatte man ihn denn falsch informiert, war der berühmte Opern-Gründer aus Amerika in Wahrheit nur ein banausischer Hotelbesitzer? War der sagenhafte Mäzen nur ein ganz gerissener Geschäftsmann?

»Aber das Projekt unserer Oper! Unserer Großen Oper! Die kühnste Investition bleibt doch immer die Kunst.«

»Kühn nennen Sie das? Das ist nicht einmal verwegen. Rausgeworfenes Geld, wenn Sie das meinen. Sehen Sie her.«

Mr. Insull griff in seine Jackentasche, nahm ein großes Bündel Geld heraus und sagte zu Montanus: »Kommen Sie mit.«

Es war ein grotesker Gang, zu dem der Amerikaner aufforderte. Montaus folgte ihm in ein Badezimmer, in dem auch ein WC stand. Insull winkte die Handwerker, die dort arbeiteten, beiseite. Er drückte Montanus den Packen Scheine in die Hand: es waren Dollars.

»Werfen Sie sie da hinein«, sagte der Amerikaner und wies auf das Becken des Klosetts.

»Das ist doch nicht Ihr Ernst! Das ist doch viel Geld!«

»Zehntausend«, sagte Insull.

»Aber dann ist es doch weg!«, rief Montanus in dem panischer werdenden Gefühl, es mit einem Irren zu tun zu haben.

»Wenn Sie eine Oper gründen, ist es auch weg, und noch viel mehr.«

Montanus gab dem Amerikaner die Scheine zurück. »Ich kann das nicht. Ich kann nicht etwas absolut Unsinniges tun.«

»Aber Sie lassen sich auf eine neue Oper ein, und Sie wollen mich dafür einspannen, nicht wahr?«

»Ich wußte nicht..., ich wollte nicht... ich meinte nur, Sie selbst wollten sich engagieren, es fehlt uns ja bloß noch ein bißchen, vor allem Ihre amerikanische Erfahrung.«

»Maestro, ich werde Ihnen sagen, was Ihnen fehlt. Geld, Geld und nochmals Geld. Vielleicht verstehen sie viel von der Oper. Vielleicht sind Sie ein Genie in Ihrer Freizeit. Vielleicht ertragen Sie sogar diesen verrückten Wagner. Vielleicht könnten Sie sogar singen. Vielleicht können Sie sogar Gesang aushalten. Ich kann es nicht. Aber eins wissen Sie nicht, wie ich nun merke: Oper hat mit Geld zu tun, und zwar mit der Sorte Geld, die man zum Fenster hinauswirft. Und wer wirft das Geld zum Fenster hinaus?«

»Niemand, selbstverständlich.«

»Sehen Sie, selbst das wissen Sie nicht. Viele Leute tun das. Immer mehr tun das. Und warum? Aus Bluff. Aus Prestige. Aus Taktik. Wer sein Geld zum Fenster hinauswirft, will sagen, daß er sich das leisten kann. Und wer vor allen anderen will das sagen? Der es sich nicht leisten kann. Das Geld zum Fenster hinaus – das ist ein letzter Trick. Eine letzte Illusion. Demnächst werfen die Leute sich dann selbst zum Fenster hinaus. Wir in Amerika bauen dafür gerade Hochhäuser, damit keine Krüppel übrigbleiben.«

»Aber Sie selbst? Sie machen doch da auch mit. Und Sie werfen doch Ihr Geld gewiß nicht zum Fenster raus?«

»Mein Geld? Wer redet denn von meinem Geld? Ich gebe meinen Namen, ist das nicht genug? Soviel Kredit gibt es gar nicht wie mein Name wert ist: Samuel Insull.«

»Aber wir hatten gehofft, daß Sie etwas zeichnen würden.«

»Ihre Ehrlichkeit gefällt mir. Ich sehe, daß Sie keinen Cent haben für Ihre Oper. Das ist sympathisch. Eine klare Ausgangsbasis. Ich liebe klare Situationen in eigenen Dingen.«

»Dann ist alles aus«, sagte Montanus wirr.

»Wissen Sie, was Sie gründen sollten?«

»Wie bitte?«

»Ein Bestattungsinstitut, bei Ihrer Trauermiene.«

»Aber die Gründung! Die Gründung!«

»Trauen Sie sich denn wenigstens eine Gründungs-Gala zu? Ein Opernfest? Glanz und Glamour, daß den Leuten die Augen übergehen?«

»Nichts leichter als das.«

»Hauptsache Uniformen. Und an Adel, was sie bekommen können. Aber ein paar hübsche Damen auch. Und dann unbedingt diese Herren hier auf der Liste.«

Montanus überflog den Zettel, den Insull ihm reichte.

»Aber das ist ja die allererste Gesellschaft, das Finanz-Berlin, die Industrie-Elite, die Handels-Creme. Woher haben Sie alle die Namen? Die geben sich doch nicht mit einer Neugründung ab, die haben doch alle ihre Logen in der Hofoper.«

»Lieber Maestro, kümmern Sie sich um das Programm. Und vergessen Sie mir nicht den Caruso, der ist in den nächsten Wochen in Europa.«

»Aber der kommt doch nie.«

Insull gab ihm das Bündel mit den Dollarnoten ein zweites Mal. »Sagen Sie ihm: zehntausend, und einmal ›O Sole mio‹. Und einen Gruß vom Padre.«

Welch eine Gala! Der große Saal des Kaiserhofs hatte schon viel an gloriosem Pomp erlebt, an gesellschaftlicher Illumination, aber eine solche Koinzidenz von Eleganz und Titeln, von Schneidigkeit und Kunstsinn, von Diademen und Denkerstirnen wohl doch noch nie. Zwar war aus der kaiserlichen Familie nur Prinz Eitel Fritz erschienen, aber daneben machte der Oberstallmeister Exzellenz Freiherr von Reischach seine berühmte vorzügliche Figur, und der Flügeladjutant Oberst von Chelius vertrat nicht nur den Hof, sondern auch die Kunst, indem er später zum Programm eine seiner eigenen Kompositionen, ein Nocturne in Fis-Dur, beisteuerte. Natürlich war Fürst Max Egon zu Fürstenberg erschienen, der Graf Sierstorpff-Sturm hatte der Einladung ebenso Folge geleistet wie Prinz Lubetzki. Unter den Damen, die an diesem Abend alle mindestens schön, wenn nicht blendend aussahen, entsprachen besonders die Gräfin Griebenow und die Frau des Bankiers Richard Baruch, wie immer auch die Gattin des Generalmusikdirektors Dr. Muck ihrem Ruf, der neuesten Pariser Mode sich aufs souveränste zu unterwerfen. Außer den Mitwirkenden hatte sich eine große Schar von Künstlern eingefunden, die man als Berliner Sehenswürdigkeiten hätte bezeichnen können, wäre ihr Renommee nicht international gewesen: Else Lehmann natürlich, ihre Kollegen Paul Knüpfer, Max Pategg vom Schillertheater, Tilly Waldegg und Gertrud Arnold vom Neuen Schauspielhaus, die kesse Mizzi Wirth vom Neuen Operettentheater, Hansi Arnstädt vom Königlichen Schauspielhaus, aber natürlich hatten auch der Theaterdirektor Richard Schulz vom Metropol und sein Hauskomponist Victor Holländer sich die Gelegenheit nicht entgehen lassen, der Gründung eines anderen Berliner Kunsttempels beizuwohnen.

Nun aber das Programm! Nein, man muß es eine Folge von Wundern nennen, einen Kranz von Kunstgenüssen, einen magischen Zirkel aus Musik. Hier hatte Herr Montanus, mit der kundigen Hilfe des Intendanzrats Emil Ledner, gezeigt, was er vermochte, auf solche Zauberei verstand er sich, auf ein solches Beieinander der höchsten Höhen und der tiefsten Tiefen. Dieser Wagnerianismus der Organisation – wer wollte ihm das nachmachen? Wer außer ihm hätte es vermocht, dieses verwöhnte Berliner Publikum, das mangelnden Kunstsinn stets durch Arroganz zu kompensieren liebte, diesem Publikum, das immer »schon ganz andere Sachen gehört hatte« und beim Gedanken an die legendäre »Tristan«-Aufführung 1902 in Bayreuth am liebsten jede fernere Musik für ein Unding erklärt hätte, wer außer Felix Montanus hätte *diesem* Publikum gleich nach Eröffnung der Bühne, noch mitten im Rauschen des eigens für diesen Abend gefertigten Vorhangs, Rufe entlockt wie »Göttlich!«, »Genial« und »Formidable«, und zwar mit Recht: Denn was da auf dem Podium sichtbar wurde, war keines dieser jämmerlichen Orchester, wie man sie nachgerade in jedem Café spielen hören mußte, es waren, laßt uns zählen: acht, nein neun, nein elf Flügel, elf dieser ausladenden Grandpianos: Und an jedem dieser Instrumente saß ein seiner Bedienung Kundiger im Frack, und alle Mann griffen sie mächtig zu in gewaltig feierlich-volkstümlichen Akkorden. War das eine altdeutsche Volksweise (wie Prinz Lubetzki vermutete), ein schottischer Tanz (wie die Gräfin Griebenow zuversichtlich behauptete), eine ungarische Zigeunerweise (wie der unmusikalische Baruch seiner Frau nahelegen wollte)? Mr. Insull erkannte die Melodie sofort: Es war das Star-Spangled-Banner, und er nahm es als Huldigung für seine Millionen. Schon aber donnerten von oben mächtige Oktaven, die sich zur »Wacht am Rhein« türmten, und dann folgte ein ergreifend majestätisches »Heil dir im Siegerkranz«, dem sich eine Art musikalisches Schlachtengemälde anschloß (von dem nur des Kaisers Flügeladjutant wußte, daß es ein multiplizierter Meyerbeer war). Und nun fiel ein Vorhang, der von den Elfen nur einen übrig ließ, einen, der da mit krausem Künstlerhaar, ein genialer Wirrkopf, dasaß und nun aus seinem alleingelassenen Pianoforte einen Virtuosen-Vulkan machte, mehr Töne zustande brachte als vorher alle die übrigen, mit Griff-Rasereien, die die Finger vor lauter Hin und Her und Hinauf und Hinab förmlich zum Verschwinden brachten. Das ganze Hände-Schütteln hatte auch einen Namen: Es waren die Rigoletto-Paraphrasen von Franz Liszt, und der sie spielte war sein legitimer Nachfahr: Ferrucio Busoni. Berlin stand nicht kopf, aber es stand applaudierend auf.

Sogar die Herren Bankiers vergaßen die Soigniertheit, die sie ihrem Gewerbe schuldig sind, und klatschten sich die Hände rot. Dieser Montanus war ja wirklich ein fabelhafter Kollege; vom Bankgeschäft, zwar, verstand er wenig, aber als Arrangeur war er ein Tausendsassa. Nur müßte es jetzt enden, denn wie sollte es nun noch weitergehen? Oh, sie kannten Felix Montanus nicht, wenn er losgelassen und von Mr. Insull mit zehntausend Dollar versorgt war, hatten noch immer keine Ahnung von seiner Dramaturgie der Höhepunkte und daß ihnen, nach einem in der Tat nur rüstigen und etwas konventionellen Mittelteil (in dem eben auch der Herr von Chelius sich produzierte), nun noch der Aufstieg zu einem Ereignis bevorstand, wie es auf der Welt sonst ganz und gar unerhört war.

Denn als die Gala sich dem Ende zuneigte und es den Anschein hatte, als werde der Beginn repetiert, als der Virtuose Busoni sich abermals, wie zu einem Abschieds-Encore, an das schwarze Musikmöbel setzte, als er aufs neue einige Rigoletto-Passagen intonierte, da erklang von jenseits des Vorhangs eine Stimme, wie man sie noch nie vernommen, ein Tenor von stählernem Schmelz wurde hörbar, ein Gesang ging auf wie ein Stern. Unruhe im Saal, vernehmliches Verwundern, dann hörbares Begreifen und atemlose Wonne: Und just in dem Moment, als die verblüffte Begeisterung des elegantesten Berlin sich entlud in Rufen des Jubels, ging der Zwischenvorhang auf, und der Mann war zur Stelle, dem sie galten. Leuchtend leibhaftig stand er da (wenn auch ein bißchen füllig), während sie ihm seinen Namen zujauchzten, als wisse er ihn selber nicht: »Caruso! Caruso! Caruso!« Und immer weiter riefen sie Caruso Caruso zu, so daß für einen von der allgemeinen Hingerissenheit nicht Betroffenen (wie Mr. Insull) der Eindruck entstehen konnte, man wolle den illustren Sänger an der Ausübung seines Berufs geradezu hindern.

Der hatte aber alle Hände voll zu tun, den Saal mit großen Gesten zu umarmen, den Damen Küsse zuzuwinken, den Herren herzhafte Bravour anzuzeigen; und endlich, als das Publikum seine eigene Überwältigung von der des Künstlers bestätigt sah, ging der einzige Caruso auf den großen Busoni zu, und ihn nahm er nun wirklich in die Arme, respektvoll und leidenschaftlich, wie ein Sohn seinem Vater begegnend. Wiederum Beifall im Saal. Aber dieser Caruso hätte vermutlich auch die Tasten des Klaviers küssen können, und die Leute hätten es ihm mit Ovationen gedankt. Doch nun genügte ein Wink des Gesangsgotts, und es ward still.

Wie in aller Welt, zu der doch auch Berlin gehörte, war ein solcher Auftritt möglich? Eine so tosende Überraschung? Wie konnte es geschehen, daß der Stimmstern Caruso, ohne den die Opernhäuser der Welt leerstanden, auf einmal im großen Saal des Kaiserhofes zur Stelle war? Wie sollte es zugegangen sein, daß der umjubelte Orpheus sich gewissermaßen aus den Kulissen in die Stadt einschleichen konnte, anstatt am Bahnhof, ja im Zug schon, von Reportern in Empfang genommen, ausposaunt und breitgetreten, interviewt und fotografiert zu werden? Jedermann im Saal wußte, daß Enrico Caruso in wenigen Tagen in Berlin gastieren würde, mit einem Potpourri aus »Aida«, »Carmen« und »Liebestrank«, aber seine Ankunft war noch nicht gemeldet, und so ein Weltwunder bleibt doch eher aus, als daß es zu früh kommt. Und doch wurde es in dieser Stunde, in diesen Minuten Ereignis, herbeigeführt von der cleveren Kooperation dreier Männer, des rührigen Herrn Montanus, des Impresarios Ledner und des allmächtigen Mr. Insull.

Und nun sang er, unbeschreiblich schön, überirdisch rein, klanggewordene Männlichkeit, nicht wahr? Und was diese Stimme singt, wird nebensächlich vor dem, wie sie es singt. Was singt sie denn aber? Nun, bei jedem anderen würde man es für einen Schmachtfetzen halten, für dieses abgedroschene »Mattinata«, das jede höhere Tochter sang und jeder Lehrling pfiff und jeder Verliebte seiner Freundin ins Ohr summte als dringlichstes Zeichen der Verliebtheit und als Vorahnung von Flitterwochen – aber nun, da es der große Caruso in den Mund nahm, wurde daraus der Inbegriff jeglicher Musik, ein Kunstwerk ohnegleichen, in dem die Melodieseligkeit Urständ feierte, fröhliche und triumphale zugleich, und nichts Ordinäres war an diesen Schmeichelkantilenen, kein falsches Tränentremolo, alles nur reiner, reinster Gesang, eingetaucht in einen Passagenrausch, den der Virtuose Busoni wie Morgenwind in den Saal wehen ließ.

Ein Beifall? Ein Donner der Hingerissenheit. Ein Applaus wie in der Märchenwendung: Und wenn er nicht gestorben ist, so lebt er heute noch. Und als der neue Orpheus geendet hatte, war klar, daß dies die Geburtsstunde der neuen Berliner Oper war. Der Oper am Kurfürstendamm. Oder vielleicht: der Opera Gran Caruso?

Es war der Bankier Fürstenberg, der sich zuerst gefaßt hatte, seinen Platz verließ und sich am Tisch von Mr. Insull und Felix Montanus einfand. Und merkwürdigerweise hatte auch der Zeitungskönig Massel, der dem Abend beigewohnt, ein lebhaftes Interesse am ferneren Fortgang des Projekts: Auch für ihn wurde ein Sessel herangerückt im engeren Kreis der Operngründer. Frau Melanie Burgmann ließ sich vom Grafen Ramee den amerikanischen Magnaten vorstellen: Der Graf war ein stadtbekannter Förderer aller neuen Bestrebungen in der Kunst, und seine eigene bestand darin, Damen, die vom Leben alleingelassen waren, dieses Leben ein wenig zu ersetzen.

Alsbald waren die führenden Berliner Industriezweige – Elektrizität, Lokomotiven, Röhren, Konfektion, Fahnentücher – um Insull versammelt und zeichneten Anteile. Tout Berlin, noch ausgehöhlt von einem Kunsterlebnis ohnegleichen, bewarb sich um Operncoupons, der Tenor-Taumel ließ die Summen nebensächlich werden, und ein Blick auf die Beträge, die der und jener hinschrieb, war für die anderen Verpflichtung, es ihm zumindest nachzutun, wenn nicht sich von einer noch kunstsinnigeren Seite zu zeigen. Mr. Insull mochte noch so sehr abwehren, darum bitten, das Geschäftliche doch auf den nächsten Tag zu verschieben, denn dies sei doch die Stunde der Kunst – aber immer, wenn er das Blatt mit den Signaturen und den Summen vom Tisch zu nehmen drohte, gab es einen neuen Interessenten, der partout heute noch dabei sein wollte. Ja, nicht einmal, als Caruso und Busoni endlich in die Runde traten und mit Champagner gefeiert wurden, wollte es gelingen, die Zeichner-Liste aus dem Verkehr zu ziehen. Aber meine Herren!

»Wieviel hatten Sie gesagt, Maestro?«, fragte Mr. Insull am nächsten Vormittag beim Frühstück den Bankier Felix Montanus, der sich so gut auf das Arrangement einer Gala verstanden hatte.

»Sie wollten elf Millionen haben«, fuhr Insull fort, »wenn ich richtig zählen kann, haben wir hier dreizehneinhalb.«

»Das ist ja glorreich, das ist geradezu triumphal!«

»Nun, es ist noch nicht da. Aber ich denke, daß die Herren zahlen werden. Die meisten von ihnen. Vielleicht könnten wir die Liste veröffentlichen, als Zeichen des Danks. Das wird sie erinnern. Eine Urkunde für den Kunstsinn der Berliner. Aber rechnen wir vorsichtshalber nur mit zwölf. Auch das erlaubt uns eine gewisse, sagen wir, Erweiterung der Baupläne.«

»Aber die Anlage ist doch so schon exorbitant.«

»Nun, dann machen wir sie noch ein bißchen exorbitanter. Etwa so.«

Insull nahm einen Kopierstift und kritzelte unbekümmert auf der penibel gezeichneten Bauskizze herum.

»Was, bitte, ist denn das?«, rief Montanus.

»Nun, Maestro, Plätze für die Autos. Parking. Drive-in, verstehen Sie?«

»Kein Wort.«

»Immer diese europäische Verspätung. Die Opernbesucher der Zukunft werden mit Autos kommen, nicht mehr mit Taxis, jeder mit seinem eigenen Auto.«

»Aber wer ein Auto hat, hat doch auch einen Chauffeur, der es wegfährt.«

»Irrtum, Maestro. Wer sich ein Auto kauft, kann sich dann keinen Chauffeur mehr leisten. Außerdem macht selber fahren Spaß. Also, einverstanden?«

»Sie hatten in allem andern recht, was soll ich da sagen? Ich finde die Vorstellung abenteuerlich, aber ich füge mich selbstverständlich Ihren Wünschen. Nur, ob wir diese Pläne durchbekommen bei der Bauverwaltung? Diese Behörden hier, Sie wissen, dies ist Preußen.«

»Aber wir haben Geld.«

»Geld hilft da nicht.«

»Good old Europe, nicht mal Geld hilft!« Aber Mr. Insull war guter Dinge.

Selbstverständlich wurden die Pläne nicht genehmigt. Die unteren Beamten der Bauverwaltung, die sich zuerst damit beschäftigten, gaben sie kopfschüttelnd ihren Vorgesetzten weiter, und schließlich landeten die Papiere an der Spitze der Behörde. Die Stadt Charlottenburg sah sich außerstande, ein so weitreichendes Projekt in alleiniger Verantwortung zu entscheiden, man besprach sich, wiewohl prinzipiell ungern, mit den Behörden von Berlin. Die reagierten ohne viel Verzug: kein Gedanke an ein solches Opernhaus. Der Kurfürstendamm sei eine Wohn- und Ausflugsstraße, ein Residenzenquartier, der gesamte Verkehr würde ja allabendlich vor der Oper zum Erliegen kommen. Und was erst diese Automobil-Stellagen angehe, so sei das doch eine architektonische Monstrosität, wenn nicht überhaupt ein Witz.

Mr. Samuel Insull, der längst nach Chicago zurückgekehrt war und dem das niederschmetternde Ergebnis telegrafisch mitgeteilt werden mußte, reagierte nicht mit dem Unwillen, den Felix Montanus befürchtet hatte. Er depeschierte zurück: DEAR MAESTRO, DO NOT WORRY. INSULL NEVER FAILS. ALTERNATIVE PLAN PERFECT. NEW BLUEPRINTS AVAILABLE SOONEST. SAM. Und in der Tat kamen bald darauf Pläne aus Chicago an, zusammen mit Fotos vom Modell des neuen Gebäudes. Diese Pläne, die Montanus konsterniert den Behörden übergab, wurden dort, erleichtert und im raschesten Instanzenzug, genehmigt.

Es war aber keine Oper mehr. Es handelte sich um ein Hotel.

Und bald darauf war die Frage Oper oder Hotel ohnehin ganz und gar unwichtig: Es mußten Forts gebaut werden, Panzerkreuzer und die größten Kanonen der Welt.

Die deutsche Geschichte bewegte sich wieder einmal in Richtung Versailles.

V

Die Leuchtspur

Ein Kapitel, in dem zunächst vom Überleben gesprochen wird –
denn es hat einen Krieg gegeben mit acht Millionen Toten. Von
den vier Schöpfungen Bismarcks ist der deutsche Kaiser dahin, das
Reich versucht sich unwirsch und undankbar als Republik, die
Einheit widerruft sich in Straßenkämpfen und Putschen, und nur
der Kurfürstendamm strahlt in neuem Glanz und macht die Nacht
zum Tag. – Worin aber erst einmal der Conferencier Pinkus
Torkelwitz erklärt, warum der Krieg für ihn den Kurfürstendamm
um eine halbe Stunde länger gemacht hat, wo die Triller-Suse
ihren großen Auftritt als Nackttänzerin wagt und ein junger
Kellner im Eden-Hotel sich weigert, den Mördern Rosa Luxem-
burgs und Karl Liebknechts Champagner zu servieren. – Ein
Wiedersehen mt Clara Imhuelsen und ein Tag in ihrer neugegrün-
deten Pension; von einem Russen, der ihr mit dem Revolver seine
Liebe erklärt, von einem Pfund Butter für anderthalb Millionen
Mark, und warum ein Mann, der gerade jetzt seine Schulden
bezahlen will, ein Lump ist. – Ein Kapitel, in dem ferner berichtet
wird von Max Kiesel, dem ersten Berufs-Flanierer am Kurfürstendamm, und warum er sich lieber auf das weiße Gespenst, das
Kokain, nicht hätte einlassen sollen. – Und wo schließlich be-
schrieben wird, wie der Kurfürstendamm zum Mittelpunkt der Welt wird – leider nur für einen kurzen,
explosionsartigen Moment.

Drei Auftritte, 1919

Der Conferencier

Hereinspaziert, Herrschaften!

Immer rein in die gute Stube!

Nehmen Sie Platz, ehe wir pleite sind.

Die Freiheit ist ein Lunapark.

Der Friede ist die Katastrophe.

Kolossal!

Verehrung, gnädige Frau.

Bitte freundlichst, nicht zu drängeln, der Herr! So gut ist das Programm auch wieder nicht.

Lassen Sie den Pelz ruhig draußen, Gnädigste. Wir haben geheizt. Und die Garderobenfrau möchte sich doch auch mal eine Stunde Eleganz leisten. Echt Biber, könnte direkt von Gerhart Hauptmann sein, wie?

Apropos Hauptmann: Nichts Militärisches heute abend. Ehrenwort.

Wer von Krieg spricht, verläßt das Lokal.

Wer von Krieg sprechen will, hatte genug Zeit dazu.

Nicht wahr, meine liebe gnädige Frau?

In den Schützengräben, da konnten sie doch palavern, monatelang, Jahre. Oder wie lange das gedauert hat. Sehen Sie, es ist wie mit dem Geld: Man hat es, aber man spricht nicht darüber. Krieg macht man, aber man spricht nicht davon.

Und ganz pervers, wenn man davon spricht, ob man ihn hätte machen müssen.

Meine Meinung dazu: Hurra!

Oder wie man jetzt sagt: Knorke.

Klingt nur noch ein bißchen nach Kohlrüben.

Sehen Sie, das ist das Tolle an so einem Krieg, also worüber wir nicht reden wollen, an diesen Schützengräben und Fronten – wenn alles vorbei ist, ist alles vorbei, und alles sieht wie neu aus.

Neue Wörter gibt es.

Knorke.

Neue Ideen gibt es.

Dada.

Neue Mädchen.

Nicht wiederzuerkennen.

Namen wie Gedichte.

Mia May.

Celia Putti.

Gitta Alpar.

Lya Mara.

Gala Kiki.

Dita Parlo.

Celly de Rheydt.

Maria Orska.

Ossi Oswalda.

Erna Morena.

Kata Pulti.

Pardon.

So schön hießen die Mädchen früher nicht.

Man sieht doch, wozu so ein bißchen Schützengraben gut ist.

So, nun fangen wir mal an mit unserem Programm.

Wo war ich denn stehengeblieben?

Richtig, hier vorn an der Rampe.

Und heiße Sie willkommen zur Eröffnung unseres Kabaretts »Die Überlebenden«.

Sehen Sie: Ich habe überlebt. Sie haben überlebt. Wir alle haben überlebt. Es kann doch gar nicht so schwer sein. Ich verstehe nicht, warum sich so viele Leute dabei so dumm anstellen.

Eine Menge Leute.

Vor allem die Jungen.

Kinder fast noch.

Aber Väter auch.

Nicht zu fassen.

Manchmal denkt man: Die sterben aus Daffke. Damit wir dastehen wie blamiert.

Also ich eröffne hiermit feierlichst das erste Kabarett in unserm neuen Frieden an unserm neuen Kurfürstendamm. Und zwar womit?

Mit einer Frage, die uns alle bewegt, die keiner auszusprechen wagt und vermutlich niemand beantworten mag.

Die Schicksalsfrage heißt: Wie lang ist der Kurfürstendamm?

Vier Kilometer?

Weitere Wetten?

Viertausendzweihundertdreißig Meter?

Wer bietet mehr?

Ich werde es Ihnen sagen: Der Kurfürstendamm ist verschieden lang. Ich muß es wissen, ich bin hier groß geworden. Als Kind schien er einem manchmal wie aus Gummi, er dehnte sich und dehnte sich, und wenn man mit den Eltern spazierenging im Matrosenanzug, dann nahm er überhaupt kein Ende. Aber wenn man einen Sechser hatte für die Straßenbahn und noch einen fürs Bad in Halensee mit Kopfsprung, na dann war er kurz – wie ein abgekauter Bleistift.

Damen und Herren, Sie werden bemerkt haben: die Sprache eines unerfahrenen Jünglings. Indes, so weit war ich gekommen bei meinen Nachforschungen im Sommer 1914, schrieb sie auf, königsblaue Tinte, keinmal durchgestrichen, vier Blätter voll, trug sie auf eine Zeitungsredaktion, fünfzehn Jahre war ich, und der Redakteur nimmt fassungslos das Blatt, sieht mich an und sagt: Kleiner, du bist wohl vom wilden Watz gebissen, du hast wohl nicht alle Tassen in der Krone! Wie lang ist der Kurfürstendamm? Daß ich nicht lache, sagt er. Weeßte, wat wir haben? Wir haben Krieg! Wir haben endlich Krieg! Eine ganz tolle Sache! Und wenn der Krieg aus ist, Junge, dann kannste ja mal wiederkommen.

Ja, Herrschaften, nun ist er ja aus, jetzt könnte ich da mal wieder hingehen auf die Redaktion.

Aber irgendwie stimmt das alles gar nicht mehr von damals. Es war ja auch kindisch.

Als ich siebzehn war, durfte ich auch raus und teilnehmen an der tollen Sache, also wovon wir nicht reden wollen. Und eines Tages wußte ich, daß der Kurfürstendamm ein bißchen länger geworden war. Mitten an der Front war er für mich ein ganzes Stück länger geworden.

Sagen wir mal: um eine halbe Stunde.

Wegen dem Treffer, den ich ins Bein bekommen habe.

Sehen Sie, so komisch ist das mit den Straßen. Ein einziger Treffer verlängert den Kurfürstendamm um eine halbe Stunde. Ich habe es ausprobiert.

Aber wenn Sie jetzt an all die Schüsse und Treffer denken, von allen Sturmangriffen und Schützengräben und Artilleriegranaten – dann ist der Kurfürstendamm so lang wie die Ewigkeit.

Also machen Sie sich man beizeiten auf den Heimweg.

Es war der erste Auftritt eines jungen Humoristen namens Pinkus Torkelwitz. Die Leute tobten, nicht vor Begeisterung. Der Kabarettdirektor aber war ein großzügiger Mann. Er warf ihn nicht hinaus.

»Lassen Sie bloß ihr Bein weg, dann wird es schon.«

»Ja«, sagte Torkelwitz, »es ist ja auch weg.«

Die Triller-Suse

Sie saß bei Wertheim in der Notenabteilung und spielte, was das Zeug hielt oder was die Kundschaft verlangte oder wie die Kollegen wollten. Sie durfte nicht spielen, was sie am liebsten hatte, die Pathétique oder Brahmswalzer oder Bach-Inventionen; das Äußerste, was die Geschäftsleitung an Klassischem ertrug, waren Chopin-Nocturnes mit viel Pedal. Sonst aber handelte es sich meist um irgend etwas wie »Kannst du mal mit den Wimpern klimpern?« oder »Ist denn kein Stuhl da für meine Hulda?«, auch Salonstücke waren gefragt wie »Valse bleue« oder »Quand l'amour meurt«, immer wieder das »Intermezzo sinfonico«. Das Frühlingsrauschen von Sinding war geradezu das Begleitgeräusch ihres Alltags: Die Kollegen erbaten es sich, wenn sie vor Erschöpfung fast umfielen. Und singen mußte sie auch, die Leute wollten es so, die Direktion wünschte es, und die meisten Lieder verlangten nach einem Gesangsvortrag. Also sang sie mit einer, wie sie selber fand, piepsigen, spröden, kleinen und klammen Stimme, und sie gewöhnte sich daran, daß die Zuhörer oft laut dabei lachten. Es war ja nun schon alles egal, dieses alberne Wertheim und die blöden Schlager, die dummen Leute und ihre lachhaften Wünsche – da konnte man sich auch über sich selbst lustig machen, wenigstens verging der Tag auf diese Weise schneller.

Triller-Suse hieß sie bei den Kollegen – es war zum Heulen. Triller-Suschen, sagten die, sing uns was, wir haben heute noch nicht gelacht. Sehr komisch. Abends schlief sie meist auf einem tränennassen Kopfkissen ein. Morgens ging sie mit Grauen in die Leipziger Straße. Der Tag selbst war noch das Erträglichste.

Kein Gedanke mehr an Konservatorium und Konzertpodium, an Kunst und Karriere, kein Gedanke mehr an das, was ihr im letzten Jahrzehnt vorgeschwebt hatte. Kein Gedanke? O tausend Gedanken, immer wieder, immerzu, und wenn sie noch so vernünftig zu sein versuchte – diese Gedanken waren nicht abzuwimmeln und wegzuscheuchen. Susanne Kaschke mußte sich sagen, daß ihr Leben verpfuscht war, gründlich und für immer. Mit 21 Jahren war ihr Leben schon vorbei, gestrandet in der Notenabteilung von Wertheim, auf einem verstimmten Petsina-Klavier, untergegangen im Frühlingsrauschen und im Gelächter der Kollegen. Und warum? Hatte sie versagt? War sie untalentiert? Hatte sie zu wenig geübt? Gewiß nicht. Aber sollte sie ihrer Mutter einen Vorwurf machen? Ach, das war ja das Schlimmste, daß man mit Müttern nicht rechten kann: Immer haben sie so etwas Schicksalhaft-Absurdes, so etwas Verheerend-Zärtliches. Konnte sie es ihrer Mutter verdenken, daß sie nach dem Tode ihres Mannes, der gütig und begütert war, aber eben doch schon sehr alt, noch einmal eine Verbindung einging? Aber mußte es wieder eine Ehe sein, und mußte es eine Ehe sein mit einem Scharlatan, einem Spieler? Und wenn, mußte sie ihm so blind vertrauen, und wenn sie ihm schon vertraute, warum hatte sie nicht doch wenigstens den Instinkt, ihm nicht alles *anzu*vertrauen, das sie besaß, und das war gewiß nicht wenig. Hätte sie nicht beizeiten, oder als alles erst halb verloren war, merken können, daß er spielte, rücksichtslos das Vermögen seiner Familie aufs Spiel setzte? Und mußte sie, als man seine Leiche von Monte Carlo nach Berlin überführte, nun auch noch das letzte bare Geld ausgeben für diesen Mann, der sich den eigenen Kopf weggeschossen hatte?

Wenn Emil Kaschke nicht dagewesen wäre, der Stiefbruder und Patenonkel, und wenn der nicht ein Herz gehabt hätte für die kleine Susanne, die er ansah wie sein eigenes Kind, hätte sie nicht einmal aufs Konservatorium gehen können. Aber nun war Emil gefallen, ein später Held, der hätte mit seinen fünfundfünfzig auch zu Hause bleiben können. Und Mutter Elsa mußte sogar putzen gehen. Elsa Kaschke und putzen! Aber wenn die Mutter mit dem Staubtuch durch fremder Leute Wohnung wedeln mußte, war es wirklich nicht zu viel verlangt, wenn die Tochter zu Wertheim ging und Klavier spielte. Sie konnte sich geradezu »von« schreiben, wie ihre Mutter es nicht mehr durfte, nachdem der Baron Istvan Rajeczky noch im Tode als ein einfacher Herr Nachtweih entlarvt worden war.

Im zweiten Wertheim-Monat sprach der kleine dickliche Herr sie an, der schon ein paar Male auffällig lang in den Notenstapeln geblättert hatte. Man raunte, er sei ein berühmter Kabarett-Direktor, Mr. Trafalgar, wie man ihn spöttisch nannte, denn eigentlich hieß er Nelson. Er wolle nur mal sehen, wie gut sie vom Blatt spielen könne, sagte der Herr, und ob sie so freundlich wäre, mal etwas ganz Neues zu spielen, er habe es erst gestern abend komponiert. Er war ein Kunde, was sollte sie anders tun? Sie nahm sich das handgeschriebene Blatt und stockerte eine kurzatmige Melodie herunter.

»Wie finden Sie denn das?«, fragte der Komponist.

»Na furchtbar«, sagte Susanne, »wie Flohhüpfen.«

Herr Nelson lachte, sagte, sie solle ihn mal ans Klavier lassen, und er gab ihr ein zweites Blatt. Diesmal solle sie den Text singen, dann werde sie schon merken, was es mit dem Flohhüpfen auf sich habe.

»Also«, sagte er und legte mit dem Vorspiel los.

Und Susanne sang, mit einiger Mühe den Text entziffernd:

> Kleene –
> Stimme haste keene,
> Nur ein Kehlchen
> Wie ein Seelchen.
> Aber Knie-e
> Wie noch nie-e
> Meine schlimme
> Magdalene,
> Ich verschwimme.

Er fing sofort die zweite Strophe an, und ohne daß sie überhaupt wußte, was sie gesungen hatte, machte sie weiter:

Kleene –
Brüste haste keene,
Nur wie Knaben
Das so haben.
Aber Beene,
Zwei janz scheene,
Und denn wüßte
Ick alleene
Wo'ck dir küßte
Magdalene.

»Aber das ist ja unerhört«, rief Susanne, »das ist ja schrecklich unanständig! Das ist ja eine Gemeinheit!«

»Nicht, wenn Sie es singen, mein Kind. Und Sie werden
es singen, so wahr ich Rudolf Nelson bin.«

»Und ich singe es nicht, so wahr ich Susanne Kaschke
bin.«

»Ja, schon gut, singen kann man das ja auch nicht nennen,
was Sie von sich geben. Aber dafür, daß Sie nicht singen,
werden Sie es tanzen, und zwar nackt.«

»Ich werde den Teufel tun!«, sagte Susanne.

»Das«, sagte Herr Nelson, »wäre natürlich das Schönste.«

Wir machen immer wieder Überraschungen mit unseren Figuren.
Susanne Kaschke wird das Chanson so gut wie singen, so gut wie
nackt. Aber die Überraschung ist nicht sie selbst. Sie hatte sich
gesagt: Ich wüßte nicht, wer mich dazu überreden könnte auf dieser
Welt. Und dann tat es der einzige Mensch, von dem sie es nie
erwartet hatte und der deshalb wohl als einziger dazu in der Lage
war: ihre Mutter. Elsa Rajeczky-Nachtweih, verwitwete
Kaschke, und beinah einmal Frau Wittchow. Und wir bekennen
Respekt, vernünftige Rührung, daß sie es ist, die ihrer hübschen
Tochter zurät. Wir hätten es ihr kaum verübeln können, wenn sie
nun die große strenge Dame gespielt hätte, die Verwalterin aller
übriggebliebenen Prüderie von Berlin. Wenn sie den mehrfachen
Witwenschleier über ihr altes Geheimnis und ihre nackten Posen

aus einer anderen Zeit gelegt hätte. Aber daß sie nun zu ihrer Tochter sagte: Du wärst schön dumm!, und daß sie sagte: Das sähe uns gar nicht ähnlich!, ja daß sie endlich sogar ans Geheimfach der Kommode ging und ein paar der alten Fotos herausholte, das ehrt sie und macht uns das Bild weniger nackt, das wir bisher von ihr hatten.

Und Susanne tanzte. Sie tanzte nicht wirklich nackt. Sie hatte einen kleinen Lendenschurz an: ach, Scham! du zweideutiges, doppellippiges Wort! Ihr Gesicht war ganz brav, wie bei Wertheim, und ihre Brüste waren doch wirklich kaum so zu nennen, aber in ihren Bewegungen war eine fließende Laszivität, eine ganz graziöse Körperdurchtriebenheit. Sie fing, zu den Klängen einer Geige oder eines Pianinos, ganz sanft und kaum merklich an, sich zu bewegen, begann einen gleichsam inwendigen Tanz, sacht und für sich. Aber allmählich wurden ihre Bewegungen, ihre Schritte heftiger, im Tanz wurde sie selbst von Ekstasen gepackt, die sie keineswegs zu kaschieren versuchte, sondern sichtbar genoß – ein Mensch, der nichts wahrnimmt, nichts sieht, nichts spürt als sich selbst, der sich in seinen eigenen Schoß verkriecht...

Wer so nackt tanzte wie Susanne Kaschke, der blieb nicht lange nackt. Die Männer standen schon Schlange, ihr Pelze, Seidenkleider, Négligés überzuwerfen. Sie wollten sie nackt, aber jeder nur für sich allein.

Sie bewegte sich am Beginn einer gewissermaßen dialektischen Karriere.

Zwischenfall im Eden-Hotel

»Na, dann bringen Sie uns mal den Schampus!«

»Aber das geht doch nicht!«

»Wir sagten Schampus, wie Champagner, oder versteht Ihr Proleten nur Sekt. Bißchen dalli!«

»Das können Sie doch nicht machen!«

»Was können wir nicht machen, Jungchen? Es gibt nichts, was wir nicht machen können. Wird's bald, Kleiner?«

»Sie können sich doch hier nicht hinsetzen, als wenn nichts war, und Sekt bestellen.«

»Was denn, nun mal sachte. Dies ist ein Hotel, Sie sind Kellner, die Herren hier haben Durst, richtiggehenden Rachedurst, und nun mal los!«

»Ich muß erst den Direktor fragen.«

»Daß ich nicht lache. Hier, das ist jetzt der Direktor. Oberleutnant Vogel, sagen Sie ihm, daß Sie jetzt hier der Direktor sind, bis auf weiteres.«

»Jawohl, Herr Hauptmann.«

»Geben Sie ihm den Befehl, Champagner ranzuschaffen.«

»Ich lasse mir nicht befehlen.«

»Seht euch den an! Ein Kretin. Ein Neandertaler. Dieser Knabe hat gar nichts kapiert. Spielt hier immer noch Grandhotel am Kurfürstendamm. Kommt sich immer noch vor wie der Piccolo vom Eden. Hier ist jetzt Kriegsschauplatz, verstanden? Stabsquartier, verstanden? Freikorps, verstanden! Schützendivision der Garde-Kavallerie, SDGK, verstanden! Kommandostelle, verstanden?!«

Felix Imhuelsen hatte noch nie in seinem Leben so große Angst gehabt. Aber er hatte auch noch nie in seinem Leben eine so große Wut gehabt. Und er merkte mit schlafwandlerischem Entsetzen, daß die Wut größer war als die Angst, und daß er in Gefahr war, Dinge zu sagen, die er nicht sagen durfte. Aber er mußte sie sagen.

»Ich habe gesehen, was Sie mit diesem Mann gemacht haben, Liebknecht, oder wie er hieß. Mit dem Kolben auf den Kopf, als er durch die Tür ging.«

»Was hatten Sie denn da zu suchen? Sie sind doch Kellner, oder? Warum spielen Sie denn Türsteher?«

»Ich glaube, der spitzelt für die Roten.«

»Hier, mein Kleiner, siehst du diese Hand?«

»Sie ist blutig.«

»Spartakisterblut. Von diesem Banditen Liebknecht. Und wenn du nicht gleich spurst und uns den Sekt holst, wird dein Blut auch noch dran sein.«

»Und dann sind Sie über diese Frau hergefallen!«

»Der nennt die Rote Rosa eine Frau!«

»An den Haaren herumgeschleift, auf sie eingedroschen, sie niedergeschlagen. Sie da, Sie haben das gemacht!«

»Das waren wir alle. Da sind wir doch stolz drauf. Versteht der Lümmel nicht, was? Wenn man so lange Soldat gewesen ist, und kommt zurück und sieht, wie unsere eigenen Angehörigen von diesen roten Schweinen behandelt werden, dann greift man selber zum Schwert...«

»Mit dem Gewehrkolben auf eine wehrlose Frau, ist das Ihr Schwert? Ist das Ihre Tapferkeit? Ist das Ihre Garde-Division? Und solchen Helden servieren? Nicht der Sohn meiner Mutter, nicht ich!«

Es war reiner Wahnwitz. Er wollte ja gar nicht kühn sein, nicht unmöglich verwegen. Er konnte nichts aushalten, kein Brüllen, keine Brutalität, schon gar keinen Schmerz. Da war er schon: Die blutige Hand des Mannes mit dem Pelzmantel klatschte ihm ins Gesicht. Als er instinktiv zufaßte, hatte er selber eine blutbeschmierte Hand.

Das Blut eines Mannes, der soeben ermordet worden war. Auf der Flucht erschossen, wie sie grinsend geprahlt hatten. Ihn graute.

Der Wortführer stand jetzt ganz dicht vor ihm und schrie. Jedes Wort war so nah und so laut wie ein Hieb.

»Ich habe sieben Jahre an der Front gekämpft, an der Front, sieben Jahre.«

»Aber so lang hat der Krieg doch gar nicht gedauert!« Wieder ein Schlag.

Jetzt blutete seine Nase. Es war beinah eine Erlösung, nicht nur fremdes Blut im Gesicht zu spüren. Felix Imhuelsen suchte nach seinem Taschentuch.

»Seht euch das Personal in diesem piekfeinen Etablissement an: So unsauber kommt die Sippschaft zum Dienst. Mit roten Rotznasen!«

»Lassen Sie mich mal!«, sagte ein anderer, der, den sie mit Hauptmann angeredet hatten. Der, den er zwei Stunden vorher hatte sagen hören, die beiden Spartakisten dürften nicht lebend hier raus aus dem Hotel.

»Komm mal her, Judenlümmel, erzähl mal, wo du warst im Krieg? Unter Mutters Schürze? Scheißt dich ja jetzt noch in die Hose.«

»Ich war in der Schule.«

»Er war in der Schule! Dieser Judenbengel war in der Schule! Hast du da nicht gelernt, daß es süß ist und ehrenvoll, fürs Vaterland zu sterben?«

»Ja, auch das.«

»Hast es wohl nicht für nötig gefunden, wie?«

»Ich bin erst siebzehn. Warum sagen Sie immer Judenbengel? Wir sind keine Juden.«

Der andere wurde rot vor Rage. »Wer Jude ist, entscheide ich! Verstanden?«

»Ja«, sagte der Junge, am Rande seiner Kräfte. Er war jetzt ganz darauf konzentriert, nicht zu weinen. Er hätte jetzt alles darum gegeben, hinauszugehen und Sekt zu holen. Er verstand nicht mehr, warum er sich geweigert hatte. Doch, er verstand es noch, aber nur wie von fern, wie man eine Handlung nach sehr langer Zeit in Erinnerung hat, von der man weiß, daß sie falsch war.

Und plötzlich hörte er sich mit sanfter, sachlicher Stimme sagen (und hielt es gleichzeitig nicht für möglich, daß es seine Stimme war):

»Wünschen die Herren Pommery oder Ponsardin? Der Veuve Clicquot ist aus, und den Bollinger hat Direktor Ott für die Generalität reservieren lassen.«

Einen Augenblick lang war es sehr still.

Einen Augenblick lang war die Stille ganz unentschieden.

Einen Augenblick lang hörte sich die Stille so an, als könnte sie auch friedlich sein.

So daß jemand von diesen Leuten gesagt hätte: Na, dann bringen Sie uns den Ponsardin.

Aber dann war es doch nur eine mörderische Stille.

Ein anderer junger Kellner, Max Krupp, der in den Raum gekommen war, um nach Felix zu sehen, nahm nur noch wahr, wie einer von den Soldaten den Gewehrkolben hob und dem Jungen gegen die Halsschlagader hieb. Und wie einer der Offiziere sagte: »Runge, den auch in den Kanal. Aber mit Steinen. Und dann Schluß für heute.«

Die Leiche von Rosa Luxemburg wurde erst viereinhalb Monate nach diesem Abend, am 31. Mai, aus dem Landwehrkanal »gelandet«, fast völlig verwest.

Der junge Kellner Felix Imhuelsen blieb für immer verschollen.

Der Tag der großen Zahlen

Die Köchin Friederike, genannt Friedchen, resolut, ammenstämmig, aus der Uckermark, aber auch in Berlin mit beiden Beinen fest auf der Erde, kam an diesem Oktobertag des Jahres 1923 aufgelöst, weinend, jämmerlich vom Einkaufsgang zurück; aber hinter ihrem Tränenschleier saß der Zorn, wartete schon die redseligste Empörung.

»Denken Sie doch an, Gnädigste, denken Sie doch bloß an!«

Clara Imhuelsen nahm Friedchen beim Arm, wie eine Patientin, plazierte sie fürsorglich auf die Küchenbank, goß ihr einen Likör ein und stellte ihn vor die Klagende hin.

»Nun erzählen Sie mal, das hilft am besten.«

»Det is ja gar nicht zum Erzählen, ist das, so was hätt ich nie gedacht, daß Menschen so werden können. Alles wegen dem Geld, warum muß es denn jetzt so viel Geld geben, wenn es die Menschen nur schlecht macht. Hier: Ich habe alles wieder mitgebracht.«

Und sie legte einen großen Haufen Geldscheine auf den Tisch: Noten über hunderttausend und mehrere Millionen Mark.

»Ich versteh ja, daß Unflation sein muß« – sie wußte, daß es *In*flation hieß, sagte aus Trotz aber immer *Un*flation –, »aber warum die Menschen so… so… so unflationär werden müssen, det verstehe ick nicht. Also, bei der Kowalski jeh ick nie mehr in'n Laden, oder Sie müssen Elisen schikken. Det laß ick mir nicht mehr gefallen – und denn kriege ich ooch noch'n Strafmandat, ich, Friederike Koob aus Gramzow in der Uckermark, nie habe ich mir was zuschulden kommen lassen, und nu soll ich vielleicht zehn Millionen Strafe zahlen, bloß wegen der Kowalski ihrer Unflationsbutter.«

Clara Imhuelsen blieb geduldig.

»Aber Sie sind doch nur zum Einkauf gegangen, wie alle Tage, oder?«

»Det is doch längst nicht mehr wie alle Tage, det is ja wie verkehrte Welt – so hoch haben wir doch nie gerechnet in unsere Schule, so viele Nullen hat es da nicht gegeben, das macht einen reinweg verrückt, richtig bregenklütrig macht einen das.

Im Sommer ging's ja noch, det konnt' ich mit mein' Kopp noch ab, achtzig Mark für die Schrippe, anderthalbtausend fürn Liter Milch, zweieinhalb Tausender fürs Brot, war nicht zuviel verlangt in solchen Zeiten, Pfund Fleisch zwanzigtausend, Kaffee fünfzigtausend, und 600 für bloß mal Straßenbahn fahren, das hatte noch Hand und Fuß, weil ja schließlich Unflation ist – aber als wie nu, als wie jetzt mit de Millionen, da wird mir ganz schwindlig. Ich glaub, die Zahlen explodieren noch eines Tages. Denn drucken sie Geldscheine so lang wie der Läufer in unserm großen Korridor, daß man bloß die Nullen alle drauf gehen. Denn gib's gar nicht mehr Nullen genug für ein eenziges Stück Brot. «

Jetzt nahm sie den Likör wahr, trank ihn, wie wenn sie tief durchatmete damit, und erzählte nun der Reihe nach.

Sie war mit ihrem Korb losgezogen und hatte die Preise studiert. Und bei der Kowalski in der Wielandstraße hatte ein Zettel im Schaufenster gehangen, mit Bleistift geschrieben:

BUTTER BILLIGER!
Statt 1 Million 600 000 Mark
nur!!!!!!
1 Million 400 000 Mark

Und dann war sie in diesen Laden gegangen, den sie sonst mied. Aber bei so einem Angebot? Nicht wahr, das durfte man sich nicht entgehen lassen? Und Friedchen also hinein in das Geschäft, da war ziemlicher Andrang, und die Kowalski schon ganz nervös, die hat ja sowieso zwei linke Hände.

»Und wie Se mich sieht, kuckt se schon so spitz, sagt über alle andern rüber: O die hohen Herrschaften beehren mich auch einmal. Und redet dauernd: nicht drängeln, stellen Sie sich ordentlich an, tratschen können Sie bitte draußen, Sie bringen mich ganz durcheinander, ich kann so nicht abwiegen, na jedenfalls tut se sich mächtig dicke mit ihrer Butter. Und wie ich denke, nu biste dran, Friedchen, endlich biste dran, innerlich war ich nämlich schon dreimal geplatzt, da macht se extra langsam, geht nach hinten, wäscht sich die Hände oder was weiß ich, und ich rufe: Nun geben Se mir endlich meine Butter! Und da kommt se doch an und schreit mir ins Gesicht: Ihre Butter? Das ist doch nicht Ihre Butter! Det is noch lange nicht Ihre Butter! Eh Sie rankommen, ist Ihre Butter alle! Und fängt an, die Frau hinter mir zu bedienen. Na, und nu platze ick wirklich, das heißt, die Glasglocke vom Kräuterkäse ist geplatzt, denn da hab ich mit der Schirmkrücke reingehauen.

Gott, war mir wohl, ich glaube, so wohl ist mir noch nie gewesen. Nur, wie sie denn den Schupo holte, Butter hat sie überhaupt nicht mehr verkauft, da wurde mir blümerant, und wie der sagte, es kost' vielleicht zehn Millionen Strafe, da hab ichs mit dem Schreck gekriegt, und wie die Kowalski mir nachrief, für den Schaden müßte ich büßen auf ewig, na, da waren die Nerven auf einmal alle, und da bin ich nun, und nicht mal Butter hab ich mitgebracht.«

»Lassen Sie, Friedchen, ich bring das in Ordnung. Auch mit der Käseglocke. Und die Einkäufe, wenn wir überhaupt noch welche machen können, nehme ich selbst in die Hand.«

Clara Imhuelsen hatte allerlei in die Hand genommen in den letzten Jahren, vor allem, seit ihr Sohn unter so makabren Umständen verschwunden war. Sie hatte damals versucht herauszufinden, was im Eden-Hotel passiert war, aber niemand traute sich zu reden, weder der Direktor noch sonst jemand vom Personal, auch der junge Kellner nicht, der ihn zuletzt gesehen hatte, von Soldaten umringt. Einige Zeit hatte sie gehofft, er wäre geflohen und halte sich versteckt, aber als dann diese Revolutionärin identifiziert worden war, aufgefischt aus dem Landwehrkanal, und als sie selbst anonyme Drohungen bekam, sich aus der Sache herauszuhalten, ahnte sie, was passiert war. Vielleicht hatte er zuviel gesehen, zuviel gehört, zuviel geredet? Das schlimmste war die Paradoxie seines Schicksals: Sie hatte ihn davon abhalten können, sich noch in den Krieg zu melden; sie hatte ihn weinend darum bitten müssen, tagelang; hatte die Erinnerung an seine Schwester beschworen, an Julia, die mit dreizehn Jahren an Leukämie gestorben, drei Jahre lang hingesiecht war. Und der Junge hatte nachgegeben, störrisch; und gesagt: Gut, dann werde ich eben Kellner, aus Trotz, Bosheit, und weil er sich von seiner Mutter gehindert fühlte, ein Held zu werden. Und nun war er verloren, wie ein Vermißter im Krieg.

Clara weigerte sich zu trauern, weil sie ihren Sohn noch

immer am Leben wünschte, sie hatte sich nicht mit dem Verlust abgegeben, wohl aber versuchte sie, anzuleben gegen die Leere, die um sie entstanden war. Sie hatte sich zur Alltäglichkeit, zum Alltag, zu einer praktischen Aufgabe gezwungen, die große Wohnung – beide Trakte der Etage – in eine Pension verwandelt. Und als die schönen Messing-Schilder angebracht wurden, unten am Hauseingang, und oben vor der Etagentür, spürte sie, daß es doch noch Momente des Glücks gab, ein Aufblitzen alter Seligkeit. Auf den Schildern stand:

PENSION KHAN
Inhaberin: Clara Imhuelsen

Wenn sie dabei befürchtet hatte, die Vermietung an fremde Leute werde ihr vorkommen wie eine Veruntreuung der eigenen Vergangenheit, so sah sie sich auf das betriebsamste enttäuscht. Dies war die alte Umgebung, aber sie bekam einen neuen Rhythmus. Es kam nicht darauf an, wie Wohnungen möbliert sind, sondern wie sie bewohnt werden. Und jeder Tag war wie ein Stück Theater, mit festen Spielregeln, aber wechselnden Personen und immer fälligen Improvisationen.

Dem Khan, dachte sie, würde es Spaß machen, zuzusehen.

»Die Zahlen, die Nullen, das ist doch nichts!«, rief plötzlich, in der Küche stehend (die eigentlich tabu war für Gäste) der dänische Herr Sörensen mit dem unmöglichen Beruf: Er war, wie er stolz ins Meldebuch eingetragen hatte, Brustpumpenfabrikant, er besaß eine Unternehmung für die Verfertigung von Geräten, die jungen Müttern beim Stillen schwieriger Babys zu Hilfe kamen mit allerlei Pneumatik und anderem Erfindungsreichtum; es war sein eigenes Patent, und er fand es kein bißchen genant. Aber jetzt hatte er ein anderes Thema, er griff den Bericht der Köchin auf. »Die Zahlen, die Nullen, die Inflation des Geldes, das ist doch erst der Anfang. Die ganze Welt wird eine einzige Inflation. Eine herrliche Inflation. Die Dinge kommen über uns! Merken Sie nicht: Wir haben jeden Tag mehr Dinge, wir haben jetzt schon hundertmal mehr Dinge als unsere Großväter, und heute doppelt so viel wie im letzten Jahr. Und warum? Weil wir sie brauchen wie das tägliche Brot. Denn die Dinge sind nicht tot, nicht leblos, die Dinge haben eine Seele, wir machen sie, aber dann machen sie uns, formen uns, schaffen uns um. Denken Sie an meine Brustpumpe, denken Sie an den Rundfunk, denken Sie an den Tonfilm, haben Sie das erlebt, letztes Jahr, gleich hier im Alhambra, der sprechende Film?«

»Ja, es war sehr merkwürdig«, sagte Clara. Sie wußte, daß dies erst die Einleitung war, denn von seinem Lieblingsthema hatte Herr Sörensen noch nicht gesprochen. Sie hatte ihn schon einige Male auf dem Kurfürstendamm beobachtet, wie er fremde Automobilisten und Chauffeure angesprochen hatte, ob er ihnen nicht den Motor ankurbeln dürfe: Er tat das nicht unterwürfig, sondern mit der Miene des Mannes von souveränem Sachverstand. Und er schritt dann stolz von dannen wie einer, der ein Wunderwerk in Gang gesetzt hat.

»Denn«, fuhr nun Herr Sörensen fort, »warum wohnt ein Mann wie ich nicht zu Hause, gemütlich, vorn die Villa, hinten die Fabrik, warum treibe ich mich in Berlin herum, warum mitten auf dem Kurfürstendamm, und wenn schon hier, warum lasse ich mir nicht ein ruhiges Zimmer geben, warum stehe ich da, und starre hinaus auf diese verrückte Straße?

Weil es da das schönste Ding von der Welt gibt, das Automobil, immer mehr, jeden Tag neue, wunderbare Modelle. Sehen Sie so ein Auto, wie das den Menschen verändert. Ich sehe es ihnen an. Sie steigen ein und sind nun Automobilisten. Sie empfinden die Kraft, die Potenz der Maschine. Jedes Automobil zieht anders. Ein guter Wagen stemmt sich angenehm gegen den Rücken. Es gibt Wagen, die fahren mächtig und schroff, besonders der 60-PS-Mit-chell, falls Sie den kennen. Im Automobil sind alle Empfin-dungen verändert. Es gibt heitere Autos, und manche sind voller Schwermut.

Man sieht es an den Gesichtern, ich sehe es ihnen an: Da gibt es die Benz-Gesichter, die Packard-Gesichter, die De-lage-Gesichter, die Delonnair-Belleville-Gesichter, und auch natürlich eins von Rolls-Royce. Aber das tollste von allen ist das Gesicht des Mannes, der einen Hispano-Suize fährt, den mit der langen Haube und dem hohen Motor, ein forcierter Wagen, hat gewissermaßen Kokain geschnupft, wunderbar. Denken Sie doch: Sie sind niedergeschlagen, traurig, kaputt, und steigen in einen Hispano-Suize, und fahren ein paarmal den Kurfürstendamm hinauf und hinun-ter, und wenn sie aussteigen, sind sie ein neuer Mensch, ein Fürst. Und ich erlebe jeden Tag, wie neue Menschen entste-hen, ja beinah Könige.«

»Soll ich Ihnen einen Kamillentee machen?«, fragte Fried-chen boshaft.

Herr Sörensen hörte es gar nicht. Er wandte sich an Clara. »Wissen Sie, was ich herausgefunden habe? Der Kurfürstendamm, das ist das Königreich der Dinge, der neuen Dinge.«

Und dann schwebte er, entzückt, durch den langen Flur zur Vorderfront des Hauses, ging in sein Zimmer und sah, im klarsten Sinn des Wortes, dem Lauf der Dinge zu.

Als Clara in die Richtung des Salons folgte und das kleine Schreibzimmer betrat, das früher die Anrichte neben dem großen Speisesaal gewesen war, stand dort der Russe, Boris Bugajew, und war ein Drama für sich: Bleich, mit schwarz aufgerissenen Augen starrte er sie an, die Haare wild und störrisch gesträubt, die Backen nervös flatternd, um den Hals, ihn eng einwürgend, ein schwarzes Priesterhemd. Mit der einen Hand hielt er sich zitternd am Schreibtisch fest, in der andern hatte er einen kleinen Revolver, und den hielt er, ebenfalls zitternd, gegen seine rechte Schläfe.

»Ich drücke ab«, sagte er schwer, »Alika, ich kann nicht mehr. Meine Stirn sehnt sich nach der Kugel, wie meine Seele sich sehnt nach Ihrer Liebe. Ich kann nicht mehr leben, Alika, grüßen Sie mein Land.«

Clara schrie nicht auf, gellte nicht um Hilfe, stürzte nicht panisch davon oder auf den Mann zu, um ihm die Waffe zu entreißen. Sie ging ein paar Schritte ins Zimmer hinein, setzte sich ruhig auf den Lesestuhl in der Ecke am Fenster und sagte ernst: »Mein lieber Boris Bugajew, haben wir das immer noch nötig? Sind Sie denn immer noch nicht fertig? Brauchen Sie immer noch dieses Schauspiel? Wissen Sie, manchmal strengt es mich an.«

Er vergaß die Pistole, warf sie achtlos auf den Schreibtisch, jagte auf sie zu, fiel ihr zu Füßen, reckte den Oberkörper empor und sagte mit stolz erhobenem Kopf: »Es strengt Sie an! Wie Sie mich glücklich machen! Jetzt weiß ich, daß Sie mich lieben. Es strengt Sie an. Sie haben Angst um mich. Sie fürchten, ich könnte sterben. Das ist die Liebe. Sie sollen mich nicht umsonst geliebt haben. Ich werde sterben für Sie. Oh, wie werde ich schreiben können heute morgen! Den ganzen Tag!«

»Wieviel fehlt Ihnen denn noch, Boris?«

»Sie sind grausam, Alika, Sie finden mich albern. Nur fünfzig Seiten noch, meine Teuerste. Aber verstehen Sie doch, mir fehlen nicht die Seiten – Sie fehlen mir, Ihre Lippen.«

»Rußland fehlt Ihnen, das ist alles.«

»Aber wenn ich Alika hätte, würde Rußland mir nicht fehlen. Sie sind Rußland, und die Revolution, und die fehlenden Seiten. Wenn Sie mich erhören, fehlt keine Seite mehr.«

»Aber Sie wollen das Buch doch fertigschreiben, nicht wahr?«

Er nickte traurig und ernsthaft.

Plötzlich fiel er vornüber in ihren Schoß und fing an, hemmungslos zu weinen. Sie ließ ihn einen Moment lang gewähren, aber als sie die Wärme der Tränen auf ihren Schenkeln spürte, erhob sie sich, nicht brüsk, half ihm auf, ging zum Schreibtisch, nahm die Pistole, gab sie ihm in die Hand und sagte dann, mit leicht erschöpfter Festigkeit, zu ihm:

»So, und nun an die Arbeit, Boris Bugajew.«

»Ich werde gehorchen, meine teure Alika. Sagen Sie, gibt es Jämmerlicheres als einen Schriftsteller? Da ist die Revolution, und hier ist die Liebe, und mir bleibt nur das Papier. Ich werde mich doch erschießen.«

»Nicht heute, Boris. Wir haben vereinbart: jeden Tag höchstens einmal. Ich habe Ihr Ehrenwort.«

»O Alika, ich werde von den Pantoffeln schreiben.«

»Von den Pantoffeln?«

»Wie glücklich sie sind. Wie ganz und gar selig sie sein müssen. Denn sie sind immer ein Paar.«

Mit pathetischer Fassung ging er davon.

Es war eine Art von Komödie, die er ihr abtrotzte, jeden Tag abzutrotzen versuchte: Ein junger Mann von 28 Jahren, der hier in Berlin zwischen sämtlichen Stühlen saß: ein Revolutionär, der sich vor der eigenen Revolution hatte retten müssen, weil er zur antibolschewistischen Minderheit gehörte; nach Jahren im Untergrund war er über Finnland nach Deutschland geflohen; jetzt wartete er auf die Erlaubnis zur Rückkehr in sein Land.

Und vor lauter Heimweh, so sah es Clara, hatte er sich in sie verliebt. Das hieß: Er vermengte nun alles, Rußland, die Revolution, sie selbst und das große Werk, in dem er alles zusammenfassen wollte: die Leidenschaft seiner Liebe, das Drama ihrer Nichtliebe, und das Schicksal eines von der Revolution Verworfenen! »Für alle! alle! alle!«, sollte es heißen. Manchmal brachte er Freunde mit wie Viktor Schklowskij, Ilja Ehrenburg, Wladimir Nabokov oder Roman Jakobson. Sie arbeiteten alle an ähnlichen Büchern, waren peinlich darauf bedacht, in Frauen verliebt zu sein, die sie nicht wiederliebten, und berauschten sich an ihrem welthistorischen Herzenskummer. Mit Vorliebe gingen sie in die »Prager Diele« und in den Zoologischen Garten.

Clara dachte aber nicht ohne Rührung an ihren Russen mit seiner lächerlichen Pistole.

Im großen Salon saß der Amerikaner Patrick Fitzgerald und hatte offenbar wieder ein neues Opfer gefunden. Er bemühte sich seit Wochen, in diesen Krisentagen alle möglichen Erfindungen aufzukaufen gegen gute Dollars; und besonders hartnäckig war er hinter den Herren Engl, Masolle und Vogt her, die mit ihrem Trio-Ergon-Verfahren als die Alchimisten des Tonfilms galten. Wen er diesmal vor sich hatte, wußte Clara nicht: Nur daß der Mann schon weichgeklopft war, sah sie an dem Stapel Dollarnoten auf dem Tisch.

Der französische Fotograf mit dem hübschen deutschen Namen Schall sortierte seine jüngsten Aufnahmen. Es war ihm gelungen, Zutritt zur Börse zu bekommen; in einem Fotoatelier an der Knesebeckstraße konnte er seine Platten selbst entwickeln. Er zeigte Clara eine der Aufnahmen: Gewimmel von Menschen, verstörte, verzerrte Gesichter über monströs adretten Krawatten: »Voici, Madame«, sagte er, »c'est la journée d'un Dollar à vingtcinquemilliardsdeuxcentsoixantmillionsdeuxcenthuitmille Mark!« Als man für einen Dollar 25 260 208 000 Mark bezahlt hatte!

Und natürlich saß da die Fürstin Nataschja Orloff und hatte ihr kleines Köfferchen mit dem Schmuck bei sich. Sie lehnte es ab, die Pretiosen auf der Bank zu deponieren oder in den Tresor eines Hotels zu tun oder wenigstens in den Kassenschrank. Sie hielt es für sicherer, wenn sie das Kästchen bei sich trug, aber sie hielt es keineswegs für riskant, es allen Leuten, mit denen sie ins Gespräch kam (und sie kam mit fast allen Gästen ins Gespräch) zu öffnen und vorzuführen, jeweils natürlich ganz im Vertrauen und unter vier Augen. Wenn es eine Sicherung gab, auf die Clara vertraute, dann war es die aberwitzige Menge und das völlig sorglose Durcheinander der Juwelen: Das mußte jeder vernünftige Mensch für Talmi halten. Das glitzerte, glänzte, schimmerte, glimmerte, funkelte, strahlte diamanten, glühte rubinrot, aber es war die Übermacht der Smaragde, in mächtigen Steinen mit Tafelschliff, die dem Koffer die Fluoreszenz eines grünen Leuchtens gab. Zu jeder dieser Kostbarkeiten gab es eine Geschichte, jenes Collier war von Jekaterina Dolgoruki (»Die Geliebte des Zaren, die er dann doch geheiratet hat, als wenn man seine Geliebten einfach heiratet!«), und dieses Diadem stammte von Pauline Metternich, und jener Armreif war ein Geschenk des letzten deutschen Kaisers (»Geschmack hatte er wohl nie!«), und am Ende zeigte sie immer ein kleines Perlenkettchen, in dessen Mitte eine große schwarze Perle saß, ein apartes Stück, aber gewiß nicht das teuerste der Sammlung: Dies sei ein Dokument deutscher und russischer Zärtlichkeit: Ihre Tante, Jekaterina Orloff, habe es vor mehr als einem halben Jahrhundert einmal von einem deutschen Diplomaten erhalten, der dann später Geschichte gemacht habe: Und dieser Mann sei kein anderer als Bismarck gewesen. »Ein großer Mann«, setzte sie verzückt hinzu, »ein Liebhaber, nie hätte er gegen Rußland Krieg geführt. Oh, wie er mein Tantchen geliebt haben muß!«

In der Post fand sich ein elegantes Kuvert mit feinster Reliefschrift: GENERALMAJOR DETLEFF VON HECKENSTETT. Clara wunderte sich über diesen Brief, denn der General hatte seine Wohnung nur eine Etage tiefer, hätte also auch einen Besuch machen können. Er war seit über zehn Jahren ihr Mieter; aber obwohl ihr das Haus gehörte, gehabte er sich gern als dessen eigentlicher Herrscher, eignete es sich an durch eine leutselige Unnahbarkeit; zum Beispiel durch ein Händeschütteln, das den andern nicht so sehr begrüßte als wegdrückte. Clara mochte ihn nicht sehr; denn sie konnte nie die Erinnerung verdrängen, wie er als junger Leutnant, zu Gast bei Melanie, noch am Telefon seine Verlobung mit der Tochter des reichen Türkheimer gelöst hatte, als die Nachricht von dessen Konkurs in die Gesellschaft hineinplatzte. Er aber hatte sie wohl nicht wiedererkannt, als er seinerzeit die Räume für »recht ordentlich« erachtete und hier Quartier nahm. Seit Kriegsende, seit der General außer Dienst war, schien das Verhältnis noch distanzierter geworden; aber Clara weigerte sich zu glauben, daß er, als die entsetzliche Sache mit Felix bekannt wurde, sich im Hausflur nach dem »Verbleib des roten Bengels« erkundigt haben sollte. Sie öffnete den Brief und las:

»Verehrtes Fräulein Imhuelsen!

Da Sie, entgegen allem Anspruch Ihrer Quartiernehmer auf Ruhe und Solidität und entgegen der unverkennbaren Bestimmung dieses Gebäudes zum repräsentativen Wohnhaus, es vorgezogen haben, eine Art Absteige für allerlei exotisches Volk zu eröffnen, und da man neuerdings bei der Benutzung des Fahrstuhls gewärtigen muß, den fremdesten Elementen gegenüberzustehen, sehe ich mich genötigt, meine Wohnung aufzugeben und dieses Haus zu verlassen.

Hochachtungsvoll!
Detleff Freiherr von Heckenstett«

Am Nachmittag, überraschend, kam Julius Seidel, fröhlich, siegreich, mit jenem etwas widerwärtigen Blitzen in den Augen, das manche Männer haben, die sich für unwiderstehlich halten. Er war früher ein eher plumper Junge gewesen, aber seit einiger Zeit hielt er sich zum Typ Sportsmann, viel Tweed und englische dicke Tuche; er hatte die ruhige Geschäftstüchtigkeit seines Vaters durch eine gewissermaßen internationale Dynamik ersetzt oder angereichert. Schon der alte Seidel war ja Damenschneider geworden; sein Sohn Julius aber machte Mode, er fühlte sich als Liebling der eleganten Berliner Damenwelt. Er war so alt wie Clara und hatte ihr nach dem Tod des Khan eine Zeitlang den Hof gemacht; sie duzten sich seitdem; ihr Jawort hatte er nie erlangt; aber als er 1919 seine Pläne entwickelte, das Geschäft von Halensee an den unteren, den eigentlichen Kurfürstendamm zu verlegen, hatte sie ihm, indem sie eine große Hypothek auf eins der beiden Häuser aufnahm, mit 200000 Goldmark unter die Arme gegriffen. Wenn man ihm glaubte, war das Unternehmen ein großer Erfolg; wenn man hörte, was die Leute sagten, so stand das Geschäft auf der Kippe. Clara traf nie jemanden, der bei Julius Seidel gekauft hatte.

Der Besucher hatte einen großen Blumenstrauß – eine gewaltige Anschaffung in diesen Millionentagen –, und einen Augenblick lang fürchtete Clara, er habe so wenig Instinkt, seinen alten Antrag zu erneuern. Sie sollte sich täuschen. Er hatte noch weniger Anstand.

»Ich muß mich doch endlich ehrlich machen bei dir, Clara«, sagte er.

Sie verstand den zeremoniösen Satz nicht, bis er einen Umschlag auf den Tisch legte und ihm einen Geldschein über eine Million Mark entnahm.

»Was soll das?«

»Der Kredit, meine Schulden bei dir. Getilgt mit den größten Zinsen, die es je gab.«

»Sag, ist das dein Ernst? Bist du noch bei Sinnen? Bist du der Mann, der mich vor zehn Jahren gefragt hat, ob ich seine Frau werden will?«

»Du weißt: Mark gilt gleich Mark. Und wenn ich dir für deine zweihunderttausend jetzt eine Million gebe, ist das mehr als kulant. Es ist geradezu eine Verschwendung. Und ich möchte diese Schulden endlich loswerden, verstehst du? Sie haben mich die ganze Zeit gequält, es war mir nicht recht, bei dir in der Kreide zu stehen.«

»Julius Seidel, komm zur Besinnung, das geht nicht!«, rief Clara, ohne noch recht zu glauben, was ihr geschah.

»Ich wüßte nicht, was dir das Recht gibt, mich anzu-schreien«, sagte Seidel kühl. »Du hast dich nicht einmal für die Blumen bedankt.«

»Seidel, Sie sind ein Lump. Sie sind ein widerwärtiger Lump. Sie sind nichts als Gesindel!«

Clara hatte geglaubt, leise gesprochen zu haben in all ihrem Brechreiz von Empörung. Aber plötzlich stand Boris Bugajew in der Tür des Zimmers, ein Rasender, der Clara in Not sah, ohne zu wissen, in welcher. Ein Mann, der seiner Geliebten zu Hilfe kommen wollte, ohne daß sie seine Geliebte war. Ein Rächer, der nicht einmal wußte, was zu rächen war.

Er hatte die Pistole auf Seidel gerichtet.

Der begriff erst nicht. Dann fiel alle Großspurigkeit von ihm ab. Schlotternd machte er zum ersten Mal so etwas wie eine sympathische Figur. Er sah auch nicht mehr nach einem Sportsmann aus.

»Um Gottes willen«, sagte er. »Clara, hilf mir. Ich wollte es nicht tun. Es war blödsinnig. Aber ich dachte, wenigstens formell...«

»Halten Sie den Mund. Gehen Sie unbesorgt, aber gehen Sie auf der Stelle. Boris tut Ihnen nichts. Die Waffe ist nicht geladen.«

Und Seidel ging rasch, wie wenn der Boden voller Tretminen steckte und nicht zu berühren war, durch das große Zimmer, hinaus auf den Korridor, und dann hörte man ihn rennen, die Haustür öffnen, ohne sie zu schließen, endlich verschluckte der Teppich im Hausflur seine fliehenden Schritte.

Erst jetzt fiel der Schuß.

Er traf den großen Spiegel neben der Tür.

Clara schrie auf.

Boris Bugajew brüllte, aber er brüllte entsetzlich leise, mehr in sich hinein. »Nicht geladen! Nicht geladen! Alika, wofür hältst du mich? Für einen Komödianten? Für einen Kindskopf? Für einen Mann mit einer Spielzeugpistole?« Er ging auf Clara zu, die Pistole nun wirklich wie ein Spielzeug gesenkt, und er gab sie ihr sanft in die Hand, wie zum Abschied.

»Die hätte mich nicht schlimmer treffen können. Leben Sie wohl, Alika. Ich versuche es noch einmal mit der Revolution.«

Eine halbe Stunde später ging er mit seinem kleinen Koffer aus der Pension.

»Gnädigste, haben Sie an die Butter gedacht?«, fragte am Abend Friedchen, die Köchin.

Diesmal war es Clara, die weinend zusammenbrach.

Der Tod des Flaneurs

Es kam so, und Max Kiesel sah es kommen:

Das Pferdefuhrwerk wollte justament auf der Kreuzung von Kurfürstendamm und Uhlandstraße nach links abbiegen, und genau in der Mitte, zwischen den Gleisen der Straßenbahn, umgeben von hupenden Autofahrern und einem unwillig bimmelnden Trambahnführer, kam es zum Stehen und bot einen jämmerlich verlorenen Anblick: Denn Pferdefuhrwerk war ein viel zu stolzes Wort für den klapprigen Gemüsekarren mit den schiefen Rädern, obendrauf Kohlköpfe und Runkelrüben, für den alten armseligen Mann, der das Gefährt zu lenken versuchte, vor allem aber für die abgemagerte knochenklägliche Kreatur, die es ziehen sollte und eher so aussah, als müsse sie von den Deichseln aufrechtgehalten werden.

Da stand dieser alte Gaul inmitten des Verkehrs und machte eine so aberwitzige Figur wie der Dinosaurier im Museum für Naturgeschichte. Doch Verkehr konnte man das nun nicht mehr nennen, das da um Roß und Rosselenker sich abspielte, denn Verkehr rauscht ja vorbei, brandet rasch vorüber, rasend und überholtüchtig, aber hier ging nichts mehr weiter, eine Art metropolischer Dornröschenschlaf war über den Boulevardbetrieb gekommen, Stillstand breitete sich aus wie ein mächtiger Bann. Aber dennoch ein Inferno von Geräuschen, von Hupen, Schreien, Gebimmel, Gekreisch, den Pfiffen der Schupos, dem Gelächter einiger

Zuschauer, dem Gebarme erschreckter Kinder, und über all dem Lärm das verzweifelte Hü! Hü! Hü! des vereitelten Kutschers, es klang wie ein Hexenruf, denn er hatte die hohe hohle Stimme eines Mannes, dem sie tief in die Kehle gerutscht ist. Das arme Pferd aber stand da wie eine Mähre aus uralten Zeiten.

Es gab reichlich Volksmund, und Kiesel notierte mit jagendem Bleistift:

»Det is Seelenwanderung, der Gaul war bestimmt mal Esel.«

»Na, ick weeß nich, wer hier mal Esel war.«

»Wat wollen Sie'n damit sagen?«

»Ick meine, der Kerl is doch mewulwe, mit so 'ner Fuhre über den Kurfürstendamm zu kariolen!«

»Überhaupt, so'n olles Roß und noch ackern. Det jehört doch längst ins Märchen. Mit Gnadenbrot und so.«

»Nee, Meneken, det is nicht Brüder Grimm. Det is 'n Entwurf für'n Hindenburg-Denkmal.«

»Na hören Sie mal! Sie sind ja ein ganz Roter?«

»Ick meine: zu alt und immer noch inne Siele.«

»Quatsch Politik! Tierquälerei ist das, den Mann müßte man vor Gericht stellen! Der sollte seinen Karren selber ziehen.«

»Aber das ist doch ein armes Schwein, der weeß doch selber nicht weiter, das ist wie das deutsche Volk mit dem Schandvertrag von Versailles, und der alte Mann hat den Dolchstoß richtig in den Rücken gekriegt. Sicher ein Invalide.«

»Na, wenn der nicht gleich die Straße räumt, dann wird er ein Invalide!« sagte ein Automobilist, der rotzornig seinem Gefährt entstiegen war.

Der Alte in seiner Hilflosigkeit griff zur Peitsche und hieb dem Tier eins über; das schreckte hoch, wollte voran in panischer Angst, rutschte mit den Hinterhufen auf dem glatten Pflaster aus, und lag nun da, kümmerlich zwischen dem Gestänge, und machte keine Anstalt mehr, aufzustehen, sich aufzuraffen, von der Stelle zu weichen.

Der alte Mann, die Peitsche noch immer in der Hand, beugte sich weinend über sein Pferd.

Die Polizisten schrien nutzlose Kommandos.

Bizarre Ratschläge kamen von allen Seiten.

»Man muß es erschießen«, sagte jemand, aber der wäre beinah selbst ein Opfer der jäh ausbrechenden Volkswut geworden.

Niemand mußte schießen.

Nach einer Viertelstunde gab der Gaul ganz friedlich seinen Geist auf. Nach einer weiteren Viertelstunde hatte die Feuerwehr die Szenerie geräumt.

Für Kiesel war es ein Glückstag.

Max Kiesel hatte sich, um die Mitte der zwanziger Jahre, einen seltsamen Beruf erwählt, einen Beruf, den es bis dahin nicht gab und dem er vielleicht als einziger in Berlin und dann sicherlich auch in Deutschland oblag, eine Profession, die das Gegenteil einer Profession war, nämlich die schiere Freizeitbeschäftigung: das Flanieren. Kiesel betrieb das Flanieren nicht mehr nur aus Passion, sondern als Broterwerb, er war zweifellos der erste Voll-Flaneur der Reichshauptstadt, also gewissermaßen ein hauptberuflicher Müßiggänger.

Das heißt: eigentlich war Kiesel Journalist, und zwar lange Jahre hindurch allround, viel Lokales, etwas Sport, mit Vorliebe Tennis, das er selbst spielte, nie Theater, weil er dort Platzangst bekam, Kino nur auf den Außenplätzen, Reichstagssitzungen und Bankette allenfalls in Ausnahmefällen. Kiesel war nicht für Säle, Innenräume, geschlossene Gesellschaften, er liebte frische Luft, freien Himmel, vollen Atem, und es entsprach seinem Naturell, daß er den Sitznötigungen seines Gewerbes immer mehr zu entkommen suchte und sich ausbildete zu dem, was sonst nur eine Redensart ist: zum Mann von der Straße. Und seine Straße war Berlins Boulevard.

Denn so wenig man das Flanieren mit dem Spazierengehen gleichsetzen oder verwechseln sollte, so wenig kann man es aufs Geratewohl oder mit dem guten Willen allein betreiben. Zum Flanieren bedarf es einer besonderen Konstellation, einer glücklichen Mischung aus Betrieb und Beschaulichkeit, aus Ziel und Zufall. Kiesel hätte, bei allem Talent, das Flanieren nicht zu dieser Vollkommenheit entfalten können, wenn er nicht das ideale Terrain vorgefunden hätte: den Kurfürstendamm. Kiesel entdeckte, daß das wahre Flanieren nur hier möglich war, daß es mit dem Kurfürstendamm entstanden war, aber eben auch erst mit jenem Kurfürstendamm, den es noch gar nicht lange, den es erst seit dem Krieg, nein, wohl erst seit der Inflation gab oder gar mit der neuen Demokratieberuhigung, die Mitte der Zwanziger sich breitmachte. Wie anders war man noch ein gutes Jahrzehnt früher über diese Straße gegangen, vor 1914, mit Ausrufungszeichen und einigermaßen subaltern:

»Was man hier für Schick, für Eleganz bewundern kann! Die glänzenden Cafés und Weinstuben, die Schauläden mit ihren Luxusgegenständen und kostspieligen Tändeleien. Die spiegelblanken Leiber der edlen Pferde mit ihren schikken Reitern und Reiterinnen auf dem breiten, braunen Reitweg der Mittelallee hingleitend wie elegante Schemen. Blitzende Augengläser, silberne, goldene Spazierstockgriffe, elegante Sonnenschirme mit der Pracht ihrer Farben.« Das war typisches Vorkriegsdeutsch, subalterne Ergriffenheit eines Lyrikers; der Dichter Johannes Schlaf war das Gegenteil eines Flaneurs, er war ein Besucher, dem die Augen übergingen und die Wörter unter. Nicht so Kiesel.

Bei ihm, wenn er seine Gänge beschrieb, gab es keine Ausrufungszeichen, keine Bewunderungsschreie, keine schemenhaften Fremdeleien. Es gab die leise Beschreibungslust eines Mannes, der nicht das Gras, sondern den Asphalt wachsen hörte.

Denn Flanieren hieß für ihn, ganz Ohr sein und ganz Auge für alle Veränderungen, für alle Neuheit, für die hundert kleinen Szenen, die sich zusehends abspielten, für die Ängstlichkeit eines Gesichts, die Tapferkeit eines Lachens, die Verzagtheit eines Schritts. Flanieren, so hatte sein Freund Franz Hessel einmal gesagt, sei eine Art Lektüre der Straße, und Gesichter, Schaufenster, Terrassen, Bahnen und Bäume, Autos und Auslagen seien die Buchstaben, die zusammen Worte, Sätze und Seiten eines immer neuen Buches ergäben. Aber so sehr Kiesel ihn als Schreiber bewunderte, so schien ihm doch diese Definition ein wenig zu passiv und papieren, zu sehr die eines erpichten Intellektuellen zu sein, der auf die Zeichen achtete und sich die Straße zusammenbuchstabierte. Denn der Flanierboulevard war eben kein Buch, nicht einmal eins mit sieben Siegeln, sondern eher ein Steinbruch, der immerzu neue Blicke, Schichten, Geschichte freilegte. Der Flaneur war der Archäologe des Moments, der Schatzgräber in den Goldminen der Gegenwart, ein Wünschelrutengänger auf der Spur jener Historie, die eben erst entsteht. Der Flaneur war der Abenteurer des Augenblicks. Und sein Handwerkszeug war nichts als Geistesgegenwart.

Das hieß: Kiesel war auf dem Damm.

»Auf dem Damm« hieß denn auch seine tägliche Glosse im BERLINER NACHTKURIER. Denn Kiesel schrieb jeden Tag einen kurzen Bericht über seine Entdeckungen. Er schrieb ihn kunstlos, denn die Kunst war ja die Entdeckung selbst.

Er begann seinen Kurfürstendamm-Tag meist morgens gegen halb zehn, und zwar damit, daß er der Blumenfrau an der Ecke Joachimsthaler seinen NACHTKURIER mitbrachte: Sie las seine frischgedruckte Kolumne und gab ihr Urteil ab, ein höchst strenges Urteil, das er respektierte. Sie sagte zum Beispiel »Haarscharf daneben!« oder »Fünf Tage zu spät« oder »Wer soll'n das kapieren?« und in den schlimmsten Fällen (oder wenn sie Ärger mit ihrem Mann hatte): »Det lesen Se man alleene.« Und manchmal gab sie ihm eine Nelke, mit dem Satz: »Das reinste Leben, wat Sie da schreiben.« Das waren Glücksvormittage im Leben Max Kiesels.

Seine eigentlichen Kuriere beim Flanieren aber waren die Zeitungsverkäufer. Noch gab es nur wenige feste Kioske. Die einzelnen Blätter machten sich mit Ausrufern Konkurrenz. Das waren Originale, die zu ihren Schlagzeilen ein Verhältnis hatten wie ein Sänger zu seiner Arie, und die sich ein Vergnügen daraus machten, wenn sie dem Rivalen einen Text schmettern durften, den der nicht bieten konnte. Der Stolz auf einen Exklusiv-Ausruf war ungeheuer. »Vierzehn Chinesinnen mit Bubikopf erschossen!«, tönte etwa Hans Niepeguk vom BERLINER TAGEBLATT, und der neue Ausrufer von der VOSSISCHEN war geradezu kläglich dagegen mit seiner Frage: »Wird Monsignore Pacelli Kardinal?« Und weil er das wohl selbst als unzureichend empfand, schrie er noch hinterher: »Die Unterschlagungen in Wannsee!« – »Turmhaus Bahnhof Friedrichstraße!«

Der Mann von der ROTEN FAHNE konnte mit so konkreten Sachen meist nicht aufwarten, er hatte nicht viel mehr zu bieten als »Bankrott des Trotzkismus!« oder »Stalin gegen die Pressebanditen!« oder allenfalls Entrüstung über »Die Entrechtung des Krankenpflegepersonals!«.

Manchmal fand man sich aber auch zu richtigen Gemeinschaftsgesängen zusammen, wenn etwa im New Yorker Hafen ein U-Boot untergegangen war und eine schwierige und aussichtslose Rettungsaktion in Gang gesetzt wurde. »In U-Boot-Trümmern eingeschlossen!«, rief da sogar die ROTE FAHNE, »U-Boot gerammt und gesunken!«, stimmte die VOSSISCHE ZEITUNG zu, und das TAGEBLATT stelzte: »Untergang eines amerikanischen U-Bootes!« Später würde dann noch das ZWÖLF-UHR-BLATT dazukommen und etwas Drama in die Angelegenheit bringen: »Der Todeskampf der eingeschlossenen U-Bootleute! Die letzten Lebenszeichen! Jede Hoffnung aufgegeben!«

Neuerdings gab es noch einen Krakeeler an der Ecke Uhlandstraße, der versuchte sich mit dem ANGRIFF, der neuen Zeitung der Berliner Nationalsozialisten. Aber der hatte im wahrsten Sinne des Wortes nicht viel zu melden. Wer kauft schon ein Blatt mit solchen Neuigkeiten: »Die Dummen werden nicht alle!« – »Sträflingskolonie Deutschland!« und »Rache für Hans Malkowski!« Nur, daß der Mann mit seiner unmöglichen Zeitung überhaupt dastand am Kurfürstendamm, das war eine Sensation.

Und dann begann das witternde Weitergehen, das ahnungsvolle Einatmen all der Dinge, die am Wege lagen, die halluzinatorische Aufmerksamkeit auf die unentwegten Szenen, mit denen der Boulevard aufwartete. Kiesel, an guten Tagen, ging ein paar Schritte, und schon konnte er die erste Episode notieren: Wie der kleine Junge seinen Vater zu dem riesigen Rolls-Royce hinzerrt und überwältigt ruft: »Kiek ma, Vater, das Auto!« Und der Vater, ein wenig verlegen, auch neidisch, aber mit plötzlicher Großspurigkeit: »Wat willste denn, Junge, den haben wir doch letzte Woche verschenkt!«

Oder der Chauffeur, der unter seinem Wagen liegend angestrengt eine Panne zu beheben sucht, sehr zum lauten Amüsement der Umstehenden; der dann hervorkriecht, sich drohend erhebt und sagt: »Wat hier jelacht wird, det lache ick!«

Oder der weinende kleine Junge, der unter Tränen daherschlurft und auf die besorgte Frage der feinen alten Dame, was er denn habe, mit plötzlicher Frechheit antwortet: »Brauchst auch nicht alles zu wissen, olle Tante!«

Oder die junge Frau an der Litfaßsäule Ecke Grolmanstraße, die schon seit zehn Minuten nervös hin und her trippelt; die IHN dann offenbar kommen sieht und aufblüht vor Erwartung, sich für den Begrüßungskuß bereitmacht; wie dann aber der lackaffige junge Mann gar nicht sie in die Arme nimmt, sondern eine andere Frau: Und wie unsere kleine Märtyrerin fast in Ohnmacht gesunken wäre, hätte sie sich nicht in letzter Sekunde an die Litfaßsäule geklammert wie an ihren letzten Trost.

Aber neben den kurzen Schnappschüssen am Wege gab es auch Beobachtungen über längere Zeit, und außer den knappen tagesfrischen Notizen, die er alsbald ins Blatt setzte, führte Kiesel auch Buch: Denn so rasch, so mannigfach vollzogen sich die Veränderungen am Kurfürstendamm, daß selbst der sie nicht im Kopf behalten konnte, der sie als Augenzeuge miterlebte. Allein im pompösen Haus Nr. 217 gab es soviel Szenenwechsel, daß nur Kiesels grüne Kladde darüber noch Auskunft zu geben vermochte. Da hatte, gleich zu Beginn der zwanziger Jahre, das noble »Sanssouci« dem Restaurant »Frolies« Platz gemacht und dies wiederum dem »Columbia Tanzcabaret«, dem der Tanzpalast »Lido« gefolgt war; aber auch der währte nicht ew!g, sondern wich dem »Pavillon Frascati«, der vom Restaurant »Pauquet« abgelöst wurde. Doch damit keineswegs genug, gab es bald an gleicher Stelle ein Etablissement namens »Wunderland« – und wenig später schon »Steinmeiers Tanzkabarett«! Aber solcher Wechsel hatte meist auch eine Tendenz – die vom erlesenen Eßlokal zum hektischen Tanzbetrieb, von der intimen Kabarettbühne zur großen Animierdiele war typisch für den Boulevard. Nur, daß sich dann, Ende der Zwanziger, in den gleichen Räumen eine Gaststätte mit dem wuchtigen Namen »Wotan« auftat, war keine Tendenz mehr, das war fast schon eine Schicksalswende.

Überhaupt die Namen am Kurfürstendamm: Das war eine Wissenschaft für sich, ein Stück Zeitgeschichte, eine Dokumentation der Sehnsüchte, das verriet etwas von den Moden des Gaumens und des Herzens. Viel Noblesse wurde da behauptet, vom »Regina-Palast« bis zum »Prinzeßcafé«, von der »Königin-Bar« bis zum »Kaiserkeller«, selbst Aschinger nannte sein volkstümliches Büfett »Kurfürst«. Aber auch Chiffren waren gefragt wie »ESP«, da fehlte es nicht an Phantasienamen wie »Monico« und »Wilhelma«, und daß es am Kurfürstendamm auch ein Tanzlokal »Himmel und Hölle« geben mußte, verstand sich fast von selbst.

Zu den Förderern und Freunden des Kieselschen Flanierens gehörten die Tabakhändler, die mit ihren tragbaren Ladentischen an einigen Ecken des Boulevards postiert waren. Diese Händler wußten Bescheid wie niemand sonst, wie nicht einmal die Hotelportiers: welche Spieldiele in der Nacht ausgehoben worden war, welche Entdeckung dieser oder jener Filmproduzent gemacht hatte, welche alte Schnörkelfassade demnächst einem futuristischen Gletscherblick weichen würde, welcher Hochstapler wieder eine reiche Dumme gefunden hatte, wo Isadora Duncan den Schal gekauft hatte, der sich dann um das Rad ihres Autos geschlungen und sie erdrosselt hatte, man erfuhr aber auch, daß einige Leute sich schon Sorgen machen: Dieser Goebbels und seine Leute langten ja ganz schön hin, und sie machten neuerdings nicht einmal vor dem feinen Berliner Westen halt.

Kiesel rauchte nicht, aber er kaufte den Händlern immer mal eine Schachtel Zigaretten oder eine gute Fehlfarbe ab, die er dann bei seinen Stippvisiten in den Hotelrezeptionen an den Mann brachte: Da vervollständigte er seine Informationen. Und er versorgte sich bei den Straßenhändlern selbst mit etwas Naschwerk: Mit kleinen Tütchen voll weißglitzerndem, metallisch schimmerndem Pulver; wie Kinderbrause sah das aus, nur war es teurer: Zwischen sieben und fünfzehn Mark mußte man für das Gramm bezahlen, und manchmal war es nicht einmal ein Gramm. Kiesel hatte gefunden, daß so ein Einkauf zu seinen Recherchen gehöre, zu seinen Berufspflichten als Flaneur. Er konnte schließlich nicht den Kurfürstendamm zu seinem Lebensbereich machen, ohne dessen Lebenselixier zu genießen. Natürlich nicht aus Sucht, sondern aus Neugier: Kokain, Koks, das weiße Gift, die leichte Droge, die zur Verrücktheit der Zeit paßte wie ein Earl Grey zur Teestunde. Diese kleinen zuckrigen Kristalle, die wirklich nichts weiter waren als ein Brausepulver für Erwachsene. Beim allerersten Male hatte Kiesel vergeblich auf eine Reaktion gewartet und sich damit abgefunden, daß das Zeug bei ihm einfach keine Wirkung tue. Erst als er allmählich dahinter kam, daß man ihn offenbar hereingelegt hatte, daß neben dem Kokaingeschäft auch ein schwunghafter Schwindel mit Natron und Koffein betrieben wurde, entschloß er sich zu einem zweiten Versuch mit garantiert reiner Ware: Und der war verblüffend wirksam, machte ihn überwach, hellhörig, hochfliegend und aufgekratzt. Was wurde das für eine Tagesglosse an jenem Nachmittag, poetisch und ironisch, witzig und messerscharf – die Redaktion war begeistert. Sogar Zulehner ließ ihn rufen, nahm ihn bei den Schultern und sagte: »Lieber Kiesel, weiter so, das war Ihr Glanzstück bisher.« Er konnte ja nicht ahnen, welche Art von Ermunterung er damit bewirkte. Denn wer von denen, die sich den Künsten widmen, möchte nicht immer sein Bestes geben, in äußerster Form sein, in rasender Hochstimmung, wer würde nicht sogar das Werk über das Wohlbefinden stellen – und Flanieren war eine Kunst, Kiesels Flanier-Flair sein Lebenswerk, dem er Opfer bringen mußte, und also auch das der Katerstimmung hinterher, für die es den lustigen Namen Kokolores gab.

Immer tollere Erlebnisse hatte der koksende Kiesel, und jeden Tag brachte er nun nicht mehr nur kleine hübsche Episoden mit, sondern wahre Wunderdinge, Verwunschenheiten, lauter Nonplusultra. Der Bienenschwarm vor dem Café Schilling gehörte dazu, ein leibhaftiger, lebendig summender Bienenschwarm auf einem Laternenpfahl am Kurfürstendamm, ein schwarzes, weichsamtiges Gewimmel, fast wie ein irisierendes Kissen anzusehen; die Leute standen ängstlich, gebannt und ratlos herum, auch die Feuerwehrleute wußten nicht weiter, nachdem sie erst wie zum Großalarm aus der nahen Rankestraße angeprescht waren und sich eher betreten der Laterne genähert hatten. Nie, das mußte sich Kiesel sagen, hätte er dergleichen erlebt, wenn er nicht mit dem weißen Puder nachgeholfen hätte, das den Ereignissen auf die Sprünge half und unerhörte Dinge mühelos herbeiführte. Auch die Toilettenfrau wäre ihm wohl nie erschienen, diese furiose Frau mit den wilden schwarzen Haaren und dem flammenden Blick, mit der er ins Gespräch gekommen war über die Schlechtigkeit der Zeit und die Knickrigkeit der Kunden; die ihm dann, im neutralen Zwischenraum zwischen der Damen- und Herrenabteilung, anvertraut hatte, daß sie die russische Zarentochter Anastasia sei, auf Ehre und Gewissen, und sich in diese Kachelräume nur verkrochen habe, weil sie sich vor der immer noch wütenden Rache der Revolution in Sicherheit bringen wolle. An ihren kostbaren Schmuck könne sie derzeit nicht heran; man würde ihr auflauern; ob er ihr nicht 10 Mark pumpen könne; dafür werde sie ihm ihre ganze Geschichte, die volle Wahrheit, das Drama ihrer Rettung erzählen. Als er nach zwei Stunden wieder ins Freie kam, wußte er alles – so wie es ein paar Wochen vorher in der BERLINER ILLUSTRIRTEN gestanden hatte.

Kiesels Berichte wurden immer abenteuerlicher – er schrieb von Rikschafahrten, die jetzt nachts, wenn alle Straßenbahnen schon stillstanden, die Nachtbummler heimbrächten, von kleinen flinken Chinesen gezogen, er hatte von Rollsteigen erfahren, die demnächst zwischen der Gedächtniskirche und der Uhlandstraße angelegt werden sollten, um das Spazierengehen auf Tempo zu bringen oder bequemer zu machen, und er kam sogar mit der sensationellen Neuigkeit, in der Mitte der Avenue werde man einen Kanal bauen, auf dem dann statt der Trambahn Gondeln und kleine Boote verkehren würden, wie in Amsterdam oder in Venedig. Niemand wußte mehr genau, wo Kiesel das alles herhatte, woher er von solchen merkwürdigen Projekten wußte, ob das in irgendwelchen Planungsämtern oder nur in seinem Kopf entstanden war – aber seine Berichte waren so spannend geschrieben, seine Details so erfindungsreich überzeugend und die Sachen so boulevardvernünftig, daß man dem kühnen Flaneur, wenn auch kopfschüttelnd, immer noch Platz einräumte. Allerdings ersetzte man die Überschrift »Auf dem Damm« sicherheitshalber durch eine andere: »Ist denn das die Möglichkeit?«

Bis Kiesel, immer mehr abhängig von seinem weißen Staub und immer häufiger von Angst geschüttelt und von Furien gehetzt, mit dem Gespenst anfing: Ein aufgeweckter Berliner Journalist im Jahre 1929 fing an, den Lesern des NACHTKURIER, denen man doch so leicht nichts vormachen konnte, ein Gespenst einzureden, aufzuschwätzen, heraufzubeschwören, ein Gespenst, das Tag und Nacht auf dem Kurfürstendamm am Werk sein sollte, mal in Gestalt eines Vampirs, der über den Köpfen der Passanten hinwegflog, mal in Gestalt einer Untergrundbahn, die mit grimmiger Fratze aus der Station Uhlandstraße hervorkroch, mal in Gestalt eines der alten Häuser, das in Wahrheit ein urzeitliches Tier war, mit dicker Elefantenhaut, die Säulen unheimliche Beine, und das Portal ein Schlund, der einen verschlucken konnte. Manchmal schrieb das Gespenst Zeichen und Wörter an Schaufenster, Hakenkreuze, Runen, »SA« oder »Wir kommen!«. Kiesel wagte sich nur noch stundenweise auf seinen Boulevard, und er schrieb seine Berichte nur noch am hintersten, verstecktesten Tisch im »Café Schilling«, aber die Redaktion konnte seine neuesten Hervorbringungen nicht mehr drucken. Man bot ihm einen Posten im Archiv an, den er aber stolz ausschlug.

Denn so sehr er das Gespenst fürchtete, so sehr er aus Furcht den Verbrauch von weißem Gift steigerte, so wenig wollte er doch klein beigeben.

Und eines Tages bekam er es wirklich zu fassen, an einem Vormittag, als er sich stark fühlte wie schon lange nicht mehr, gesteilt zu unerhörten Höhen, wissend wie nur je ein Eingeweihter, erkenntnisgrell und ganz souverän: Da sah er das Gespenst, mitten auf der Straße, die ihm gehörte, den Boulevard usurpierend mit frecher Monstrosität, eine hundertköpfige Drachengestalt, ein Lindwurm mit grausigem Marschtritt, ein gigantisch-ekelhaftes Reptil (oder war es ein Gewürm), das drohend auf ihn zu kam, auf ihn, der da allein stand, aber ungeheuer machtvoll und gewappnet, in diesem Moment, für den Kampf mit dem Ungeheuer.

»Halt!« schrie er. »Halt! Keinen Schritt weiter, du Monstrum. Hier ist der Drachentöter, hier ist der Retter. Schluß mit dem Spuk. Aus dem Wege mir!«

Der erste Hieb mit einem Gummiknüppel warf ihn zu Boden, weitere trafen ihn liegend, ein Schlagring zerfetzte ihm die Brauen, ein Tritt zerriß die rechte Niere, aus der Nase floß Blut, der Schädel barst unter den wütenden Fäusten.

In einer Arztpraxis an der Ecke Knesebeckstraße, wohin man den Regungslosen gebracht hatte, sah man davon ab, einen Krankentransport herbeizutelefonieren. Man verständigte statt dessen die Polizei. Ein Mann sei soeben auf offener Straße erschlagen worden.

»Wie konnte er sich auch nur mit denen anlegen«, sagte ein Zeuge, der den Vorfall beobachtet hatte. »Das weiß doch jeder, daß mit diesen SA-Kolonnen nicht zu spaßen ist.«

Romanisches Café

»Sagen Sie mal«, fragte Egon Erwin Kisch, »gibt es denn gar keine anderen Gegenden mehr auf der Erde als den Kurfürstendamm?«

»Ja, das muß schlimm sein für Sie, daß Prag nun nicht mehr der Mittelpunkt der Welt ist«, spottete Anton Kuh, der es fertiggebracht hatte, wieder für einige Tage im noblen Hotel Adlon abzusteigen; er habe dort so viel Schulden, daß ihm das Hotel ohnehin schon fast gehöre.

»Kennen Sie die Geschichte vom Untergang der Romania«, fragte der alte Roda Roda drohend. Wehe, wenn einer ja zu sagen gewagt hätte. Das altösterreichische Anekdotengenie hätte ihn keines Wortes mehr gewürdigt – und das war in der Tat Strafe genug.

»Beim Untergang der Romania wird auch eine Berliner Familie gerettet und vom Bergungsschiff aufgenommen. Nur das kleine Mädchen hat Angst, den sinkenden Dampfer zu verlassen: Hoffentlich, sagt es, gelten dort auch unsere Billette.«

Roda Roda hatte diese Geschichte schon mit sämtlichen untergegangenen Schiffen des zwanzigsten Jahrhunderts erzählt und mit Familien aus Wien, Paris und Budapest, doch gab es jedesmal eine andere Moral. Diesmal lautete sie so:

»Sehen Sie, die Welt geht unter, und der Kurfürstendamm ist das Bergungsschiff, wo sich alles hinrettet, manche mit Billett, wie Kempinski und Grünfeld und Max Reinhardt, andere ohne Billett, wie wir. Kisch, Sie haben doch nicht etwa eins gelöst?«

»Sie lesen mich einfach nicht, verehrter Meister«, klagte der Rasende Reporter.

»Ich kenne jede Zeile, die Sie noch schreiben werden, mein Lieber! Warum bringen Sie nicht mal diesen Kafka mit?«

»Der ist tot.«

»Sehen Sie, das nenn ich Genie. Der hat die Zeichen der Zeit begriffen und ist tot. Läßt uns einfach hier sitzen. Hier, im Romanischen Café. Wissen Sie, was das hier ist? Dies ist das Rettungsboot auf dem Hilfsdampfer. Wenn der nämlich auch noch untergeht, sitzen wir hier am sichersten.«

»Hören's auf, mir wird schon beim bloßen Gedanken daran seekrank«, sagte Anton Kuh.

»Und daß mir keiner diesem Brecht einen Wink gibt.«

»Was haben's denn nun scho wieder gegen den Brecht?«

»Ihr alle klauts wie die Raben, aber der Brecht, das ist schamlos, der gibt sich nicht mal Mühe, daß mans nicht merkt. Und er klaut einem nicht nur die großen Sachen, er klaut einem sogar die Seufzer! Ich schreib drei Zeilen von der Frau, die ich vor zehn Jahren geliebt habe, die mich tieferschrocken ansieht und sagt: Sie haben sich aber gar nicht verändert! Und was macht das Bürscherl? Er schreibt auch drei Zeilen von einem Herrn K., zu dem auch einer sagt: Sie haben sich gar nicht verändert. Und nun kommt das Schlimmste: Oh! sagte Herr K. und erbleichte. Das ist doch die Höhe, Herrschaften. Meine Geschichten plündern, das laß ich mir noch gefallen – aber meine Pointen verhunzen, das ist Skandal.«

Ein junger, bleicher, sehr klug aussehender Herr kam am kakanischen Tisch vorbei; er wollte, mit einer leichten Verbeugung, eigentlich weiter. Roda Roda aber hielt ihn auf.

»Habe die Ehre«, sagte er sarkastisch, »was macht das Meisterwerk?«

»Es geht, langsam. Sehr langsam. Aber es geht, danke für die Nachfrage.«

»Meine Herren, Sie müssen sich beeilen, wenn Sie auch noch was zu Papier bringen wollen in diesen Tagen. Sonst hat uns unser Herr Musil alle Schreibbögen Berlins weggekauft. Haben Sie den Zauberberg schon überrundet?«

Robert Musil schüttelte etwas ennuiert den Kopf.

»Ich hör, den Nobelpreis gibts jetzt erst ab tausend Seiten.«

»Da drüben wartet mein Verleger«, sagte Robert Musil und steuerte auf den Tisch zu, an dem Ernst Rowohlt blond, wuchtig und wichtig Platz genommen hatte.

»Schade«, sagte Roda Roda hinter ihm her zu den andern, »und er hatte einmal so göttlich klein angefangen. Der Törleß, das war ein Buch. Bestes Kakanien. Jetzt schreiben sie lauter dicke Bücher, als wenn uns überhaupt noch so viel Zeit bliebe, die zu lesen.«

»Dann meinen Sie das ernst mit dem Rettungsboot?«, fragte Kisch.

»Sandór hat seinen umwölkten Tag«, sagte Anton Kuh mit einer sortierenden Zärtlichkeit. Roda Roda hieß eigentlich Sandór Friedrich Rosenfeld.

»Man lacht über die falschen Leute, das ist ein schlechtes Zeichen. Man lacht nicht mehr über Humoristen wie mich, man lacht über ein paar politische Tachinierer. Man lacht sie sich gefährlich. Und eines Tages rächen sie sich an dem Gelächter. Dann brauchen wir wirklich ein Rettungsboot.«

»Aber Sie meinen doch nicht diesen... Adolf?«, fragte Kisch.

»Diesen hysterischen Hitler?«, fragte Anton Kuh.

»Ja, diesen verirrten Österreicher«, sagte Roda Roda.

In der Filmecke des Romanischen Cafés gab es ein Wetterleuchten von Zukunft. Große Zahlen wurden genannt, gewaltige Illusionen verkauft, phantastische Drehbücher gehandelt, hier herrschte die Begeisterung einer Welt, die nicht unterging, die überhaupt erst entstehen sollte, die Ekstase einer Kunst, der alles möglich war, besonders das Unmögliche.

Sinfonie einer Großstadt?

Machen wir.

Menschen am Sonntag?

Machen wir.

Das Leben auf den Aran-Inseln?

Machen wir. Wo bitte sind die?

Boulevard – Domäne der Dämonen?

Machen wir.

Orpheus im Warenhaus?

Machen wir.

Der schwarze Freitag?

Mit echten Selbstmord-Sprüngen vom höchsten Wolkenkratzer Manhattans?

Machen wir.

»Wo steckt denn Samuel?«, fragte Franz Schulz, ein Alleskönner, der davon lebte, daß ein Bus ihm eine Zehe abgefahren und die Gesellschaft ihm mehrere Tausend Mark Schmerzensgeld gezahlt hatte.

»Unser Eintänzer?«

»Kinder, gewöhnt euch daran, daß er nicht Samuel heißt, sondern Billy und daß er nicht Eintänzer ist, sondern nur das Milieu studiert«, erklärte Robert Siodmak, der Produzent. »Und er steckt in meinem und Ullsteins Geld, das heißt, unser Geld steckt in ihm.«

»Er schuldet mir noch zwei Eier im Glas«, sagte Erich Kästner, der ein traurig-praktischer Kopf war und aus jedem Einfall ein Gedicht, ein Chanson, einen Reklametext oder wenigstens einen Brief an seine Mutter zu machen verstand. »Also, wo steckt er wirklich, dieser Billy Wilder?«

»Er ist in Monte Carlo und recherchiert.«

»Ach, so nennt man das neuerdings.«

»Seid doch nicht so albern. Er erkundet die Welt der Eintänzer.«

»Armer Gigolo!«

»Kein schlechter Titel. Liebmann, den sollten wir notieren.«

»Der Billy verliebt sich doch eher in eine Gräfin und ruiniert sie, ehe er auch nur eine Zeile Drehbuch schreibt.«

»Na, als ob das eine schlechte Story wäre!«

»Und Ödön?«

»Der ist für den Film verloren. Der schreibt nur noch fürs Theater. Und augenblicklich erfindet er eine Theorie für seine Stücke. Weil sie ihn so oft fragen, was er sich dabei gedacht hat.«

»Der sollte sich mal einen besseren Übersetzer leisten!«

»Wieso Übersetzer? Er schreibt die Stücke doch auf deutsch.«

»Das nennt ihr Deutsch?«, fragte Franz Schulz boshaft.

»Haben Sie von Sternberg gehört«, fragte die Schauspielerin Lee Parry. »Verfilmt Heinrich Mann.«

»Was denn, die Göttinnen?«

»Nein, Professor Unrat.«

»Aber das ist doch gar nicht mehr aktuell.«

»Es heißt jetzt auch: Der blaue Engel.«

»Der Unrat?«

»Nein, die Lola.«

»Und der Professor kommt gar nicht mehr vor?«

»Doch. Jedenfalls ist er mit Jannings besetzt.«

»Und das Mädchen?«

»Ich sollte sie natürlich spielen, aber die Rolle war mir zu ordinär. Stellen Sie sich vor, fast nackt, mit Strapsen...!«

»Gern«, sagte Erich Kästner.

»Jetzt spielt das irgend so eine Provinznudel. Marieluise Heinrich, oder so.«

»Marlene Dietrich.«

»Den Namen kann sich sowieso keiner merken.«

»Ich schon«, sagte Liebmann, der Dramaturg bei der Ufa war. »Aber vielleicht hätten Sie Lust, die Mieze zu spielen?«

»Wenn Sie mich auf den Arm nehmen wollen, kann ja mein Mann mal ein paar Rechnungen schreiben.« Denn die meisten Herren saßen in unbezahlten Anzügen des Herrn Parry, der Moldauer hieß und Schneider war, herum. Die Schauspielerin erhob sich, und niemand hielt sie zurück.

»War'n bißchen keß, Liebmann«, sagte Siodmak freundschaftlich mißbilligend.

»Ganz ernst gemeint. Die Mieze, das ist die Hauptfrau vom Alexanderplatz. Das neue Buch vom Döblin, Biberkopf. Mit echtem George.«

»Na, dann spielt das doch die Drews.«

»Denkste. Die kriegt einen kleinen George.«

»Du meinst, die Parry hat sich eben um eine Bombenrolle geredet?«

»Mit dem Getue hätte sie das ohnehin nicht spielen können.«

»Der bekommt ihr Herrenschneider nicht.«

In diesem Augenblick kam ein korrekt gekleideter Mittvierziger an den Tisch, der eher den Eindruck eines Verwaltungsbeamten machte.

»Schon wieder beim Klatsch, die Herren?«, fragte er mit

verblüffender Ungeniertheit. Dann sagte er: »Könnten mir die Kinohelden von Berlin mal für einen Augenblick was leihen?«

»Ich bin selber blank«, sagte Kästner.

»Und ich gebe einen Kaffee aus«, sagte Siodmak.

»Quatsch, euer Ohr sollt ihr mir leihen.«

Und der Herr begann zu rezitieren:

»Kino?

Theater der Bewegung!

Bewegung ist Leben.

Deshalb keine Pose, keine Rührmätzchen.

Im Film nicht, nicht auf der Leinwand, nicht im Bau.

Zeigt, was drinsteht, was dran ist, was draufgeht.

Reklameturm? – Im Gegenteil! Entlüftungsschlot, herausgerückt in Richtung Kurfürstendamm.

Denn haltgemacht: Universum – die ganze Welt! – Säuleneingang für Mondäne?

Maul, groß aufgesperrt mit Lichtflut und Schaugepränge.

Denn – du sollst hinein, ihr alle – ins Leben, zum Film, an die Kasse!

Filmbild – das bunte Leben, Tränen, Zirkus und Meermondschein.

Kein Rokokoschloß für Buster Keaton.

Keine Stucktorten für Potemkin und Scapa Flow.

Aber keine Angst auch!

Phantasie – aber kein Tollhaus!

Duck dich in Spannung!

Kompressor!

Aber dann volle Tour.

Hinein ins Universum!«

Ehe die Herren am Filmtisch auch nur ein Wort sagen konnten, war der bebrillte Herr mit einem »Danke! Es funktioniert!« entschwunden.

»Wer war denn das«, fragte Franz Schulz.

»Früher hätte man das einen Expressionisten genannt«, lachte Erich Kästner. »Und noch früher einen Spinner.«

Robert Siodmak winkte lachend ab.

»Das ist kein Spinner, das ist ein Architekt. Erich Mendelssohn.«

»Und dieses komische Gedicht?«

»Ist kein Gedicht, sondern ein Baukonzept.«

»Für einen Elfenbeinturm?«

»Für ein Kino am Kurfürstendamm. Das Universum.«

»Ich glaube«, sagte der Herr Liebmann, »der Kurfürstendamm schnappt noch mal über.«

An einem Tisch gleich vorne am Eingang, gewissermaßen noch unter der Obhut des Herrn Nietz, der nicht nur der Portier, sondern auch die Seele des Romanischen Cafés war, saß Pinkus Torkelwitz und redete mit Engelszungen.

Torkelwitz hatte eine tolle Idee, und diese Idee wollte er an den Mann bringen, und der Mann war Jacob Gottheimer junior, der dafür bekannt war, daß er ein Herz hatte für junge Künstler oder solche, die es werden wollten. Ein Herz, manchmal auch etwas Geld. Keine großen Beträge, denn das Geschäft wurde immer noch von Jacob Gottheimer senior geführt.

»Es liegt doch auf der Hand«, sagte Torkelwitz, »und Sie selbst sind doch ein Beispiel. Wann ist Ihre Firma umgezogen an den Kurfürstendamm? 1925? Kompliment. Ein Jahr, nachdem Max Reinhardt hier die ›Komödie‹ eröffnet hatte. Ein Jahr vor Kempinski. Und sogar noch vor den Grünfelds, die doch immer das Gras wachsen hören.«

»Mit denen können wir uns überhaupt nicht vergleichen. Wir haben es nie zu einem gläsernen Fahrstuhl gebracht.«

»Und nie zu einer Hundebar für die Kunden.«

»Die Idee hätte ich auch gern gehabt«, sagte Jacob Gottheimer. »Kostet nicht viel, und trifft direkt ins Herz des Berliners. Aber Sie müssen verstehen: Wir konnten uns nicht, wie Grünfeld, zwei Stadtgeschäfte leisten. Wir mußten uns entscheiden: Leipziger Straße oder Kurfürstendamm. Es war mein Vater, der partout in den Westen wollte.«

»Ein genialer Entschluß. Denn sehen Sie: Den Rest von Berlin kann man doch vergessen. Der Kurfürstendamm ist Alpha und Omega, Trottoir und Trapez, Promenade und Drahtseilakt, Baugrube und Kothurn, Hasenpanier und Hexenkessel. Die Welt hat den Kurfürstendamm entdeckt, und der Kurfürstendamm die Welt.«

»Mein lieber Herr Torkelwitz, und was wollen Sie da noch entdecken?«

»Ja«, sagte Pinkus Torkelwitz, und dann schwieg er. Es war ein Genuß, einen Geldgeber neugierig gemacht zu haben.

Aber Jacob Gottheimer konnte auch schweigen.

Jetzt hielt es Torkelwitz nicht mehr aus. »Es ist fast wie bei Kolumbus, nur viel aufregender. Er fährt nach Indien und entdeckt Amerika, und merkt nicht mal, daß er es entdeckt hat. Der Kurfürstendamm entdeckt die Welt, und merkt nicht mal, daß er inzwischen selbst die Welt ist – der Kurfürstendamm hat sich selbst entdeckt, er weiß es nur noch nicht. Und es gibt nur einen, der es weiß (oder jetzt zwei), und mein Plan ist: Der Kurfürstendamm soll sich jeden Abend selbst entdecken, auf der Bühne, in meinem Kabarett.«

»Und das soll ich finanzieren? Denken Sie an Käsebier!« Käsebier war ein volkstümlicher Unterhalter, der einen großen Ruf hatte auf Vorstadtbühnen, aber diesen Ruf, samt allem Geld, binnen kurzem am Kurfürstendamm verloren hatte. Eine junge Schriftstellerin hatte seine traurige Geschichte publik gemacht; eigentlich hieß er Carow.

»Käsebier!« rief der Conferencier. »Was ich meine ist: die Zeit im Wettlauf mit sich selbst, Echos vom dernier cri, die Wirklichkeit in dauerndem salto mortale, was morgens geschieht, steht zehn Stunden später schon auf der Bühne, die Nacht als glänzendes Dacapo des Tages, der Kurfürstendamm als sein eigenes Spiegelkabinett!«

»Aber solche Programme gibt es doch schon.«

Da lachte Pinkus Torkelwitz aber hohn.

»Ja, wenn Sie diese Albernheiten meinen wie: *Oh! Kurfürstendamm!* oder *Rund um die Gedächtniskirche rum!* – Nein, das muß anders heißen: *Guten Morgen, heute abend!* oder *Wolln wir um die Zukunft wetten?* oder *Eben passiert, und nicht passé.*«

Gottheimer junior sagte nichts.

Torkelwitz wurde eifriger: »Sehen Sie es so: Die stellen zum Beispiel jetzt Koksöfen in die Caféterrassen. Damit die Leute länger im Freien sitzen können. Und abends haben wir die Koksöfen schon in der Vorstellung, natürlich aus Pappe. Und machen eine Nummer daraus. Wir leben von der Hand in den Mund, vom Tag in die Nacht!«

»Wieviel brauchen Sie?«

»Ich müßte zwanzigtausend Kaution zahlen, hier unten, Ecke Uhland.«

»Ich gebe Ihnen tausend, à fonds perdu.«

»Sie machen also mit?«

»Mein lieber Herr Torkelwitz, ich denke nicht daran. Eben, weil ich Ihnen helfen will. Sehen Sie, Ihr Koksofen – das ist schon Theater, das muß nicht noch eins werden. Die Cafés, das sind hier schon die Kabaretts. Der Kurfürstendamm – das ist doch schon Ihre Bühne. Die Leute – die dasitzen und ihr Eis essen – das ist doch schon Ihr Publikum!«

»Aber meine Revue!«

»Der ganze Boulevard ist doch eine!«

An diesem Abend stand in den Zeitungen, daß der Kurfürstendamm zwar nicht am Ende sei, aber seinen Anfang verloren habe: die Nummern eins bis zehn. Dieser Teil hieß jetzt Budapester Straße.

Warum, wußte niemand. Die Leute nahmen es hin wie eine Programmänderung.

VI

Die Geisterbahn

Ein Kapitel, in dem der Glanz des Kurfürstendamms allmählich verlischt, lange bevor im Krieg die »Verdunkelung« befohlen wird und zuletzt alle Lichter ausgehen in der Stadt. – Worin aber zunächst noch einmal berichtet werden kann von einem unglaublichen Auftritt des Hellsehers Hanussen, der den Beinamen »Cagliostro vom Kurfürstendamm« trägt; wie Hanussen leider das Pech hat, den Reichstagsbrand vorherzusagen und sein großer Konkurrent, mit der »Vorsehung« im Bunde, das peinliche Orakel zum Schweigen bringt. Von den fanatischen Plänen einiger Nazis, den Kurfürstendamm zum »Feind« zu erklären und womöglich in Grund und Boden zu stampfen. – Vom Jubiläum der Firma Gottheimer im Olympia-Jahr, von Bismarcks kleinem Türken in Versailles, und von einer Festrede, die auch ein Schlußwort ist. – Und von einem Wiedersehen mit Clara Imhuelsen, deren altes Mädchenzimmer zum rettenden Versteck wird für Jacob Gottheimer junior. Von Claras zweiter Liebe, und wie die Operation tabula rasa sich doch noch verwirklicht.

Der Hellseher

Unfaßbar. Ein Wunder. Dies war kein fauler Zauber, dies war Magie, Telepathie, hier waren übersinnliche Kräfte am Werk. Wer noch nicht daran geglaubt hatte, wurde nun eines anderen, Besseren, Geheimnisvolleren belehrt. Dieser Hanussen war in der Tat ein Hellseher, der größte, vielleicht der einzige der Welt. Der Cagliostro vom Kurfürstendamm.

Da stand der elegante Mann auf der Bühne des »Scala«-Varietés. Er sollte nur eine Zahl sagen, aber im vorhinein schon erschauerte der Saal in gruseliger Ehrfurcht, in frösteliger Spannung. Die Atmosphäre schien dem Wundermann weh zu tun, er unterbrach seine Konzentrationsübung und sagte streng: »Ich bitte das verehrte Publikum um Ruhe. Ich möchte Sie nicht enttäuschen, also dürfen Sie mich nicht enttäuschen.« Man gab sich Mühe. Einige hielten sich die Hand vor den Mund, um vor dem eigenen hysterischen Aufschrei sicher zu sein, andere, um nicht laut mit den Zähnen zu klappern. Man wagte nicht mehr, die Glieder zu rühren; um so lauter knarrten die Stühle. Das Stillsitzen selbst wurde zum unerträglichen Geräusch. Es war nicht nur schaurig, es war auch anstrengend.

Der Assistent des Magiers hatte der jungen Dame den Zettel mit ihren Geburtsdaten zurückgegeben und stand nun neben ihr im Publikum. Man hatte ihn vorher abgetastet, ob er irgendwelche geheimen Geräte bei sich habe, die der diskreten Übermittlung hätten dienen können: Es gab nichts dergleichen. Man wußte, daß es so etwas nicht geben würde. Nicht bei Jan Erik Hanussen. Nicht bei diesem Mann, der im Jenseits der Seele zu Haus war wie andere in ihrer Eckkneipe. Der Assistent stand ein wenig überflüssig im Saal herum; aber er wußte, welche ungeheure Anspannung jetzt von seinem Meister erwartet wurde; er zupfte nervös immer wieder an seinem Schnurrbart.

»Zwölf«, sagte der Hellseher. Er sprach deutlich, aber die Stimme schien von weit her zu kommen.

»Sechs«, sagte er dann. Als zustimmendes, bewunderndes Gemurmel im Umkreis der jungen Dame aufkam, unterbrach er seine Meditation, rief wütend: »Ich breche das Experiment ab, wenn Sie mir zu helfen versuchen!« Er machte ein paar unwillige Schritte, wie wenn er abgehen wolle, trat dann neu diszipliniert an die Rampe und sprach, nach nur wenigen Sekunden intensiver Versenkung:

»Neunzehnhundertundfünf. Sie sind am 12. Juni 1905 geboren. Jetzt können Sie sagen, daß es stimmt.«

»Es stimmt«, sagte die junge Frau atemlos.

»Hat es Sie angestrengt?«, fragte Hanussen.

»Mir ist ein bißchen schwindlig.«

»Ruhen Sie sich aus. Sie haben eine starke Ausstrahlung. Aber gehen Sie vorsichtig um mit Ihrer Gabe. Ich danke Ihnen.«

Es war aber nur erst der Anfang des großen Auftritts, dem die Berliner in diesen Märzwochen des Jahres 1933 entgegenfieberten. Man kam nicht in die »Scala«, um Jongleure und Zauberkünstler zu sehen, Artisten und Dressurakte zu bewundern, man nahm das alles hin, um Jan Erik Hanussen wenigstens einmal aus der Nähe erlebt zu haben, den Mann, von dem ganz Berlin sprach, wenn es nicht gerade von Hitler redete. Viele kamen in Erwartung eines Wunders. Aber die meisten hielten sich für Skeptiker; doch es waren gerade sie, die für Hanussens Ruhm sorgten: Denn ihr Eindruck war entscheidend. Dieser Mann konnte hellsehen, kein Zweifel mehr.

Soeben hatte er ein Schlüsselbund, das im Saal versteckt worden war, gefunden, man wußte nicht wie. Und dann hatte er dasselbe Experiment wiederholt, nein, ein ungleich schwierigeres ausgeführt: Er hatte mit verbundenen Augen ein Haar aufgespürt, ein einzelnes Haar, nur mit der Kraft seiner übernatürlichen Gaben.

Es war unheimlich.

Und jetzt hielt der Magier von Berlin sogar eine kleine Ansprache.

»Meine Damen und Herren, Sie wissen, daß es keinen Beruf gibt – oder keine Berufung, die so sehr dem Zweifel ausgesetzt ist wie die Gabe, mit der mich die Natur oder die Schöpfung versehen hat. Es ist nur zu wahr, daß es Betrug gibt überall, wo sogenannte Magier und Medien auftreten, daß mit schamlosen Tricks gearbeitet wird und daß die Leichtgläubigkeit der Menschen ausgenutzt wird von Scharlatanen aller Art. Vielleicht könnte ein Trickkünstler Ihnen vormachen, was Sie soeben bei mir gesehen haben. Ich weiß es nicht, weil ich keine Tricks kenne. Und ich kenne keine, weil sie mir nichts nützen, weil ich sie nicht brauche. Denn, mit Hamlet zu reden, es gibt mehr Dinge zwischen Himmel und Erde, als Eure Schulweisheit sich träumt, von der Telekinese bis zur Dematerialisierung, von der Levitation bis zur Selbstversenkung, von der Deuteroskopie bis zur prähypnotischen Suggestion, vom Kosmomorphismus bis zum phänomenologischen Schauen, von der Glossolalie bis zur Xenoglossie, von der Evidenz in der Ekstase bis zur Verselbständigung des Astralleibes bei Halluzinationen ... doch ich bin ja hier nicht als Ihr Dozent.

Noch haben Sie nur gesehen, was gegenwärtig war in diesem Saal. Auch ein Haar ist spürbare Kraft. Lassen Sie mich jetzt in die Vergangenheit sehen. Darf ich dazu vielleicht einen Herrn aus dem Publikum bitten. Und vielleicht einen Arzt oder Physiker oder einen Kriminalisten, nein, verehrtes Publikum, das ist kein Dünkel: Ich möchte das Experiment mit jemandem machen, der von Beruf ein Skeptiker ist und den Kräften der übersinnlichen Wahrnehmung nicht ohne weiteres traut.«

Es meldete sich ein würdiger, weißhaariger Herr, der bewunderndes Gelächter und sogar etwas Applaus hervorrief, als er seinen Beruf sagte: Er war ein Professor für Psychologie.

Hanussen kündigte an, er werde dem Professor ein Erlebnis aus seiner Vergangenheit auf den Kopf zusagen. Dazu benötige er die möglichst genaue Zeitangabe und den Ort. Es müsse aber ein privates Ereignis sein.

»Man hat mir historische Daten vorgelegt, Bismarcks Sterbetag, die Schlacht bei Langemarck, die Stunde des Attentats von Sarajewo – meine Damen und Herren, wenn der Historiker gefragt ist, braucht sich der Hellseher nicht zu bemühen. Also darf ich bitten, Herr Professor: ein Privatissimum.«

Der Professor räusperte sich, verschränkte die Arme wie zum Schutz und sagte: »3. April 1916, 11 Uhr vormittags. Straße, Covum, Persien.«

»Bei Teheran?«, fragte Hanussen schnell nach.

»Nein, bei Schiras.«

»Eine Stadt?«

»Ein Dorf.«

»War es im Dorf oder auf der Straße?«

»Auf der Straße.«

»Auf dieser Straße hat ein schwerer Kampf stattgefunden...« Hanussen schien jetzt die Situation zu sehen. Seine Haltung hatte eine entrückte Bestimmtheit, eine somnambule Sicherheit.

»Menschen werden verfolgt... weiter rechts und im Dorf hat es gebrannt... es ist eine Kreuzung des Weges... da steht eine Gruppe von Menschen...« Plötzlich heftig: »Was für ein Kampf! Ich sehe Menschen fallen!«

»Was ist mit mir?«, fragte der Professor aufgeregt.

»Sie müssen in einer Ansammlung von Menschen sein... Man hat sie bedroht... Sie sind in Gefahr! Sie sind mit Menschen zusammen... es sind andere weiße Männer, sie hängen mit Ihnen zusammen... Sie haben eine weite Reise gemacht, Sie sind auf einer Expedition... mitten in einem Gefecht. Sie werden verwundet...«

»Wo bin ich verwundet?«

»Das läßt sich nicht sehen, . . . doch, an der Seite . . . Sie sitzen auf Pferd oder Lasttier . . . ich sehe dort jemanden, der einen sehr starken Bart trägt . . . Wahrscheinlich sind Sie das.«

»Und was wird weiter aus mir?«

»Es endet mit einer Flucht . . ., aber zu dieser Zeit sind Sie noch nicht geflohen . . . Warten Sie . . . es ist eine weibliche Person dabei, eine sehr schöne Frau.«

Hanussen war mit seiner Vision am Ende, kam, sichtbar mühsam, wieder zu sich und fuhr dann, unter den geradezu lechzenden Blicken des Publikums, den Professor an: »So sagen Sie schon was. Sagen Sie den Damen und Herren, die es nicht gesehen haben, was Ihnen zugestoßen ist an jenem Apriltag in dem persischen Dorf.«

Jedermann im Saal aber konnte wahrnehmen, daß der Hellseher ins Schwarze getroffen hatte. Der Professor war konsterniert. Seine Sprachlosigkeit war nicht Reserve, sondern eine Art von bestätigendem Schock.

»Es ist wahr. Als wenn Sie dabei waren«, sagte er endlich. Und berichtete, daß er damals unterwegs war nach Bagdad, in einer kleinen Expeditionsgruppe mit Pferden und Maultieren, in Begleitung zweier Gendarmen, eines Sekretärs und Dieners und eines Pferdeknechts, und eben in dem Dorf Covum sei die Gruppe plötzlich von Banditen überfallen und beschossen worden. Es habe drei Verletzte gegeben. Auch er selbst sei verwundet worden. Und zwar wirklich von der Seite, nämlich am rechten Unterschenkel. Und mit dem Bart habe es auch gestimmt – denn er sei nicht zum Rasieren gekommen unterwegs.

Der Professor konnte nicht ausreden, der Beifall des Saales machte seinem Bericht ein triumphales Ende. Aber noch einmal meldete sich der Professor zu Wort: Seinem Ruf als Wissenschaftler zuliebe müsse er aber bemerken, daß ein Detail falsch sei in der Schilderung des Herrn Hanussen. Es sei damals keine Frau dabei gewesen, natürlich nicht, bei einer so unsicheren Unternehmung.

»Nun«, sagte der Hellseher mit unirritierter Festigkeit. »Sie waren bloß dabei. Ich aber habe die Konstellation betrachtet. Dann müssen Sie sehr an eine Frau gedacht haben bei dem Überfall.«

Der Professor stand einen Augenblick schweigend da, betreten und überlegend, dann ging er auf Hanussen zu, wandte sich aber ans Publikum und sagte, schier außer sich:

»Aber es ist wahr! Er hat recht! Er weiß mehr als ich selbst. Das Foto, das Bild meiner Frau. Ich hatte es ja immer bei mir. Es war mein Talisman. Ja, es war eine Frau dabei. Und sie war schön.«

Wenig hätte gefehlt, und der Professor wäre dem Hellseher an die Brust gesunken. Der hatte sich gefaßt, stand aufgereckt da, ganz präsent, unnahbar und überlegen.

»Es ist schön, Herr Professor, daß Sie sich doch noch so genau erinnern konnten. Meine Damen und Herren, wir sollten unserem klugen Helfer ein wenig Applaus gönnen.«

Der Saal tobte. Dieser Hanussen war auch noch souverän.

»Die Zukunft!«, riefen die Leute im Saal. »Wir wollen die Zukunft wissen. Was ist im nächsten Jahr? Was ist mit der Regierung? Bleibt Hitler?«

Der Hellseher trat an die Rampe, nachdem er den Professor von der Bühne geleitet hatte, und sagte mit leiser Dramatik:

»Die Zukunft, meine Damen und Herren, ist eine schlechte Varieté-Nummer. Die Zukunft war ein Glanzstück in der Systemzeit, als wir Angst vor ihr hatten und wissen wollten, welche neue Krise und Katastrophe uns demnächst bevorsteht. Haben wir noch Angst? Müssen wir noch mit Katastrophen rechnen? Die Zukunft gehört jetzt Adolf Hitler.«

»Lassen Sie den Führer aus dem Spiel!«, schrie plötzlich eine Stimme aus dem Publikum. Es war ein SA-Mann in Uniform, der mit mehreren andern zusammensaß.

Einen Augenblick war es lähmend still im Saal. Dann ängstliche Unruhe. Plötzlich neigte sich der Hellseher in die Richtung des Zwischenrufers und sagte mit einer klaren, kalten Stimme: »Ihnen, mein Herr, sage ich keine große Zukunft voraus. Adolf Hitler braucht jetzt Männer, keine Flegel. In spätestens einem Jahr müssen Sie Ihre schöne Uniform ausziehen. Guten Abend.« Und weg war er.

Für Jan Erik Hanussen endete der Tag nicht mit seiner Vorstellung in der »Scala«, er begann erst. Der eigentliche Schauplatz seiner außerordentlichen Tätigkeit war nicht das Varieté, sondern seine Etage am Kurfürstendamm Nr. 16, zwischen der Gedächtniskirche und der Joachimsthaler Straße, ein Quartier in einer Lage, die noch vor wenigen Tagen die beste genannt werden konnte. Neuerdings hatte sie etwas leicht Anrüchiges. Wer im neuen Staat zu den Wichtigen und Mächtigen gehören wollte, hatte andere, weniger jüdische Adressen. Man wohnte nicht mehr am Kurfürstendamm. Und dennoch war Hanussens Domizil nach wie vor das Stadtgespräch von Berlin. Denn es war keine Wohnung, es war eine Vision.

Es gab Hellseher, die hausten in Hinterzimmern mit düsteren Möbeln und dicken Teppichen und schlurften gespenstisch in Pantoffeln heran; es gab Hellseher, die einen Kult betrieben mit schwarzen oder dunkelroten Vorhängen und mit flackernden Lampen ein dunkles Spiel trieben; es gab Hellseher, die sich mit musealen Renaissancemöbeln und allerlei Folterwerkzeugen umgaben und an die Tradition eines Nostradamus anknüpften; an den Wänden hingen Bilder von Hexereien und Mirakeln und es roch bei ihnen immer ein wenig nach Scheiterhaufen. Es gab aber auch Hellseher, die mit alchimistischen Tinkturen und gläsernen Apparaturen aufwarteten; sie hatten ihre Behausung in ein Laboratorium verwandelt und sahen die Zukunft an als eine destillierbare Essenz.

Bei Hanussen aber trat man ins Innere der Zukunft; man geriet in einen Zauberberg der radikalsten Utopie. Diese

Räume sahen aus, als habe er eine Wohnung im Jahre 2000 vorhergesehen und sie dann in der Realität installieren lassen: Das war eine Inszenierung aus Linien und Licht, eine leuchtende Landschaft aus magischen Reizen. Es gab nicht Lampen, sondern nur Lichtbahnen, Dämmerungsgletscher, und an Stelle von Möbeln fanden sich reliefartige Konturen, auf denen man sitzen konnte. Über den Schreibtisch im Sprechzimmer senkte sich eine Lichtschnecke, eher eine Sonne am Haken, und zwei Kugeln, der Globus und das Himmelsrund, standen als helle Sterne auf dem monströsen Schreibtisch, der von einem Podest altarhaft erhöht war.

Wenn Magie elegant sein kann – dann war sie es hier. Wenn Eleganz magisch wirken kann – dann tat sie es hier. Wer an diesem Schreibtisch saß, mußte ja die Zukunft erkennen, denn Gegenstände und Gegenwart waren allzu triviale Erscheinungen in dieser Umgebung.

Gab es eine Steigerung? Es gab sie. Es war das Zukunftszimmer, jener seltsame Séancen-Raum, den nur ganz intime Freunde Hanussens die Hausbar nennen durften. An den Wänden standen Aquarien, in denen exotische Fische schwammen, Lebewesen von unglaublicher Buntheit, in einem Wasser, das aus Regenbögen geflossen zu sein schien. An anderer Stelle gab es Terrarien mit träge-lauernden Schlangen, die sich um borkenartige Gebilde wickelten, von denen man nicht erkennen konnte, ob es Baumstümpfe waren oder kleine Krokodile. Greller Sand glühte wie eine Fata Morgana.

Da war auch eine Bar, vielmehr ein Ring aus Licht, um den man herumsitzen konnte und einen Cocktail nehmen. Dieser Leuchtkreis war voller astrologischer Zeichen, und er konnte sich drehen. Und bei Sitzungen stand inmitten dieses hellen Runds der Meister und beschwor die Stimmen der Vergangenheit, die Kräfte aus der Ferne, die Ereignisse in der Zukunft. Man hätte sich wohl auch betrinken können an dieser Bar: Aber ekstatischer berauschte man sich an dieser Clairvoyance, an dieser mediumistischen visionären

Kraft. Hanussen hatte hier auch zum erstenmal die Handkette ins Licht gerückt, in Helligkeit getaucht: Jenen Zusammenhalt der an einer Séance Beteiligten, der für das Wirken der außersinnlichen Kräfte so bedeutsam ist: Man saß mit gespreizten Fingern da, hatte die eigenen Daumen aneinandergelegt und stand mit den kleinen Fingern jeweils in Kontakt zu den Nachbarn rechts und links. Bei den Scharlatanen blieb diese Handkette stets in obskurem Dunkel, so daß zu vermuten war, das Medium benutze das allgemeine Stillhalten zu allerlei trickreichen Manipulationen. Bei Hanussen lagen die Hände, wie beim Schattenspiel, auf der erleuchteten Fläche. Der Meister brachte die Wunder gewissermaßen ans Licht. Er allein. Hanussen trank nie, ehe die letzten Gäste gegangen waren. Dann, erschöpft, ausgeleert, gierig, nahm er sich ein großes Glas Whisky, mit wenig Wasser und ohne Eis, und trank es aus. Das zweite nahm er mit einem kleinen Klumpen Eis, das dritte war pur und randvoll. Wenn er den Alkohol auf diese eine halbe Stunde vor dem Schlaf beschränkte, wachte er am Morgen auf ohne Überhang. In dieser Nacht hielt er sich nicht an sein Rezept: Er schlief erst ein, als die Flasche fast leer war. Der Whisky kam lange nicht an gegen die Turbulenz der Gedanken.

Es war eine fabelhafte Vorstellung gewesen in der »Scala«, mit fast hundertprozentigem Aussage-Erfolg, und er hatte einen Abgang gehabt, wie er ihm so sarkastisch kaum einmal gelungen war. Und dennoch ein teuer erkaufter Triumph, den er mit höchster Unruhe bezahlte. Er hatte sich hinreißen lassen, gegen seine eigene Dramaturgie zu verstoßen: Die Zukunft nur noch im privaten Zirkel, hier an der Bar, zu beschwören. Und es war ganz und gar unklug gewesen, sich mit diesen uniformierten Typen anzulegen. Gewiß, er war lieb Kind bei einigen der neuen Größen, intim sogar mit dem Grafen Helldorf, der der Chef der Berliner SA war und ihn schon deshalb schützen mußte, weil er seinen Privatbankier schlecht auffliegen lassen konnte. Auch mit Goebbels war er bekannt; dem hatte er in seinen ersten Berliner Jahren mehrmals Unterricht in Suggestion und Hypno-Rhetorik erteilt. Ein paarmal hatte er auch Hitler gesehen, ja einmal sogar mit ihm ein längeres Gespräch geführt: Dessen Vorsehungsglaube übertraf alles, was ihm selbst aus dem eigenen Erfahrungsbereich und aus dem Studium der reichen Literatur bekannt war. Das war keine Hellseherei, sondern blindes Draufgängertum ins Kommende, ein Sturz ins Morgen – Hanussen gestand sich, daß er Angst hatte vor soviel brutaler Zukunftsversessenheit. Und dennoch war er fasziniert von der Bewegung der Nationalsozialisten: Die leisteten im großen, was er als einzelner betrieb: Sie aktivierten den okkultistischen Komplex eines ganzen Volkes für ihre Politik.

Er mußte, so sehr es seinem Naturell widersprach, vorsichtig sein. Die Ähnlichkeit der Methoden, die Verwandtschaft der Beschwörungspraktiken boten ihm keinen Schutz, sie bedeuteten Gefahr. Man betrieb nicht im Varieté, was neuerdings zu den Mitteln des Staates gehörte. Hellsehen war zu einem unerhörten Risiko geworden, seit da einer mit der Vorsehung im Bunde stand.

Er dachte an die Séance vor wenigen Wochen zurück, als er im Kreise von Journalisten die Schauspielerin Maria Paudler dazu gebracht hatte, ihm als Medium zu dienen. Eine hervorragende Darstellerin, und in dieser neuen, aufregenden Rolle hatte sie ihre Sache besonders gut, beängstigend gut gemacht: Gesegnete Felder hatte sie in der Trance gesehen, ein glückliches Deutschland, aber es gebe noch Gegner, die einen letzten Stoß versuchten, doch jeder Widerstand sei nutzlos. So weit war alles ganz geheuer und konnte gut und gern auch ein Leitartikel aus dem VÖLKISCHEN BEOBACHTER sein; aber dann war sie aufgefahren, erschreckt, dramatisch, schreiend: »Sind das Schüsse? Nein! Aber da ist Feuer... Flammen... ein Brand... Verbrecher sind am Werk...« Sie hatte dann erschreckt innegehalten vor ihrer eigenen Ekstase, und Hanussen erklärte vorsorglich diesen Teil des Abends für privat und nicht publizierbar. Aber seine offenkundige Besorgtheit ließ die Teilnehmer die Prophezeiung erst recht ernst nehmen. Und als dann in der Nacht vom 27. auf den 28. Februar der Reichstag brannte, wußte jeder von ihnen, was es mit der Vision an jenem Abend in der Kurfürstendammwohnung auf sich gehabt hatte. Hanussen *war* ein Hellseher, wenn es je einen gegeben hatte, aber man tat wohl nicht mehr sehr gut daran, zum Komplizen seiner Bescheide zu werden.

Es passierte am nächsten Tag. Die beiden jüngeren Männer waren schon an den Tagen zuvor im »Grünen Zweig« gesehen worden, dem Lieblingslokal Hanussens vor seinen Auftritten in der »Scala«. Die Wirtin, Toni Ott, hatte ihn auf sie aufmerksam gemacht, denn sie gehörten nicht zum Typ der Leute, die hier normalerweise verkehrten. Aber Hanussen hatte abgewinkt: Freikartenschnorrer, oder wieder ein paar von diesen Parapsychologen, die ihn gerade jetzt wieder verfolgten, um »hinter« sein Geheimnis zu kommen. Er war nicht sonderlich überrascht, als sie ihn an diesem Tag, vor der Nachmittagsvorstellung, ansprachen.

»Herr Hanussen, wir haben mit Ihnen zu reden.«

»Aber doch nicht jetzt: ich trete in zehn Minuten auf.«

»Das ist eine schlechte Prophezeiung. Der Reichspropagandaminister erwartet Sie in einer halben Stunde...«

»Viel länger dauert mein Auftritt auch nicht.«

»Sie wollen Dr. Goebbels doch nicht warten lassen?!«

»Aber ich kann die Vorstellung unmöglich... die Leute denken ja wer weiß was.«

»Was sollten denn die Leute denken?«

»Nun, ich wäre ja wohl nicht der erste, der in diesen Wochen sein Stichwort versäumt.«

»Sie sagen es, Herr Hanussen.«

»Was haben Sie vor?«

»Steigen Sie ein.« Sie wiesen auf sein eigenes Auto. Es war ein Horch, und am Kühler wehte eine Hakenkreuzflagge.

»Wohin?«, fragte Hanussen mit forcierter Arroganz.

»Nach Schwanenwerder. Aber erst in Ihre Wohnung. Der Minister interessiert sich für Ihre Kartei.«

Einer der beiden Männer ging vorn ans Auto und riß den Fahnenstander ab. »Das ist eine Sauerei – das Hakenkreuz an einem Judenauto.«

»Ich protestiere! Ich werde mich sogleich beim Minister beschweren!«

»Tun Sie das, Herschmann Steinschneider.«

Hanussen lachte erleichtert. Wenn es weiter nichts war: Jeder von der Partei- und SA-Prominenz kannte seinen richtigen Namen, und die meisten wußten auch, daß er Jude war. Er hatte es jetzt offenbar mit ein paar subalternen Fanatikern zu tun, die an die Sprüche glaubten, mit denen sie gefüttert wurden. Hanussen wußte aus seiner eigenen Erfahrung, daß man in den oberen Positionen weniger borniert darüber dachte. Leute wie Helldorf waren geradezu stolz auf ihren jüdischen Umgang: Das zeigte, wer man war und was man sich herausnehmen konnte; das wiederum bewies den Einfluß unter dem neuen Regime.

Aber er mußte das Gespräch mit Goebbels benutzen, um sich dreiste Lästigkeiten wie diese ein für allemal vom Leibe zu halten.

Als sie die Wohnung betraten, hatte sich Hanussen entschlossen, zunächst einmal Helldorf zu verständigen. Er bat, ihn einen Augenblick zu entschuldigen. Sie schienen hellseherisch begabt zu sein.

»Sie brauchen den Grafen nicht zu verständigen. Er weiß von unserer Mission. Wir sind seine Freunde. Vielmehr: Er versucht, unser Freund zu bleiben. Man hat ihn dienstversetzt, zur Vollblutzucht.«

»Erlauben Sie, daß ich mein Telefon nach meinem Geschmack benutze?«

»Ein andermal. Jetzt hält es uns nur auf. Außerdem ist die Leitung tot. Die Leitung ist schon tot.«

Hanussen versuchte es trotzdem. Sie hatten recht.

»Was wollen Sie?«

»Die Kartei. Ihre jüdische Kundenliste. Ihr Obskuranten-Dossier. Die Kabbala-Sekte. Die geheimen Staatsfeinde. Und jetzt ein bißchen schnell.«

»Und wenn ich mich weigere?«

»Hanussen, machen Sie keinen Ärger. Denken Sie daran, daß Dr. Goebbels wartet. Hier in diesen Räumen, in dieser geschmacklosen Katakombe, hat Anfang Februar eine Sitzung stattgefunden, einer Ihrer Spuks, und Sie haben etwas vom Reichstagsbrand gefaselt. Der ist dann vierzehn Tage später auch passiert, ganz zufällig. Neulich haben Sie eine Maßnahme gegen jüdische Wucherer prophezeit, und es hat am 1. April den Boykott gegeben. Neuerdings sagen Sie Aktionen gegen die SA voraus...«

»Wollen Sie behaupten, daß die demnächst passieren?«

»Halten Sie die Klappe, Herschmann.«

»Danke, das ist ein guter Rat. Ich glaube, ich werde ihn beherzigen. Die Unterhaltung mit Ihnen ist für mich jetzt beendet. Sagen Sie Ihrem Dr. Goebbels, ich wäre heute nicht disponiert. Sie wissen, daß Telepathie die richtige Einstimmung braucht. Sie haben sie mir verdorben.«

»Der denkt immer noch, wir spielen mit ihm die Nachmittagsvorstellung«, sagte einer von den beiden Nazi-Leuten. Er zog eine Pistole, richtete sie auf den Hellseher, wandte sie dann etwas zur Seite und schoß. Glas klirrte. Eins der Aquarien floß platschend aus. Die bunten Fische zappelten im weniger werdenden Wasser, einer landete auf dem Fußboden und versuchte noch ein paar schwappende Bewegungen.

»Herschmann, wir fragen Sie: Mit wem arbeiten Sie zusammen, wer sind Ihre Auftraggeber? Wir wissen, daß Sie Agent sind. Sind es die Kommunisten? Ist es die Reichswehr? Ist es die SA?«

»Die SA?«, fragte Hanussen, inmitten seines Schrecks noch verblüfft. »Aber die SA – sind Sie denn das nicht selbst?«

»Woher haben Sie Ihre Informationen? Wer steckt dahinter?«

Hanussen konnte sich um so leichter zur Ruhe zwingen, als das Verhör jetzt wenigstens eine Spur von Sinn ergab. Man glaubte ihn im Bunde mit irgendwelchen Spitzeln. Er hatte mit seinen Voraussagen offenbar so heikel ins Schwarze getroffen, daß man dahinter Verrat witterte.

»Meine Herren«, sagte er mit jener Bestimmtheit, die Teil seines Berufs war, »ich bin Hellseher von Beruf, der Magier von Berlin, nicht Spion. Ich berufe mich auf geheime Kräfte, nicht auf geheime Nachrichten. Es ist wie... wissen Sie, was das absolute Gehör ist?«

»Nein, aber ich weiß, was absoluter Quatsch ist. So, und jetzt bitte die Unterlagen. Ein bißchen plötzlich.«

Hanussen holte einen Terminkalender und einen Karteikasten hervor und übergab beides den Männern.

»Und Ihr privates Notizbuch, bitte.«

»Wenn ich mich weigere?«

»Dann... dazu brauchen Sie kein Hellseher zu sein.«

Hanussen übergab es ihnen, unter Protest.

Als sie zu dritt die Wohnung verließen, las einer der beiden Männer das Namensschild an der Tür.

»Jan Erik Hanussen. Komisch. Klingt so richtig schön nordisch.«

»Ja«, sagte Hanussen in einem Anfall von Sarkasmus, »einer meiner Vorfahren war auch Rabbi auf einem Wikingerschiff.«

»Schnauze!« Mehr fiel ihnen nicht ein.

Hanussen sah unten den Hauswart in seiner Portiersloge.

»Ist was, Herr Hanussen?«, fragte der Mann angesichts der merkwürdigen Eskorte, aber als die drei Herren dann allesamt in den Horch stiegen und Hanussen selbst sogar das Steuer übernahm, war er beruhigt.

Der Kurfürstendamm lag lebhaft da, frühlingsfreundlich, die Bäume schon passabel knospend, ein mildes Grün vorbereitend, die Menschen gingen mit raschem, beschwingten Schritt, es war ein warmer Nachmittag mit schrägstehender Sonne. Die blendete jetzt, als sie in Richtung Halensee fuhren.

Dann bog Hanussen in die Avus ein, und er ließ den Wagen auf Touren kommen. Die rasche Fahrt tat ihm wohl. Gern hätte er jetzt das Verdeck heruntergenommen und seine beiden Peiniger dem Wind ausgesetzt. Er dachte, wie leicht es jetzt wäre, sie loszuwerden: Ein Schlenker hätte genügt, und das Auto wäre die Böschung hinab und gegen einen Baum gerast. Aber er hatte so selbstmörderische Aktionen nicht vor; so rasch gab Hanussen nicht klein bei, schon gar nicht auf. Er wußte, daß er an die Falschen geraten war, aber er hielt es für wichtig, jetzt die Nerven zu bewahren. Auch dann noch, als sie ihn, beim Abzweig zur Halbinsel Schwanenwerder, zum Halt zwangen, und ihn nun auf den Rücksitz verbannten. Der eine setzte sich ans Steuer, der zweite blieb neben Hanussen sitzen, eine Hand in der Manteltasche, die sich kantig bauschte. Man fuhr nicht nach Schwanenwerder, sondern am Wannsee vorbei, wo schon die ersten Segler unterwegs waren, und dann die Königstraße in Richtung Westen.

Kurz vor der Brücke nach Potsdam hielt der Wagen an; dort stand ein zweites Auto, ein schwarzer, schwerer Mercedes, wie sie neuerdings verwendet wurden von Regierung und Partei. Die beiden Begleiter führten Hanussen, ohne ihn jedoch deutlich zu berühren, zu dem anderen Automobil, in dem ein einzelner Mann saß, mit grünem Lodenmantel und einer Mütze wie Sherlock Holmes: Hanussen kannte ihn sonst nur in der gelben Uniform der Partei. Der hatte ihn in den letzten Jahren, Ende der Zwanziger, öfter aufgesucht. Hanussen hatte ihm eine atemberaubende Karriere prophezeit. Der Mann war dann zu den Nationalsozialisten gestoßen, und zwar nicht zu den Goebbels-Leuten und den Männern um Göring: Er gehörte zur engeren Gruppe um Hitler.

»Heckenstett, Sie?«, sagte Hanussen halb erleichtert, halb entsetzt.

»Keine Namen, bitte. Ich muß mit Ihnen reden. Lassen Sie uns ein paar Schritte gehen. Nein, nicht den Weg entlang, drüben in der Schonung sind wir unbeobachtet.«

»Habe ich Ihnen diese Gangsterkomödie zu verdanken? Dann wüßte ich nicht, worüber wir reden sollten. Sind wir in Berlin oder in Chicago? Diese Männer haben mich unglaublich behandelt.«

»Ich wollte sichergehen, daß Sie mitkommen.«

»Sie hätten sich manierlich mit mir verabreden können wie in alten Zeiten.«

»Dies sind neue Zeiten, Hanussen.«

»Was soll das alles? Glauben Sie etwa auch, daß ich ein Agent bin, der mit geheimen Nachrichten versorgt wird? Glauben Sie auch, daß ich mit politischen Gegnern im Bunde bin?«

»Nein, nicht im Bunde. Sie *sind* ein politischer Gegner.«

»Ich bitte Sie, ich bin Hellseher. Ich sehe Dinge voraus.«

»Eben: Sie sehen Dinge voraus. Zu viele Dinge. Und etwas zu genau.«

»Aber ohne irgendwelche Hilfe.«

»Hanussen, stellen Sie sich doch nicht dumm. Natürlich ohne Hilfe. Hätten Sie Helfer, wir wären ihnen längst auf die Spur gekommen, und Sie säßen da wie ein Fisch auf dem Trockenen.«

»Hören Sie mir mit Fischen auf. Ihre Leute haben eben eins meiner Aquarien zerschossen. Also wenn Ihnen klar ist, daß es keine Informanten gibt, was wollen Sie dann?«

»Sie irritieren den Staat mit Ihren Prophetien. Es wird noch einige Überraschungen geben in den nächsten Monaten. Dinge, mit denen niemand rechnet, niemand rechnen darf. Eine Politik über Nacht.«

»Was hätte ich damit zu tun?«

»Sie stören diese Politik. Sie machen sie vorzeitig bekannt. Wissen Sie, wie man so etwas nennt?«

»Magie. Wahrsagekunst. Mediumistisches Genie.«

»Wir nennen es Sabotage.«

»Aber ich betreibe es längst nur noch intern. Die Teilnehmer sind zur striktesten Diskretion...«

»Ganz Berlin spricht von Ihren geheimen Sitzungen. Je geheimer Sie es machen, um so mehr wird geredet.«

Heckenstett blieb stehen und sah den Hellseher mit großen, grellblauen, wasserklaren und stark hervortretenden Augen an. Es war, als signalisierten diese Augen ein Bedauern, das sich vom übrigen Körper losgesagt hatte.

»Sie haben da eine furchtbare Gabe von der Natur mitbekommen, Hanussen. Sie wissen eben Bescheid. Ihre Prophezeiungen behalten recht. Ich habe es ja an mir selbst erfahren. Sie sind wirklich ein Phänomen. Aber Phänomene sind nicht an der Tagesordnung.«

»Soll ich vielleicht Jongleur werden?«

Heckenstett lachte kein bißchen. »Dafür ist es zu spät, in jeder Beziehung. Ich sage Ihnen die Wahrheit: Der Führer glaubt an Sie. Adolf Hitler nimmt Ihre Prophezeiungen ernst. Er hat mich vor ein paar Tagen gefragt, was an Ihnen dran wäre, ob Sie vielleicht doch nur ein Scharlatan wären. Und ich habe ihm erzählt, was ich mit Ihnen erlebt habe. Daß ich felsenfest an Ihre übernatürliche Kraft glaube. Daß Sie mir die Begegnung mit dem Führer vorausgesagt haben.«

»Kein Wort davon. Ich habe Ihnen nur von einer großen Zukunft gesprochen.«

»Das ist ja wohl dasselbe, oder?«

»Und Hitler?«

»Hat einen seiner staatsmännischen Sätze gesagt: Einem Scharlatan kann man auf die Finger klopfen. Ein Orakel muß man zum Schweigen bringen.«

»Weil er zu gern selbst Orakel wäre.«

»Und er hat noch etwas hinzugefügt: Bringen Sie es zum Schweigen, Heckenstett.«

»Heißt das...?«

»Ich werde Sie erschießen, Jan.«

»Aber das ist Wahnsinn. Heckenstett, Sie müssen doch wissen, daß das heller Wahnsinn ist. Sie kennen doch die Wahrheit.«

»Ich weiß nicht, wovon Sie reden?«

»Davon, daß alles Bluff ist. Die ganze Hellseherei. Die Telepathie. Die Telekinese. Die Prophezeiungen. Das Gedankenlesen. Es gibt kein Orakel. Es gibt keinen Hellseher Hanussen. Ein guter Schauspieler, das bin ich, und ein sehr guter Psychologe. Alles übrige tut das Publikum.«

»Hanussen, Sie haben Angst. Sie geben Ihre Magie preis, um Ihr Leben zu retten. Aber wenn Sie den Glauben an sich selbst verlieren – ich verliere ihn nicht. Ich habe Sie oft erlebt. Die Sache mit den Zahlen, die Sie über weite Distanz empfangen können – das allein schon überzeugt mich.«

»Aber gerade das ist doch der einfachste Trick, Heckenstett. Mein Assistent signalisiert mir die Ziffern.«

»Wir haben ihn untersucht, er trug nichts bei sich.«

»Doch, einen Schnurrbart.«

»Was soll der Unsinn!«

»Und den Schnurrbart faßt er, wie aus Nervosität, immer wieder an. Und je nachdem, wie lang so eine Geste dauert, erfahre ich eine bestimmte Zahl: Ich zähle mit, verstehen Sie?«

»Kein Wort. Hanussen, Sie sind für mich ein großer Mann. Ich wollte, Sie blieben es bis zuletzt.«

»Ich bin ein Betrüger, Heckenstett, kapieren Sie das doch!«

»Ist Sterben so schlimm?«

»Ja, wenn es so sinnlos ist. Aber ich weiß, daß Sie mich nicht erschießen werden. *Sie* werden nicht schießen.«

»Es ist der Wille des Führers. Aber wenn es Ihnen den Glauben wiedergibt an Ihre Kraft: Nein, ich werde nicht schießen. Sie haben das ganz richtig prophezeit. Adieu, mein Freund.«

Heckenstett ging mit schnellen Schritten davon.

»Servus«, sagte Hanussen.

Als er dem andern nachwollte, kam er nicht weit.

Die zwei Männer, die ihn hinausgebracht hatten, standen versteckt hinter Bäumen. Jeder ihrer Schüsse traf. Hanussen war, als man ihn eine gute Woche später im Wald auffand, kaum zu erkennen. Sein Assistent konnte ihn an ein paar Goldzähnen identifizieren. Außerdem trug er immer noch den Frack für die Nachmittagsvorstellung.

Operation tabula rasa

Offiziell handelte es sich um einen »Ausschuß zur Wiederbelebung der Innenstadt«. Der wurde von einem Mann mit dem bezeichnenden Namen Protze geleitet und wußte nicht recht, was er wollte. Ihm schwebte vor, das alte Zentrum Berlins zu aktivieren, aber er hatte von der Aktivität nur einen vagen Begriff. Herr Protze hatte so kuriose Ideen wie die, Unter den Linden Musikzüge der SA aufmarschieren zu lassen, die mehrmals in der Woche nachmittags vor dem »Kranzler« an der Ecke zur Friedrichstraße den Gästen dort aufspielen mußten. Sie erreichten das Gegenteil von dem, was sie sollten: Die Leute sprangen irritiert auf, kamen nicht wieder, das Zentrum blieb noch menschenleerer als es schon geworden war. Auch die Sache mit den von auswärts herbeigeführten Berlin-Besuchern war keine Belebung: Die Leute bekamen in der Tat Kraft durch Freude, und die alte noble Straße Unter den Linden sah sich heimgesucht von Krakeel und Krawall. Herr Protze war ein Narr und ein Dilettant; aber seine Inszenierungen sollten ja auch nur Ablenkungsmanöver sein, und sein Ausschuß sollte kaschieren, was wirklich im Gange war: die Operation tabula rasa. Denn die »Wiederbelebung der Innenstadt« war nur eine Umschreibung dafür, daß mit dem Kurfürstendamm Schluß gemacht werden sollte.

Diese Pläne wurden nur ein einziges Mal andeutungsweise publiziert. Das war, als Friedrich Hussong, neuerdings Chefredakteur bei Scherl, eine Sammlung von Artikeln herausgab, mit denen er in den zwanziger Jahren gegen den »Kulturbolschewismus« gekämpft hatte; und er gab dieser Philippika den Titel »Kurfürstendamm«.

»Der Kurfürstendamm«, so schrieb Herr Hussong, »ist oder war nicht etwa nur die knallige Fassadenprotzerei einer Straße in Berlin W. Der Kurfürstendamm zog sich mitten durch ganz Deutschland. Seine Amüsementsfabriken, seine Schaubühnen, seine Luxusbuden standen in allen deutschen Städten. ›Kurfürstendamm‹ – das war ein Kulturbegriff schlechthin geworden. In seinen Namen gefaßt waren die Witzeleien des Weimar von 1919, die Perversitäten und Ohnmächte des ›Zeittheaters‹, der Tod der Musik in der Jazzband, Niggersong und Negerplastik, Verbrecherglorie, Proletkult, wurzelloser Pazifismus, blutloser Intellektualismus, Dramatik für Abtreibungspropaganda, Salonkommunismus, schwarzrotgoldene Repräsentationsversuche, Futurismus, Kubismus, Dadaismus, demokratische Knopflochschmerzen, Tyrannis des Zivilisationsliteraten und jene Fäulniserscheinung einer sich zersetzenden Gesellschaft. Der Kurfürstendamm – aller braven Leute unbeschadet, die dort wohnen –, das war der Feind. An seiner Schuld mitschuldig waren auch Leute, die ihm nicht widerstanden, obgleich es ihre besondere Pflicht gewesen wäre... Der Kurfürstendamm ist heute besiegt und geschlagen.«

Friedrich Hussong gehörte zu den Berliner Journalisten, die die neue deutsche Epoche herbeigesehnt, herbeigeschrieben, herbeigeführt hatten, er war ihr Mann. Wenn er morgens die Zeitungen aufschlug, vor allem die eigene, dann wurde er nicht mehr behelligt von den ekstatischen Pointen eines Alfred Kerr, von der engagierten Noblesse eines Heinrich Mann, von der pointierten Kampflust eines Carl von

Ossietzky, von den Agitationsparabeln Bertolt Brechts oder gar von der präsidialen Humanitätsgeste Thomas Manns: Die waren nun außer Landes oder in Schutzhaft. Er hatte sie mehr als zwölf Jahre lang bekämpft, nun waren sie mundtot. Ein paar von diesen Intellektuellen, dieser Kinderschreck Bronnen und dieser Schmutzfink Benn, waren sogar zur Bewegung gestoßen, wenngleich als unsichere Kantonisten. Der Führer hatte recht: Die Gegner lachten nicht mehr, sie hatten nichts mehr zu lachen.

Und dennoch: Friedrich Hussong war nicht der einzige in Berlin, der das Gefühl hatte, einzelne Gegner erledigt, überwunden zu haben; nur den eigentlichen Widersacher noch nicht. Hussong war der erste, der erkannte, daß der Erzfeind des neuen Deutschland eine Straße war, eben der Kurfürstendamm. Die Kommunisten hatte man schnell festgesetzt, die Sozialdemokraten wagten keinen Mucks mehr, die Juden machten sich klein, aber dieser Boulevard blieb obenauf, frech, dreist, ein unverschämter Amüsierbetrieb. Und dank der Erkenntnis des Publizisten Hussong bildete sich ein Kreis von Männern, die das Herz hatten, den Kampf gegen diesen unbekümmerten Widersacher, gegen dieses aufsässige Wegelager allen Ernstes aufzunehmen.

Auf der ersten Sitzung nahm Hussong das Wort. »Meine Kampfgenossen«, sagte er. »Ich habe fünfzehn Jahre lang gegen den Kurfürstendamm gekämpft, gegen seine geistige, seelische und kulturelle Schreckensherrschaft. Ich habe seine satanische Macht zu spüren bekommen, weil ich es wagte, die Nation über die Internationale zu stellen, das Gesunde über das Kranke, das Simple über das Zerspaltene, das deutsche Lied über den Niggersong, den Faust über den Faustkampf, die Volkheit über das Weltgewissen, und die Deutschen über die Syrier...«

Die Herren hätten gern akklamiert, aber man wußte noch nicht recht, auf welche Weise: Ein Bravo war wohl kaum angebracht, ein Heilruf blieb dem Führer vorbehalten, das Klopfen auf den Tisch wäre intellektuell-akademisch gewesen, und Klatschen wie im Theater war wohl erst recht ein Unding.

»Sehr gut, Hussong!«, sagte schließlich der Reichsdramaturg Schloesser.

»Ich muß Ihnen etwas bekennen, meine Volksgenossen. Ich war voreilig. Ich habe geschrieben, der Kurfürstendamm sei heute besiegt und geschlagen. Aber ist er es wirklich? Er scheint zerstört und bis auf den Grund und im Keim vernichtet vom großen Umbruch der deutschen Dinge durch die nationale Revolution. Aber es ist noch genug von ihm da. Das duckt sich nur. Und hebt vielleicht morgen schon wieder das freche Haupt...«

»Sie haben recht, Hussong, aber einige wollen sich noch nicht einmal ducken.«

»Diese unflätige Leuchtreklame. Man möchte meinen, wir sind noch mitten in der Systemzeit. Vielleicht sollte die SA da nachts mal ein bißchen nachhelfen!«

»Und haben Sie das Publikum bei Schilling mal gesehen? Die ganze jüdische Mischpoche. Die Saras und Rebeccas mit ihren dicken Klunkern. Sahnetorten wie unter dem Dawesplan. Was nützt uns da der Sieg über Rotfront?«

»Lassen Sie sich mal das Gästebuch in diesem Buchladen zeigen, Nr. 30. Kleine Klitsche, aber so eine Riesenfrechheit. Die ganze Sippschaft vertreten, George Grosz, Max Reinhardt dankt für gute Beratung und freundliches Entgegenkommen, Franz Blei, Ilja Ehrenburg, Ladislaus Moholy-Nagy, ich sage Ihnen, ein Kulturbolschewist neben dem andern. Robert Musil, Iwan Goll, Alfred Kubin, meine Herren Volksgenossen, ich frage mich, haben wir die nationale Revolution gemacht oder nicht? Vielleicht sollten wir diese merkwürdigen Bücherfreunde da auf die Zeichen der Zeit hinweisen?«

»Ganz recht. Und einen Josefs-Roman von Thomas Mann in der Auslage! Wenn das nicht der Gipfel ist!«

»In der Auslage!«, ereiferte sich der Reichsdramaturg abwinkend. »In der Auslage, das geht ja noch. Aber wissen

Sie, wen ich neulich treffe, ganz ungeniert, natürlich poussierend wie immer? Sie werden es nicht glauben: Ödön von Horváth! Einen Mann, dessen Bücher wir verbrannt haben. Läuft hier herum, flaniert auf dem Kurfürstendamm! Wird sich der Ödön noch wundern, habe ich vor ein paar Jahren geschrieben, als wir noch nicht die Macht hatten, und jetzt haben wir sie, und der Kerl spielt hier weiter den linken Lebemann!«

»Warum haben Sie ihn denn nicht zur Rede gestellt?«

»Nun, ich habe mehr gemacht als das. Ich habe ihn *gestellt*. Bin ihm nachgegangen in die Zooterrassen, wo er mit seiner Donna eingekehrt ist. Habe die Geheime Staatspolizei verständigt. Die ist angerückt, hat sich seine Papiere zeigen lassen, und als ich denke, sie nehmen ihn mit, haben sie sich verbeugt und sind wieder abgezogen. «

»Wie denn das?«

»Der Herr hatte auf einmal einen ungarischen Paß. Ich sage Ihnen: Diese internationale Balkanclique ist schlimmer als der Zionismus. «

»Apropos: Wissen Sie, daß die famose Firma Grünfeld jetzt eine Filiale in Tel-Aviv gründen will?«

»Das ist ein Witz, Hanfstaengl, will ich hoffen. «

»Von wegen. Die schlesischen Schacherjuden scheuen doch vor nichts zurück. «

»Da können Sie mal die Steigerung sehen: Leipziger Straße, Kurfürstendamm, Palästina. Noch jüdischer als der Kurfürstendamm ist nur noch das gelobte Land. «

»Und was tun wir dagegen? Denn daß etwas getan werden muß, darüber sind wir uns doch wohl einig. Ich meine, welche Handhabe gibt es?«

»Man müßte die Bande austreiben«, sagte der Reichsdramaturg.

»Vielleicht, wenn der STÜRMER da etwas Dampf macht...«

»Meine Herren, nein, nicht mit den Methoden von Julius Streicher. «

»Man müßte die Juden allmählich ruinieren...«

»Aber es sind nicht die Juden allein«, sagte Hussong. »Es ist die ganze Anlage dieser Straße. Sehen Sie sich das doch genau an: Diese Arroganz der Fassaden, diese Paläste der Plutokratie, diese Hochburgen des Eigennutzes. Der Kurfürstendamm macht Front gegen uns alle. Er ist gewissermaßen der Schützengraben, in dem sich die Reaktion verschanzt hat.«

»Was schlagen Sie vor?«

»Was man auch mit einem Schützengraben macht: ihn stürmen.«

»Die Leute rauswerfen?«

»Nein, radikaler.«

»Sie meinen doch nicht: tabula rasa?«

»Genau das meine ich: Einebnen. Abreißen. Planieren. Dem Erdboden gleich. Den ganzen Schurrmurr weg. Die Säulen, die Balkone, den Bombast.«

»Hussong, das klingt phantastisch!«, sagte der Reichsdramaturg.

»Ein bißchen sehr phantastisch«, meinte Herr Hanfstaengl skeptisch.

»Wir bauen ganze Autobahnen in wenigen Monaten«, beharrte Herr Hussong, »also werden wir doch auch zweimal dreieinhalb Kilometer Häuserfront wegschaffen können.«

»Aber die Allee! Sie wollen doch nun nicht sagen, daß auch die Bäume kulturbolschewistisch sind?«

Herr Hussong fand diese Bemerkung einigermaßen irritierend.

»Nein, Herr Hanfstaengl, natürlich nicht. Und ich verstehe auch, daß Sie als Betreuer der Auslandspresse eine gewissermaßen diplomatischere Haltung einnehmen müssen. Aber: Um die Allee ist es mir gerade zu tun. Man könnte den Kurfürstendamm zu einer Aufmarschstraße machen, zu einem gewaltigen Paradefeld, womöglich mit Triumphbögen und riesigen Tribünen, mit Ehrenmalen und Gedenksäulen, eine Akropolis der Neuzeit, eine lebendige Walhalla, die nationale Revolution in Stein gehauen. Denn wenn in zwei Jahren die Olympiade kommt – meine Herren, wir müssen einfach vorausschauend sein. «

»Haben Sie mit Speer darüber gesprochen?«

»Ja, aber der ist zur Zeit vollauf mit Nürnberg beschäftigt. Reichsparteitagsgelände. Aber vielleicht kann er später seine Erfahrungen für Berlin nutzen. Nein, begeistert war er nicht, als ich ihm davon sprach. Aber er hat hier auch nicht gekämpft wie ich. Fünfzehn Jahre lang. «

»Hussong«, sagte der Reichsdramaturg, »ich verstehe Sie. Aber das wäre natürlich eine große Aktion. Das könnte nicht mal Göring auf seine Kappe nehmen. Aber vielleicht ist es nicht schlecht, wenn man den Plan durchsickern läßt. Ein Gerücht, mehr nicht. Operation tabula rasa. Abriß der größten Judengasse der Welt. Vielleicht macht das ein paar Leuten dort Beine. «

Die Operation tabula rasa endete zunächst einmal glimpflich, für ihre Initiatoren sogar kläglich. Man riß die Häuser nicht ab. Man beauftragte im Gegenteil einen Architekten, Entwürfe für die einheitliche Gestaltung der Vorgärten zu machen.

Aber es war ja auch noch nicht aller Tage Abend.

Das Jubiläum der Firma Gottheimer

Der alte Gottheimer, Seniorchef der Firma Ephraim Gottheimer und Sohn, am mittleren Kurfürstendamm zwischen Leibnizstraße und Brandenburgischer, gehörte zu den vielen Menschen, die neuerdings die Welt nicht mehr verstanden, aber er zählte zu den wenigen, die darüber nicht an der Welt, sondern an sich selbst irre wurden. Der Verfall des einst stattlichen, agilen Mannes war so beklagenswert sichtbar, seine Aushöhlung durch Verstörung und Lebenszweifel so körperlich, daß der bloße Anblick die, die ihn liebten, zu Tränen brachte; selbst seine alten Angestellten waren gerührt, wenn sie ihn zu Gesicht bekamen; aber das geschah nicht mehr oft.

Der Junior, Jacob Gottheimer, hatte seinen Vater bedrängt, sich aus dem Tagesgeschäft zurückzuziehen, die Dokumente zur Firmengeschichte zu ordnen und Pläne zu machen für das 75. Jubiläum, das 1936 gefeiert werden sollte. Aber wenn er gedacht hatte, die Beschäftigung mit den alten Zeugnissen und Bilanzen, mit den Fotografien und Urkunden aus der Vergangenheit werde seinen Vater aufhellen oder doch ablenken, so hatte er sich getäuscht: Um so stärker wurde dem Senior der Sturz bewußt, der seiner Firma widerfahren war und noch täglich und immer böser widerfuhr. Ein Generationenwerk wurde hier zerschlagen, sein eigenes Leben ihm aus der Hand gewunden, und warum? Weil er Jude war. Und warum war er Jude? Weil sein Vater schon Jude gewesen war, und sein Großvater, aber der schon hatte sich taufen lassen. Er verstand gar nicht, was das war, was er nach den neuen Gesetzen sein sollte: Jude. Er hatte sich nie so empfunden, aber nun zwang man ihn im hohen Alter dazu, etwas zu sein, was er nicht kannte. Es war schwer, es war unmöglich. Er wurde für einen Makel bestraft, den er nicht begriff und dennoch empfand. Das war das Furchtbare: Er empfand ihn. Denn wie anders hätte sich die Zeit so gegen ihn verschwören können?

Es waren nicht die Trupps der SA gewesen, die ihn so verstört hatten; die kannte man schon aus der Zeit »davor«; Bengel, die nicht wußten, wohin mit sich und ihrer Kraft, zukurzgekommener Männerpöbel, der aus dem Mief hinauswollte in Uniform und Gemeinschaftserlebnis: Das hieß Krawall. Eine zerstörte Fensterscheibe ließ sich ersetzen, eine Schmiererei JUDE wieder abwischen, ein Sprechchor JUDEN RAUS! war, mit etwas Übung, auch zu vergessen.

Aber was haften blieb, das war die allgemeine Lauer-Atmosphäre, die zunehmende Ächtung, die leise oder manchmal auch freche Abstoßung aus der Gesellschaft. Das schlimme war die allmorgendliche Post.

Kein Tag verging ohne irgendwelche Distanzierungen, Zurückweisungen, Kündigungen. Alte Kunden baten, nicht mehr mit Katalogen und Warenangeboten behelligt zu werden, oder sie verweigerten die Annahme von Paketen. Einige Firmen hatten im ersten Schreck oder in der ersten Begeisterung ihre Lieferungen eingestellt – bis dann bei einigen der Geschäftssinn wieder über den politischen Rausch siegte. Prominente Schauspieler oder Diseusen, die sich früher gern in den neuen Bademoden von Gottheimer gezeigt hatten, lehnten neuerdings solche »Reklame-Aktionen« dankend ab oder erfanden irgendwelche Entschuldigungen. So viele schlechte Gewissen hatte der alte Jacob Gottheimer noch nie in seinem Leben vorgeführt bekommen.

Aber dann kamen die anderen Bescheide: Ein Mensch lebt ja sein Leben nicht für sich allein, sondern in Gesellschaft. Eigentlich sitzt er ja, hatte Jacob Gottheimer immer gedacht, in seinem Leben wie in der Gondel eines Luftballons. Der Ballon ist die Gesellschaft, die ihn trägt; und die Seile, mit denen die Gondel gehalten wird, das sind die Gruppen und Gremien, in denen er mitarbeitet, weil es seinem Beruf oder seiner Neigung entspricht, seinen Interessen oder seiner Neugier, manchmal auch der bloßen Eitelkeit: Die war nicht zu unterschätzen. Gottheimer senior hatte sich nie nach solchen Fachverbänden und Clubs und Vereinen gedrängt, aber er war ihnen auch nicht ausgewichen, und so schien seine Lebensgondel durch vielfältige Bande und Verbindungen gesichert. Die hielten auch einen Sturm aus und dröselten sich nicht auf während einer längeren Flaute. Aber jetzt erlebte er, daß diese Taue eins nach dem anderen gekappt wurden. Zerschnitten oder zerhackt, oder ausgeklinkt, oder auch nur erst angesägt.

Da war die Industrie- und Handelskammer gewesen, zu deren Beisitzern er gehört hatte, und die ihm schon im Jahre 1933 nahegelegt hatte, »auf das Ihnen liebgewordene Amt als Mitglied der Kammer« zu verzichten. Eine mündliche Erörterung der Angelegenheit sei aus Termingründen nicht möglich. »Dadurch, daß Sie der Bitte entsprechen, schließen Sie sich dem Beschluß der Mehrheit auf Niederlegung der Mitgliedschaft an.« Da war der alte Ruderclub in Grünau gewesen, der ihm und seinem Sohn (auch sein Enkel war inzwischen Mitglied) den Ausschluß mit dem Schnörkel mitteilte, die »nichtarischen« Mitglieder seien automatisch dem jüdischen Verein »Undine« zugeordnet worden. Da war die Gesellschaft der Theaterfreunde gewesen, die ihrem Freund und Förderer Gottheimer mitteilen mußte, daß man ihm für seine rührende Tätigkeit Dank wisse, ihn aber bitte, sich zukünftig an die Vorstellungen des Jüdischen Kulturbundes zu halten. Da war der Rotary Club Berlin, der »nach langen wiederholten Beratungen sich jetzt hat entschließen müssen, eine Beurlaubung von der Mitgliedschaft auszusprechen«, ein Schreiben, dem später auch die Mitteilung des endgültigen Ausschlusses folgte – was darauf hinauslief, daß er nicht mehr an den Zusammenkünften im Kaiserhof teilnehmen konnte. Dies war eine besonders starke Trosse gewesen: Sie hatte Welt bedeutet und immer einen lebhaften Mittwochmittag. Die Gondel des alten Gottheimer hatte, um die Mitte des Jahres 1935, zu flattern, zu schwanken begonnen.

Sollte er als einen Trost ansehen, daß andere in ähnlicher Bedrängnis waren, und er sich, anstelle des Rotary-Essens, wenn auch weniger oft, mit denen treffen konnte? Ja, ein Trost war es, aber keine rechte Hilfe. Diese neuen Zusammenkünfte waren auch nicht wie ein Tragseil, sondern eher als wenn sich jetzt mehrere in eine Gondel gerettet hätten und einander gegenseitig Mut machten. Es waren Herren von einigen anderen namhaften jüdischen Geschäften, die sich gelegentlich zusammenfanden, um ihre Besorgnisse auszusprechen, praktische Schritte zu überlegen, Verhaltensmaßregeln vorzusehen für den Umgang mit der Staatsmacht, vor allem aber die rechte Taktik für die Konfrontation mit dem, was »Einzelaktionen« genannt wurde. Die waren offiziell verpönt, aber halboffiziell angestiftet, und es war nötig, den Protest an einer so hohen Stelle zu lancieren, daß er nicht neuen Krawall herbeirief.

Gottheimer hatte sogar mit seinem alten Konkurrenten Heinrich Grünfeld Frieden gemacht; der war der Initiator dieses Kreises. Grünfeld war mächtiger, sein Geschäft war bis weit ins Ausland berühmt, er hatte gute Verbindungen überall hin und trug die tagtäglichen Schikanen mit großer Fassung, ja sogar mit etwas verachtendem Spott. Der saß in einem Hindenburg-Spenden-Fonds, war mit dem Reichsminister Schacht befreundet, und wenn ihm irgendwelche Braunhemden lästig fielen, ging er zu Göring, um sich zu beschweren. Gottheimer beneidete Grünfeld um seine Kontakte und um seine Gelassenheit –, aber es war nicht mehr jener reine Neid, mit der ein kleinerer Geschäftsmann den größeren beneidet. Es war auch etwas Furcht darin, der andere könne, erfolggewohnt, die Situation verkennen. Grünfeld war sogar imstande, über den STÜRMER zu lachen, wenn der über ihn selbst schrieb, »daß der Jude seine Angestellten wie Vieh behandelt«. Das schien dem alten Gottheimer nicht geheuer. Er hatte nicht mehr die Nerven für Gelächter. Es kam ihm vor, als lehne sich Grünfeld zu weit aus der Gondel hinaus.

Für Gottheimer wurde in diesen bedrängten Jahren die Straße zu einem immer wichtigeren Halt seines Lebens, dieser Spazierweg hinauf zum Halensee und wieder zurück: Eine Sache von vierzig Minuten, wenn die Luft nicht zu feucht war und man nicht in Atemnot kam. Denn Jacob Gottheimer senior war, obwohl auf der Mitte des Boulevard angesiedelt, ein Verfechter des oberen, des kleineren, des heimlichen Kurfürstendamms, der geschäftlich immer ein bißchen mickerte, aber dafür gemütlicher war, überhaupt nicht protzig und gar nicht mondän. Da ging es sich gut, wenn man für sich sein wollte und den Kopf auslüften mußte. Da fing der Kurfürstendamm überhaupt erst an, seinem Namen Ehre zu machen, denn dort hießen die Nebenstraßen nach den alten brandenburgischen Herrschern, Cicero, Albrecht Achilles, Johann Sigismund, Johann-Georg, Markgraf Albrecht. Während er Richtung Grunewald lief, führte er auch tief hinein in die preußische Geschichte. Daß Gottheimer aber eines Tages im Jahre 1935 sich auch auf diesen Gang nicht mehr einließ, daß er dieses Lebensseil Straße fahren ließ, das hatte mit seinem Herzen zu tun. Sein Herz aber mit dem jungen Herrn Seidel.

Wir reden nicht gern schlecht von unseren Figuren. Wir kannten die Seidels schon vor mehr als sechzig Jahren, als sie noch auf Wittchows Wiese scharf waren wie Gottheimer und andere auch. Wir haben den Pfandleiher Seidel insgeheim in Schutz genommen, als der Bauer Wilhelm Wittchow ihn für einen Juden hielt; es hat uns nicht gefallen, daß er ihm die Wiese nicht geben wollte, weil er an Juden schon gar nicht verkaufe. War es unseres Amtes, Wittchow zu belehren? Wir haben uns gefreut, den Sohn des Pfandleihers schon um die Jahrhundertwende, beim kleinen Frühstück für Clara, als Inhaber eines Modesalons präsentiert zu bekommen; wir haben dazu geschwiegen, als er später seine Schulden mit einem Bluff getilgt hat; übrigens ohne Erfolg; denn das Geschäft verfiel dennoch. Aber daß einer – jetzt schon der Sohn von Julius Seidel – von solchem Bankrott verführt wird, sich ein Parteiabzeichen ans Revers zu heften, die neuen Parolen nachzusagen, daß nämlich die Juden unser Unglück wären; daß einer den eigenen Leichtsinn als fremde Schuld sich einredet, daß einer sein persönliches Versagen in pauschale Haßgefühle umwandelt und dann auch noch in drohenden Konkurrenzneid – das ist ein Auftritt, den wir uns und den Seidels, vor allem aber dem alten Gottheimer gern erspart hätten.

Es sah für einen Augenblick aus wie eine ganz zivile Begegnung zweier Passanten am Lehniner Platz: Ein jüngerer Mann – der Enkel des Pfandleihers war jetzt in den Dreißigern – bleibt stehen, um einen alten Herrn zu begrüßen. Aber schon im nächsten Moment wird daraus eine zeremonielle Kluft, ein gestisches Aneinandervorbei. Während der Alte eine bleiche, knochenmagere, aber noch immer energische Hand ausstreckt, reißt der andere seinen Arm hoch, halb Drohgebärde, halb Triumph, und schreit den anderen an: »Heil Hitler, Gottheimer!« Die Hand des Alten bleibt noch eine Weile ausgestreckt, ziellos nun, fragend in der Schwebe, dann zieht sie sich, wie zum Schutz, in die Manteltasche zurück. Eigentlich ist mit dieser Begrüßung schon alles gesagt: Die beiden leben in verschiedenen Zeiten. Aber der junge Herr lebt in der richtigen: Er hat auch noch mehr zu sagen:

»Tja, Gottheimer, so trifft man sich wieder. Dolle Zeit, was? Weht ein anderer Wind.«

Der Alte tut, als habe er nicht richtig verstanden: Ja, es sei ein schöner Herbst in diesem Jahr.

»War ja alles morsch in Deutschland«, erklärt sich der andere unangefochten. »Das mußte einmal richtig durchgepustet werden. Apropos: Was macht denn das Geschäft? Sorgen mit der Kundschaft?«

»Die ist immer noch zufrieden. Danke der Nachfrage.«

»Zufrieden ja, aber nicht mehr groß, wie?«

»Es hat immer auch mal schlechtere Monate gegeben.«

»Gottheimer, nun reden Sie mal nicht herum. Trauen sich überhaupt noch Leute rein in Ihren Laden? Ich meine, die müßten doch eine Menge Chuzpe haben, wenn sie immer noch nicht begriffen haben, was auf dem Spiel steht.«

»Und was, bitte, steht auf dem Spiel?«, fragte Jacob Gottheimer senior. Er wollte es nicht wirklich wissen. Er wußte es.

»Na hören Sie mal. Das neue Deutschland. Ein nationales Geschäftsleben. Die Gesundung des Wirtschaftslebens. Die Reinhaltung der Rasse. Der nordische Mensch.«

»Aber geht der denn nackt?«

»Wieso denn nackt? Natürlich nicht.«

»Ja, dann braucht er doch Wäsche. Ich verkaufe Wäsche. Gute Wäsche. Warum sollte sie, bitteschön, für den nordischen Menschen nicht gut sein? Frag ich Sie.«

»Gottheimer, ich glaube, Sie machen Witze. Sie machen ja immer noch Witze. Das sollte man doch nicht glauben, daß einer wie Sie sich hinstellt auf den Kurfürstendamm und macht Witze. Über den nordischen Menschen. Über uns alle. Über mich.«

»Nehmen Sie's mir nicht übel, Herr Seidel, aber ich kenne Sie doch nun schon so lange, im Anfang holten Sie meinen Jacob ab zur Schule, Sie waren immer ein ziemlicher Frechdachs, und später wohl ein Draufgänger, aber ein nordischer Mensch, das hätte ich von Ihnen nicht gedacht.«

»Herr Gottheimer, ich warne Sie. Treiben Sie es mit Ihren talmudischen Spitzfindigkeiten nicht zu weit.«

»Den Talmud? Denken Sie sich – den habe ich nie gelesen. Jetzt erst fange ich damit an. Ein Jammer, daß mich erst Ihre nordischen Menschen dazu bringen mußten.«

»Mann, kann man denn gar nicht mehr mit Ihnen reden. Ich sollte Sie überhaupt nicht kennen. Dabei meine ich es gut mit Ihnen.«

»Gutgemeint – das ist das Gegenteil von gut. Aber ich danke Ihnen für Ihre gute Meinung. Auf Wiedersehen.«

»So warten Sie doch. Ich möchte Ihnen einen Vorschlag machen. Eine geschäftliche Offerte. Sie wissen, ich verstehe etwas von der Branche.«

»Ja, Sie sind wirklich ein Tausendsassa.«

»Herr Gottheimer, es geht nicht mehr lange gut mit Ihrem Betrieb. Ein Wunder, daß Sie sich überhaupt noch halten.«

»Wir Gottheimers haben klein angefangen. Wir kommen auch mit wenigem aus. Aber noch ist es nicht so weit.«

»Sie haben keine Chance, und man sieht Ihnen an, daß Sie das wissen.«

»Ich bin alt und etwas krank, das ist alles.«

»Ich mache Ihnen einen Vorschlag. Sie übergeben mir das Geschäft, und ich bringe es wieder auf Vordermann. Als deutschen Betrieb.«

»Aber wir *sind* ein deutscher Betrieb. Und auf Vordermann will bei uns niemand gebracht werden. Und was meinen Sie, bitte, mit: Übergeben? Sollen wir es Ihnen schenken? Wollen Sie es uns abpressen?«

»Ich will nur verhindern, daß der Laden eines Tages gar nichts mehr wert ist. Ich zahle Ihnen einen guten Preis, unter den Umständen. Und es ist ein normaler Vorgang. Viele haben schon diesen Weg beschritten und sich Ärger erspart.«

»Ich habe nicht vor, mir Ärger zu ersparen. Und ich muß jetzt weiter. Ins Geschäft. In mein Geschäft.«

»In ein paar Monaten wird es doch arisiert. Spätestens zu den Olympischen Spielen. Denken Sie denn, der Führer möchte zwischen den Hakenkreuzfahnen auf einmal Gottheimer-Wimpel flattern sehen? Überlegen Sie sichs. Noch bin ich für Sie zu sprechen.«

Aber der alte Gottheimer hatte seinen Spaziergang schon fortgesetzt. Nein, er ging nur noch die Schritte nach Haus, die nötig waren, den Spaziergang ein für allemal abzubrechen.

Sein Sohn war rührend besorgt; er brauchte Tage, um den Zwischenfall aus dem Alten herauszufragen, und dann Wochen, um ihn die Kränkung nicht mehr so wild empfinden zu lassen. Dabei hatte Jacob Gottheimer junior selbst Kummer genug in diesen Monaten. Nicht nur im Geschäft und im Kontor, sondern auch in seinem eigenen Leben.

Seine Frau Elisabeth war ausgezogen und betrieb die Scheidung; sie war dem Druck der neuen Rassegesetze nicht gewachsen und hatte einfach Angst; eine nervöse Angst, die ihr am ganzen Körper Ausschlag verursachte: Sie fühle sich als Aussätzige, hatte sie erklärt. Konnte er anderes tun, als sie gehen lassen?

Und auch seinen Sohn gehen lassen, der wie aus Trotz den Zionismus entdeckt hatte und sein Judentum mit einer aggressiven Leidenschaft ausbildete: Er verachtete alle die Assimilationsversuche, die Anpasserei, das Kleinbeigeben, er wütete gegen die Juden, die nicht Fisch nicht Fleisch seien, die sich auf ihr Deutschtum und ihre Taufe und ihr Eisernes Kreuz beriefen. Die Nazis machten wenigstens wieder einigen Leuten klar, was es heiße, Jude zu sein, anders, stolz, besonders. Verfolgt und auserwählt. Dieser Sohn Ephraim war verloren wie die Frau, und es machte die Sache nicht leichter, daß jeder sich in eine andere Richtung verloren hatte. – Der Sohn war jetzt auf einem jüdischen Gut in Hessen und absolvierte dort ein landwirtschaftliches Praktikum: Es war die Vorbedingung für die Auswanderung nach Palästina, da wurden Leute gebraucht, die in dem verdurstenden Land anpacken konnten. Dieser Sohn hatte keine Angst, aber manchmal hatte sein Vater Angst um ihn: Denn draußen, auf dem Land, war ein Jude noch etwas weit Schlimmeres als in der Weltläufigkeit oder Anonymität der großen Stadt. Einmal hatte er in einem Brief berichtet, wie er beinah gesteinigt worden wäre. Da waren etliche der Praktikanten am Freitagnachmittag in ein Nachbardorf gefahren, zur Sabbatfeier, die zehn Männer zum Gebet braucht; und so viele gab es nicht mehr in allen Dorfgemeinden, so daß die Jungen aushelfen, mitbeten mußten. Aber als sie dann die einheimischen Kinder nach dem Bauern Kohn fragten, wurden die höhnisch, sagten, das sei doch der Jude Kohn, und als sie dann erklärten, die Jungen auf den Rädern, sie selbst seien auch Juden, fielen die Dorfburschen über sie her und warfen mit Steinen, Stöcken, Erdklumpen. Man habe sich aber retten können, und gebetet habe man auch.

Die Olympischen Spiele gingen, in mehrfachem Sinne, glimpflich an den Gottheimers vorbei. Man wurde von der SA in Ruhe gelassen, es gab auch keine Schmierereien in jenen Wochen; wer keine Hakenkreuze flaggen durfte, konnte Fahnen mit den olympischen Ringen hinaushängen. Es gab viel internationalen Besuch in Berlin, und das Geschäft nahm für kurze Zeit einen Aufschwung, wie man ihn zuletzt 1927 erlebt hatte. Das war ein gutes Omen für das 75. Jubiläum Ende desselben Jahres.

Sogar Jacob Gottheimer senior hatte sich gefangen. Wenigstens betrieb er jetzt die Firmengeschichte, die Vorbereitung des Jubeltages, mit einigem Interesse. Denn er hatte beim Stöbern in alten Mappen und Dokumenten einen Fund gemacht, der ihn belebte, einen Fund, den er in den Mittelpunkt des Firmenfestes zu stellen hoffte. Sein Vater hatte ihm einmal von einer merkwürdigen Begegnung mit Bismarck erzählt; aber nie hatte er gedacht, daß dieses Zusammentreffen so wichtig war für die Anfänge des Gottheimerschen Unternehmens; und von eigenhändigen Aufzeichnungen seines Vaters wußte er auch vorher nicht.

Man beging die Gründungsfeier mit einem Jubiläumskatalog, einer kleinen Festschrift, mit Servietten, die an das Jahr 1871 erinnerten und zu denen die Emailleringe kostenlos abgegeben wurden. Dann hatte man noch kleine Topflappen aufgelegt, die den Spruch trugen: »Nimm mich mit Fleiß – dann macht dich nichts heiß«. Und man arrangierte ein festliches Beisammensein mit den Angestellten.

Sogar die Schwiegertochter Elisabeth und der Enkel waren gekommen; es belebte zwar die Atmosphäre nicht, weil Mutter und Sohn kaum mehr miteinander sprachen, aber es trug doch der Repräsentanz Rechnung. Man hatte den größten Raum des Hauses am Kurfürstendamm, das Wäschelager, historisch dekoriert, und die Beschäftigten brachten ihre Angehörigen mit. Für die Kinder, denn auch an sie hatte man gedacht, war im Zuschneideraum ein Kasperltheater aufgebaut. Es sah nach dem harmonischen Verlauf aus, den der Alte sich wünschte.

Nur eine Farbe störte: Einer der Angestellten, der sogenannte Betriebszellenleiter – aber die Betriebszelle bestand nur aus ihm und zwei neu angestellten Packern – war nicht im zivilen Anzug erschienen, sondern im Braunhemd. Gottheimer junior wollte keinen Wirbel; er ließ es geschehen. Seinem Vater, ehe der das sehen konnte, sagte er nur, er selbst habe den Mann darum gebeten; so seien die neuen Herren offiziell miteinbezogen.

»Reg dich nicht auf, Vater«, sagte er behutsam.

»Hauptsache, die regen sich nicht auf«, beruhigte ihn der Alte.

Er hielt dann eine schöne Rede, sprach von Gottvertrauen und Tüchtigkeit, vom Zupacken aller, von der Familienfirma und der Firmenfamilie, vom Wechsel der Generationen, des Geschmacks und der Mode, aber von der großen Stetigkeit auch, die ein Geschäft dann habe, wenn es auf Qualität achte. Wem das Beste gerade gut genug sei, der produziere mehr als Ware, er produziere auch Vertrauen. »Wir haben nie nur an unserer Wäsche gewebt, immer auch an den Banden zu unserem Kundenstamm.«

Aber alle irdische Geschäftstüchtigkeit sei ja nur vergebliches Bemühen, wenn nicht auch ein bißchen Fortüne dabei sei, Glück und ein Schutzpatron. Und eigentlich müsse er an diesem Tage nicht nur des Gründers Ephraim Gottheimer gedenken, sondern auch eines Mannes, der am Beginn der Firma ein großherziger Pate gewesen sei: ein Mann, mit dem man wirklich Staat machen konnte. Man höre und staune: Zu den Förderern der Gottheimers habe niemand geringeres gezählt als der alte Bismarck. Der Mann im Braunhemd räusperte sich ungezogen; aber das Geräusch mußte noch nicht als Kampfansage ausgelegt werden. Der Redner überhörte es.

»Bismarck und Gottheimer, das klingt ein bißchen vermessen, nach der Art von Reklame, die wir nicht betreiben. Aber es gibt Dokumente, aus denen hervorgeht, daß wir heute alle nicht hier stünden, sehr wahrscheinlich nicht, wenn der Eiserne Kanzler nicht gewesen wäre. Und wenn mein Vater nicht auf abenteuerliche Weise seine Bekanntschaft gemacht hätte.«

Da entstand nun Erregung, neugierige Aufmerksamkeit unter den etwa einhundert Menschen, die sich versammelt hatten. Man wußte von mancher hochgestellten Kundschaft und war nicht leicht zu beeindrucken bei Gottheimers, aber von Bismarck hatte man noch nie sprechen hören.

Der Redner berichtete, wie sein Vater am Krieg gegen Frankreich 1870/71 teilgenommen und wie er dort eine Verwundung erlitten habe, einen Streifschuß am Kopf – die ihn noch gekannt hätten, wüßten ja von seiner haarlosen Stelle oben über dem rechten Ohr. Was es damit nun genau auf sich habe, gehe aus Aufzeichnungen des alten Mannes hervor, der aber damals noch ganz jung gewesen sei, nämlich einundzwanzig. Und er hielt ein zerknittertes Blatt mit einer kräftigen, aber krakeligen Bleistiftschrift hoch und sagte, er habe Fotografien davon machen lassen, und jeder, der wolle, solle ein Blatt haben als Andenken. Und jetzt also folge seines Vaters Bericht, wortwörtlich, so weit er ihn habe entziffern können:

»Ich habe sie gesehen. Ich habe sie alle gesehen. Den Kaiser, die Fürsten, die Generäle und den Kanzler Bismarck. Ich, Ephraim Gottheimer, habe sie alle gesehen. Heute. Eben. Gerade erst. Wie durch ein Wunder. Ich bin doch verwundet, krank, ein Krüppel vielleicht, nein, das glaube ich nun nicht mehr. Sonst hätte ich ja den Weg nicht geschafft. Ich liege nämlich im Lazarett. Aber das Lazarett hier ist ein Schloß. Versailles. Man spricht es anders, als man es schreiben muß. Und ich merke, heute ist Aufregung, Trubel, und als ich frage, heißt es, sie gründen ein Reich, das Deutsche Reich, gleich hier im Schloß, aber im Nachbarflügel. Ich darf schon aus dem Bett, paar Schritte nur, aber ich war doch noch nie in einem Schloß, möchte mich umsehen, diese langen einsamen Gänge, Dienerkorridore, und auf einmal eine Flügeltür, Palaver dahinter, ich mache sie vorsichtig auf, und da sind sie dabei und proklamieren unsern Kaiser Wilhelm. Ich sehe sie alle, und keiner sieht mich. So leise bin ich. Doch, einer hat mich gesehen und kuckt mich streng an: Bismarck. Bleib stehen!, sagt der Blick, rühr dich nicht vom Fleck! Und ich bin stehengeblieben, viel länger als ich mich sonst getraut hätte. Aber als die Hochrufe kommen, schleich ich mich rasch durch die Tür, zurück in den Saal, rein in mein Bett, und keiner hat es bemerkt.«

»Jüdische Freßheit«, zischelte der Mann im Braunhemd seinem Nachbarn zu. Vor Aufregung hatte er sich versprochen: Er wollte Frechheit sagen.

Der Festredner hielt einen Augenblick irritiert inne; dann sagte er, der Bericht gehe aber noch weiter und es komme noch viel besser:

»Heute ist alles rausgekommen. Aber es ist gar nicht schlimm, nur die Kameraden sind neidisch. Niemand hat mich hier vermißt gestern, an mir lag es nicht. Es lag am Kanzler. Der hat nämlich nach mir gesucht, gar nicht heimlich. Der ist heute in den Saal gekommen, wo ich liege, und hat immerzu laut gefragt: Wo ist denn nun mein kleiner Türke? Wegen des Verbands, der wie ein Turban ist. Ich dachte, ich sterbe vor Angst, oder ich komme vor ein Kriegsgericht. Drücke mich tief in die Decken. Aber da hat er mich schon gesehen, sagt: Der da! Und schimpft überhaupt nicht. Gibt mir die Hand. Du bist mir der Richtige, Junge. Solche wie dich kann man gebrauchen. Und sein Adjutant soll sich Namen und Adressen von zu Haus notieren. Und er sagt noch: Wenn der Krieg aus ist, wirst du dich melden. Wenn ich es vergessen habe, denn ich kenne zehntausend Menschen mehr als ich behalten kann, sagst du: der kleine Türke.«

Und dann gebe es noch eine kleine Notiz, vom Ende des Jahres 1871, das sei die denkwürdigste von allen, denn damit werde erwiesen, daß Bismarck direkt an der Firmengründung beteiligt gewesen sei:

»Donnerstag, 18. November 1871. Heute nachmittag beim Fürsten Bismarck. Er hatte mich eingeladen, nachdem ich ihm schrieb, der kleine Türke lasse ihn grüßen. War enttäuscht, daß ich keinen Verband mehr trug. Ich zeigte ihm die Streifschußstelle. Das war knapp, sagte er. Glückspilz. Ich erzählte ihm von meinen Geschäftsplänen. Und dann griff er in seine Schatulle. Und gab mir fünfhundert. Nicht Mark, Taler! Für die Firma Gottheimer. Sagte: Und wenns gutgeht, bekomme ich sie eines Tages zurück.«

Und noch ein letztes Dokument zur Sache gebe es: den Vermerk über eine Geldanweisung vom 18. Januar 1882, also gut zehn Jahre später: »›Sechshundertdreiundzwanzig Taler an den Herrn Reichskanzler Fürst Bismarck. Darlehen plus Zinsen für zehn Jahre, zwei Monate. Heute bezahlt. Die Firma ist nun schuldenfrei.‹ Meine Lieben, mir schien, diese alten Zettel erzählen mehr als es eine noch so ausführliche Festrede tun könnte. Aber wenn es etwas gibt, das noch hilfreicher war als das Geld Bismarcks – dann ist es der Fleiß von uns allen zusammen. Ich danke euch sehr.«

Es gab Gelächter und Beifall, man drängte sich heran, um die alten Papiere einzusehen. Plötzlich, in diese freundlich-animierte Stimmung hinein, ein Ruf:

»Typisch schlesische Schacherjuden! Den Fürsten Bismarck begaunern! Schluß mit dem Gottheimer-Gemauschel!«

Es war der Mann im Braunhemd, der Betriebszellenleiter. Er war aufgestanden und schrie, von seinen zwei Komplizen halbherzig unterstützt, seinen Haß hinaus.

»Es wird Zeit, daß hier mal neue Methoden eingeführt werden. Daß mit diesen Talmud-Tricks aufgeräumt wird. Übergeben sie endlich diesen Laden in ordentliche deutsche Hände!«

Die Angestellten schwiegen entsetzt, nur ein paar Beherzte riefen dem Mann zu, er solle doch Ruhe geben, sich wegscheren, dies sei doch wahrhaftig nicht der Moment für solche Forderungen. Gottheimer junior trat auf seinen Vater zu, um ihm beizustehen in diesem elenden Augenblick, in dieser Zerstörung seines Festes.

Frau Elisabeth hatte zu weinen begonnen. Der Enkel betete gegen einen namenlosen Zorn an.

Der Alte winkte seinen Sohn aus dem Weg und ging auf den Schreier zu. Er bewegte sich langsam und mit einer drohenden Sanftheit, mit Schritten, in denen eine fürchterliche Stille war, eine erledigende Bannkraft. Er schritt sehr aufrecht, mit hocherhobenem Gesicht, das leichenblaß war und wie aus fernen Jahrhunderten herübersah. So trat er dem Krakeeler gegenüber: Der war nun stumm und stand ganz leer da.

Es dauerte lange (allen kam es so vor), bis der Alte sprach. Er sagte leise: »Verlassen Sie mein Haus.«

Und es geschah. Der Mann im Braunhemd gehorchte. Seine beiden Kumpane schlichen sich mit ihm davon.

Und während das Gefühl eines hochgemuten Triumphs sich ausbreitete unter den Versammelten und einige vor Rührung und Schock zu weinen begannen, sank Jacob Gottheimer senior in sich zusammen.

So, ein Bewahrer seines Hauses, starb er.

Das Versteck

Die Pension Khan hatte sich kaum verändert, aber ihre Gäste sahen anders aus. Da waren nicht mehr die bärtigen Russen, die von der Revolution außer Landes geworfen worden waren, nicht mehr die verrückten Prinzessinnen, die ihre Pretiosen versetzten (und mitunter waren sogar beide echt: die Damen und die Juwelen), und lange schon hatten die jungen Herren Adieu gesagt, die zur Revolution heimkehrten, weil sie von der einzigen Frau ihres Lebens nicht erhört wurden. Da tauchten auch nicht mehr solche kuriosen Schriftsteller auf wie dieser Edgar Wallace, der den Kurfürstendamm scheußlich fand, vor allem den Service in den Restaurants, oder der französische Fotograf Roger Schall, der sich zu einer Liebeserklärung an den Boulevard hinreißen ließ, weil er nach Bäumen und Blättern rieche, oder dieser Amerikaner Thomas Wolfe, mehr Sportstyp als Bücherschreiber, der dies für die schönste Straße Berlins hielt –, da herrschte überhaupt nicht mehr das Babylon verschiedener Sprachen und Idiome und Ideologien, nicht mehr diese müde Nonchalance, die aus russischer Seele, amerikanischem Take-it-easy und englischer Kamin-Einsilbigkeit zusammengesetzt war. Die Pension Khan war von einer Luxus-Herberge zu einem Notquartier geworden, von einer Repräsentationsadresse zu einem Unterschlupf. Aber das lag nicht an der Inhaberin, es lag nicht einmal an den Gästen selbst: Es lag an der Zeit, an den Verhältnissen, an der Situation, oder wie man alles das nennt, was nicht zu benennen ist.

Es erschienen jetzt, Ende 1941, nur noch wenige Berlin-Besucher, Touristen, Feriengäste, Kurfürstendamm-Bummler. Wer jetzt Quartier nahm, für ein paar Tage Großstadtleben, Theaterwunder, Flirt und Hautnähe, kam wie zu einem Tanz auf dem Vulkan, von draußen, von den Fronten. Es waren junge Männer, die diesen wenigen zivilen Tagen kaum noch gewachsen waren, verkatert, verliebt, seltsam entrückt, die Mädchen, die sich zu ihnen ins Bett legten, wußten nicht, was sie damit anrichteten: Es lebte in diesen uniformierten Helden eine unbändige Sehnsucht nach der großen, schnellen und möglichst ewigen Liebe. Diese Soldaten, diese jungen Männer, waren schwierige Gäste, weil sie so außer sich waren in ihren Urlaubstagen; oft packten sie ihre Sachen unter Tränen. Oft packten sie sie gar nicht und mußten von der Feldpolizei geholt werden. Es kam auch vor, daß ein Notarzt gerufen werden mußte: Da wollte einer gar nicht mehr hinaus.

Aber die meisten Leute in der Pension Khan waren jetzt Dauermieter. Sie waren eines Tages aufgetaucht, mit der Bitte um ein Bett für ein paar Tage, und sie waren geblieben, weil sie nicht weiterwußten, im wörtlichen Sinn. Manche hatten noch das Geld zu bleiben, andere nicht. Niemand wurde vor die Tür gesetzt. Da war zum Beispiel der alte Journalist Andreas Zumsee, jener merkwürdige Kritiker, der einst Clara bei ihrer Reise nach Berlin so kurios mit seinem eigenen Ruhm zu unterhalten versucht hatte: Jetzt war alle Großspurigkeit von ihm abgefallen; seinen Posten beim NACHTKURIER hatte er vor wenigen Monaten verloren, weil er gewagt hatte, in einem Aufsatz über die Spielplanpolitik der Berliner Bühnen die Frage zu stellen, warum denn Lessings »Nathan der Weise« nicht gegeben werde. (Das Stück galt als unerwünscht, und irgendwie war man neuerdings nicht sicher, ob Lessing nicht doch Jude war.) Zumsee bewohnte das frühere Schlafzimmer Melanies. Er verkaufte ab und zu wertvolle Bücher und zahlte die Miete pünktlich. Er lebte fast ohne Bedürfnisse. Jeden Vormittag saß er, bei einem einzigen Glas Tee, im »Café Möhring« und schrieb.

Auch die Grotesktänzerin Gerty Kalypso hielt sich für ein Opfer der neuen Zeit, obwohl sie ihre Karriere mit sechzig Jahren wohl auch in normalen Zeiten nicht mehr hätte fortsetzen können: Es sei denn unfreiwillig grotesk. Sie war schwierig, aber dies einmal vorausgesetzt, nicht weiter kompliziert, und wenn man sie einmal in der Woche, am Samstagabend zur Zeit ihrer früheren Auftritte, tanzen ließ, dann war sie glücklich, gesprächig und voller Erinnerungen. Immer wieder erzählte sie von ihrer verrückten Zeit im revolutionären Rußland, als Lunatscharski, der Kulturgewaltige, sie dorthin geholt hatte; und wie sie beinah einmal mit Lenin geschlafen hätte, wenn nicht Trotzki dazwischengekommen wäre. Jetzt hatte sie von ihren früheren Leidenschaften, außer dem Tanz, nur eine einzige noch bewahrt: Sie war geradezu süchtig nach Mohnkuchen und ließ sich ganze Bleche davon backen. Das bringe ihr die Zeit zurück, als sie sich vor der Vorstellung mit Opium aufgeputscht habe. Aber der Kuchen berauschte sie nicht; er machte sie nur fett.

Sehr merkwürdig war der Conferencier Pinkus Torkelwitz; er trat in Willi Schaeffers Kabarett der Komiker am Lehniner Platz allabendlich auf, aber die Allabendlichkeit war keineswegs eine ausgemachte Sache: Man wußte nie, was passieren würde. Denn wenn Torkelwitz auf der Bühne stand und seine Pointen stichfest von sich gab, dann schien er die Selbstsicherheit in Person: flapsig, unbekümmert, tollkühn. Aber am nächsten Morgen wachte er auf als ein Nervenbündel, hatte die fahrigen Bewegungen eines Trinkers, den unsicheren, rotumränderten Blick, den ängstlichen Gang, und er litt an Schweißausbrüchen. Wenn er zum gemeinsamen Frühstück erschien, ließ er seine Kaffeetasse unberührt stehen, weil er sie mit seinen zitternden Händen nicht zum Mund zu führen wagte. Erst wenn die anderen verschwunden waren, versuchte er den Kaffee, der nun kalt war, zu trinken. Aber die Symptome täuschten: Was ihn schüttelte, war die Angst.

Es war die nachträgliche Angst des Reiters über den Bodensee; er stand sie durch als sein Berufsrisiko. Er dachte sich Witze aus, Gags, Monolog-Sketche, Couplets, viel blödes unpolitisches Zeug, wie er selbst sagte. Aber wußte man noch, was unpolitisch war? Und konnte er selbst sicher sein vor dem eigenen Zungenschlag? Durfte er sich darauf verlassen, daß sein Bühnentemperament nicht mit ihm durchgehen würde? Schon wieder, am letzten Abend, mit ihm durchgegangen war?

Da hatte er zum Beispiel sich mokiert über die Engländer bei ihrem panischen Rückzug vor der deutschen Wehrmacht in Griechenland. Sie suchten ihr Heil in der Flucht, hatte er sagen wollen und sollen, aber es hatte ihn geritten zu formulieren: Sie suchten ihre Flucht im Heil (und dann hatte er sich korrigierend immer weiter verheddert): Pardon, sie suchten natürlich ihr Heil in der Flucht, denn ins Heil! könnten sich doch allenfalls gute Deutsche flüchten. Am Morgen nach so einem Auftritt versuchte Torkelwitz schlotternd, den Pensionsgästen die Sache noch einmal vorzuspielen. Habe er sich damit zu weit vorgewagt? Sei er zu frech gewesen? Aber am Nachmittag überlegte er schon, ob er den Versprecher noch einmal wagen, überhaupt einbauen solle, und abends war er dann schon Bestandteil des Programms.

So kam es, daß nicht seine abendlichen Gratwanderungen ihm gefährlich wurden, sondern die Schlotterkomik am Vormittag, diese Rekapitulation eines Programms unter Leuten, von denen er die meisten nicht kannte. Zu den Frühstücksgästen gehörten eben nicht nur die vertrauten Dauermieter, nicht nur die jungen stadttrunkenen Urlauber, sondern auch ein par Fanatiker mit betreßten und deutlich linientreuen Uniformen; denn dies waren Besucher, die man am wenigsten hätte abweisen können. Und einer von ihnen, ein Oberstleutnant, tat eines Morgens das, was er »einschreiten« nannte. Im Frühstücksraum, dem alten Musikzimmer, dort, wo der berüchtigte Bechsteinflügel gestanden hatte und jetzt die Anrichte war.

Es war, als Torkelwitz eine neue Nummer vor seinen Freunden in der Pension auszuprobieren versuchte, eines späten Morgens, als er dachte, die geschäftige Kundschaft habe das Haus schon verlassen. Er räumte einige Stühle beiseite, so daß er freies Feld hatte für seinen improvisierten Auftritt. Diesmal, sagte er, sei es keine Conférence, nicht viel Gerede, sondern er betrete das Neuland der Pantomime. Er habe sich überlegt, es sei doch verrückt, immerzu Angst zu haben, ohne sie künstlerisch zu nutzen – »zu sublimieren, wie wir in den alten Tagen sagten« –, und nun habe er sich entschlossen, mit einer Ängstlichkeitsparade aufzutreten.

Zuerst erschien er in der harmlosen Rolle eines Mannes, der nachts nicht ins eheliche Bett gekommen ist und sich nun morgens in die Wohnung einzuschleichen versucht. Besonders der abstruse Versuch, sich das Parfüm vom Körper abzustreifen, verschaffte Torkelwitz einiges Gelächter. Es war komisch, ängstlich sah es nicht aus.

Dann zeigte er einen Mann im Luftschutzbunker, beim Fliegerangriff. Führte die Überlegenheit vor, solange keine Gefahr war, und ließ dann, mit schreckhaft eingezogenem Kopf, die Bombenwürfe deutlich werden. Und ließ kurz darauf aus der Bunkerpanik endlich wieder einen sieghaft blickenden deutschen Bonzen erstehen. Und aufs neue nahm er Anlauf auf der kleinen Spielfläche, diesmal ein Mann, der nur seines Weges geht. Plötzlich erstarrt er, ungläubig, widerwillig, peinlich berührt. Jemand hat ihn angeredet. Das Gegenüber ist nicht zu sehen, aber man nimmt es wahr durch den seltsam distanzierenden, abwehrenden Blick. Schließlich wendet sich unser Mann geradezu panisch ab und geht fort, ohne auch nur ein Wort gesagt zu haben. Diesen Auftritt müsse er wohl erklären, sagte Torkelwitz: Ein Deutscher, von einem Mann mit Judenstern nach dem Weg gefragt. Und dann spielte er sich selbst. Ein humpelnder Mensch, der immer wieder an die Rampe, vors Publikum tritt, etwas sagen möchte, es dann aber doch wieder läßt, schamhaft zurückweicht, einen neuen Anlauf macht, freundlich-verlegen infantil den Zuschauern zuwinkt, ängstlich hinter die Kulissen sieht und dann verkündet, die Luft sei rein. »Deutscher Kabarettist beim Auftritt am Kurfürstendamm«, sagte Torkelwitz, seine Vorführung beendend.

Plötzlich die scharfe Stimme des Oberstleutnants, der sich hinter dem Völkischen Beobachter versteckt gehalten hatte.

»Wieso trägt denn dieser Mann da keinen Stern?«

»Verzeihen Sie, mein Herr, mir steht keiner zu. Ich bin gar kein Jude. Vielleicht sehe ich nur so intelligent aus.«

»Und warum sind Sie dann nicht an der Front? Wie kommen Sie dazu, hier in der Heimat das Volk zu verhetzen?!«

»Ich bin Invalide, wir hatten nämlich schon mal einen Krieg. Und ich bin Humorist. Ich verhetze niemanden.«

»Ich bin Zeuge. Sie wollen uns weismachen, alle hätten hier Angst. Kein Deutscher braucht Angst zu haben.«

»Aber Sie – Sie selbst machen mir Angst.«

»Zeigen Sie mir Ihren Ausweis!«

»Wieso denn? Ich wohne doch hier. Richtig angemeldet. Seit fünf Monaten.«

»Ihren Ausweis, habe ich gesagt!«

Der Conferencier, jetzt außer Fassung und zitternd, fingerte an seiner Jackett-Tasche herum, zog eine unförmige Brieftasche hervor und blätterte sie mit vibrierender Nervosität durch.

»Unterstehen Sie sich, Torkelwitz! Unterstehen Sie sich, dieser Anmaßung auch noch zu gehorchen.«

Es war Clara Imhuelsen, die sich vehement einmischte, mit energischer Stimme und einem unwiderleglichen Kinn.

»Sie sind Gast in dieser Pension, polizeilich gemeldet. Sie sind niemandem Rechenschaft schuldig als den Behörden. Und ich lasse nicht zu, daß meine Räume zu Willkür-Aktionen mißbraucht werden. Und Sie, mein Herr, werden sich auf der Stelle entschuldigen oder Ihre Koffer packen.«

»Das ist ja..., das ist ja die Höhe«, sagte der Offizier, stammelnd vor Wut.

»Dies ist eine Pension, mein Herr.«

»Aber wir sind im Krieg.«

»Meine Gäste sind nicht miteinander im Krieg. Hier ist auch kein Partisanengebiet. Ich werde das Mädchen bitten, Ihnen beim Packen zu helfen.«

»Sie wollen mich doch nicht rauskomplimentieren?«

»Komplimentieren, nein. Für mich sind Sie schon gegangen.« Und zu Torkelwitz sagte sie, kaum weniger streng: »Ich glaube nicht, daß das eine gute Nummer ist. Ganz unausgereift. Vielleicht sollten Sie noch ein paar Jahre damit warten.« Es wurde nie ganz klar, ob es mit diesem Vormittag zusammenhing, daß Pinkus Torkelwitz vier Wochen später zur Truppenbetreuung, als Humorist, an die Front abkommandiert wurde, obwohl er doch im ersten Krieg ein Bein verloren hatte.

Es war nicht lange nach dem Auszug des Conferenciers Torkelwitz, im Herbst 1942, als der Anruf kam. Das Mädchen sagte, ein aufgeregter Herr sei am Telefon, habe seinen Namen nicht genannt und verlange dringend, die gnädige Frau zu sprechen. Clara Imhuelsen vermutete das normale Maß Unnormalität, befürchtete, daß der Journalist Zumsee bei seinen täglichen Cafébesuchen Schwierigkeiten bekommen habe, daß womöglich Torkelwitz desertiert sei. Und leider konnte es immer auch die Gestapo sein.

Es war aber niemand von denen, mit denen sie gerechnet hatte. Der Herr am Apparat, der seinen Namen nicht hatte nennen wollen, war, als er ihn dann doch nannte, Jacob Gottheimer junior. Clara kannte ihn seit langem, ja von ihrem ersten Berliner Besuch her, man war sich auch später immer wieder einmal begegnet, er gehörte zur Nachbarschaft am Kurfürstendamm, aber das bedeutete ja nie eine besondere Nähe.

Sie hatte ihn stets als außerordentlich besonnenen Mann erlebt, auch als er Ende 1938 sein Geschäft endgültig an den Rivalen Seidel übergeben mußte. Und sie war erschrocken, als sie jetzt seine Stimme am Telefon hörte: Hier war ein Mensch in größter, eiligster Angst.

»Clara, ich muß Sie sprechen!« Er hatte sie nie so genannt. Die Vertraulichkeit war alarmierender als die Panik.

»Reden Sie!«

»Nicht am Apparat.«

»Sagen Sie wo. Soll ich zu Ihnen kommen.«

»Um Gottes willen, nein!«

»Ist es so schlimm?«

»Ich fürchte ja. Nein, ich weiß es.«

»Wo dann?«

»Im Hof Ihres Hauses. Hinten, im zweiten Hof. Bei den Teppichstangen. In einer halben Stunde, geht das?«

Er sagte nichts, als er kam, den Hut tief im Gesicht, den Schal über den Mantel geworfen, so daß man den Judenstern nicht sehen konnte; der war seit dem 19. September

1941 die Brandmarkung; Wiederkehr des gelben Flecks, mit dem man die Juden im Mittelalter verfemt hatte.

Gottheimer zog einen mit Schreibmaschine geschriebenen Zettel aus der Manteltasche, gab ihn ihr wortlos, und sie las im trüben Licht einer Taschenlampe, die er ebenfalls mitgebracht hatte: »Ihre Abwanderung ins Protektorat ist behördlich angeordnet worden. Das mitzunehmende Gepäck setzt sich zusammen aus Reise- und Handgepäck. Als Reisegepäck darf lediglich ein Coupékoffer und ein Rucksack mitgenommen werden. Das Handgepäck darf nur aus einem Stück bestehen, enthaltend: Nachtzeug, eine Decke, Eßgefäß, Löffel, Trinkbecher und Lebensmittel. Das gesamte mitzunehmende Gepäck darf nicht mehr als 50 kg wiegen! Wer sich nicht an diese Bestimmungen hält, muß mit dem Verlust seines Gepäcks rechnen. Für die Verpflegung in der Sammelunterkunft wird durch uns gesorgt werden. Unsere von der Abwanderung betroffenen Mitglieder müssen sich bewußt sein, daß sie durch ihr persönliches Verhalten entscheidend zur reibungslosen Abwicklung des Transportes beitragen können.«

»Jetzt auch in Berlin?«, sagte Clara.

»Ja, aber ich habe nicht vor, ich habe auf keinen Fall vor, durch mein persönliches Verhalten zur reibungslosen Abwicklung des Transportes beizutragen. Verzeihen Sie, aber ich will nicht reibungslos abgewickelt werden.«

»Sind Sie allein?«, fragte Clara.

»Ja, ganz allein. Mein Sohn ist in Palästina. Ich konnte auch niemanden mehr hineinziehen. Helfen Sie mir, wenigstens über die nächsten Tage.«

»Es muß gehen. Aber ich muß überlegen. Ich habe oben das Haus voll. Es sind Zimmer frei, aber es sind zu viele Leute da, die reden. Ich muß überlegen. Wenigstens heute nacht müßten Sie...«

»Heute gehe ich selbstverständlich noch mal nach Hause; ich habe ja nichts bei mir. Der Transport soll ja auch erst übermorgen sein.«

»Kommt nicht in Frage.«

»Ich habe noch alles da. Etwas Geld. Die Firmenunterlagen. Die Bilder der Gottheimers. Und eine Liste meiner Freunde, das sind nicht nur Juden. Auch Ihre Adresse, Clara.«

»Heute nacht wohnen Sie in der Portiersloge. Sehr bescheiden, und ganz beruhigt. Auf dem Hängeboden. Beim besten Menschen, den Sie in diesem Haus finden können. Also, der nicht redet. Kommen Sie! Und ich hole das Wichtigste aus Ihrer Wohnung.«

Sie gingen durch die zwei Torwege ins Vorderhaus, Clara läutete an der Klingel des Portierkabüffchens, und ein freundlicher, abgemergelter Mann machte auf, scharfe Konturen im Gesicht, aber heitere Augen.

»Hans«, sagte Clara Imhuelsen, »dies ist Herr Gottheimer, und er braucht ein Quartier für eine Nacht. Herr Gottheimer, dies ist Hans Niepeguk. Er ist ein Freund. Mein kleiner Bruder. Und heute nacht ist er Ihr Behüter. Und jetzt geben Sie mir Ihre Schlüssel.«

Clara wußte, daß es in der ganzen großen Etage nur einen Raum gab, der auch bei einer Wohnungsdurchsuchung nicht ohne weiteres gefunden werden könnte: Es war ihr altes Besuchszimmer, das freundlich möblierte Quartier, in dem sie es eines Morgens nicht mehr ausgehalten hatte, aus dem sie weggestürzt war, ins Freie, wie sie dachte, und mitten hinein, statt dessen, in eine große schwierige leidenschaftliche Zukunft. Und eben dieses Zimmer, jenseits der eigentlichen Wohnung, dieser Fluchtraum von damals, müßte nun zur Zuflucht werden. Ihr schwindelte vor der Paradoxie, aber sie versuchte, den Schwindel wegzuordnen, wegzuorganisieren. War das nicht eben erst, daß sie weggerannt war?

Eben? Clara, es sind zweiundvierzig Jahre, und du bist nun eine Frau von einundsechzig. Ob der Khan dich immer noch malen wollte, wenn er dich heute träfe? Ob er immer noch fände, daß

*deine Seele im Kinn sitzt? O doch, das Kinn ist immer noch
ansehnlich, und eine klare Linie führt hinab in den Hals. Übrigens
machen ihr die Pensionsgäste noch immer den Hof, und nicht nur,
wenn sie die Miete nicht bezahlen können.*

*Ein Biedermeierzimmer war es übrigens keineswegs mehr,
sondern eher eine Rumpelkammer, eine geräumige Abstelle für
allerlei Ausgedientes und vielleicht doch noch Brauchbares, für
zersplitterte Korbsessel und ausgeweidete Sofas, für gewaltige
Koffer, die manche Gäste untergestellt und später nicht mitgenommen hatten. Alte Teppiche und Läufer lagen da herum, Zeitungs-
stapel türmten sich, ein paar Gestelle für Eingemachtes; kurz,
diese Gerümpelbude gereichte der Hausfrau und Pensionswirtin
Clara Imhuelsen nicht unbedingt zur Ehre – denn eigentlich haben
wir uns von ihr doch ein eher adrettes Bild gemacht?*

Aber jede Wohnung braucht einen Raum, in dem die Ordnung abdankt, in dem die Penibilität nichts zu suchen und
das tägliche Sortieren ein Ende hat. Warum Clara gerade
dieses Zimmer so hatte zuwachsen lassen – wegen der
Abgelegenheit innerhalb der Wohnung oder wegen der
wunderlichen Bedeutung in ihrem Leben, das wußte sie
wohl nicht einmal selbst. Aber die Sache hatte auch einen
praktischen, sogar taktischen Grund. Das Gerümpel lag da,
weil es eben immer Gerümpel gibt, aber es lag auch da als
Tarnung. Sehr früh schon, als solche Handwerksaktionen
noch nicht auffielen, hatte Clara vor die kürzere Außen-
mauer des Zimmers eine zweite Wand ziehen lassen und so
sich einen schmalen verborgenen Zwischenraum geschaffen, kaum siebzig Zentimeter breit, und nur durch eine
kleine Tapetentür zugänglich. Sie hatte nie daran gedacht,
dort einen Menschen zu verstecken und hatte auch jetzt
nicht vor, Jacob Gottheimer in diesen Pferch zu zwängen:
Nein, dort standen die Bilder des Khan und seiner Freunde,
Werke, die jetzt als entartete Kunst galten und die sie, als an
der brutalen Banausie des Regimes nicht mehr zu zweifeln
war, hierher in Sicherheit gebracht hatte. Aber jetzt bot das

eigentliche Zimmer in seiner Unaufgeräumtheit ein gutes Versteck, und sollte wirklich eine Durchsuchung stattfinden, dann blieb immer noch der Unterschlupf hinter der zweiten Wand. Die Bilder würden sich eine profane Gesellschaft gefallen lassen müssen: Es mußte eine notdürftige Toilette dort plaziert werden. Für ein paar Tage, auch für ein paar Wochen mußte es gehen.

Die Schwierigkeit war Margot, das Mädchen, eine freundliche Sechzehnjährige, nicht allzu flink, aber aufgeweckt und nicht auf den Mund gefallen. Man hätte sie einweihen müssen, und sie hätte gewiß versprochen zu schweigen; doch vielleicht hätte schon die nächste ihrer kleinen Lieben oder auch bloß der Zank in der Küche das Schweigen gebrochen.

Clara war an jenem zweiten Tag nach dem abendlichen Erscheinen Gottheimers wie zufällig zum S-Bahnhof Grunewald gegangen, dort, wo eine gepflasterte Rampe zu den Gütergeleisen hinaufführt. Da wurden die Menschen, zu Tausenden, hinaufgetrieben und in Güterwaggons gepreßt, weinende, schreiende, kreischende Frauen, Kinder, die angesichts der Tränen der Großen wimmerten und schluchzten, verstörte, angstvolle Männer und einzelne, die beruhigend auf die Verzweifelten einzureden versuchten. Clara wartete nicht ab, bis die Menschen in den Waggons waren; schon war sie den uniformierten Begleitern aufgefallen und eilte davon.

Nein, wenn die Sache einen Sinn haben sollte, durfte man kein Risiko eingehen. Margot mußte aus dem Haus. Und das ging leichter als erwartet. Der Fliegeralarm in den letzten Wochen hatte Margot Angst gemacht, sie hatte neuerdings Heimweh nach Neudamm, und die Kartoffelernte war auch vorüber, so daß sie nicht befürchten mußte, von ihren Eltern aufs Feld geschickt zu werden. Ein paar Wochen würde sie schon gern nach Hause fahren.

»Aber wenn Sie mich brauchen, komme ich sofort zurück«, sagte sie geschäftig.

Und so lebte Jacob Gottheimer junior im alten Mädchenzimmer Claras. Nicht für wenige Tage, bis die Deportationszüge Berlin verlassen hatten; nicht für wenige Wochen, bis es schien, es gebe niemanden mehr, der deportiert werden könnte. Er blieb dort noch, als Clara ihm einen falschen Paß besorgt hatte, mit dem er hätte reisen können. Er blieb dort, weil er Clara zu lieben begonnen hatte, weil er, der Mann von Mitte Vierzig, nicht mehr ohne diese Frau von Anfang Sechzig sein wollte. Die Ängste vor der Entdeckung, ja! Die Todesgefühle in den Bombennächten, ja! Der Ekel, wenn er seinen kleinen Abtritt benutzen mußte, weil die übrigen Bewohner den Weg zum Badezimmer blockierten. Die Panik vor den Inspektionen der Luftschutzwarte, die immer wiederkamen und darauf bestanden, daß der Schamott weggeräumt werde, das Zeug brenne ja wie Zunder. Tage aus Angst, Nächte aus Angst, Träume aus Angst, unterdrücktes Atmen aus Angst, und in der Brust die eingeengten Rasereien vom vielen Stillhalten.

Und dann dies: Liebe aus Angst. Liebe aus der Sucht nach einer Hand, weich, fest, menschlich, vor allem: da. Kreatur, die sich versichert, daß sie nicht allein ist in ihrer Kreatürlichkeit. Haut, die nicht so einsam sein kann wie der Kopf. Finger, die diese sehnsüchtigen Zwischenräume haben. Hände, die etwas umfassen, begreifen, anrühren wollen. Arme, die ohne Sinn bleiben, wenn sie nicht umarmen dürfen, allmählich, allmächtig. Kauergefühl Liebe, Versteckspiel Liebe, Verschränkungslust Liebe, Drucksanftheit Liebe. Da sind noch keine Lippen gemeint, keine Brüste, keine Schenkel, kein Schoß, sondern nur diese tiefe Begütigung. Aber das wächst – und dann gibt es nicht mehr die Liebe aus Angst, sondern die Angst aus Liebe, und die weiß keine andere Beruhigung als tief innen. Da sitzt keine Seele mehr, sondern ihre wilde Schwester, die Wollust, von der Clara nicht mehr gewußt hat, daß es sie noch gibt.

Jetzt könnte, im alten Mädchenzimmer, im Gerümpelraum, im Versteckgehäuse, die Welt untergehen. Sie würden es nicht merken, die beiden, und wenn Bomben fielen.

Sie merkten es nicht. Am Tag nach diesem Angriff vom 23. November 1943 sah der Kurfürstendamm aus, als wäre die Operation tabula rasa doch noch ausgeführt worden.

VII

Der Laufpaß

Ein Kapitel mit viel Untergangsstimmung und allerneuester Gegenwart. Worin beklagt wird, daß der Boulevard zwar aus Ruinen auferstanden ist, aber durch leichtfertigen Wiederaufbau erst recht ruiniert wurde. Bericht von der Gründung einer Gesellschaft aus Elite-Pessimisten, die sich der KULT nennt – und warum es eine Verleumdung wäre, wenn man sie als Klub des Ungeheuren Legenden-Tamtams verspottete. Verblüffende Wiederkehr einiger Namen, die in diesem Buch schon Tradition haben: Heckenstett, Hussong, Seidel, Gottheimer; sogar ein Herr Zulehner ist wieder dabei. Nachrichten vom Streitfall Mittelstreifen, von Buletten-königen und leider auch von Peepshows. Detektivische Erforschung der Frage, wann der Verfall des Kurfürstendamms eigentlich begonnen hat, und eine erstaunliche kecke Antwort. – Worin aber auch zu erzählen ist von einer Rückerinnerung, die zum Drama wird, weil die Sünden der Väter und Großväter noch immer nicht aus der Welt sind, auch nicht am Kurfürstendamm. Wie der Ruhm der Clara Imhuelsen sich erneuert, und es beinah zu einem Duell kommt; statt dessen zu einem pathetischen Todesfall. – Und endlich ein Blick in die Zukunft, ein leicht schwindelnder Blick: Aufstellung eines Bismarck-Denkmals mitten auf dem Kurfürstendamm.

Die Elegien des KULT

Im Frühjahr 1982 wurde der KULT begründet, der Kurfür-
stendamm-Untergangs-Liga-Treff, eine Gruppierung von
Leuten, die eines Sinnes waren in der Klage über den Verfall
des schönen alten Berliner Boulevards und die sich zunächst
versammelten, um eine Anthologie ihrer diversen, aber
doch korrespondierenden Abgesänge unter dem Titel
»Glanz und Elend eines Boulevards« zu verabreden. Der
Band – wie es bei Anthologien so üblich ist – erschien nie;
aber die Gruppe der Beiträger blieb in Kontakt, rückte
näher zusammen, traf sich mit einiger Regelmäßigkeit und
begann, intensivere Gemeinsamkeiten zu planen, als es die
Edition eines Buches hätte sein können. Wenn alsbald der
KULT von seinen Gegnern (oder auch nur von Personen,
denen der Zugang verwehrt war) als Klub des Ungeheuren
Legenden-Tamtams verspottet wurde, so sprach das nicht
etwa gegen ihn, sondern nur für die meinungsbildende
Wirkung seiner Tätigkeit. Es war eben keine Vereinigung
von Phantasten, sondern die Reunion lebhafter Geister, die
etwas zu sagen hatten und auch wußten, wie man das, was
zu sagen war, dann sagt.

Bisher hatte jeder von ihnen auf eigene Faust als Kassan-
dra gewirkt: Der Kulturkritiker Kai-Jürgen Heckenstett
(eigentlich Freiherr von) mit seinen teils zu Papier gebrach-
ten, teils von einer Kamera verfolgten Gedankengängen
über die alte Straße, die ihm verfallener schien als Pompeji,
heruntergekommener als Sodom, abgewirtschafteter als das
späte Rom: Der Kurfürstendamm, so konnte sehen, wer
noch Augen hatte, war zur Endstation seiner selbst geworden, zur Müllkippe der Metropole, Basar, Bulettenbude,
Billigbars.

Dem kritischen Blick Heckenstetts stand das professionell wachsame Auge der Fotografin Milena Hartung nicht nach. Seit sie ihre Brandmauerphase hinter sich hatte und auch am allgemeinen Run auf die verrottende S-Bahn eine Zeitlang teilgenommen hatte, widmete sie sich nun ganz dem Kurfürstendamm, seinen Strukturen, seinen wenigen verbliebenen alten Bauten, ihren Simsen und Säulen und Risaliten, der Rarität einiger Karyatiden und Frontispize, und ihr Fotoband »Stein-Erweichen« war nicht nur schön, sondern zählte auch zu den Materialien, auf denen der KULT aufbauen konnte.

Daß der Galerist Gottheimer mit von der Partie war, verstand sich beinah von selbst. Denn es gab kaum eine Initiative der letzten Jahrzehnte, an der er nicht beteiligt war, wenngleich er es nie zu der populären Emsigkeit eines Ben Wargin oder Michael S. Cullen gebracht hatte; aber womöglich hätte man ihn dann auch nicht haben wollen beim KULT. So zum Beispiel hatte man dem Zeichner Oswin die Teilnahme verwehrt, obwohl er doch den gesamten Kurfürstendamm, von oben bis unten, und zwar beide Straßenfronten, gezeichnet hatte, eine nicht nur meterlange, sondern auch jahrelange Detailarbeit: Da er aber, kritiklos, ohne alle Spuren innerlichen oder grafischen Protests, alt und neu, schön und scheußlich, großartig und petit übereingebracht hatte zu einem ebenmäßigen Skizziergrazioso, gab es auch nicht einen im KULT, der für ihn plädiert hätte.

Dagegen hatte man sich um Gabriele Hussong sogar ein wenig bemühen müssen. Ihr standen die führenden Zeitungen im deutschen Westen zu beliebiger Verfügung, die Kulturmagazine waren erpicht auf ihren Witz wie auf ihre Frisur, und sie hatte irgendwelche Beihilfe für eine von ihr betriebene kritische Caprice nicht nötig. Wenn sie sich herbeiließ, einer Sitzung beizuwohnen, ja einer Gruppe sich zuzugesellen, so mußte gewiß sein, daß es sich nicht um etwas so Ordinäres wie den PEN oder den Presseclub

handelte, sondern um eine Art von inner circle, der Sach-
verhalte nicht nur beschrieb, sondern herstellte, ins Werk
setzte.

Da gab es ferner Florian Seidel, dem trotz seiner vierzig
Jahre das Prädikat eines Jungfilmers gebührte; er hatte den
Kurfürstendamm zunächst nur als bombastischen Kontrast
benutzt: bei Kamerafahrten von den kaputten Typen auf
dem U-Bahnhof, die Rolltreppe hinauf in die zweite
U-Bahn-Ebene, und dann hinaus auf die Straße, von der
Tortenarchitektur des »Kranzler« hinüber zu der pompösen
Fassade über »Mampes Guter Stube«. Aber am Schneide-
tisch, beim zehnten oder zwanzigsten Blick, wie er da
üblich ist, ging ihm auf, daß die Großartigkeit einer solchen
Fassade mehr war als nur ein optischer oder filmischer Reiz
und daß man dieser merkwürdigen Hochherrschaftlichkeit,
wie sie sich da aufgetürmt hatte, doch einmal nachspüren
müßte. Da war etwas versunken, da erlosch ein Glanz vor
aller Augen, oder war er schon erloschen? So kam Seidel auf
den KULT.

Es gab dann noch den Antiquitätenhändler Ferdinand
Zulehner, der den Untergang des Kurfürstendamms selbst
noch an der Kasse seines Geschäfts in der Fasanenstraße
ablesen konnte, und den DDR-Lyriker Pinkus Bellman, der
seit einiger Zeit im Westen lebte, oder im Zwischenreich,
wie er zu sagen pflegte, wenn von West-Berlin zu sprechen
war. Sein Gedichtband »Der neue west-östliche Divan«
enthielt auch einige Stücke über den Kurfürstendamm, so
dieses:

> *Boulevard –*
>
> *Du Bar des Planeten,*
> *Theke im Jammertal*
> *Dasein –*

Bietest Götterspeise,
maßlos, fürs Auge
und
Longdrinks in
Ewigkeit Amen

Für alle, die
von dir lernten,
nicht zu wissen wohin.

Auch Bellman schien der richtige Mann für den KULT, obwohl seine Verse nun wirklich, in zweierlei Verstand, Geschmackssache waren.

Es gab im Anfang in der Öffentlichkeit einige Mißverständnisse über die Ziele des KULT. Man unterstellte ihm Pläne, wie sie von etlichen wohlmeinenden Leuten der CDU oder Wirtschaftsinteressenten betrieben wurden, man hielt ihn allen Ernstes für fähig, etwas so Banausisches wie Sanierungskonzepte, Restaurierungsmodelle, pauschale Parkverbotszonen, Mittelstreifenbegrünung und anderes zu betreiben. Man konnte es sich nicht anders denken, als daß jemand, der über den Verfall so vehement und kompetent zu klagen wußte, ihn auch aufhalten wolle mit allen Mitteln moderner Urbanistik, Denkmalspflege, architektonischer Archivarbeit. Man hielt ihn einer Platitüde für fähig, wie sie sich in dem Ruf »Rettet den Kurfürstendamm!« zusammenballte, und es gab in der Tat einige Leute, die sich in solcher Verblendung dem KULT hatten zuwenden wollen, Anwohner vor allem, die ein neues Renommé, ja eine bessere Rendite kommen sahen im Gefolge der KULT-Handlungen.

Man hätte sich gründlicher nicht täuschen, irriger sich nicht um Aufnahme bewerben können. Jedermann, der dazugehörte, wußte und war innig überzeugt, daß der Untergang unabwendbar war, daß es nichts mehr zu retten gab, daß die Metastasen der Selbstzerstörung auch jeden

Gedanken an eine großangelegte Salvierung müßig, ja lächerlich, nein hoffnungslos aktivistisch erscheinen ließen. Alle am KULT Beteiligten lebten mit dem Untergang, mit dem fortwährenden Gedanken an den exemplarischen Verfall des Kurfürstendamms, an das Versinken einer Straße, die ihrer eigenen Größe nicht mehr gewachsen war. Das Motto, das der KULT sich gewählt hatte, sprach dies deutlich aus; es stammte von Alfred de Musset und lautete: »En te perdant, je sens que je t'aimais.« Es war aus einem Liebesgedicht; aber so, mit der Kraft einer Leidenschaft, für die zu spät ist, widmeten sich die Damen und Herren des KULT ihrer Aufgabe. Keine süffisanten Décadence-Gefühle, keine nostalgische Betriebsamkeit, bewahre! Sondern eine Recherche nach der verlorenen Zeit, ein spirituelles Flanieren zwischen einzelnen Häusern, die zu letzten Denkmälern geworden waren eines großen Stils, den man wohl nicht rechtzeitig als groß erkannt hatte. Der sichere Untergang war gewissermaßen der Horizont, vor dem man alles, was zutage lag, in krassem, schmerzend-scharfem Umriß sah.

Der KULT blieb nicht für sich; er ging an die Öffentlichkeit. Aber er gab sich nicht ab mit diesen mondänen Veranstaltungen (man nannte sie Verunstaltungen) wie Aktionen, Happenings, Demonstrationen, Flugblätter, Anzeigenkampagnen, Hearings, Colloquien, Offenen Briefen, Unterschriftensammlungen oder Podiumsdiskussionen. Wozu auch? Wo nichts zu ändern war, hatte Aktionismus, hatte nicht einmal Aktivität etwas zu suchen.

Was man unternahm, wozu man einige wenige Außenstehende einlud, wovon auch ausgewählte Museumsleute in New York und Paris Kenntnis erhielten mit der Möglichkeit rechtzeitiger Anreise, waren – Elegien. Man versammelte sich zu Elegien auf dem versinkenden Boulevard, man beging sie, indem man ihn beging. Da war scheinbar eine Schar von Fuß- oder Müßiggängern unterwegs, in lockerem Zusammenhalt, pedestrian und immer wieder

verharrend, mit Blicken in die Schaufenster, auf die Preis-
schilder der Boutiquen, auf die Speisefolge der Lokale, aber
vor allem mit Aufblicken, hier und da, zu den alten Bauten,
den mächtigen Burgen, den ehrwürdigen Resten. Lar-
moyant waren diese Flanier-Elegien aber beileibe nicht,
sondern höchst unterhaltsam, animiert, bis zur Dramatik,
nur eben ohne alle Illusion. Und wenn die KULT-Figuren
hin und wieder stehenblieben, sahen sie einander an: die
Augen voller Adieus, voll letzter Wahrnehmungen, die
Blicke fast zersprungen von der Schärfe der Kontraste.

Vollzog man die ersten Elegien noch aufs Geratewohl, im
Wohlgefallen an einem alten Ensemble wie dem von Nr. 52
bis 55, von 130 bis 132 und einigen mehr, so verfuhr man
bald anders, weniger von ungefähr. Anderswo hätte man
vermutlich gesagt, daß man sich ein Thema wählte; daß
man einem Leitmotiv folgte; hier stellte man sie »unter
Auspizien«. »Vom Bürger zum Burger« hieß das der ersten
namentlichen Elegie, und es war für alle Beteiligten – mit
den Gästen zählte man elf – eine abenteuerliche Gratwande-
rung zwischen Geschmack und Abgeschmacktheit, ach
was, es war eine Art kultureller und kulinarischer Höllen-
fahrt: Denn nach einem Austernfrühstück in der Wohnung
von Gabriele Hussong, in einem Interieur von makellosem
Van-de-Velde-Meublement, in kühl-bezaubernden Räumen, deren einzige Beschädigung darin bestand, daß der
Blick hinaus das Kudamm-Karree traf, begab sich die kleine
Versammlung hinüber zum »Burger King« an der Ecke von
Kurfürstendamm und Meinekestraße. Es waren nur wenige
Schritte dorthin, aber niemand von ihnen hatte je einen
weiteren Weg gemacht, eine fremdere Welt betreten. Herr
Heckenstett hatte sich nicht einmal für seinen Fernsehfilm
dazu bereitgefunden, dieses Lokal zu betreten. Dann müsse
man eben, hatte er seinerzeit ungerührt gesagt, einen Stunt-
man nehmen, einen dieser Leute, die auch durchs Feuer
springen oder sich mit dem Auto überschlagen können.
Diesmal jedoch folgte er, nahezu ungeniert. In Verfolg einer

Elegie kann man vieles ertragen. Aber das Wort »dantesk« konnte er sich beim Eintritt doch nicht versagen.

Viel strapaziöser war die Elegie unter dem Auspizium »Die Entstehung des Mittelstreifens aus dem Geist der Konfrontation«, zu welcher man einige Verkehrsexperten und Psychologen einlud. Man begann, was für die Herren Seidel und Gottheimer nicht ganz angenehm war – denn sie hatten noch nie auf einem Pferd gesessen –, mit einem gemeinsamen Ausritt in den Grunewald. Denn so habe sich Bismarck, als er den Ausbau des Kurfürstendamms vorschlug, die Sache eigentlich gedacht: vornehm und vornehmlich als Reitweg hinaus, in die Waldungen vor Berlin. Lange habe sich der Kanzler ja denn auch gegen Pflasterung und Gleise, vor allem gegen die elektrische Straßenbahn, gesperrt; immer habe er ja noch auf versagende Bremsen gehofft, die der Sache ein Ende machen würden – aber bei einer Probefahrt sei der Waggon brav zum Halten gekommen –, und dann habe es eben kein' Halten mehr gegeben. Und so mußte man denn den Ausritt in den Grunewald im Grunewald beginnen; nur Frau Hussong übrigens konnte dort auf ihr eigenes Pferd steigen.

Später dann begann jene Passage der Mittelstreifen-Elegie, die harte Arbeit war: Jedermann im KULT, einige sekundiert von den Gästen, hatte die Aufgabe, eine Stunde lang einen Abschnitt jener Parkplätze zu observieren, die zwischen den beiden Fahrbahnen liegen, aber von jeder der beiden zu erreichen sind. Es ist gewissermaßen neutrales Terrain zwischen den entgegengesetzten Richtungen, und eine Lücke war für einen Fahrer, der gen Halensee fuhr, ebensoleicht zu erreichen wie für einen, der stadteinwärts steuerte, nur eben dieselbe Lücke zur selben Zeit nicht von beiden, es sei denn, es handele sich um nicht nennenswerte, verstümmelt kurze Autos. Der Mittelstreifen war auf diese Weise eine Art permanenter Duellplatz; und die Beobachtung solcher Duelle war der eigentliche Sinn dieser Elegie.

Frau Hartung nahm sich des kommoden Straßenstücks zwischen Leibniz- und Schlüterstraße an, Herr Seidel folgte auf der anschließenden Strecke bis zur Bleibtreustraße, Hekkenstett setzte dort die Recherche bis zur nächsten Ecke fort, und das Rayon von da an bis zur Uhlandstraße war Frau Hussong vorbehalten, die der Sache insgesamt reserviert gegenüberstand wie jemand, der Autofahren für eine subalterne Angelegenheit hält und einen Führerschein für ein Armutszeugnis. Gottheimer und die übrigen waren weiter in Richtung Halensee postiert, da die restlichen Duellplätze zur Kirche hin durch Betonbeete außer Kraft gesetzt waren. Für halb zwei Uhr wollte man sich zu einem Aperitif im Kempinski treffen und anschließend ins Ritz gehen zum Essen. »Merken Sie was?«, fragte Heckenstett mit bekümmerter Miene. »Man kann sich nicht einmal mehr zum Essen verabreden am Kurfürstendamm.«

Wie soll man die Ausbeute nennen? Reich? Erbärmlich? Über alle Maßen unerwartet, oder genau wie befürchtet? Zumindest war es ein Unternehmen, das der Vorstellung von einer Elegie sehr zusetzte und beinah noch die Vokabel »Konfrontation« beschädigte. Der Kurfürstendamm, so wurde an diesem Vormittag, in dieser einen Stunde, deutlich, wurde vorwiegend von Leuten befahren, die alle anderen für Idioten hielten und den Wunsch hatten, dies auch laut auszusprechen. Auch ein paar Flegel kamen vor sowie Trottel und Stiesel und ein einsamer Fallot, aber die schon gemeldete Identifizierung war die häufigste.

Herr Seidel brachte darüber hinaus eine Ohrfeige und eine polizeiliche Anzeige mit, Frau Hartung wußte von Tränen einer Krankenschwester zu berichten, die mit ihrem Wagen wieder aus einer Lücke hinausgedrängt und beim Zurücksetzen von einem vorbeifahrenden Auto gerammt worden war. Heckenstett hatte erlebt oder behauptete erlebt zu haben, wie zwei große Wagen, beide von Chauffeuren gesteuert, sich in der Mitte der Lücke gegenübergestanden hätten, ohne zu weichen; wie aus dem Fond jedes der Autos ein unverkennbarer Herr gestiegen sei, und wie die beiden einander jovial zugewunken hätten mit einer Geste, die besagt habe: Nun, mögen sich die kleinen Leute streiten.

Gottheimer hatte nichts weiter beobachtet, als daß eine Frau mit zwei Kindern auf dem Rücksitz eine Stunde lang versucht habe, aus ihrer Parklücke wieder herauszukommen. Mal habe es der rapide Verkehr vereitelt, mal ihre mangelnde Fahrkunst. Als er die Observation abgebrochen habe, hätten beide Kinder geweint, beide Nachbarautos seien beschädigt gewesen, und die Frau habe angefangen, die Vorbeifahrenden mit Yoghurt-Bechern zu bewerfen.

Und Frau Hussong, bitte? Sie kam fast eine Stunde zu spät, aber sie kam aufs hübscheste animiert, mit erfrischtem Teint und dem blitzenden Auge dessen, der eine Sensation erlebt hat. »Sie müssen entschuldigen, ich habe erst eine Glosse darüber geschrieben, es bot sich so an.« Und dann gab sie ihr Erlebnis zum besten, gab sich aus als Zeugin eines höchst ritterlichen Verhaltens: Da war diese alte Dame mit blaugefärbtem Haar und blauem Auto mitten im Malstrom des Verkehrs stehen geblieben, postierte sich, offenbar auf der Suche nach einem Unterschlupf auf offener Straße und brachte alle Gefährte hinter sich zum Halten. Erst zum Halten, dann zum Hupen. Aber eisern, mit ihrem azurenen Automobil, hielt sie aus im Sturmgebraus. Und just an der Stelle, wo sie verharrte, gab es auch den Retter: einen eleganten jungen Mann, Kamelhaar tailliert, der soeben sein riesiges Auto aufschloß, zur alten Dame trat und ihr sagte: Gnädige Frau, eigentlich habe ich noch zu tun, ich sehe Sie aber in Bedrängnis, also mache ich Platz, in einer Sekunde werde ich weg sein. Sprachs, setzte sich an den Lenker, warf die Tür zu, rückte den Wagen in die gehörige Richtung, und war auch schon quietschend auf und davon. Es gebe doch noch nette Menschen, war das Lob der blauhaarigen Fahrerin für den jungen Herrn gewesen.

Herr Heckenstett war ein wenig geödet. Er nahm sich aber zusammen und sagte, es sei immerhin der erste positive

Beitrag; man verfalle ja zu leicht in den Fehler, alles nur von der düsteren Seite zu sehen.

»Das Beste kommt ja erst«, sagte Frau Hussong. Und berichtete, wie fünf Minuten später ein anderer Herr aufgetaucht sei und genau an diesem Platz nach seinem Auto gesucht habe. Und wie dieser Herr dann die Polizei gerufen habe, die wegen einer yoghurtwerfenden Frau in der Nähe war, und wie sich dann ergeben hatte, daß der kamelhaarige Elegant mit einem Automobil weggefahren war, das ihm gar nicht gehörte. Etwas angewidert fügte sie hinzu, daß man sie als Zeugin habe hören wollen. Und sie habe dann eine Beschreibung gegeben von diesem Gammler.

»Sie meinen, absichtlich eine falsche Fährte?«, fragte Gottheimer.

»Was sonst. Ich hoffe, Sie halten mich nicht für eine Politesse?«

»Keine Spur«, sagte Heckenstett und mußte dann über den Doppelsinn seiner zwei Worte lachen.

»Ein Glossenstoff«, sagte Frau Hussong, und dann anschließend: »Übrigens ist es meine Glosse.«

So entschieden endete die zweite Elegie.

Es war die dritte, deren Dramatik nicht mehr nur in der Folge der Ereignisse, sondern schon in deren Antizipation zustandekam. Obwohl man über die Dringlichkeit eines elegischen Auspiziums »Vom Aktbild zur Peepshow – oder der Verfall des Voyeurismus« einer Meinung war, gab es dennoch heftigen Widerstand dagegen, die Wünschbarkeit direkt zum Vorhaben zu machen. Kai-Jürgen Heckenstett erklärte, man möge die Sache immerhin zur Elegie erklären: Er könne, er werde ihr nicht folgen. Er habe sein Äußerstes mit dem Besuch beim Bulettenkönig geleistet, über die Schwelle einer Stierer- und Spannergalerie komme sein Fuß nicht. Das sei nicht nur ein Ansinnen, sondern geradezu eine Ansinnlichkeit, er bitte um Dispens.

»Und wie, bitte, hätten Sie Ihren Untergang gern? Serviert auf silbernem Tablett?«

»Was haben Sie gegen silberne Tabletts, gnädige Frau?«, sagte Heckenstett. »Aber Untergang und Unappetitlichkeit sind für mich zweierlei...«

»Untergang ist nicht appetitlich«, warf Gottheimer ein.

»Ich sehe eigentlich nicht«, wandte sich nun Frau Hussong sowohl gegen Gottheimer wie Heckenstett, »was an einer nackten Frau unappetitlich sein sollte.«

»Es sind nicht die Mädchen, Frau Hussong«, sagte Herr Seidel. »Ich war da mal. Wir haben da gedreht. Es sind die Leute in den Kabinen, die Männer...«

»Es ist nicht unappetitlich, es ist ekelhaft«, erklärte nun auch die Fotografin. »Ich muß Herrn Heckenstett recht geben, wir sollten uns das wirklich überlegen.«

»Kennen Sie die Arbeit von Heinrich Kraft: Peepshow?« fragte der Galerist. »Man blickt hinein, auf eine Nackte, und erkennt in der gegenüberliegenden Wand sich selbst: im Spiegel.«

»Ich nehme nicht an, Sie wollen uns statt eines Besuchs den Ankauf dieses Werks empfehlen?«

»Ich wollte nur bemerken: Auch das ist schon wieder Kunst.«

»Und ich möchte sagen: wenn der Untergang schon Fleisch wird, dann ist mir eine Nackte doch noch lieber als ein Hamburger.« Das war der DDR-Poet.

»Also Sie kommen mit?«, fragte ihn Frau Hussong.

»Ich finde, ehe sie jetzt verboten werden, sollten wir diese Erfahrung machen. Eines Tages gibt es sie nicht mehr, und wir klagen uns an, daß schon wieder ein Teil Kurfürstendamm verlorengegangen ist.« Der Antiquitätenhändler, sieh an!

»Wir könnten ja«, meldete sich Seidel wieder zu Wort, »vielleicht eine Exklusiv-Vorstellung arrangieren, also nur für uns, und darum bitten, daß man uns ein besonders hübsches Mädchen...«

»Meine Herren, ich habe das Gefühl, Sie alle sind eigentlich Spießer!« Frau Hussong sagte es degoutiert.

»Ich muß doch sehr bitten, gnädige Frau«, sagte Herr Zulehner.

»Ich bin nicht gesonnen, mich Spießer nennen zu lassen. Selbst wenn ich zugebe, daß Sie die erste wären, der ich es erlaubte.« Das war Heckenstett.

»Seien Sie freundlich«, sagte Frau Hussong, die überraschender Einlenkungen fähig war. Aber sie setzte hinzu: »Übrigens brauchen wir gar nicht mehr hinzugehen. Der Verfall des Voyeurismus – meine Herren, Sie belegen ihn doch schon selbst. Sie haben doch gar keine Lust mehr, überhaupt irgendwo hinzusehen. Für Sie wäre ja schon Munchs Sphinx zu viel. Die hing mal im Secessionshaus am Kurfürstendamm. Das war doch nichts anderes als die Peepshow von damals! Und deshalb gehe ich auch jetzt.«

Also gingen sie alle. Nur Heckenstett nicht. Ein Riß, noch haarfein, ging durch den KULT.

Es war Pinkus Bellman, der Lyriker aus der DDR, der es mit dem langjährigen Training als Mitglied des Schriftstellerverbandes seiner Republik verstand, die Konflikte im KULT noch einmal zu dämpfen. Viel zu konkret habe man die Sache angefaßt – kein Wunder also, wenn man mit den bisherigen Elegien in den Strudel der Gegenwart, unter die Räder des Betriebs gekommen sei. Was er vorschlage, laufe auf eine – Elegie der Elegie hinaus, auf die Quadratur der Kurfürstendamm-Sehnsüchte. Der KULT müsse sich dabei allerdings mit dem Gedanken vertraut machen, daß er nicht als erster den großen Traum vom Kurfürstendamm träume.

»Sie meinen doch nicht dies schreckliche: Ich hab so Heimweh nach dem...«

»Nein, natürlich nicht. Obwohl, so schrecklich ist es gar nicht. Haben wir denn, genaugenommen, etwas anderes als Heimweh?«

»Ich habe noch nie in meinem Leben Heimweh nach irgendwas gehabt«, erklärte Frau Hussong, »und ich würde mich sehr wundern, wenn mein gegenwärtiges Gelüste einmal unter diese triviale Rubrik fiele.«

Bellman winkte ergeben ab; solche Wortklaubereien kannte er von vielen Sitzungen. »Heimweh ist nicht Dogma«, sagte er mit raffiniert eingesetztem Funktionärsdeutsch; es sollte sie alle einen Augenblick mattsetzen. Und funktionierte.

»Verehrte Freunde«, setzte er nun zu einer kleinen Lektion an, »wir sind eben nicht die ersten, für die der Kurfürstendamm ein Denkmal ist, ein Obelisk, ein historisches Monument. Lange vor dem KULT hat es eine ganze Volksbewegung gegeben, die vom Kurfürstendamm geträumt, ihn mythisiert und vergöttert hat, die ihm geradezu verfallen war.«

»Etwa die Amüsier-Berliner aus den zwanziger Jahren?«

»Bewahre. Nein, Sie alle wissen es auch. Mein Land. Die DDR. Die Menschen drüben, wie Sie sagen würden.«

Heckenstett räusperte sich ungnädig. »Meinen Sie wirklich, man kann das vergleichen. Diese millionenfachen Illusionen und unsere... Ergründungen?«

»Illusionen!«, rief nun aber Pinkus Bellman aufbegehrend aus, »Illusionen mögen das gewesen sein, aber sie haben eine Realität gehabt, eine Kurfürstendamm-Idee geschaffen, die gewaltiger war, großartiger, überwältigender als alles, was je in Wirklichkeit dagestanden hat. Der Kurfürstendamm in Leipzig in den fünfziger Jahren – was war das für ein Paradies, Südsee und Schlaraffenland, große Welt und kleine Freiheit, Zauberladen und Rieseneiswaffel, und ›Kranzler‹ – ein zehntausendfacher Seufzer!«

»Mir scheint, Sie haben da etwas getroffen«, sagte Frau Hussong fachmännisch. »Ich glaube, Christa Wolf schreibt einmal über den Kurfürstendamm, er sei so schön, so reich und glänzend oder wolle es wenigstens sein, daß er doch nie schaffen könne, mit seiner eigenen Sage Schritt zu halten. Ich bin ziemlich sicher, daß sie Sage schreibt.«

»Sie haben völlig recht, gnädige Frau, sie spricht von einer Sage, um die sich Legenden gewoben hätten. Aber Sie irren in einem: Sie nennt den Namen Kurfürstendamm nicht. Sie spricht nur von der berühmten Geschäftsstraße. Warum wohl? Aus Feigheit? Nicht bei Christa Wolf. Ich meine, das hat eschatologische Gründe. Man darf Gott nicht bei seinem Namen nennen.«

»Hirngespinste, wenn Sie erlauben«, sagte Heckenstett, den das an die Emphase erinnerte, mit der manche Leute bei Podiumsdiskussionen ihre Meinung zu einer öffentlichen zu machen suchten.

Bellman nahm ihn nicht zur Kenntnis, hatte ein Notizbuch aus der Tasche gezogen und sagte: »Mit Fragmenten der Sehnsucht nach dem Kurfürstendamm ist die Literatur der DDR eine Zeitlang geradezu gespickt, aber vorsichtig, denn sie sollte ja nicht gefördert werden, ich meine die Sehnsucht. Lassen Sie mich nur Brigitte Reimann nennen, hier beschreibt sie einen Abend am Kurfürstendamm: ›Ich liebe diese Abende, die aus meiner Welt herausfielen... so als säße ich auf einer Bühne, zwischen den Kulissen einer exotischen Landschaft, und weder Gregory noch seine augenblendende Straße hatten etwas mit meinem Leben zu tun.‹ Aber das ist alles Literatur, die besänftigen, die abwiegeln will, die Sehnsucht eindämmen, begütigen, denn zu der Zeit, als diese Bücher erschienen, konnte niemand mehr hin an den Kurfürstendamm, und da erst wurde er übermächtig, in den Sechzigern, nach dem 13. August. Der Kurfürstendamm von jenseits der Mauer betrachtet – das war fast eine Milchstraße.

Nein, Unsinn, wissen Sie, was er da war? Der Westen, der Westen überhaupt, nicht nur von Berlin, nicht nur von Deutschland, nicht irgendein alberner geographischer oder politischer Westen, sondern ein Westen-Sog, wie es toller nicht der Wilde Westen in Amerika gewesen sein kann. Wir hatten einen Witz damals, Mauerhumor auf kürzestem Nenner: ›Was sagt die Sonne, wenn sie abends untergeht? Ein Glück, daß ich wieder im Westen bin.‹ Dieses Glück, dieser Westen, das war der Kurfürstendamm, und wenn man die Sonne sah, denn die sieht man ja auch in Halle und

Bitterfeld und Kamenz und Güstrow, dann dachte man an den Witz und an den Westen und an den Kurfürstendamm und wünschte sich: Mal einen Tag lang Sonne sein und immer am Kurfürstendamm bleiben. Der Kurfürstendamm war Westen, und Westen war Kurfürstendamm – ich glaube, der Sozialismus hätte wirklich längst siegen können in der DDR, wenn es den Kurfürstendamm nicht gegeben hätte. Demokratie, Parlamentarismus, freie Stimme der freien Welt – damit konnte man die Leute bei uns jagen, aber Kurfürstendamm! Und was war nun der Kurfürstendamm für sie, in den Sechzigern? Das war alles, was bei uns nicht da war, Torte, Tinnef, Tingeltangel, Leuchtreklame und Lackkratzer, Lidschatten ladylike, Lolobrigida und Lolita und Lollis, Läden und Luden und Loden, Remmidemmi und Rumtata und ›Auf in den Kampf‹ und ›So ein wunderschöner Tag wie heute‹; der Kurfürstendamm war Rheinfahrt, Mondlandung und das weißeste Weiß unseres Lebens, Natokutte und Lederjacke, und eine Zeitlang war der Kurfürstendamm einfach Jeans, ein Paar riesige Jeans, eine Seite rechtes Bein, eine Seite linkes Bein, und irgendwo an der Joachimsthaler war der Arsch, Pardon.«

»Generalpardon, sollte ich meinen«, sagte Frau Hussong.

»Nun«, bemühte sich Herr Heckenstett ums Wort, »das war wohl mehr als der Vorschlag zu einer Elegie. Es war die Elegie selbst.«

»Wie hatten Sie sich denn das praktisch gedacht?«, fragte Gottheimer den DDR-Lyriker.

»Als Lesung auf der Kranzler-Terrasse.«

»Mit Sahne-Baisers?«

»Mir ist jetzt schon schlecht«, ächzte Herr Zulehner.

Der Riß im KULT war nicht nur haarfein. Er war überhaupt nicht mehr fein zu nennen.

Wie gut, daß es im Sommer 1982 noch einmal ein Ergebnis eher besänftigender Art gab: die Einweihung eines eigenen

KULT-Salons, dreier Repräsentationsräume im Hause Kurfürstendamm Nr. 225. Man hatte sie gemietet in der Zeit des ganz großen Einverständnisses und möbliert in Wochen freundlicher Kompromißfähigkeit. Auch diese Installation sollte eine Art von Elegie sein: Denn vom plüschverhangenen Ersten Salon mit seinen schweren, säulengestützten Möbeln, dem sogenannten »Wilhelmsbau«, gelangte man in die »Futura«, einen Raum mit vorwiegend konstruktivistischen Entwürfen, Sitzmöbeln von fabelhafter Unbequemlichkeit (mit der einzigen Ausnahme einer Corbusierliege), und endlich fand man sich in einem dritten Zimmer umgeben von Nierentischen und Messingleuchtern, von tütenförmigen Lampen und seltsamen Sideboards, und es stand da auch einer dieser altarähnlichen Radioplattenspieler aus den fünfziger Jahren: Die Wohnscheuche nannte man diesen Raum, oder auch die D-Mark-Walhalla. Die KULT-Salons waren nicht nur als Herberge gedacht, als Mittelpunkt der Tätigkeit und Ansatzort für fernere Elegien, sondern auch selbst als Dokumentation des Untergangs, als ein Environment, das die Thesen des KULT unmittelbar vor Augen führte. Daß man es im Geist beginnender Uneinigkeit beziehen würde, hatte niemand denken können.

»Es scheint, als müßten wir uns Elegien nicht mehr wählen, als seien wir selbst eine geworden.« Herr Heckenstett sagte es mit einem von Resignation anmutig timbrierten Charme. Frau Hussong hatte sich auf der Liege niedergelassen und las demonstrativ unbeteiligt in Flauberts ›Education sentimentale‹.

Man hatte sich aber für diesen Abend vorsichtshalber keine neue Elegie vorgenommen, sondern eine Recherche, eher ein Gesellschaftsspiel, jedenfalls ein glimpfliches Unterfangen, wie es schien: Denn man wollte den Zerfall nicht weitertreiben. Und hatte man nicht in der Tat etwas sehr Simples, ganz Einleuchtendes nachzuholen? Man war ja Zeuge und Apostel des Untergangs – wann aber hatte der begonnen? Denn auch der Abstieg einer Straße, und sei er noch so unmerklich, muß irgendwann eingesetzt haben, nicht wahr? Da muß es einen kleinen, aber bestimmten Knick gegeben haben, von dem an alles bergab lief, dem Ende zu, das jetzt da war.

Darüber schien noch einmal Einigkeit zu herrschen.

Aber der Anfang vom Ende, wo lag der?

»Ich meine, mit dem ersten Pflastermaler. Mit den ersten Tinnefständen«, sagte Seidel.

»Im Gegenteil«, protestierte Frau Hartung, »die Pflastermaler waren noch einmal eine richtige Kulturepoche. Ich könnte mich jetzt noch ohrfeigen, daß ich keinen Bildband daraus gemacht habe.«

»Höhlenbilder von heute?«, spottete Heckenstett.

»Endlich einmal wirkliche Asphaltkunst«, mischte sich Gottheimer ein.

»Ich finde«, sagte der Antiquitätenhändler Zulehner, »er ist nach dem Krieg nie mehr das geworden, was er vorher war. Die Trümmer – das war noch einmal eine große Gebärde, Paestum des Nordens, fin de partie. Der Untergang begann mit dem Wiederaufbau. Je mehr man ihn reparierte, um so rascher machte man ihn kaputt.«

»Die Sache ist doch ganz klar«, sagte Pinkus Bellman.

»Der Untergang begann, als zum erstenmal dieser scheußliche Name Kudamm aufkam, manche schreiben sogar Kuhdamm, oder Qdamm.«

Diese These schien sehr plausibel. Nur half sie nicht weiter. Niemand wußte, wann das gewesen war.

»Ich meine, seit es diese Krawalle gibt, diese Steinewerfer, diese randalierenden Demonstranten.« Dies war Heckenstett.

»Sprechen Sie von der Gegenwart, oder von den zwanziger Jahren?«

»Da hat es das auch schon gegeben?«

»Das wissen Sie nicht?«

»Jede Straße muß auch mal Demonstrationen ertragen können«, dozierte Pinkus Bellman, »das sind historische

Dimensionen. Aber als der Kennedy nach Berlin kam und Zehntausende von Jubel-Berlinern dastanden und sich untertänigst die Köpfe ausrenkten – da war es mit der Souveränität des Boulevards vorbei, da schrumpfte die Urbanität zum Spalier.«

»Das müssen gerade Sie sagen«, raunzte Gottheimer den Poeten an.

»Ja, denn ich bin besonders allergisch gegen solche Kotau-Veranstaltungen.«

Frau Hussong legte die ›Education sentimentale‹ beiseite und sagte: »1931. Der Reitweg wird beseitigt. Die Grundidee ist hin. Die Straße wird plebejisch. Der Untergang kann beginnen.«

»Ich denke, schon früher«, sagte Gottheimer, »schon in den zwanziger Jahren, als er eine Geschäftsstraße wurde. Als die Wäschefirma Grünfeld anfing, einem schönen alten Wohnhaus, weil sie kein neues Geschäft bauen durften, drei Ladenetagen förmlich unterzuschieben.«

»Eine statische Leistung ersten Ranges«, wandte Seidel ein.

»Nun«, sagte Heckenstett mit jäher Leidenschaft, »dann können wir den Untergang eigentlich genau datieren! 1893, als das ›Café des Westens‹ aufgemacht hat, das ›Café Größenwahn‹. Der erste, sagen wir: Laden war das Ende der Herrschaftlichkeit!«

»Vielleicht«, gab Pinkus Bellman zu bedenken, »ist der Kurfürstendamm immer schon ein wenig untergegangen?« Frau Hussong stand auf, tat einen schönen entschiedenen Gang durch den Raum, so daß alle zu ihr hinsahen. Sie stellte sich wie zu einem Auftritt hin und sagte mitten hinein in die von Aufmerksamkeit erfüllte Stille:

»Aber wenn er immer schon untergegangen ist – vielleicht geht er dann jetzt gar nicht unter?«

Das war offene Ketzerei.

Das Unheil ließ nicht auf sich warten.

Der Eklat

Wenige Tage später, im Wilhelmsbau, kam es zum Eklat. Es war der Galerist Valentin Gottheimer, der das Stichwort dazu lieferte. Er bat in einem Ton ums Wort, der alle aufhorchen ließ, alarmiert.

»Hören Sie gut zu«, sagte er aggressiv, »ich habe hier etwas Interessantes gefunden. Vielleicht wissen wir alle nicht, auf was wir uns hier eingelassen haben. Und auf wen.«

»Jetzt kommen Sie uns bloß nicht mit der Neuen Heimat«, spottete Seidel.

»Ich muß doch bitten«, sagte Gottheimer. Dann las er aus einem kleinen Buch vor: »Der Kurfürstendamm – das war der Feind. An seiner Schuld mitschuldig waren auch Leute, die ihm nicht widerstanden, obgleich es ihre besondere Pflicht gewesen wäre... Der Kurfürstendamm ist heute besiegt und geschlagen. Aber es ist noch genug von ihm da. Das duckt sich nur. Doch der großen Niederlage des Kurfürstendamms darf man sich freuen, wenn man fünfzehn Jahre lang gegen seine geistige und seelische Schreckensherrschaft gekämpft hat. – Was sagen Sie dazu, meine Damen und Herren?!«

»Heißt das: Wir haben Konkurrenz bekommen?«, fragte die Fotografin.

»Aber was hätte diese Sottise mit Konkurrenz zu tun?«, verwahrte sich Heckenstett. »Der spricht hämisch von Niederlage, wir nehmen den Untergang wahr.«

»Manche Leute könnten das verwechseln«, fuhr Gottheimer erregt dazwischen. »Nein, liebe Freunde, es ist keine Konkurrenz. Dieser Skandal ist fast fünfzig Jahre alt. Der Schwachsinn eines Nazi, eines zu kurz gekommenen Journalisten.«

»Aber ich denke: Wenigstens über den Faschismus sind wir uns noch einig«, sagte Herr Seidel.

»Ich kann das Wort Faschismus nicht mehr hören«, sagte Heckenstett.

»Wer die Wörter nicht mehr hören will, muß die Zustände ertragen, die sie benennen«, rief Bellmann.

»Ich wollte keine Diskussion entfachen über solche Dinge. Ich wollte nur bemerken: Der Verfasser ist namhaft. Der Name ist auch in unserem Kreis bekannt. Vielmehr: Es ist auch ein Name aus unserem Kreis.«

»Aber wir sind doch alle viel zu jung. Wenigstens haben wir da noch nicht publiziert.« Die Fotografin konnte sich dennoch nicht so beherrschen, daß ihr Blick nicht herumgewandert wäre.

»Der Name ist Hussong.«

»Ja, bitte?«, fragte Frau Hussong, die sich ins Nebenzimmer begeben hatte, um in ihrer Flaubert-Lektüre fortzufahren.

»Friedrich Hussong«, sagte Gottheimer, wie wenn er ein Urteil verkündete.

Frau Hussong erschien in der Tür. »Ja, was ist mit ihm?«

»Kennen Sie ihn?«

»Veranstalten wir neuerdings Verhöre?«

»Wir haben soeben einen Text gehört, der den Namen Hussong... sagen wir milde: in Mitleidenschaft zieht. Wir nehmen nicht an, daß Sie damit zu tun haben, es handelt sich nur um eine Vergewisserung. Da gab es einen Friedrich Hussong, der im Namen der Nazis den Sieg über den Kurfürstendamm verkündet hat...«

»Ich habe nicht das geringste mit solchen Verkündigungen zu tun«, erklärte Frau Hussong bebend.

»Es ist also nicht ein Verwandter von Ihnen?«

»Ein Verwandter? Nein. Wie kommen Sie darauf? Mein Vater. Warum?«

»Um Gottes willen, gnädige Frau!«, rief Herr Heckenstett.

»Das ist ja ein Ding!«, fiel Herr Seidel ordinär ein.

»Aber das darf doch nicht wahr sein«, seufzte die Fotografin.

»Das hatte ich mir doch gedacht«, erklärte Gottheimer mit böser Sarkastik. »Die Beschäftigung mit dem Kurfürstendamm hat also bei Ihnen Familientradition!«

»Aber das ist infam!«, rief Herr Zulehner.

»Das ist nun wirklich faschistisch!«, empörte sich Pinkus Bellman, »das ist ja Sippenhaftung. Die ganze Familie soll geradestehen für die Sünde eines einzelnen.«

»Ich nehme an, es ist nur infantil«, sagte Frau Hussong mit einer Stimme, die furchterregend überlegen war. »Vielleicht ist Herr Gottheimer ein Findelkind und sucht immer noch nach seinem Vater. – Ich habe einen Vater, der mir so fremd ist, so fremd war, denn er ist tot, daß ich nicht einmal aus seinen Irrtümern lernen konnte. Und ich hatte gedacht, mich in einer Gesellschaft von Leuten zu befinden, die wenigstens ihren eigenen Kopf haben.«

»Aber wie können wir eine vergangene Zeit erkunden, ohne die Väter wahrzunehmen?«, fragte Pinkus Bellman. »Der Kurfürstendamm ist doch nicht abstrakt, da gibt es doch Menschen, Leute, auch Väter. Ohne Väter keine Geschichte. Sehen Sie, ich bin geradezu auf der Suche nach meinem Vater.«

»Papperlapapp«, sagte Frau Hussong schlimm. »Sie werden mich entschuldigen. Ich habe keinen Sinn für Kinderbewahranstalten. Ihre Sabberlätze widern mich an.«

Sie warf die ›Education sentimentale‹ in die Getränke. Erhob sich und ging zur Tür.

Heckenstett sprang auf, um ihren Abgang zu verhindern.

»Gnädige Frau, so geht es nicht. So leicht sollten Sie es sich nicht machen – und uns auch nicht.«

Gottheimer setzte seine Empörung fort: »Lassen Sie diese Dame gehen. Sie stiehlt sich wieder einmal aus einer Verantwortung davon. Sie kann es sich nur nicht leisten, an ihren Vater erinnert zu werden.«

»So lassen Sie doch diese alten Geschichten!«

»Das ist keine alte Geschichte. Leute wie solche Väter da haben meine halbe Familie auf dem Gewissen. Da ist es natürlich sehr bequem, die große Dame aus dem Nichts zu spielen.«

Frau Hussong hatte die Tür knallend zugeworfen, jetzt hörte man auch noch die Eingangspforte zuschlagen.

Der Antiquitätenhändler ging an die Getränke, hob eine umgefallene Flasche Whisky auf.

»Ich verstehe das alles nicht«, sagte er.

»Das glaube ich Ihnen aufs Wort«, fuhr ihn Gottheimer an.

»Wollen Sie sich jetzt auch noch mit mir anlegen?«

»Aber meine Herren!«, sagte die Fotografin, »so geht es ja nicht einmal unter Feministinnen zu.« Und direkt zu Gottheimer:

»Sie haben sich unmöglich benommen.«

»Ich weiß«, sagte Gottheimer. »Ich hoffe jedenfalls. Wir können jahrelang der Geschichte des Kurfürstendamms nachgehen, ohne Risiko. Namenlos, spurlos, konturenlos. Hübsch abstrakt. Der piekfeine Untergang. Der Untergang auf silbernem Tablett, wie die Dame selbst gesagt hat. Aber das gibt es nicht, so war es nicht. Der Untergang hat Gesichter, vertraute Namen, unsere eigenen vielleicht. Wir selber sind ein Stück dieses Untergangs.«

»Seit diesem Auftritt gewiß«, sagte Heckenstett angewidert.

»Und damit die geborenen Polizisten nicht so viel Mühe haben mit ihrer Fahndungsliste: Mein Großvater war ein General bei der Reichswehr, ein Onkel ist mit Hitler in die Reichskanzlei eingezogen, und mein Vater war nach dem 20. Juli 1944 unter den Festgenommenen. Das Attentat auf den ›Führer‹, falls Ihr inquisitorisches Geschichtsbewußtsein soweit reicht. Und wenn Sie mich entschuldigen wollen, so gehe ich jetzt keinen weiteren Spuren nach, sondern unserer verehrten Gabriele Hussong.«

An der Tür machte Heckenstett noch einmal kehrt. »Sagen Sie, sind Sie eigentlich *der* Gottheimer. Der Wäsche-Gottheimer? In der Mitte vom Kurfürstendamm?«

»Meine Familie, ja, die hatte da ein Geschäft, ehe die Nazis es ihnen wegnahmen.«

»Ach, deshalb haben Sie neulich die Grünfelds schlechtgemacht – die alte Konkurrenz!«

»Unsinn!«

»Jetzt kommen Sie aber nicht auch mit dem Argument, Sie hätten nichts damit zu tun!«

»Hab ich auch nicht. Aber ich bin bereit, mich für den Konkurrenzneid meiner Vorfahren zu entschuldigen.«

»Übernehmen Sie sich bloß nicht«, sagte Heckenstett und verließ den Raum.

»Herr Gottheimer, Sie machen sich wirklich ein bißchen lächerlich«, wagte die Fotografin zu sagen.

»Vielleicht doch nicht so ganz«, meldete sich in ganz betroffenem Ton Herr Seidel zu Wort. »Dann hat nämlich mein Großvater von Ihnen das Geschäft übernommen! Im Zuge der Arisierung. Es hieß immer, wir hätten es bloß weitergeführt, für Sie, in den schwierigen Jahren. Aber wir haben es Ihnen wohl weggenommen.«

»Die Gottheimers hatten keine Chance. Und mein Vater hätte es wohl ohnehin im Stich gelassen. Der wollte nach Palästina. Aber mein Urgroßvater – den haben ein paar Braunhemden fertiggemacht, und mein Großvater mußte sich verstecken, in irgendeiner Pension am Kurfürstendamm.«

Pinkus Bellman sah mit plötzlichem Interesse auf. »Wissen Sie zufällig noch, wie die hieß?«

»Nein, ich weiß nur, daß er dort bei einem Bombenangriff ums Leben gekommen ist. Ich glaube, er hatte sich in die Wirtin verliebt. Irgendeine ganz dumme Geschichte. Clara hieß sie.«

»Clara Imhuelsen?«, fragte Pinkus Bellman aufgeregt.

»Kennen Sie die?«

»Nein, aber mein Vater, der hat da ein paar Monate lang auch gewohnt, Anfang vierzig. Und sie hat ihn ungeheuer in Schutz genommen, als irgendein wildgewordener Offizier ihm an den Kragen wollte, wegen Volksverhetzung und so. Hatte einen komischen Namen, die Pension, ›Khan‹. ›Pension Khan‹. «

»Hieß Ihr Vater auch Bellman?«

»Nein, er ist vor meiner Geburt gestorben. Ich habe von ihm nur den Vornamen, Pinkus. Mein Vater war immer ein bißchen mit dem Mund vorneweg, erzählt meine Mutter. War auch sein Beruf. Kabarettist. «

»Dann lassen Sie mich raten, nein, dann weiß ich's: Torkelwitz hieß Ihr Vater. «

Das war, überraschend, Milena Hartung.

»Woher wissen denn Sie?«

»Meine Mutter war da als junges Mädchen, Haushaltshilfe oder so etwas. Wurde von Clara nach Haus geschickt, als es mit den Bomben losging. Hat ihr das Leben gerettet, denn bald ging das Haus in Trümmer. Sie hat oft von Clara gesprochen, die Frau hat sie mächtig beeindruckt. Und von Torkelwitz, den hat sie wohl ein bißchen gemocht: Was aus dem wohl geworden ist?, fragte sie immer. Der mußte noch mal an die Front, ja?«

»Den haben sie buchstäblich zum Witzeerzählen nach Rußland geschickt, dabei hatte er ein kaputtes Bein, noch vom ersten Krieg. Kam aber bald in Gefangenschaft, und da zum Nationalkomitee Freies Deutschland, also zu den Bekehrten; wie er 1946 nach Stendal kommt, war er Kommunist, aber mit kaputter Leber. Und meine Mutter hat ihn aufgenommen, obwohl er schon so langsam vor sich hinstarb. Na, und dann wollte er sich wohl noch verewigen, in mir, wie Sie mich hier sehen. «

»Jetzt müßten Sie nur noch unsterbliche Verse machen«, sagte Herr Zulehner, nicht aus Spott, sondern um das Pathos der Situation einzudämmen.

»Die Sprache der Antiquitätenhändler, denen Wurmstichigkeit die einzige Form der Unsterblichkeit ist«, kam Gottheimer dem Poeten zu Hilfe.

Milena Hartung war zur Stelle: »Herr Gottheimer, Sie haben heute abend Ihr Quantum an Aggressivität verbraucht.«

»Es ist ganz schön fürchterlich mit den Altvorderen«, sagte Seidel. »Man kriegt sie nicht aus den Kleidern.«

Herr Zulehner äußerte etwas Merkwürdiges: »Ich habe auch einen Vater.«

Darüber gab es Gelächter, nicht unfreundlich, nur zwerchfellerschütternd.

Gottheimer war nicht zu bremsen: »Der hieß gewiß aber hübsch artig Zulehner.«

»Ihrer nicht?«, fragte Zulehner.

»Zulehner? Nein«, sagte Gottheimer.

»Schluß jetzt!«, rief die Fotografin.

»Was meinen Sie denn, Herr Zulehner?«, fragte Seidel.

Der DDR-Lyriker bewies Instinkt: »Sie meinen – Ihr Vater hat auch da gewohnt, in dieser komischen Pension?«

Zulehner schüttelte den Kopf: »Soweit ich weiß – nicht. Aber ich glaube, er hat diese Frau gekannt, diese Clara Imhuelsen. Sehr zum Ärger meiner Mutter hat er immer wieder von ihr geschwärmt.«

»Das muß wirklich eine tolle Person gewesen sein.«

»Aber Haare auf den Zähnen!«, sagte die Fotografin.

»Der alte Zulehner – um mal den Ausdruck: mein Vater, zu vermeiden – erzählte immer, wie er ihr zum erstenmal begegnet ist. Jahre vorher hatte er mal einen Bericht über sie veröffentlicht, oder nicht veröffentlicht, ich bin nie ganz dahintergekommen, er war Journalist, oder so eine Art Zeitungsberater, das heißt eigentlich war er Friseur, aber 1933 flog er aus der Redaktion und ging nach Amerika, egal, er erzählte also, wie er diese Frau zum erstenmal sah, sie Mitte dreißig, und er fragt sie, warum sie nie geheiratet hat – weiß nicht, ob das ein verkappter Antrag von ihm sein sollte –, und sie sagt: Ich habe noch keinen Mann getroffen, der mir imponiert hat, bis auf einen, und der ist tot. – Von dem, glaub ich, hatte die Pension auch diesen Namen: ›Khan‹.«

»Das ist ja fürchterlich«, stöhnte Pinkus Bellman, »das ist ja, wie wenn wir ›Nathan der Weise‹ spielen, da kennt am Schluß auch jeder jeden. Märchenhaft! Völlig idiotisch!«

»Die Welt ist eben klein.«

»Besonders am Kurfürstendamm.«

»Was machen wir denn mit Frau Hussong?«

»Vorschlag zur Güte: Ich werde mich bei ihr entschuldigen. Aber kommen Sie mir bitte nicht mit der Enthüllung, daß sie meine Stiefschwester ist oder so was.«

»Hoffentlich hat sie sich nichts angetan.«

»Die?«, lachte die Fotografin. »Die ist wahrscheinlich zum Friseur gegangen.«

»Oder sie schreibt eine Biographie über ihren Vater.«

»Nein«, sagte Pinkus Bellman, »die erledigt uns mit einem Artikel.«

Frau Hussong stand in der Tür: wie verwandelt. Sie war blaß, aufgewühlt, und sehr schön. Sie sah nicht aus, als hätte sie vor, einen Artikel zu schreiben.

»Er ist tot«, sagte sie.

»Der Kurfürstendamm?«, fragte Zulehner.

»Quatsch! Heckenstett ist tot! Er hat sich ... aber ich habe nichts gemacht. Ich konnte nichts machen. Er war wie wild: Er wollte sich mit Ihnen duellieren, Gottheimer, und er wollte mich heiraten, wenn er es überlebt, und dann wollte er ein Bismarck-Denkmal bauen, mitten auf dem Kurfürstendamm. Sehen Sie, und da habe ich gelacht, laut gelacht, einfach weil es so komisch war. Und dann sagte er, trostlos: Also auch Sie, meine Liebe... nur Gelächter?... für die großen Gebärden? Und dann, ich hab es wirklich erst begriffen, als es passiert war: schoß er. Er ist noch mit dem Rettungswagen weg, aber er war schon tot...«

»Und ich habe gedacht, es ist alles nur Fassade«, sagte Valentin Gottheimer.

Das Denkmal

Es war einer jener lauen Abende, die den Kurfürstendamm in eine große Terrasse verwandeln, in eine Gartenparty gigantischen Ausmaßes, mit kilometerlangem Grill und einer nicht endenwollenden Eisdiele, mit Stühlen von der Gedächtniskirche bis nach Halensee, und Stühlen auch wieder retour, und mit einem Autostau, der wie durch Zauberhand und Nachtschwärmerei zu einem einzigen Parkplatz wurde (Die Fahrer ließen ihre Wagen das tun, was die ohnehin taten: sie ließen sie stehen). Ein Freilichtmuseum für alle möglichen Typen war der Kurfürstendamm, ein weites Feld für alle Sorten Menschlichkeit, eine Geräuschkulisse für die exotischsten Laute, vom lässigen Weddinger Dialekt bis zum zornigen Ausruf des taubstummen Straßenmalers, vom Sound des Hardrock aus dem Kofferradio bis zum zarten Hello eines Softie, vom satten Platsch, mit dem eine Waffel Eis aufs Pflaster fällt, bis zum Aufschrei über den Anblick eines Punkers, ein Resonanzboden, dem keine Sprache zwischen dem fernen Hanoi und dem schwäbischen Ha no fremd war, auch nichts Menschliches zwischen den Herzensergießungen einer sauerländischen Touristengruppe und dem leisen Zuruf zweier Mädchenkinder, die nach einem Joint suchten. Gewoge, Gewimmel, Geschiebe, Gedrängel, eine ungeheure Menge Müßiggang bewegte sich über den Boulevard, und die paar Zielstrebigen kamen da schön an, nämlich wahrscheinlich nie.

Es war der ideale Abend für die Errichtung des Denkmals. Der Tieflader sollte kurz vor 24 Uhr eintreffen. Gegen Mitternacht konnte man, sofern nicht alles täuschte, mit einer Sternstunde rechnen: Endlich würde der Kurfürstendamm, kurz vor dem Untergang, seiner Bestimmung, seinem Bestimmer übergeben. Schöpfer und Schöpfung träten sich doch noch gegenüber, zum erstenmal: Bismarck und der Boulevard.

Es war Heckenstetts Vermächtnis.

Es hätte sein Lebenswerk sein sollen: Man fand alle nötigen Unterlagen in seinem Nachlaß, den er dem KULT vermacht hatte. Aber nicht nur in Gestalt von Anweisungen, welche offiziellen Stellen man zu befragen hätte, wie man die Kompetenz zwischen Denkmalspflege und Bausenat, zwischen dem Bezirk Tiergarten und dem Gartenbauamt, dem Institut für Urbanistik und der Berlinischen Galerie auszubalancieren, gegeneinander zu führen habe, nicht nur mit Angaben über das Gewicht der Statue, über die Dollpunkte, an denen die Tragseile des Krans befestigt werden müßten, sondern auch schon mit einer zwei Zentner schweren Bronzetafel, auf der in einer schönen Schrift das Motto und Motiv der ganzen Aktion eingegossen war:

WENN MIR DIE BERLINER EIN
DENKMAL SETZEN WOLLEN, SO
WÜNSCHE ICH ES MIR NUR AM
KURFÜRSTENDAMM. VON DER
POLITIK UND DER GESCHICHTE
ALS MEINEM EIGENEN WERK WILL ICH
NICHT REDEN; DA WAREN ANDERE EINFLÜSSE
IM SPIEL. ABER DAS EINE KANN ICH WOHL FÜR
MICH IN ANSPRUCH NEHMEN: ICH HABE DEN
BERLINERN LUFT VERSCHAFFT. DEN
KURFÜRSTENDAMM HABE ICH GANZ ALLEIN
DURCHGEKÄMPFT. ICH KANN WOHL SAGEN,
DASS MIR IN DIESER SACHE MEHR
SCHWIERIGKEITEN GEMACHT
WORDEN SIND ALS ES DURCH
SÄMTLICHE DIPLOMATEN EUROPAS
JE GESCHEHEN IST.
Bismarck

Das Denkmal selbst gab es ja: Bismarck im Kürassierrock, wie ihn Reinhold Begas 1901 geschaffen hatte als nationales Monument, stand da auf dem Großen Stern, im Schatten der Siegessäule. Heckenstett hatte bestimmt, daß die neue Bronzetafel an jene Seite des Unterbaus montiert werden solle, die Siegfried mit dem Reichsschwert darstellte: Die übrigen drei Allegorien – Atlas, die Staatsgewalt, die Staatsweisheit – seien zu erhalten, selbstverständlich.

Es gehe auch nicht darum, das Denkmal einfach nur zu verrücken (Das wäre am Ende bloß eine verrückte Idee), ihm bloß einen anderen Platz zuzuweisen, Bismarck aus der irrigen oder vordergründigen Gesellschaft von Roon und Moltke zu befreien, es gehe überhaupt nicht um einen neuen Stellenwert für Bismarck, sondern um eine letzte staatsmännische Weihe für den Boulevard, um eine apokalyptische Besiegelung seines Schicksals.

Denn bei den tausend und abertausend Träumen, die der Kurfürstendamm erfüllt habe in den letzten hundert Jahren, den Millionen von Träumen, deren Erfüllung er selbst gewesen sei, habe er doch immer mit diesem Manko, dieser »Schwäre« gelebt (wie Heckenstett geschrieben hatte), und womöglich sei es das, woran er nun zugrunde gehe: der eine unerfüllte Traum.

Vielleicht aber sei es noch nicht zu spät. Und er beschwöre sie alle, diesen letzten, großen Versuch zu wagen.

»Auch er hat an den Untergang nicht wirklich geglaubt«, sagte Frau Hussong bei Öffnung der Papiere ergriffen.

Merkwürdigerweise hatte Heckenstett, der an alles gedacht hatte, eines vergessen oder für unwichtig gehalten, oder er war über diesen Punkt nicht einmal mit sich selbst einig geworden:

Wo am Kurfürstendamm sollte das Denkmal aufgestellt werden?

Die Damen und Herren im KULT waren nach dem Tode Heckenstetts, nach den Zerwürfnissen, die ihm vorangegangen waren, weit entfernt von Streitlust oder auch nur von einem Mezzoforte der Meinungsverschiedenheit.

Und dennoch brachen bei dieser Frage, blitzartig, noch einmal Mißmut, Unmut und selbst Übermut auf. Es gab sogar verächtliches Schweigen.

Zum Beispiel, als Pinkus Bellmann sagte, er sehe das Denkmal als Kontrast und Gegenüber zum Kranzler-Eck.

Frau Hussong sagte nichts.

Herr Gottheimer sagte nichts.

Herr Zulehner sagte nichts.

Herr Seidel sagte nichts.

Die Fotografin sagte auch lange nichts dazu, dann nahm sie sich der Situation an: »Darunter ist eine Toilette, das würde nicht tragen.«

Gottheimer meinte, das Denkmal dürfe auf keinen Fall parodistisch eingesetzt werden, es müsse ein Ensemble bilden, also komme nur die unmittelbare Nachbarschaft der Kaiser-Wilhelm-Gedächtniskirche in Frage.

»Damit die Gammler es noch gemütlicher haben?«, fragte Herr Zulehner indigniert.

»Nein, aber es hätte historisch einen Sinn«, sekundierte die Fotografin dem Galeristen. »Bismarck wäre endlich am gleichen Platz mit dem Kaiser, den er gemacht hat.«

»Aber die sind doch schon lange beide zusammen in der Hölle.«

»O Gott, wie Peter Hacks!«, stöhnte Frau Hussong.

Und außerdem, sagte die Fotografin, sähe er dann in Richtung Halensee, und da sollte die Straße seiner Meinung nach ja hinführen. Der Standort wäre zugleich Programm.

»Sie denken wahrscheinlich schon wieder an Ansichtskarten. Ruinenstumpf und Denkmal. Bismarcks Kummerekke«, sagte Seidel.

»Es gibt keine einzige Ansichtskarte von mir. Und das Schlimme ist: Sie wissen das. Aber Sie klauen mir doch mit Ihrem Kameramann dauernd meine Motive.«

»Wie wäre es denn am Lehniner Platz?«, fragte Zulehner

eingreifend. »Mit Blick auf die Schaubühne? Begas und Erich Mendelssohn, Fin de siècle und Neue Sachlichkeit? Der alte Komödiant Bismarck und die Menschenspieler von heute?«

»Man würde es für ein Stück aus dem Fundus halten«, wehrte Frau Hussong ab, »oder für einen neuen Gag von Grüber. Nein, es gibt wirklich nur eine Stelle, wo unser Denkmal stehen kann. Nämlich da, wo der Kurfürstendamm immer am meisten Kurfürstendamm war.«

»Ecke Uhlandstraße?«, fragten alle anderen unisono.

»Ebenda.«

Zum erstenmal spendeten die KULT-Freunde Applaus.

Nur: Gab es denn dort noch Platz?

Und dann war man sich rasch einig: Die scheußliche Uhr mußte weg, diese Digitalscheuche, dieses Schrapnell von einem Chronometer, dieser mißratene Stundenstiel. Das Monstrum fort, und Bismarck an seine Stelle. Man fiel sich um den Hals, erlöst und fast weinend.

Und nun warten wir. Es ist immer noch die laue Nacht, es herrscht immer noch der große Müßiggang. Die Waffelträger lutschen an der Spitze ihres Eisberges. Die Geräusche sind nicht schwächer geworden, und das stärkste ist die Lautlosigkeit, mit der die Sehnsüchte explodieren. Wir warten.

ES IST IMMER NOCH ZEIT.

Inhalt

Die Beobachtunge

eines poetischen Grenzgänge

Foto: Ruth Walz

208 Seiten. Leinen, Fadenheftung

Ein Mann hat sich auf einem Hügel ein Haus gebaut, in der Uckermark, nordöstlich von Berlin. Von dort aus unternim er mit seinem kleinen Sohn Streifzüge in die Umgebung – die bäuerliche Landschaft und die Seen beobachtet im Wechs der Jahreszeiten. Daraus entste ein Buch des Innehaltens und Einkehr. Ein neuer Botho Stra Band mit Aufzeichnungen zur Stand der Dinge in Kultur und Gesellschaft: eine analytische, diagnostische und prognostisc Gedankenarbeit, um sich Klar zu verschaffen über sich selbst und die Welt am Ende des Jahrhunderts.